GABRIEL WOLF
Árnykeltő

Arte Tenebrarum Publishing
www.artetenebrarum.hu

Copyright

Készült: 2019.07.26.

Szinopszis

Edward, a tudathasadásban szenvedő New York-i rendőr egy
bérgyilkos után nyomoz, aki a maffiának dolgozik. Kiderül, hogy ők
ketten a megszólalásig hasonlítanak egymásra. Vajon mi történne, ha a
két férfi egymás életét élné, összekevernék őket, esetleg egymás álmait
álmodnák? A helyzet valójában még ennél is bonyolultabb, mert
nemcsak két ilyen hasonmás létezik: többen is vannak. Valódi emberek
ők egyáltalán, vagy csak árnyak valamilyen pokoli, másik világból? Ha
ez utóbbiról van szó, akkor vajon ki hozza létre ezeket az árnyakat? Ki
kelti őket? Ki lehet az „Árnykeltő"?

Egy horrorregény „film noir" hangulatú thriller elemekkel, egy
maffiatörténet paranormális eseményekkel.

Tartalom

GABRIEL WOLF

A halál nyomában

(Árnykeltő #1)

Arte Tenebrarum Publishing
www.artetenebrarum.hu

Szinopszis

A halál nyomában ("Árnykeltő" sorozat 3/1.)

Edward Kinsky nyomozó hadnagyként dolgozik az NYPD-nél. Vincent Falcone verőember és bérgyilkos egy New York-i maffiacsaládnál. A két férfi egy kegyetlen bűncselekmény-sorozat folytán nyomozni kezd egymás után.

Kutakodásuk során bizarr meglepetések sorozata éri őket nemcsak egymással kapcsolatban, de önmagukat illetően is. Kiderül, hogy sorsuk a múltban és a jelenben egyaránt összekapcsolódik. Vajon átok ez, vagy inkább szerencse? Összefognak-e közös nemezisük, egy emberiség felett álló gonosz erő ellen vagy ők ketten inkább ősi ellenségei egymásnak, akik sosem fognak egy oldalon harcolni?

Az "Árnykeltő" egy paranormális thriller/horrorsorozat árnyakról, rémálmokról, sorozatgyilkosokról és hasonmásokról.

Előszó

Ajánlom ezt a sorozatot egy író barátomnak, Jenei Andrásnak, aki egyik könyvében megemlítette: akkor is érzi, hogy odakint besötétedett, ha nem látja.

Vannak dolgok, amelyekről akkor is tudjuk, hogy léteznek, ha nincsenek szemmel láthatóan vagy kézzelfoghatóan előttünk. Ilyen például a sötétség is...

Létezik. Már a fény előtt is létezett. Most mondhatnám, hogy ez már a Bibliában is le lett írva, mivel a fény megteremtése előtt Mózes első könyvében ez áll:

„A föld még kietlen és puszta volt, a mélység fölött sötétség volt és Isten Lelke lebegett a vizek fölött." (I. Mózes 1:2)

Nem csoda tehát, ha az ember érez olyan ősi dolgokat, ami már a fény első felbukkanása, megszületése előtt is jelen volt.

A sötétség nem csupán régóta létezik, de a mai napig körülöttünk van. Nemcsak odakint a világűrben, de odabent is: a lelkünk mélyén. Olyankor is, ha süt a nap. Átjárja az egész világot, bennünket is. Van, akit ez jobban megvisel, van, akit kevésbé. Nem mindenki hallgat rá. Szerencsére.

Ez a történet tehát nem a hitről vagy a vallásról szól. Nem is a világűrről.

Inkább az árnyakról. Azokról a dolgokról, melyek az árnyak között lopakodnak, onnan figyelve bennünket. Olyan teremtményekről, amelyek talán nem is léteznek, mert nem teremtette őket senki. Akkor viszont nyilván félni sem kell tőlük.

Egy baj van csak ezzel a logikával: A sötétséget sem teremtette senki, mégis itt van. A világűrben is és a lelkünkben is. Akkor is, ha épp ragyogóan süt odakint a nap. A napfény nem igazán véd meg senkit semmitől.

Hogy miért? Mert a fény hatására a tárgyak, sőt az emberek is... bizony árnyékot vetnek. A sötétséget tehát nem lehet elpusztítani. A fényben is képes megszületni vagy akár újjászületni, ha elbújhat valami mögé.

Első fejezet: Út a sötétségbe

– Uram, még nem mehetünk be! – suttogta a rohamosztagos a sötét folyosón. – Még nem érkezett meg a parancs a rendőrfőnöktől.

– Nem érdekel – feleltem neki. – Nem fogok idekint tétlenül ácsorogni, amíg az a rohadék odabent esetleg újabb gyerekeket gyilkol meg. A cím pontos, a pasas talán épp itthon is van! Mégis meddig akar még várni? Amíg az elrabolt gyerekek szülei kérvényt nyújtanak be, hogy menjünk már be, mielőtt az az állat az ő gyerekük is ízekre szedi?

– Erről nem én döntök, uram. Meg van kötve a kezem. Sajnálom, de mi az embereimmel nem kockáztathatjuk az állásunkat. Mindannyiunkat kirúgnak, ha engedély nélkül törjük be egy magánlakás ajtaját!

– Érzi ezt a szagot, parancsnok? – kérdeztem elbizonytalanodott arckifejezést vágva.

– Milyen szagot?

– Először is, szarszagot! Maga egy gyáva alak. Összecsinálta magát, és totojázik itt nekem, ahelyett, hogy tenné, amit kell és ami a helyes! Másodszor, pedig gázszagot! Érzi, hogy gázszivárgás van a lakásban? Egészen idáig érezni!

– Én nem érzem.

– Pedig gázszag van! Azt pedig kötelesek vagyunk kivizsgálni. Lehet, hogy veszélyben van az épület az összes lakójával együtt! Ilyenkor egyetlen szikra is elég, és az egész kóceráj a levegőbe repül. Mi szolgálunk és védünk, parancsnok! Meg kell előznünk a katasztrófát!

Mielőtt még a rohamosztagosok megpróbáltak volna lebeszélni róla, néhány lépést hátrálva, nekifutásból belerúgtam az ajtóba. Az meglepetésemre egyből kivágódott előttem. Azt hittem, nehezebben fog menni. Ezek szerint nem volt olyan erős, mint amilyennek látszott.

Odabent a lakásban egy hosszú, sötét, padlócsempével borított folyosó tárult elénk. A ház egy viszonylag új építésű, néhány lakásos bérház. Amikor megérkeztünk, az utcáról nézve még nem gondoltam volna, hogy ilyen hosszúak az épületben található lakások előszobái. Kissé irreálisnak tűnt, de nem volt időm ezen gondolkodni. Beléptem a sötét előszobába, és hátraszóltam a többieknek:

– Sajnálom, a gázszag mégsem innen jött! Tévedtem. De ha egyszer már úgyis nyitva az ajtó, javaslom, nézzük meg, itt van-e a pasas, akit keresünk!

A rohamosztag kelletlenül, de azért követett. Szó nélkül felsorakoztak mögöttem.

Ahol beléptem, nem találtam a kezemmel villanykapcsolót a falon, így hát tettem még egy lépést előre. Kapcsolót itt sem éreztem, de véletlenül belenyúltam valami nedvesbe. A tapéta nyirkos volt és ragacsos. Először azt gondoltam, hogy penész. Biztos dohos a levegő a lakásban, mivel jó ideje elhagyatottan, üresen tátonghat. De aztán baljós érzés lett úrrá rajtam:

– Lámpát! – szóltam hátra fojtott hangon. – Kapcsoljon már fel valamelyikük egy zseblámpát! – Erre az egyik fickó felkapcsolta a sajátját. Utána egy másik is.

Sajnos jól gondoltam: Az előbb nem penészes, dohos tapétát matattam végig kapcsolót keresve, hanem egy vértől tocsogó összevissza kent falat!

Valahogy nem lepett meg a dolog. Számítottam ilyesmire.

– Ő lesz az! – súgtam hátra nekik. – Megvan az emberünk! – Először bele akartam törölni a kezem a falba, de nem lett volna hová. Az egész össze volt vérezve körülbelül kétméteres magasságig. Úgy tűnt, mintha a fickó épp lakásfelújítást végezne, csak festék helyett egy vödör vérbe mártotta volna a festőhengert. El nem tudtam képzelni, honnan a fenéből szerzett ennyi vért. „Ajjaj!" – gondoltam magamban. „Ez komoly lesz. Még annál is komolyabb, mint amire számítottam."

Elkezdtünk begyalogolni a zseblámpák által megvilágított előszobába. Megtettünk öt métert, majd újabb ötöt. Aztán még vagy tízet. Ekkor kezdett gyanús lenni a dolog. Az előszoba egyszerűen túl hosszú volt. Olyannyira, hogy a nagy teljesítményű rendőrségi zseblámpa el sem tudott hatolni a végéig. „Ennyire hosszú lenne?" Bár az is lehet, hogy nemcsak sötét volt, de füst is állt a levegőben, és az rontotta még tovább a látási viszonyokat. Bár én nem éreztem füstszagot. Talán a többiek igen, de inkább nem kérdeztem meg őket. Helyette azon gondolkodtam, hogyan lehet ennyire hosszú az előszoba. Közben már megtettünk újabb tíz métert, és még mindig nem láttuk a végét, sőt egyetlen ajtót sem jobb vagy bal oldalon. „Miféle lakás ez?!"

Arra gondoltam – jobb egyszerűen nem jutott eszembe –, hogy a tulaj talán megvett egy másik lakást is a szomszédos épületből, és lebontva a köztes falat, összenyitotta a meglévővel. Máskülönben nem lenne ennyire irreálisan hosszú az előszoba! Aztán az jutott eszembe, hogy mi van, ha nemcsak a két lakást nyitotta össze, hanem a másodikra egyből rá is nyitotta a másik épület folyosóját? Lehet, hogy egy trükkel úgy nyitotta egybe a helyiségeket, hogy most valójában megint egy folyosón sétálunk: a másik, szomszédos épületén! „Az nem lehet" – gondoltam magamban. „Ez már túlzottan elrugaszkodott teória. Ilyesmi csak filmekben van. Bár végül is nem lenne ez olyan rossz ötlet! Ha a zsaruk házkutatásra jönnek, jól rá lehetne szedni őket egy ilyen trükkel. Mialatt a zsernyákok eltévednek a 'lakásban', azalatt a tulaj egy titkos ajtón keresztül kereket oldhat!" – Épp meg akartam fordulni, hogy megkérdezzem a többieket ezzel kapcsolatban, amikor meglepetésemben felszisszentem:

– Nézzék csak! Ott van! – Mégiscsak előttünk volt az ajtó. Ezek szerint végig itt kellett lennie. Talán szállhat valami mocsok a levegőben a falakat borító rengeteg vértől, és emiatt nem lehet rendesen látni. Nem tudtam volna megmondani, de az biztos, hogy még két zseblámpa fényében sem lehetett olyan jól kivenni a részleteket, mint odakint a félhomályos lépcsőházban. Mégiscsak egy előszobában voltunk hát! Egy hálószoba résnyire nyitva hagyott ajtaja várt minket. Halvány fény szűrődött ki odabentről. De sajnos nem csak az. Bűz is!

– *Azt a rohadt!* – fakadt ki egy mögöttem jövő sisakos rohamrendőr fojtott hangon. A sisak miatt olyan tompa volt a hangja, hogy alig értettem, mit mond. – *Érzitek ezt?!*

– Halkabban! – szóltam rá. Bár tényleg iszonyú volt az a szag. Nekem is nehezemre esett, hogy ne kezdjek azonnal öklendezni. Valamennyire már hozzá voltam szokva az ilyesmihez. Nem ez volt az első ilyen vértől bűzlő, mocskos hely, ahová munkám során be kellett hatolnom. Ezekben a helyzetekben általában azt képzeltem, hogy egy állatkertben vagyok. Ott is iszonyú bűz van egyes zárt termekben. A majomházban például olyan átható húgyszag csapja meg belépéskor a gyanútlan látogatót, hogy az embernek még a könnye is elered tőle! De ott sem áll le senki hisztérikusan ordítozni miatta, és fejvesztett menekülésbe fogni. Egyszerűen csak elfogadjuk, hogy az állatoknak bizony szaguk van. Ha meg akarjuk nézni őket élőben, akkor sajnos szagolnunk is kell. Az ilyen lakásokban ugyanez a szabály érvényesül: A gyilkosságnak bizony szaga van. Ha az ember le akarja tartóztatni az elkövetőt, akkor jobban teszi, ha nem hisztizik, csak teszi a dolgát.

Végül aztán, ha jól hallottam, senki sem hányta el magát, pedig hogy őszinte legyek, nem hibáztattam volna érte egyiküket sem. Olyan lelkünkig hatoló, édeskés hullaszag terjengett az egész lakásban, hogy egy véletlenül lekapcsolt, nyári hőségben nyaralás miatt két hónapra ottfelejtett, nyers hússal telepakolt hűtő ahhoz képest nulla! Az egész lakást átjárta az enyészet szaga. Talán még a falak is rothadtak a félig rájuk száradt sötét, ragacsos vér alatt. És a bűz egyre csak erősödött, ahogy közeledtünk a résnyire nyitva hagyott ajtó felé.

– Nem lesz odabent senki! – szólalt meg mögöttem valaki. – Ezt a szagot senki sem tudná hosszútávon elviselni!

– Sss! – intettem ismét csendre mindannyiukat. Én nem voltam olyan biztos benne, hogy üres lesz a szoba. Az, aki bűzben él, előbb-utóbb megszokja. Ha a lakás tulajdonosa nagyon régóta tartózkodik ebben a szagban, lehet, hogy neki akár már fel sem tűnik. – Az előbb hallottam valamit odabentről! – mondtam nekik izgatottan. Valójában persze hazudtam, mint ahogy az előbb a gázszagról is, de ennél egyszerűbben és gyorsabban nem tudtam elérni, hogy végre kussban maradjanak. Így legalább egyből elhallgattak, és nem nyavalyogtak többé a szagok miatt.

Odaléptem a hálószoba ajtajához, és az öklömmel elkezdtem lassan befelé nyitni. Nem akartam az ujjaimmal hozzáérni, és még egyszer érezni annak a nyálkás mocsoknak a tapintását, ami a lakásban mindent beborított.

Az ajtó engedelmeskedett a nyomásnak, és nyílni kezdett befelé. Először attól tartottam, hogy nyikorogni fog, de nem adott semmilyen hangot.

Ahogy öklömmel toltam be az ajtót, másik kezemben a fegyveremmel már céloztam is befelé a szobába, hogy ha szembe találjuk magunkat a fickóval, egyből tüzet nyithassak, ha esetleg neki is fegyvere van, és éppen lőni készül. Közben egy rendőr mellém lépett, és lámpájával bevilágított a szobába, hogy lássunk végre valamit.

Amikor az ajtó teljesen kinyílt, először úgy tűnt, nincs senki odabent. A zseblámpa fénye a szemközti üres falra vetült, ami szintén terítve volt sűrű, félig megszáradt vérrel. Majd amikor a fénycsóva pásztázni kezdett, és a padlóra tévedt, megláttuk azt, amit már belépéskor is kerestünk. Bár nem tudom, valóban látni akartuk-e!

Egy férfinek látszó meztelen alak guggolt előttünk a padlón, nekünk háttal. Nem fordult meg a zajra, ahogy beléptünk. Talán nem hallott

12

minket, vagy csak nem vett rólunk tudomást. Le volt hajtva a feje, ezért csak a meggörbült, lesoványodott, koszos hátát lehetett látni, és a szintén piszkos, fekete farpofáit. Annyira rá volt fonnyadva a megbarnult bőr a gerincére és a lapockáira, mintha nem is élt volna, hanem csak egy élőhalott múmiát látnánk mozogni. Ugyanis *mozgott!* Előre-hátra mozgatta az alfelét, mintha izélne valakit.

A mellettem álló rendőr elszörnyedve körbepásztázta lámpája fényével a komótosan üzekedő alakot, de így sem láttunk körülötte vagy alatta semmit. Látszólag egyedül volt. Nem tudtuk, hogy valójában mit csinál. Talán a kezében tartott valamit maga előtt, és azzal művelt valami felfoghatatlanul undorítót.

– Rendőrség! – kiáltottam rá. – Arccal a földre! Tegye hátra a kezeit!

A fickó nem reagált. Ugyanúgy mozgatta tovább a csípőjét, mintha mi sem történt volna. Lehet, hogy nem is hallott minket. Valamibe nagyon belemerülhetett, akármit is csinált éppen.

– Azt nézzétek! – szólalt meg a másik rohamrendőr, akinél szintén zseblámpa volt. Miközben társa továbbra is a guggoló, lassan mozgó alakon tartotta a lámpája fényét, az újonnan belépő rendőr sajátjával végigpásztázta a szoba falát és mennyezetét.

Azt hittük, rosszul látunk: a szoba oldalsó falai és mennyezete apró, emberi testrészekkel voltak tele! Gyerekek levágott végtagjaival! A lámpa fénye itt-ott fémes pontokon csillant meg. Szögek fejein. Ugyanis a kicsiny testrészek oda voltak szögezve a falakra, sőt még a plafonra is! Kisebb és nagyobb lábak: kisgyerekeké, talán még csecsemőké is. Karok, kézfejek, félbevágott vagy egészben hagyott torzók, és ami a legszörnyűbb volt: arcok! Lenyúzott arcok figyeltek minket a falakról. Némelyikben még az ép szemgolyók is benne voltak.

– Ez nem lehet igaz! – nyögte a rendőr. Ugyanis amelyik területen áthaladt a zseblámpa fénye, ott *megmozdultak* a levágott testrészek! Meg-megrándultak. Volt olyan kar, amelyik lassan behajtotta magát, majd újra kinyújtózott, mint egy tekergőző kígyó. – Nem lehet igaz! – ismételte a rendőr remegő hangon. – Nem élhetnek már! Lehetetlen... Nem élhetnek!

– *Dehogynemm* – felelte ekkor egy emberhez alig hasonló beszédhang az előttünk guggoló alak irányából. Meglepetésünkre és mély, ösztönös viszolygásunkra a mocskos alak nem is férfihangon szólalt meg, hanem inkább nőin. Úgy hangzott, mint egy agyondohányzott, idős, haldokló nő krákogása. Egy alkoholista hajléktalan borgőzös hablatyolása. – *Élnekk* – folytatta a beazonosíthatatlan korú és nemű valami, továbbra is háttal nekünk, a földön guggolva. – *Ti viszont nemmm.*

– Állj fel, baszd meg! – ordítottam rá. Egy pillanatra még az előírásokról is megfeledkeztem. Máskor biztonságosabb, ha egyből a földre fekszik a gyanúsított, és az egyik kolléga rátérdel, hogy még véletlenül se jusson eszébe felpattani. De már nem érdekelt a szabályzat. Látni akartam. Látnom kellett, hogy mivel állunk szemben! – Állj fel lassan, mert beléd eresztek egy golyót!

– *Húzdd meg a ravasztt* – suttogta nyugodt hangon a földön guggoló iszonyat. Bár nem láttuk a pofáját, de meg mertem volna esküdni rá, hogy vigyorog. Valahogy hallatszott a hangján. – *Nyisd ki a szádd, és húzd megg. Innen nincs-cs-cs kiúúút-t-t.*

Egy pillanatra felmerült bennem, hogy engedelmeskedni fogok neki. Valahogy erős késztetést éreztem arra, hogy a guggoló árnyalak helyett inkább saját magamra irányítsam a pisztolyt, és meghúzzam a ravaszt. Talán tényleg nincs kiút! Te jó ég! Ez az egész lehet, hogy nem is a valóság?! Lehet, hogy meghaltunk, és pokolra kerültünk! Valahogy ki kell jutnunk innen! Ha elsütném magamra a fegyvert, akkor talán végre történne valami. Lehet, hogy akkor felélednék vagy magamhoz térnék. Talán épp egy műtőasztalon fekszem, meghaltam a beavatkozás közben, és az orvosok kétségbeesve próbálnak visszahozni az életbe. „Igen, talán ez az egyetlen esély! Ha meghúzom a ravaszt, lehet, hogy minden megoldódik. Le kell lőnöm magam. Akkor minden rendbe jön!"

Kinyitottam a szám, és már éreztem is, ahogy a cső hozzáér egy pillanatra a nyelvem hegyéhez. „Milyen fémes íze van!" – gondoltam magamban. „Akárcsak a vérnek. Lehet, hogy vérzik a szám? Vagy a pisztoly csöve lenne véres? Vajon lelőttem ma már vele valakit? Valakit le kéne: saját magamat."

De ekkor, mielőtt meghúzhattam volna a ravaszt, az a valami ott a padlón elkezdett megfordulni! Ezért valahogy ijedtemben észhez tértem egy pillanatra, és inkább ismét rászegeztem a fegyvert. Majd megint önmagamra. És ismét rá!

Mialatt megfordult, akkor szembesültem vele, hogy valójában ki vagy mi az, amivel társalgok. Amíg csak hátulról láttuk, úgy értelmeztem, hogy az illetőnek égnek meredő hosszú haja van, ami

14

minden irányban szanaszét áll. De ahogy megfordult, már láttam, hogy az ott egyáltalán nem haj. És arca sincs!

A feje helyén mintha egy kis méretű bokor ült volna a kiszáradt, fonnyadt, mumifikálódott nyakon. Tulajdonképpen hátulról nézve is ilyennek tűnt, de akkor még azt hittük, hogy hajat látunk. Semmi sem volt az arca helyén, csak ágak. Azaz valami talán mégis! Az ágak között valami csúcsos, selymesen tompa fényű, a sötétben alig látható fekete dolog volt összetöpörödve. Mintha szőr is nőtt volna a tetején. Úgy nézett ki, mint egy megrohadt, kormos kecskefej. Vagy csak egy része. Annak a közepén volt a rés, amelyen keresztül beszélt. De az a szájnak látszó, nedvességtől cuppogó vágás nem vízszintesen, hanem függőlegesen nyílt meg beszéd közben:

– *Innen nincs-cs-cs kiúúúút-t-t* – ismételte.

Ahogy most már majdnem teljes testével felénk volt fordulva, láttuk az irtózatos lény kezeit és a mellkasát is.

– Úristen! – kiáltotta az egyik rendőr. – Ez nem ember! Húzzunk innen a francba!

Először rá akartam ordítani, hogy hallgasson, és ne merjen gyáván elmenekülni és itt hagyni bennünket, de rájöttem, hogy képtelen vagyok rá. Nem tudtam megszólalni a félelemtől. Sokkot kaptam a rettegéstől, és egyszerűen megbénultam, mint egy gyerek, akire egy óriási, loncsos szőrű, veszett kutya vicsorog. A fiú nem mer megmozdulni, mert ha megteszi, azt a kutya hergelésnek veheti, és azonnal támadásba lendül.

Az istenéért fohászkodó rendőr végül nem fogta menekülőre. Meg sem mozdult. Ő is megdermedt ugyanúgy, mint én. Az a borzalmas dolog ugyanis valóban nem tűnt embernek! Nem is hasonlított a mi fajtánkra.

A karjai olyanok voltak, akár az indák. Vagy mint a rothadó, felpuffadt, beteg gyökerek. A mellkasát emberihez hasonló bordák alkották, de nem azért láttuk őket, mert olyan sovány lett volna az illető, hanem mert a hajlott mellkasi csontokon kívül nem is volt ott semmi más! A lény mellkasát egyszerűen csak egy aszott bordakosár képezte, semmi több. Ráadásul üres is volt! Majdnem átláttunk az egész testén. Ahogy a lámpa fénye egy pillanatra rávetült, látszott, hogy a mellkasi csontok mögött nincs semmi. Nem rendelkezett belsőszervekkel. Ahogy a bordái árnyékot vetettek az üres mellkasüregben, az árnycsíkok odabent közvetlenül a hátára vetültek, és nem egy tüdőre vagy akár csontokat körbevevő húsra.

Odalent, ahol a nemi szerve kellett volna, hogy legyen, semmi sem volt, csak szőr. Hosszú fekete szőr. Ha rejtőzött is neki ott valamilyen párzószerve, a félméteres szőr – vagy talán emberi haj? – eltakarta.

– *Gyere hozzámm* – duruzsolta a lény. – *Gyere vissza... hozzá-á-áámm!* – Mielőtt bármit is felelhettem volna, vagy végiggondoltam volna, mit mondjak egyáltalán, már léptem is előre. Ugyanolyan önkéntelenül, mint ahogy az előbb fegyvert fogtam magamra, most tettem előre egy lépést. Aztán még egyet.

– Nem! – kiáltottam fel. És máris tettem két újabb lépést felé. Egyre közelebb értem ahhoz az ocsmány alakhoz. Az közben már felkelt guggoló testhelyzetből. Jóval magasabb volt nálam. Fölém tornyosult, akár egy óriás. Felállva lehetett vagy két és fél méter. Kitárta a karoknak látszó beteg gyökereit vagy micsodáit, és úgy várta, hogy átölelhessen. A két végtag olyan hosszúra nyúlt, hogy átérte velük keresztben az egész szobát. A gyökerek tekergő-fickándozó végei szeretettel simogatták a falakat, mintha élveznék a véres tapéta érintését. – Apa, hagyd abba! – ordítottam. – Nem megyek oda!

És akkor értem végül oda. Nem akartam, de muszáj volt.

Megérintett.

– ÁÁÁÁáááááá!

Második fejezet: Vincent

– ÁÁÁÁááááá! Apa, neee! Ne érj hozzám!

– Vincent! Ébredj! Vinnie, nem hallasz? Ébredj már!

Sophie már a karomnál fogva rázott, és csak ekkor kezdett számomra világossá válni, hogy mi történik. Az az egész csak álom volt. Vagy mégsem?

– Ó, Istenem! – motyogtam valamennyire még félálomban, közben sírva fakadva a félelemtől, mint egy gyerek. – Ez a pokol! Nem jutok ki! Sosem lesz vége! Innen nincs kiút!

– Már ébren vagy! Vinnie, térj magadhoz! Komolyan megijesztesz! – Sophie felkapcsolta az éjjelilámpát, hogy hátha akkor végre tudatosul bennem, hogy hol vagyunk.

– Ja? – nyitottam tágabbra a szemem a meglepetéstől, majd egyből újra vissza is csuktam, és erősen összeszorítottam. Nagyon bántotta a szemem a hirtelen támadt, erős fény.

– Hallod, amit mondok? – kérdezte Sophie. – Drágám, magadnál vagy?

– Ja, igen – kaptam a kezem is a szemem elé, hogy azzal is védjem a kislámpa szúrós, fehér, idegeimig hatoló fényétől. – Fent vagyok. Csak, kérlek, oltsd el azt a lámpát! Nem látok semmit. – A lány készségesen eleget tett a kérésemnek.

– Drágám, lehet, hogy orvoshoz kéne menned ezzel a dologgal. Egyre aggasztóbbak ezek a rémálmok. Néha már attól tartok, hogy fel sem tudlak ébreszteni.

– Ne viccelj! Gyerekkorom óta ez megy. Az álmok nem bánthatnak. Azok legalább nem.

– De hiszen már aludni sem tudsz! Gondolom, most sem fekszel vissza, ugye? Ilyenkor aztán átvirrasztod az egész éjszakát. Nem lesz ez így jó.

– Sehogy sem jó – vontam meg a vállam. – Az élet már csak ilyen. Nem tudok mit csinálni. Mindig is rémálmok gyötörtek. De hát tudod jól, hogy milyen volt a gyerekkorom. Egy ilyen apával nem csoda, hogy visszatérő rémálmaim vannak. Még az is meglepő, hogy ép ésszel túléltem azt az egészet.

– Megint vele álmodtál?

– Igen, azt hiszem. Az a vicc, hogy annyira régen láttam, hogy már nem is emlékszem az arcára. Ezért aztán... mármint gondolom, hogy ez az oka... mindenféle rémalakokat álmodok a helyébe. Szörnyeket, démonokat... Ez a mostani, azt sem tudom, mi volt.

– És álmodban ismét rendőr voltál?

– Ja! – dőltem hátra, megtörölve közben az izzadt homlokomat. – Röhej, mi? Pont én! Nem tudom, honnan jön egyáltalán ez a baromság. Még hogy rendőr!

– Vinnie... ha már itt tartunk, nem kéne ezt tovább csinálnod.

– Mit?

– A munkádat. Tudod, amiket megteszel nekik, elvégzel helyettük.

– Nem nagyon lehet ezen változtatni, Sophie. Vagyok, aki vagyok. Most már közéjük tartozom. A Falcone család befogadott. Tartozom nekik annyival, hogy hűségesen teljesítem a családfő utasításait, és hogy mindent a család érdekei szerint teszek.

– De ez nem a te családod, Vinnie! Te nem vagy igazi Falcone. Csak úgy befogadtak, és te is felvetted ezt a nevet, vagy nem? Ők nem a vér szerinti rokonaid. Miért nem szállsz hát ki akkor a fenébe?

– Ebből a játékból nincs kiszállás, drágám. Ez nem olyan, mint egy nyári munka, ahol ha besokallsz, fogod magad, és hamarabb hazamész. Ez egy életre szóló szerződés. Aki kiszáll, az általában csak fekve teheti meg: fekete zsákba cipzározva, tele lyukakkal, akár az ementáli.

– Jó, jó, tudom. Sajnálom – nézett rám Sophie megértően. – De ez akkor sem neked való. Vinnie, te jó ember vagy. Ha nem lennél az, nem álmodnál ennyiszer rosszat. Azért történik ez, mert van lelkiismereted. Bántanak bizonyos dolgok, és nem hagynak nyugodni.

– Nincs nekem már olyanom, hogy lelkiismeret – hajtottam le a fejem az ágy szélén ülve, és a tenyerembe temettem az arcom. – Azt a luxust már valahol a sitten elvesztettem. Talán soha nem is volt olyanom. Nehogy azt hidd, hogy olyan jó ember vagyok! El nem tudod képzelni, hogy mi mindent műveltem. És nemcsak a börtönben... de azután is, hogy kiengedtek.

– Nem is akarom tudni. Meg is egyeztünk abban, hogy így a legjobb mindkettőnknek. Így, ha téged egyszer letartóztatnának, még zsarolással sem fognak tudni rávenni, hogy ellened valljak. Mert valóban fogalmam sincs a részletekről.

– Tudom. De azért nehéz ám ezt a rengeteg mindent állandóan magammal cipelni. Lehet, hogy lassan ebbe kezdek már beleőrülni.

Talán a tetteim következményei és súlya értek utol... és most az ajtón kopognak.

– Szerintem túl drámaian látod – mondta Sophie. – Nézd, tudom, vagy legalábbis el tudom képzelni, hogy mi mindent kell megtennetek a családért. De ez akkor is háború, ahogy ők mondják, vagy nem? Az életben maradásért harcoltok a többi család ellen. A háborúnak pedig vannak áldozatai.

– Igen, ők így fogalmazzák meg. De néha már magam sem tudom, hogy ez mennyire fedi egyáltalán a valóságot, és mennyire kell csak azért elhinni, mert ők azt mondják. Na mindegy... ne is menjünk bele. Úgysem érdekes. Teszem, amit tennem kell, más választásom úgysincs. Nemcsak azért, mert semmi máshoz nem értek, de azért sem, mert ebből amúgy sincs kiszállás.

– Talán egyszer megszökünk – mosolygott a lány. – Csak mi ketten. – Odabújt hozzám, és éreztem, hogy máris kezd elnehezedni a kócos, rövid szőke fürtökkel borított kobakja. Épphogy csak letette a fejét a vállamra, és azonnal el is aludt egy pillanatra. Aztán felriadt, és hallottam, hogy ismét gyorsabban veszi a levegőt. Próbált fent maradni velem, hogy ne virrasszak egyedül.

– Aludj csak – mondtam neki. – Bekapcsolom a TV-t, és halkan nézem egy darabig. Aztán majd lehet, hogy én is megpróbálok visszaaludni. Még nem kelek fel. – Mielőtt befejeztem volna a mondatot, hallottam, hogy már szuszog. Mélyen aludt.

Jó neki, hogy ilyen könnyen el tud szenderedni. Ráadásul nem emlékszem, hogy valaha is rémálmai lettek volna. Továbbá arra sem, hogy nekem mikor *nem* voltak! Majdnem minden éjjel síron túli borzalmakkal hadakozom álmomban. Csak az intenzitásuk változik, hogy melyik mennyire szörnyű.

A furcsa csak az, hogy mindegyikben rendőr vagyok. Elképzelni sem tudom, hogy miért. Azt viszont igen, hogy milyen okból vannak rémálmaim. Apám miatt. Mi másért? Nem volt normális az a rohadt szemét! És nemcsak őrült volt, de gonosz is. Más ember, ha ilyen dolgokat kellett volna átélnie, nemcsak éjjel, álmában ordítana, de nappal is... egész nap, megállás nélkül egy diliházban, kényszerzubbonyban!

Apám mindig is zavaros alak volt. A szomszédok is tartottak tőle. Nem igazán keresték a társaságát, és amikor ő közeledett, akkor is inkább igyekeztek minél előbb lerázni. Eleinte még csak ennyi volt, aztán amikor kirúgták a gyárból, inni is kezdett. Akkor kezdtek elfajulni a dolgok.

Lehet, hogy az ital mellé drogozott is, nem tudom, de akkoriban olyan zuhanásszerűen romlott az elmeállapota, hogy az valami ijesztő volt. A mai napig nem tudom, hogy tulajdonképpen a drogtól és az italtól kattant-e be annyira. Vagy inkább mindig is őrült volt, és ezek a bódítószerek hozták-e ki belőle végül az állatot? Ki tudja!

Mindenesetre az biztos, hogy előtte még nem bántott minket. Egyikünket sem. Na jó, néha egy-egy pofon elcsattant. Nemcsak nekem és a bátyámnak osztott ki néhányat, de „igazságos" ember lévén anyámnak is jutott belőle. Ez a dolog sajnos tovább súlyosbodott apám munkanélkülivé válása után. Időnként elkezdett ok nélkül rombolni. Összetört dolgokat a lakásban. Máskor pedig, habár nem volt agresszív, egyszerűen csak nem vett tudomást a létezésünkről. Olyankor mániás állapotban pakolt dolgokat ide-oda. A legtöbb esetben minden ok nélkül. Például kihordta a kamrából egyenként az összes tűzifát. Halomba rakta őket a kert közepén. Aztán amikor elkészült, el is kezdte visszahordani az egészet. Szintén egyenként. Éjjel is csinálta. Aludni sem volt hajlandó. Megkérdeztük, hogy: „Apu, mit csinálsz?" Ő csak annyit felelt: „Látnak. Mindannyian. Jobb, ha úgy tűnik, elfoglalom magam valamivel."

Sosem tudtam, mi a szart akart ez jelenteni. Valószínűleg a világon semmit. Komplett hülye volt az öreg. Még akár nevetni is tudnék rajta... ha tudnék, de nem tudok. A pakolászás után ugyanis kisebb időszakokra nyoma veszett. Aztán hosszabbakra. Órákra... néha napokra eltűnt. Aztán volt, hogy nem üres kézzel jött vissza. Egyszer egy döglött kutyát húzott maga után pórázon. Meg sem mertük kérdezni, hogy hol találta, és mihez akar kezdeni vele. Nem is kötötte az orrunkra.

Köszönés nélkül bejött a konyhába, ivott egy jó nagy pohár tömény szeszt, aztán visszament a kertbe a kutyáért. Bevonszolta a kamrába, és magára csukta az ajtót. Egész másnapig ott volt vele. Néha hallottuk, hogy énekel neki. Néha gyerekdalokat, néha pedig zsoltárokat.

Anyám ekkor már el akart vinni minket onnan. Állandóan fogadkozott, hogy hamarosan útnak indulunk, itt hagyjuk őt örökre, és akkor majd minden rendben lesz. Hát nem lett. Anyám félt tőle. Nem merte elhagyni. Lehet, hogy attól tartott, úgyis utánunk jön majd. Talán valóban így is tett volna. Végül aztán sosem tudtuk meg a választ erre a kérdésre, ugyanis anyám meghalt, mielőtt elvihetett volna minket onnan. Apám ölte meg.

Egyik nap egy koszos vascsővel a kezében jött be a fáskamrából. Én rögtön tudtam, hogy baj van. Szólni akartam, de akkor már késő volt! Mire nyitottam volna a szám, már ütötte a csővel anyámat az arcán. Ott helyben, előttünk megölte őt. Teljesen ok nélkül halálra verte. Utána az ő testét is kivitte a kamrába. Oda gyűjtötte a tetemeket. Valószínűleg nem anyámé és a kutyáé volt az egyedüli holttest, amit ott rejtegetett.

A bátyámnak nagyjából ezen a ponton ment el örökre az esze, azon a napon. Azt már sosem heverte ki. Még az is csoda, hogy én képes voltam így kijönni a dologból.

Hogy őszinte legyek, nem vagyok teljesen biztos abban, hogy végül mikor szöktem el. Bár beugrik egy bizonyos nap, amit még apám házában töltöttem. Az öreg azzal foglalta el magát, hogy odaszögezte a nyolcéves bátyám kezeit a falhoz, és a Bibliából olvasott fel neki. Azt mondta, meg kell térnie. Majd ő kiűzi belőle a gonoszt. Nem tudom, hogy Johnny mennyit fogott fel abból az egészből, mert hónapok óta már beszélni sem volt hajlandó, de én akkor sokalltam be, azt hiszem. Talán akkor szöktem végül el. Szerintem őt is megölte. És velem is megtette volna, ha nem jövök el.

Aztán eltelt jó pár év. Nem tudom, mi történt végül apámmal. Talán meghalt, megölte magát. Legalábbis remélem!

Bizonyos időszakokra nem nagyon emlékszem akkoriból. Sőt, hogy őszinte legyek, komplett évek estek ki.

Az első emlékem az, hogy már itt New Yorkban vagyok, és egy éjjel-nappali tulajdonosának verem bele a fejét a saját pultjába.

„Vajon miért?" – kérdezhetnénk. Hát, ki tudja! Gondolom, éhes voltam, és kajára lett volna szükségem. Vagy pénzre. Nem tudom. Mindenesetre a fickó nem volt túl szerencsés, hogy éppen arra esett a boltja, amerre én kószáltam.

Ekkor „fedeztek fel", hogy úgy mondjam. Mármint nem született tehetségként híres előadóművésznek, hanem maffia verőembernek, aki embereket zsarol és félemlít meg, tartozásokat hajt be, akár gyilkolni is hajlandó, ha arra utasítják.

Bejött az éjjel-nappaliba két olasznak tűnő fickó, és tátott szájjal nézték, mit művelek a boltossal. Valamilyen szinten megértettem az értetlenségüket, mert én sem igazán tudtam, hogy mit csinálok. Mindenesetre nekik valamiért tetszhetett a dolog, mert elmosolyodtak.

Erre aztán én is. Csak annyit mondtam nekik, hogy: „Megpuhítottam nektek. Remélem, így már megfelel."

Erre a két fickó egymásra nézett, és hangos röhögésben törtek ki. Nagyon tetszett nekik a dolog!

Később kiderült, hogy épp behajtani jöttek, mert a tulaj egy ideje nem fizetett. Ők is azért jöttek, hogy alaposan helyben hagyják. Így csak szívességet tettem nekik azzal, hogy „tájékoztattam a fickót a jogairól". Mire ők odaértek, már minden jogával tisztában volt. Egy életre. Már amennyi maradt neki belőle olyan állapotban.

Ez így némileg még vicces is lett volna, de aztán mégsem nevettünk. Engem ugyanis letartóztattak súlyos testi sértésért, ők pedig elhúzták a csíkot, és büntetlenül megúszták. Végül is jogosan, mert ők – *ott éppen* – valóban nem csináltak semmit.

A sitten aztán akadt időm elgondolkodni a dolgokon. Még azon is, amin nem akartam. Akkor még nem tudtam, hogy ki volt az a két pasas, és azt sem, hogy hallok-e még róluk valaha.

Odabent aztán egy idő után gyanítani kezdtem, hogy meggyőzőnek találták a bemutatkozó produkciómat. Ugyanis a fegyencek elkezdtek nagy ívben elkerülni. Eleinte azt hittem, hogy csak tartanak tőlem, aztán kiderült, hogy ez inkább amiatt van, hogy a Falcone család néhány odabent ülő tagja szólt néhány „jó szót" az érdekemben. Gondolom, csupa kedvességet. Például azt, hogy bárkit megölnek, aki egy ujjal is hozzám ér. Feltételezem, hogy ilyesmi lehetett, mert nem nagyon akart ott a sitten senki hozzám érni. Na, nem mintha arra vágytam volna!

Szóval egy ideig nyugi volt. Nem nagyon piszkáltak. Bizonyos hónapokban olyan szinten leült minden, hogy már vissza sem tudok emlékezni, mi minden történt akkoriban. Gondolom, csupa unalmas, jelentéktelen dolog. Bár ha így van, akkor nem értem, miért zártak be kétszer is a börtönkórház pszichiátriájára. Szerintem csak kicseszésből.

Aztán volt pár ember, aki eltűnt. Mármint nem illantak el úgy, mint a kámfor, egyszerűen csak meghaltak. Zsákban vitték el őket. Tehát nemcsak a börtönből tűntek el, de az élők közül is. Lehet, hogy ez volt az oka a kényszerzubbonynak? Valamiért arra a következtetésre jutottak, hogy felelős lehetek a történtekért? Talán. Végül is volt köztük két cellatársam és egy börtönőr is, akit nem kedveltem túlzottan. Úgy rémlik, ez a három ember halt meg. De lehet, hogy többen. A fene sem emlékszik már konkrét számokra és részletekre.

Falconééket egyébként ezek az ügyek nem nagyon zavarták. Nekik nem volt hozzá közük – sem jó, sem rossz értelemben.

Végül aztán viszonylag hamar kiengedtek. Gondolom, azt az ügyvédet is ők szerezték, aki segített kijutnom. A fickó nagyon értette a dolgát. Az ingyenesen kirendelt védők nem szoktak olyan nagy ügyet csinálni abból, hogy az ügyfelüket hamarabb elengedjék, vagy hogy *egyáltalán* elengedjék bármikor is még életében. Biztos a Falcone család fizette le a pasast. Vagy megfenyegették valamivel. Náluk ez a két dolog majdnem egyenértékű és ugyanolyan gyakori is.

Szóval három év után végül szabadlábra helyeztek. Az indok „jó magaviselet" volt. Bár szerintem ezt azért ők sem gondolhatták teljesen komolyan.

Amikor kijöttem, jobb ötletem nem lévén, keresni kezdtem a Falcone családot. Nem kellett túl messzire mennem, már az első járókelő is tudta, kik azok és hol élnek, ugyanakkor azt is elmondta: nem biztos, hogy jó ötlet csak úgy beállítani oda, hacsak nem kimondottan ők hívtak meg. Mivel nem tanácsért szólítottam meg a járókelőt, hanem csak azért, hogy megtudjam a család címét, így nem foglalkoztam a figyelmeztetéssel, és egyenesen odamentem.

Először valóban nem örültek nekem túlzottan, és fegyverekkel taszigáltak végig különböző folyosókon és szobákon át egy – valószínűleg titkos – kihallgatószoba-jellegű helyiségbe. Azt hittem, minimum elvernek és eltörik pár csontomat, mielőtt kérdéseket kezdenek feltenni, de végül nem történt semmi ilyesmi. Elmondtam nekik, hogy mi járatban vagyok:

„Letartóztatásom előtt összetalálkoztam két emberükkel, és segítettem nekik megrendszabályozni valakit. Tulajdonképpen ezért is ültettek le három évre. Aztán odabent a sitten úgy láttam, mintha szimpatizálnának velem. Talán ők voltak azok, akik segítettek is idejekorán kijönni. Ezért vagyok itt: munka kéne." – Röviden bemutatkoztam nekik. Csak annyit mondtam, hogy: „Vincentnek hívnak, a barátaimnak Vinnie. Vezetéknevem nincs, vagy legalábbis nem emlékszem rá, barátaim sincsenek, vagy legalábbis rájuk sem emlékszem." – Erre a kihallgatást végző behemót elvigyorodott. Valami olyasmit mondott a társának, hogy „ideális alany". Nem tudom, mire akart ezzel célozni.

Tulajdonképpen csak ennyi történt. Nem volt semmilyen misztikus beavatás vagy kisujjlevágás szamurájkarddal. Esküt sem kellett tennem, sem pedig ékköves pecsétgyűrűket csókolgatni valamilyen kövér embernek a kisujján. Egyszerűen onnantól fogva nekik dolgozom.

Kisebb megbízásokkal kezdtük: Először elküldtek sörért a szemközti boltba. Közben jókat röhögtek rajtam. A bevásárlás nem tűnt túl bonyolult feladatnak, és azon se nagyon borultam ki, ha valaki kinevetett. Van annál rosszabb dolog is. Például az, ha arra ébredsz, hogy a cellatársad egy borotvaélesre olvasztott fogkefenyelet tart a péniszedhez, és azt mondja: „Visíts, ribanc!". Hallatszott is visítás aznap éjjel rendesen. De végül nem én voltam az, aki hangoskodott.

Később jöttek az átlagos, mindennapos megbízások: „Vidd el valakinek ezt a csomagot", „Add át valakinek azt az üzenetet, hogy..."

A csomagokban általában mindenféle porok, tabletták, kapszulák voltak. Sokszor fegyverek is. Nem mindig tudtam, hogy mit viszek a hónom alatt, de nem is nagyon érdekelt. A csomag, az csomag. – Végül is a postások is ugyanígy vannak vele, nem? – Tehát én úgy álltam hozzá, hogy ha nem túl nehéz, akkor nem reklamálok. A nagyobb méretű, kétkezes fegyverek néha persze elég nehezek voltak. De azokat kocsival is vihettem. Nem kellett gyalog cipelni őket.

Az átadandó üzenetek sem voltak túl bonyolultak. Sem megjegyezni, sem kimondani. Többnyire olyasmiket kellett átadni, hogy „Mr. Falcone azt üzeni, hogy ennek következménye lesz." Vagy: „Ha fizetsz, kevesebb lesz a gondod". Egyszer olyat is rám bíztak, hogy „A család a legfontosabb. Mi vigyázunk a mieinkre. Te is vigyázz a sajátjaidra."

A maffiáról egyébként annyit kell tudni, hogy sosem mond konkrétumokat. Azért, hogy az ügyvédeknek és a rendőrségnek ne legyen min csámcsogni, mint a vénasszonyoknak. Olyat tehát sosem mondanak ki nyíltan, hogy „Öld meg a geciládát. Nyúzd meg, aztán égesd el a hulláját."

Néha pedig lehet bizony, hogy célravezetőbb lenne az őszinteség. Egyszer történt is emiatt egy kis félreértés. Azt az utasítást kaptam, hogy menjek el egy műszaki cikket árusító boltba. A tulaj asztmás, és időnként nehezen veszi a levegőt. Segítsek neki ebben a dologban. Tegyek róla, hogy ne legyenek többé ilyen problémái.

Én odamentem, és miután a boltban lehúztam az összes rolót, hogy ne lássanak meg, a fickót a földre tepertem, és ledugtam egy műanyag csövet a torkán. Nem a gyomrába, hanem a légcsövén keresztül a tüdejébe. Azon át pedig beletöltöttem fél liter lefolyótisztítót a

24

légzőszervébe. Gondoltam, legyenek rendesen átjárhatók azok a légutak! A beszűkült csövekkel úgyis csak a baj van, pláne a makacs dugulással.

Az öreg Luigi Falconénak – a család fejének – viszont nem tetszett ez a megoldás. Ugyanis ők állítólag nem akarták, hogy a fickó meghaljon. Én erre azt válaszoltam, hogy akkor *ezt* talán velem is közölhették volna. Nekem ugyan senki sem mondta, hogy ne öljem meg. Én átadtam az üzenetet. A fickónak minden járata és csöve átjárható lett. Sőt, szét is mállott a lúgtól. Nem maradt semmilyen lerakódás. Ennél alaposabb már igazán nem lehettem volna.

Tulajdonképpen belátták szerintem, hogy igazam van. Nem hibáztattak többé. Azóta egyértelműbb utasításokat adnak. Konkrétan most sem mondják ki a lényeget, de ha Mr. Falcone erősen rázza a fejét, és hozzáteszi, hogy szeretnének még később is üzletelni az illetővel, abból már tudom, hogy ne okozzak neki sem halálos, sem gyógyíthatatlan fizikai sérülést. *Mentálisat* viszont lehet. Ezért az utóbbiért még egyszer sem néztek rám ferde szemmel.

Nem mondom, hogy effektíve élvezem ezt a munkát, de a gyerekkoromhoz képest nem tűnik rossznak. Én úgy vagyok vele, hogy inkább szenvedjen más, mint én. Még akár úgy is, ha én magam kínzom meg őket. Mindig örülök annak, ha engem épp nem kínoz senki. Az már fél győzelem.

Azt pedig szintén elmondhatom, hogy senkit sem bántunk ok nélkül. Ez fontos. Olyasmiben lehet, hogy azért már én sem vennék részt. Ezt Sophie-nak is elmondtam mindjárt a legelején. Azt hiszem, ezért is szeret és fogad el olyannak, amilyen vagyok.

Na igen, a drága kis Sophie... aki most épp a vállamra borulva alszik. Őt sosem bántanám.

Óvatosan a feje alá nyúlok, és lassan leengedem a párnára. Jobb, ha ott alszik, úgy nem fog percenként felébredni rá, ha megmozdulok valamiért.

Azt hiszem, még soha senkit nem szerettem életemben. Nem is igazán lett volna kit, és talán egyébként sem vagyok képes ilyesmire. Őiránta viszont érzek valamit, ami hasonlít a szeretet fogalmára. Érte bármit megtennék. Akár Mr. Falconét is megölném. Vagy akár mindkét gyerekét a feleségével együtt. Remélem, Sophie nem fog ilyesmire kérni a család ellen. Az azért nem lenne könnyű döntés.

Bekapcsoltam a TV-t, és azonnal lenémítottam, hogy nehogy felverje a zaj az én drágámat. Óvatosan adtam rá a távirányítóval egy kis hangerőt, hogy azért még lehessen hallani, amit mondanak. Éppen az esti híradó ismétlése ment a kettes csatornán.

Valami árvízről magyaráztak egy távoli, európai országban, aztán felkelésekről egy másik nagyon távoliban. Nem igazán érdekelnek az efféle hírek, hogy őszinte legyek. Nem is értem, miért mondják be az ilyet? Oké, hogy hírértékű, mert ott sok embert érint, de én itt személy szerint mi a szart csináljak? Menjek oda vödörrel, és segítsek nekik merni az árvizet? Először is, a legtöbb embernek nincs annyi pénze, hogy ilyen repülőutakat engedhessen meg magának. Továbbá egy szál ember a világon semmire sem jutna. Csak ő is belefulladna velük együtt, aztán annyi. Még egy úszkáló hullával több lenne a nyakukon.

A forradalmakkal és felkelésekkel körülbelül ugyanez a helyzet: Nekem aztán mondhatják nyugodtan! Egyedül hiába megyek oda két pisztollyal. Annyi úgysem lesz elég. Még ha csak egyetlen emberrel lenne esetleg problémájuk... egy politikussal vagy egy diktátorral. Azon lehet, hogy elgondolkodnék: tehetek-e valamit az ügyben. Így viszont nem. Tömegekkel nem tudok mit kezdeni. Így hát általában átkapcsolom a TV-t, ha ilyesmit látok. Ami engem nem érint, azzal nem foglalkozom. Feleslegesnek érezném, hogy csak azért menjek oda, hogy valaki zokogva rángassa a nadrágom szárát és könyörögjön, én meg sajnálkozva nézzem, de ne tegyek semmit. Ha meg engem úgysem veszélyeztet, akkor nem igazán érdekel, hogy másokra milyen hatással van a szóban forgó katasztrófa. Emberek vannak veszélyben a világ másik végén? És? Mindennap hangyák ezreit taposom el, ahogy sétálgatok. Velük ki foglalkozik? Miért gondolja úgy az emberiség, hogy mi többek vagyunk náluk? Lehet, hogy a hangyák között is vannak lángelmék, szép nőstények, több gyerekkel rendelkezők, mégse szarja le senki, hogy melyiket tapossák éppen szét. Ők is élőlények. Mégis magasról tesznek rájuk. Mert kisebbek.

Egyébként lehet, hogy fordított esetben, ha a hangyák jóval nagyobbak lennének nálunk, ők nem is eltaposnának, hanem kettészakítanának minket a csáprágóikkal. Vagy pépessé maratnának hangyasavval, hogy aztán valami kis fullánkon vagy mi a szaron keresztül felszívjanak, mint a csokis shake-et. Tehát erről ennyit. Mindig a nagyobb győz! Ez egy ilyen világ. Nem kell rajta megbotránkozni, sem zokogni a híradón. Vannak, akik elhullanak, vannak, akik pedig őket átlépve továbbmennek, és tovább élnek. Én is ezt teszem. Ha megyek tovább, egyszer talán eljutok valahová. Ha megállok tökölődni, előbb-utóbb eltalál egy golyó. Van rá esély, mert elég sok repked manapság körülöttem.

Épp át akartam kapcsolni valami olyasmire, ami érdekel is, amikor megakadt a szemem egy képsoron. Kicsit még feljebb hangosítottam, hogy halljam.

Ez a hír most kivételesen érdekesnek tűnt. Valami sorozatgyilkost emlegettek, aki rendhagyó módon kizárólag rendőröket tesz el láb alól. „Ez nem is olyan rossz ötlet!" – röhögtem magamban. Na jó, én azért idáig nem mennék el, de hogy őszinte legyek, nem rajongok a zsarukért. Sem a korrektekért, sem a korrupt fajtáért. A hírekben említett gyilkos állítólag ezt a második fajtát ritkítja. Az áldozatok becsületességével kapcsolatban már életük során felmerültek bizonyos kérdések. Bár bizonyíték nem nagyon volt ellenük. Később, haláluk után sokszor olyan dolgok derültek ki róluk, amit egész családjuknak szégyellnie kellett. A gyilkost a TV-ben „Szemfüles Gyilkos"-ként emlegették. Ez a zsaru volt eddig a harmadik áldozata. Onnan származik a gyilkos neve, hogy állítólag kiszúrja a szemüket, aztán átszúrja a dobhártyájukat is, hogy ne lássanak és ne halljanak. A rendőrségi szakértő szerint azért, mert nem tartja érdemesnek őket arra, hogy hallják és lássák ezt a világot. Ez egyfajta büntetés vagy megaláztatás a tetteikért. Miután egy tűvel elvégzi rajtuk ezt a beavatkozást, valami tompa tárggyal halálra veri őket.

„Hmm... Finom ember lehet!" – gondoltam magamban. „Nem mondom, hogy nem értek valamilyen szinten egyet azzal, amit csinál, de azért ez akkor is kicsit túlzás. Bár ki tudja? Lehet, hogy bagoly mondja verébnek?"

Harmadik fejezet: Edward

Előveszem a varrótűt. Vagy lehet, hogy ez inkább horgolótű? Nem tudom. Fogalmam sincs, mi a különbség köztük. Talán a második nagyobb, vagy ilyesmi. Ez a példány elég vaskos és hosszú, tehát akkor lehet, hogy horgolásra használják. Nem emlékszem, hol találtam. Talán valamelyik szekrény alján hevert egy régi varrógép mellett. De vajon kinek a varrógépe mellett? Kinek a lakásában? Jó kérdés. Nem mintha olyan fontos lenne. Végül is nem túl drága egy ilyen. Találhattam is valahol. A lényeg, hogy nálam van és használom, ha úgy adódik. Most épp úgy adódott.

Beleszúrom a tűt a rendőr szemgolyójába. Egy kicsit olyan hangot ad, mint amikor almába harapunk. Egy emberi szemgolyó jóval keményebb annál, mint azt hinnénk. Vajon az állatoké is ilyen? Nem tudom. Olyat még sosem próbáltam meg átszúrni. A frissen keletkezett lyuk mellett kibukkant egy csepp szemfolyadék. Előbújt, majd a földre hullott. Aztán az első nyomában egymás után több is követte. A cseppekből vékony sugár képződött. A szemfolyadék egy része távozott a lyukon át. Ekkor ugyanis már nem volt benne a tű. Az előbb kihúztam, és most a másik szeme felé közelítettem vele. Eszembe jutott, hogy most milyen idétlenül fickándozna a fickó, ha még eszméletén lenne. Ezért is ütöm le őket előbb, hogy nyugton maradjanak. Lehet, hogy a fogorvosoknak is ezt kéne csinálniuk! Amikor mosolyogva belép a beteg, az asszisztens hátulról fejbe vágná, és kész. Aztán később, ha végeztek, szólnának neki. Felráznák, és megmondanák, mennyivel tartozik. Lehet, hogy úgy jobban járnának. A beteg sem ijedezne, és az orvos is nyugodtan tudna dolgozni.

Miután a rendőr másik szemét is kiszúrtam, a fülei következtek. Ám, mielőtt nekiláttam volna, hogy azokról is gondoskodjak, zajt hallottam magam mögül a sikátorból. Úgy hangzott, mintha egy konzervdoboz esett volna le koppanva a betonra, aztán pattogva arrébb gurulna. „Remélem, csak egy macska vagy egy hajléktalan! A doktor úr ugyanis most nem épp nem ér rá! Beteggel van! Hogy miért nem veszek már fel én is egy asszisztenst?"

Türelmetlenül hátrakaptam a fejem, hogy lássam, kivel vagy mivel állok szemben. Veszélyt jelenthet-e rám, azaz tudna-e adott esetben szemtanúként azonosítani? Nos, az első kérdésre, hogy ki vagy mi lehet az, nem tudtam volna egyértelműen válaszolni.

Valami közeledett felém, de hogy mi volt az pontosan, azt képtelen lennék szavakba önteni. Van, amikor a rémület és a sokk egyszerűen befogja az ember száját. Nem biztos, hogy nincsenek szavak az adott jelenségre, de ha vannak is, nem tudjuk kimondani őket. Talán, mert nem szabad. Nem lenne jó, ha mások is hallanának arról az iszonyatos dologról. Ha kitudódna, akkor csak még nagyobb lenne a baj.

Erre a sikátorban felém haladó dologra a fenti definíció mindenképp ráillett. Ahogy egyre közelebb ért, megmondom őszintén, megijesztett. Még *engem* is, akárki is legyen az az „én". Ha ez utóbbira hirtelen nem is tudnék válaszolni – mármint arra, hogy ki vagyok –, arra viszont igen, hogy nem vagyok ijedős típus. Tőlem szoktak inkább *mások* megijedni.

Amikor először megláttam a faágakra emlékeztető, égnek meredő „haját" és üres bordáit, ahogy részben átvilágított rajtuk a sikátor egyetlen lámpája, azt gondoltam, talán társra leltem. Ő is valami kósza, eltévedt lélek lehet, aki bosszúra vágyik. Vagy válaszra. Igazságra.

De aztán egyre közelebb és közelebb lopakodott. Úgy haladt a nedvességtől csillogó betonon, mint egy árnyék. Hangtalanul járt, talán súlya sem volt. Nem rendelkezett arcvonásokkal, csak egy összeszáradt, múmiákra emlékeztető valami volt az arca helyén, akár egy kővé zsugorodott aszalt szilva. Ettől függetlenül mégis úgy éreztem, hogy vicsorog. Van, amikor nem látod, hogy a mögötted álló kutya milyen pofát vág. Csak hallod, ahogy liheg, és érzed, hogy támadni készül. Ez is ilyen érzés volt.

Tudtam, hogy nincs sok időm hátra. Ebből a sikátorból nincs kiút.

Elfogott az elemi rettegés. Hiába öltem meg sokakat, engem is elborzasztott a halál, ha nem másvalakiéről volt szó.

A gyorsan közeledő lény szóra nyitotta függőleges vágásnak tűnő száját. Habár semmi emberi nem volt benne, meglepő módon mégis értelmes szavakat tudott formálni vele:

– *Elhagytáll... elhagytáll... Rég nem láttalakk-k-k... Kiszúrom a szemedd, és akkor majd te sem látsz-sz-sz.*

– Ne gyere közelebb! Ne gyere közeleeebb! – ordítottam magamból kikelve. Csapkodni kezdtem felé. Nem is tudom, hogy mivel. Valamivel... bármivel, ami a kezem ügyében volt.

Csak üvöltöttem és üvöltöttem. Még akkor sem tudtam abbahagyni, amikor már ismét öntudatomnál voltam. Felébredtem. De hiába, ugyanis van egy pont, amikor muszáj kiadni a még bent lévő, rémálom okozta feszültséget. Olyankor az ember akaratlanul is tovább ordít egy pár másodperccel, mert muszáj kikiáltania a világba, hogy bántotta valaki. Egyfajta feloldozás ez. Vagy talán árulkodás. Árulkodás a gonoszra.

Kiültem az ágy szélére, és vártam, hogy lassuljon a szívverésem. Egyelőre nem akartam visszafeküdni. Túl nagy volt arra az esély, hogy folytatódjon ugyanaz az álom. Vagy akár egy új, előzőhöz hasonló kezdődjön el. Nem vagyok rájuk kíváncsi! Egyikre sem.

Mostanában állandóan azt álmodom, hogy embereket ölök. Akárcsak egy sorozatgyilkos.

Pedig nemhogy sosem tennék ilyet, de valójában pont én vagyok az, aki vadászom rájuk.

Edward Klowinsky-nek hívnak, és a New York-i Rendőrségnél dolgozom nyomozóként, hadnagyi rangban.

Az ágyam szélén ülve ismételgettem a nevem: „Ed Kinsky... Ed Kinsky... Ed Kinsky...” Így próbáltam magam megszuggerálni, meggyőzni arról, hogy ki vagyok. Kollégáim csak ezen a rövidebb néven emlegetnek az őrsön. A Klowinsky-t képtelenek kimondani. Habár a papírjaimon ez a név áll, többnyire Kinsky-ként hivatkoznak rám. Az amerikaiak már csak ilyenek: lusták. Legalábbis a külföldi neveket és idegen kifejezéseket illetően.

Egyébként nem zavar a dolog, néha már én is így gondolok önmagamra, ezen a néven. Mint ahogy most is.

A nevem ismételgetésétől kicsit kitisztult a fejem. Így már kevés volt a valószínűsége annak, hogy visszaaludva ismét egy sorozatgyilkos bőrébe bújva találjam magam álmomban. Ettől függetlenül akkor sem volt túl sok kedvem visszafeküdni.

Bekapcsoltam inkább a TV-t, hogy hátha találok valami vidám műsort, ami elterelhetné a figyelmem ezekről a sötét gondolatokról. Vagy valami olyan unalmasat, hogy visszaaludjak tőle jó mélyen, de ha lehet, akkor ezúttal álommentesen, olyan nyugodtan, hogy reggelig fel se ébredjek.

Sajnos éppen híradó ment. Valószínűleg az esti adás ismétlése. Nem néztem meg mindennap, mert csak idegesítettem rajta magam. Valami árvízről beszéltek Horvátországban és valami felkelésről

30

Lengyelországban. Nem lehet most könnyű nekik! Bárcsak tudna az ember ilyenkor segíteni...

A lengyelországi hír azért is ragadta meg a figyelmem, mert részben onnan származom. Na jó, igazából nem vér szerint, csak a nevelőszüleim jöttek onnan.

Azután, hogy őrült apám megölte az anyámat, megszöktem. Soha többé nem mentem vissza. Eleinte a ház mögötti erdőben kóboroltam. A vadonban próbáltam meg boldogulni. De sajnos semmilyen élelmet nem találtam. Kínomban faleveleket ettem, és valamilyen ismeretlen fajtájú bogyókat. Ezektől viszont belázasodtam és napokig hánytam. Nem tudom, hogy a mesékben és mondákban hogyan nevelnek fel bárkit is a vadállatok, de engem ugyan nem próbált meg egyik sem a gondjaiba venni. Éhen haltam volna, ha nem megyek be a városba. Ott aztán először hajléktalanként kéregettem, és néha rendőrök elől, néha pedig elvadult csövesek elől menekültem, akik el akarták venni azt, amit sikerült aznap összekoldulni és összelopkodni. Egy idő után viszont végül elkaptak a rendőrök. Bevittek egy otthonba, mert kiskorú elvileg nem kódoroghat csak úgy az utcán egymagában. Nem véletlenül kerültem előtte a rendőröket. Pont ezért, hogy ne rakjanak be egy ilyen helyre. Ugyanis ott mindenki csak parancsolgatott és fenyegetett. A felnőttek a szabályok miatt ordítoztak, és megszólalni sem lehetett, a többi gyerek pedig velem ordítozott, amikor a felnőttek nem hallották, ugyanis én voltam a legújabb és a legkisebb köztük.

De aztán szerencse ért. Annak, hogy én voltam a legkisebb, kiderült, hogy előnye is van:

Amikor egy gazdag házaspár érkezett az árvaházba, hogy örökbe fogadják valamelyikünket, engem szúrtak ki elsőnek. Velük valóban szerencse, hogy összehozott a sors. Az öreg David Klowinsky nyugalmazott rendőrtiszt volt. A felesége, Karolina, egy gazdag családból származó, jólelkű asszony. Személyében egy igaz barátot ismerhettem meg. Anyám helyett anyám volt. Ettől a jóravaló házaspártól már kaptam rendes, valódi nevelést. Megtanítottak rá, hogy tiszteljem a törvényt, és becsüljem a többi embert.

Kár, hogy már nem élnek... David szívrohamban halt meg, Karolina pedig autóbalesetben. Nem kellett volna hatvankilenc évesen még mindig vezetnie. Nem látott jól. Mindig mondtam neki, hogy fogadjon fel inkább egy sofőrt. Anyagilag végül is tellett volna rá. De ő nem akart

„felvágni". Inkább kockáztatott nap mint nap. Makacs egy asszony volt szegény, de én szerettem.

Emlékektől megrohanva és kicsit el is érzékenyülve feljebb küzdöttem magam az ágyon, hogy rendesen, ülő helyzetben nézhessem a híreket. Aludni ma éjjel valószínűleg már úgysem fogok.

Kicsit tartottam attól, hogy az előző hírek után mi következik, de úgy voltam vele, hogy hiába is tartunk olyasmitől, amiről tudjuk, hogy közeledik... attól még, ha hátat fordítunk neki, ugyanúgy be fog következni. Egyszerűbb hát szembenézni a problémával, mint csukott szemmel, gyerek módjára rettegve várni, hogy elmúljon a veszély.

Így hát nem kapcsoltam át, és megvártam, amíg váltanak a következő hírblokkra. Igen, pontosan az következett, amitől tartottam: Ismét a Szemfüles Gyilkosról volt szó. Megint lecsapott. Bár én már eddig is tudtam a harmadik áldozatról, de így a hírekben azért egész más volt viszontlátni. Ők ugyanis mindig rátesznek egy lapáttal. Na jó, nem mintha amúgy ne lenne szörnyű ez az egész ügy. Armstrong nálunk dolgozott, a New York-i Rendőrségen. Ismertem. Nap mint nap találkoztunk, sőt még dolgoztunk is együtt bizonyos ügyeken.

Őszinte legyek? Rühelltem a fickót. Egy utolsó féregnek tartottam. Sokszor felmerült bennem, hogy fel kéne dobni a belsősöknél a korrupt szemétségei miatt, de végül sosem tettem meg. Nem tudom, miért. Talán félelemből. Tartottam tőle, hogy nem csuknák le, és bosszút állna. Vagy attól, hogy lecsukják, és még úgy is bosszút állna. Vannak emberek, akiket egyszerűen nem lehet megakadályozni abban, hogy ártsanak nekünk vagy másoknak. Legfeljebb úgy, ha elteszik őket láb alól.

Tehát a Szemfüles valamilyen szinten még segített is megoldani a helyzetet. Ezért is volt miatta lelkiismeret-furdalásom. Mert valahol legbelül örültem ennek az egésznek. Ez pedig ocsmány egy dolog. Nem voltam miatta büszke magamra.

„Mi lesz ebből az egészből?" – dobtam le összeszoruló gyomorral a távirányítót magam mellé a paplanra. „Vajon ki ez a gyilkos? Ki csinálja ezt? Valóban lenne hozzá valami közöm? Szándékosan űznek ilyen gonosz tréfát velem? Vagy ez az egész csak véletlen? Bár én már nem nagyon hiszek a véletlenekben az ilyen ügyekkel kapcsolatban. Szerintem minden okkal történik. A rendőrség, a hatóságok és a fegyveres erők világában legalábbis biztosan. A véletlenek pedig olyanok, mint Isten: Ha léteznek is, nem nagyon szeretik megmutatni magukat. Nekem legalábbis nem."

Negyedik fejezet: Edward és a fény

„Hogy én mennyire utálom a napsütést!" – jutott eszembe, ahogy kiléptem reggel az ajtón. „A pofám majd' leolvad! És ilyenkor reggel még nincs is olyan meleg. Mi lesz akkor később?"

„Pápá!" – rebbent meg a kezem szórakozottan a ház felé, mintha integetnék neki, ahogy leléptem a kocsifelhajtóról a járdára. Ha állt volna valaki az ajtóban, akitől elköszönhetek, valószínűleg sosem alakult volna ki nálam ez a beteges szokás. De valamiért úgy éreztem, hogy ha reggel nem köszönök el a háztól, akkor este talán majd nem is „vár" haza. Lehet, hogy ez most furán hangzik, igen, tudom, hogy ez afféle kényszeres dolog, ami nem jó semmire, de akkor sem tudok mit tenni ellene. Tudom, hogy hülyeség, de egyelőre még nem okoztam vele sem magamnak, sem másoknak kárt. Így hát gondolom, még korai lenne kényszerzubbonyba tenniük miatta. Egyszerűen csak magányos vagyok, ennyi az egész.

Fura volt így tömegközlekedéssel munkába járni, de amióta áthelyeztek, metróval jártam be. Azzal hamarabb beértem. „Valamikor majd rá kéne néznem a kocsira" – gondoltam. „Már olyan rég nem ellenőriztem az akkut, hogy az ennyi idő alatt nemcsak lemerült, de valószínűleg feltölteni sem lehet többé. Mivel gyalog járok, így az autó kihasználatlanul áll a garázsban. Talán el kéne adnom, mielőtt még az egészet felzabálja a rozsda."

Viszonylag hamar, fennakadások nélkül beértem dolgozni. A metrón ilyenkor reggel még belém kötni sem szoktak. A bedrogozott feketék és részeg fehérek – vagy a kettő egy másik kombinációja – inkább sötétedéskor okoz gondokat, amikor hazafelé utazom. Bár mivel rendőr vagyok és fegyvert hordok magamnál, így túl sokat nem tudnak tenni ellenem. Volt már, hogy bevittem egynéhányukat. Az ilyen eset viszont elég idegesítő tud lenni, ugyanis ez még egy extra úttal jár odavissza. Rámegy az egész délután, és aztán visszafelé megint csak beleütközhetek egy ugyanilyen esetbe. Sosincs vége! Mostanában már úgy vagyok vele, hogy hagyom, hadd csináljanak, amit akarnak. Amíg énrám nem lőnek, addig én sem lövök vissza. Tudom, hogy ez nem egészen törvényes, de hát manapság mi az? Na jó, azért ha valaki valóban fenyegetően lép fel, akkor nem hagyom szó nélkül, de a legtöbb esetben csak ordítoznak vagy megjegyzéseket tesznek másokra. Az pedig réges-rég nem érdekel, hogy ki mit mond és mit gondol. Akár másról, akár énrólam. Ha érdekelne, lehet, hogy már felkötöttem volna magam. A hosszú élet titka sajnos talán az, hogy mi, emberek magasról szarjunk egymásra. Az én esetemben ugyanis ez a módszer elég jól beválik. Amióta kevésbé érdekel, hogy mi történik körülöttem a világban, én sem idegeskedem annyit. Így, mondjuk, nem túl könnyű párkapcsolatot kialakítani, ha nemcsak a pofád olyan borostás, mint egy kaktusz, de a modorod is épp olyan tüskés. Valószínűleg ezért is vagyok egyedül. De hogy őszinte legyek, nem hiányzik túlzottan egy barátnő nyavalygása. Azért, mert attól meg én kezdek el nyavalyogni! Annál pedig nincs rosszabb, mint amikor az ember utálni kezdi saját magát a viselkedése miatt. Egyszerűbb hát úgy élni, hogy azok lehessünk, akik lenni akarunk, és ne azok, akikké egy párkapcsolatban válnánk. Van, aki megváltozik tőle. Na jó, valójában mindenki megváltozik, csak elég kevesen ismerik be. Én például nem szeretem a nős Edwardot. Ismertem őt, de rájöttem, hogy rühellem. Iszik, és egy akkora paraszt, hogy arra nincsenek szavak. Azaz vannak, de egyik sem szép. Így hát elváltam. Magányos Ed legalább soha nem bánt meg senkit. Még inni is alig szokott. Majdhogynem egy szent. Na jó, azért ne túlozzunk...

Ahogy beléptem az őrsre, köszönésképp intettem az ügyeletes tisztnek. Ma Kathy volt a soros. „Nem értem, hogy bírják ezt a tizenkétórázást. Ez a szegény lány is mintha fél év alatt öt évet öregedett volna. Valóban szükség van erre? Lehet, hogy itt is elkezdik majd a leépítéseket, mint Detroitban? Ennyire rossz lenne a helyzet? Ott egymás után küldték el az embereket, mert nem tudtak nekik többé fizetést adni. Itt pedig majd ez vár ránk? Egyre több munka? Először túlórázás, aztán tizenkétórázás, majd végül már haza sem engednek?"

Köszöntem a többieknek is, majd ledobtam a sporttáskát az asztalom mellé, és leültem. A többiek mind aktatáskával jártak, de én nem akartam követni a példájukat. Úgy éreztem volna magam vele, mint egy fontoskodó hülye gyerek, aki az érettségi napján elkéri az apja aktatáskáját a vizsga idejére, mert attól a naptól kezdve „már ő is felnőtt". Ja! Egy francokat az. A gyerekek azt hiszik, hogy egy bizonyos esemény miatt egyetlen nap alatt felnőtté lehet válni. Vizsgák, vagy valami hülye beavatásféle, vagy akár a szüzesség elvesztése. Ugyan már! Az ember nem ezektől válik felnőtté. Akkor tudod meg, hogy felnőtté váltál, amikor nem vágysz többé semmire. Amikor már belefáradsz abba is, hogy fantáziálj, és napok telnek el úgy, hogy nem álmodozol semmiről. Amikor a nőket se nézed többé, mert tudod, hogy úgyis csak ugyanazt tudják nyújtani: a nagy semmit. És már a szex sem érdekel annyira, mert tudod, hogy ha egyedül csinálod, az szánalmas, ha mással, akkor meg csak a baj van belőle. „Baj" alatt azt értem, hogy egy kisgyerek vagy akár egy kis fertőzés. Egyik sem sokkal jobb, ha engem kérdezel. Tehát ez a nagy büdös „felnőttkor". Hogy én mikor léptem át ebbe, arra már nem emlékszem. Ja, igen! Ez is az egyik tünet: Az ember elfelejt dolgokat.

Tehát lehet még ebben valami minimális kamaszos lázadás, hogy nem aktatáskával járok dolgozni, mint aki elkérte otthon apucitól az övét. Lehet, hogy a sporttáska kissé komolytalan benyomást kelt, de ennyi kamaszos bohémság azért hadd legyen már bennem, ha egyszer a többi dolog úgyis odaveszett.

– Szevasz, Eddie! Jó reggelt neked is! – mondta Santiago őrmester kissé gúnyosan, ahogy elhaladtam mellette. Úgy tűnt, rossz néven vette, hogy nem köszöntem neki külön. – Jó a táskád. Mikor veszel már egy valódi, amiben nem csak tankönyveket és izzadt edzőgatyát szokás hordani? – Közben mosolygott. Tudta, hogy értem a viccet. Még akkor is, ha nem mindig reagálok rá.

– Beléd is – vetettem oda tömören. Már majdnem elmosolyodtam, hogy ennyire kitalálta, mire gondolok a táskámat illetően, de aztán az utolsó pillanatban visszafogtam magam. Nem akartam adni alá a lovat. Jessica Santiago egyébként egy elég jó csaj. Kedveltem is. Pont ezért kíméltem meg attól, hogy összejöjjünk. Azt szokták mondani, hogy ha igazán szeretsz valakit, akkor képes vagy elengedni. Én annyira szeretem Jesst, hogy már össze sem jövök vele! Így el sem kell majd engednem a végén. Remélem, azért valahol mélyen legbelül értékeli a fáradozásaimat. Ugyanis elég kitartóan próbálkozik már egy ideje.

– Megint morcosak vagyunk? – kérdezte. – Ne csináld már! Eddie, te egy olyan jóképű fickó vagy. Miért nem kapod kicsit össze magad?

– Isten ments – mosolyodtam el. – A végén még szemet vetnél rám. – Nem tudom, hogy komolyan gondolta-e. Szerintem mostanában inkább ijesztően nézek ki, mintsem megnyerően. – Valami hír? – kérdeztem egy másik kollégát, Jimet.

– Te ezek szerint tényleg nem tudod? – kérdezett az vissza.

– Mit?

– Megkaptad az ügyet!

– Ó. Most mondanám, hogy meg vagyok lepve, de valójában már számítottam ilyen eshetőségre. – Még annál is jobban, mint nekik mondtam, de azokról a dolgokról nem áll szándékomban mesélni nekik.

– És akkor? Most hogyan tovább?

– Szerintem lesz délután egy sajtótájékoztató – mondta Jim. – Ott majd téged is kérdezgetni fognak, most, hogy innentől te foglalkozol az üggyel. Nem irigyellek! Hogy én mennyire utálok riporterek elé kiállni!

– Én is, Jim, én is. De akkor is, valakinek el kell kapnia a Szemfülest. Így, hogy megölte a rendőrfőnökünket, ez innentől most már személyes ügy mindannyiunk számára.

– Nem mintha annyira szerettük volna a pasast – szólt közbe Jessica –, azt a vén, korrupt szemétládát.

– Attól még ugyanúgy el kell kapnunk a tettest – néztem rá összevont szemöldökkel, hogy fékezze a nyelvét. Ezért akár fel is függeszthetik, ha meghallják. – Szerettük vagy sem, de el kell kapnunk a gyilkosát.

„És aztán megölöm" – tettem hozzá magamban. „Ez az egyetlen mód. Mást nem tehetek. Először meg kell tudom tőle, hogy kicsoda és miért teszi, amit tesz. Aztán ha megtudtam, kicsinálom és örökre elteszem az útból. Emlék sem marad belőle. Remélem, hogy nem marad, mert álmodni sem akarok vele. Soha többé!"

Ötödik fejezet:
Vinnie és a sötétség

Nemsokkal ebéd után az öreg Luigi Falcone behívott a dolgozószobájába.

– Segíthetek valamiben, uram? – kérdeztem még az ajtóban állva. – Megbízása van a számomra?

– Most nem! – felelte türelmetlenül. A hájas nyaka csak úgy rengett felindultságában. Nem tudom, mi lelte. Elég dühösnek tűnt. – Gyere be, Vincent, és csukd be magad után az ajtót!

Úgy tettem, ahogy mondta, és leültem az asztalával szembeni székre.

– Hallgatom, uram. Valami baj van? Megint a Pastore család? Akarja, uram, hogy odamenjünk? Pár puska, géppisztoly és néhány kézigránát sok mindent megold. A legmeddőbb helyzet is újra olajozottá teheti. Sőt, lehet, hogy akkor el is felejthetnénk az egész problémát.

– Nem róluk van szó. Velük majd akkor számolunk, ha eljött az ideje. Most egy annál sürgetőbb ügy is van, mégpedig a tiéd! Elárulnád, hogy mi a retkes kurva anyámat csinálsz?! Mégis hogy gondoltad te ezt az egészet?

– Tessék?! – Úgy ültem ott, mint akit leforráztak. Elképzelni sem tudtam, hogy mire gondol. Egy pillanatra megállt bennem az ütő. Ha ennyire dühös, lehet, hogy már el sem hagyhatom ezt a szobát élve! A szemem sarkából azonnal menekülési útvonalat kezdtem keresni. De nem volt túl sok. Vagy a hátam mögött az ajtó, vagy előttem az ablak. Valószínűleg egyiket sem érem el időben, ha az öreg rám lő. Az egyetlen lehetőség az, ha én tüzelek elsőnek. Viszont akkor meg az emberei fognak agyonlőni. Ám mielőtt tovább agyalhattam volna a helyzet kilátástalanságán, Mr. Falcone közbevágott:

– Ne játszd a hülyét, Vinnie! Tudjuk, hogy te vagy az. Lebuktál. Észrevettek ugyanis.

– Mi? Kit? Engem? Hol? Nem csináltam semmit, uram! Azazhogy sok mindent, de olyat nem, ami a család ellen irányult volna!

– Tudom – enyhült meg egy nagyon kicsit. – De erre akkor sincs mentség! Ilyen nyíltan nekik támadni! Te, fiam, nem vagy normális! Vagy még annál is bátrabb vagy, mint gondoltam.

– Kinek támadtam én neki? A Pastore gyereket még a múlt hónapban intéztem el. Tudtommal semmi gond nem volt belőle. Vagy igen? Történt valami, amiről nem tudok?

– Mondom: ne játszd a hülyét. A gyilkosságokról beszélek. A rendőrgyilkosságokról.

– *Rendőrgyilkosság?* – kérdeztem elhűlve. – Én olyanról nem tudok. Egyszer meghalt egy börtönőr, amíg sitten ültem. De az baleset volt. Azt hiszem...

– Igen, a rendőrgyilkosságokra gondolok. Fiam, legutóbb meglátott valaki! Még szerencséd, hogy közülünk való a szemtanú, és így csak nekem szólt! Ez az egyetlen oka, hogy még mindig szabad lábon vagy.

– A Szemfüles Gyilkosra gondol? Valaki azt kamuzta, hogy én vagyok az, vagy mi? Ki mondta ezt? Csak szórakoznak, uram, nehogy már elhiggye! El sem tudom képzelni, miért mond valaki ilyet!

– *Nemcsak mondták* – sziszegte az öreg dühösen –, de meg is mutatták! – Elővette a belső zsebéből a mobilját, majd odadobta elém az asztalra. Úgy odavágta, hogy csak úgy csattant. Csoda, hogy nem tört össze azonnal a kijelzője az asztalt borító kőkemény üveglapon. – Nézd meg magad!

– Mi a szar ez? – vettem a kezembe a telefont a kijelzőjén látható fényképpel. – Kik ezek? – Aztán amikor jobban megnéztem, már láttam, hogy felesleges ezt tőle megkérdezni, hisz én magam is látom a választ erre a kérdésre: A képen én voltam látható. – Ezt nem értem... – motyogtam a képet bámulva.

– Pedig jobb lenne, fiam, ha elkezdenéd érteni és elmondanád szépen, miről van szó! Mindenkinek jobb lenne úgy.

A képen egyértelműen én voltam látható. Egy sikátorban guggoltam. Egy merő véres, rendőregyenruhás fickó felett. „Ez ugyanaz a hely!" – jöttem rá. „Amit előző este a híradó ismétlésében is láttam. Itt történt a gyilkosság. A képen pedig én guggolok az áldozat mellett."

– Mi a fene folyik itt? – kérdeztem az öreg Falconétől.

– Semmi. Lebuktál. Ez a nagy helyzet. Jobb, ha beismered, és szépen kitálalsz, hogy miért kavarod itt nekem a szart a rendőrséggel.

– De, uram, ez csak egy hülye kép! Ilyet akármikor összemontíroz valaki számítógéppel. Ez nem bizonyít semmit.

38

– Az sajnos nemcsak egy kép, amit a kezedben tartasz, hanem egy kimerevített kép egy videófelvételből.

– És mi látható még rajta? – Bár megérinthettem volna a kijelzőt, hogy folytatódjon a lejátszás, de inkább mégsem tettem. Úgy éreztem, Luigi maga akarja elmondani.

– Te vagy rajta látható, ahogy ebből az épületből odamész. Az is, ahogy leütöd azt az embert, és aztán az egész gyilkosság is megtekinthető azon az átkozott felvételen!

– De miért csinálna valakit ilyet? Miért vették fel mindezt, és ha tényleg ott voltak, miért nem avatkoztak közbe?

– Billy készítette a videót. Aznap követett téged. Egy ideje elég furán viselkedsz, ugye tudod? Már kezdtük azt hinni, hogy átálltál hozzájuk, és besúgó lett belőled. Attól tartottunk, hogy a hekusok megzsaroltak valamivel, és van ellened valamilyük, amivel a markukban tartanak. De egyelőre nem csuknak le, cserébe viszont elvárják, hogy köpj nekik rólunk. Rólunk, a családodról!

– Sosem tennék olyat, Mr. Falcone! De hisz ezt ön is tudja.

– Most már igen! Azok után, hogy Billy utánad ment, és kiderítette, mit művelsz szabadidődben, legalább már azt tudjuk, hogy nem vagy rendőrspicli. Így, hogy pont az ő soraikat ritkítod, biztos vagyok benne, hogy nem erről van szó. De akkor miről? Mondd, mi a fenét művelsz?

És ez volt az a pillanat, amikor bizony örökre megváltozott az életem. Ettől a perctől kezdve semmi sem volt többé a régi. Ekkor még nem tudtam, hogy ennyire komoly az ügy. Arra gyanakodtam, hogy valaki talán csőbe húzott, hogy lejárasson. Mindenesetre azt már ekkor is láttam, hogy nincs értelme Luigival vitatkozni. Csak feldühíteném vele.

De akkor mégis mi a rossebet csináljak? Ha elkezdem tagadni, hogy én vagyok látható a felvételen, lehet, sőt *biztos*, hogy tiszteletlenségnek fogja venni. Lehet, hogy azonnal le is lő.

Ha bevallom, akkor viszont lehet, hogy csak leszid, mint egy gyereket. Ez, habár abszurdan hangzik, az ilyen családokban mégis így megy. Egy véletlenül vagy saját szakállunkra elkövetett gyilkosság fele akkora hibának sem számít, mint ha tiszteletlenek lennénk, annál meg pláne nem súlyosabb, ha kiderül, hogy elárultuk a családot.

– Sajnálom – nyögtem ki nagy nehezen.

– Tehát elismered?

– Igen. – Gondoltam, úgysincs más választásom. Ez még a kisebbik rossz a két lehetséges opció közül.

– De miért? Hogy jutott eszedbe ilyeneket csinálni? Miért tetted? „Miért, miért? Ez itt a nagy kérdés! Fogalmam sincs" – töprengtem magamban. „De valamivel elő kell állnom. Még akkor is, ha mindjárt szétrobban a fejem!" – Úgy száguldottak benne a gondolatok és a lehetséges válaszok, mint még soha. „Tényleg: miért is tettem volna olyat, ami a felvételen látható? És ez még a kisebbik miért. A nagyobbik az, hogy mi a szarért nem emlékszem rá? Ez a része sokkal aggasztóbb. Ugyanis ha az a felvétel nem hamisítvány, és valóban én vagyok a Szemfüles Gyilkos, akkor frankón be vagyok kattanva. Teljesen! Ilyen kegyetlen gyilkosságokat talán még elkövethet normális ember abban az esetben, ha ezzel bízzák meg, mert üzenetet akarnak küldeni vele. Ha okkal tesz az ember ilyet, akkor talán még lehet mentsége rá. Mármint azzal kapcsolatban, hogy normális-e egyáltalán. Ha viszont az ember passzióból megvakít, megsüketít, aztán halálra ver embereket... nos, egy olyan alaknak még a maffiában sincs helye. Akkor engem bizony el fognak küldeni a családból. És nem fizetés nélküli szabadságra, hanem a túlvilágra."

– Elterelésnek szántam, uram – mondtam hát ki az első baromságot, ami eszembe jutott. Inkább, mint az igazat! Azt az egyet soha. Ezzel kapcsolatban nem!

– Elterelésnek?

– A zsaruk már túlzottan a sarkunkban voltak. Van egy ismerősöm a New York-iaknál. Azt mondta, nagyon közel jutottak hozzánk a Pastore-leszámolások miatt. Valakinek tennie kellett valamit, de gyorsan.

– Ó, valóban? És te egyszerűen csak úgy döntöttél, hogy majd egyedül elintézed? Miért nem mondtad ezt el nekem?!

– Ne haragudjon, uram! Nem akartam, hogy feleslegesen idegeskedjen. Nem tiszteletlenségnek szántam, csak kímélni szerettem volna. De végül is sikerült, nem? Azóta teljesen ezen az ügyön kattognak. Látott mostanában errefelé zsarut? Én nem. – És az a vicc, hogy ez igaz volt! A Szemfüles Gyilkos feltűnése óta a rendőrség minden erejével ezen az ügyön dolgozott. Nem igazán érdekelték őket a szervezett bűnözés ügyletei, sem a családok egymás közötti háborúzása.

– Hmm... mondasz valamit – gondolkodott el az öreg. – Azóta tényleg nyugi van. De mégis hogy képzelted te ezt az egészet? Miféle veszélyes játékot űzöl egyáltalán?

– Sajnálom, uram. Többé nem fordul elő. Csak a családot akartam védeni. Úgy érzem, ez sikerült. De tényleg sajnálom, hogy így kellett megtudnia. Már el akartam mondani, de még nem éreztem, hogy megfelelő lenne az idő.

– És mégis mikor mondtad volna el?! Amikor már lesitteltek? Hogy te mekkora egy marha vagy! Bár most, hogy belegondolok, annyira talán mégsem, mint korábban hittem. Nem semmi, hogy ezt így összehoztad! Azóta tényleg leszálltak rólunk. Nem is értettem, mi lelte őket. Azt hittem, ez valami vihar előtti csend, és lecsapni készülnek. Attól tartottam, hogy azért, mert *te* láttad el őket információval!

– Sajnálom, Mr. Falcone. Nem is tudom, mikor mondtam volna el. Tisztában vagyok vele, hogy meggondolatlanság volt részemről. De ismétlem: a család érdekeit tartottam szem előtt.

– Tudom – bólintott az öreg. – Örülök, hogy legalább egyből beismerted a dolgot, és nem kezdtél el hazudozni, mint valami idióta. Értékelem az őszinteségedet.

„Ha te azt tudnád...” – nevettem fel magamban halálra váltan. „Ha tudnád, hogy *mennyire nem* vagyok őszinte!"

– Na, gyere ide! – vigyorodott el Mr. Falcone. Most olyan volt, mint egy százhúsz kilós róka, aki próbál kedves lenni egy nyúllal, aki finom fűszerekbe van hempergetve, és két lépésre ácsorog egy grillsütőtől. Félénken odaléptem elé.

– Na, gyere, te marha! – vaskos karjával odarántott magához, és megölelt. Megveregette még a hátamat is. Majd' beszakadt. – Értékelem a hűségedet, fiam. Ezért is hozattalak ki a sittről! Tudom, hogy ott sem járt el a pofád. De azért *ekkora* állatságot! Honnan jutott ez eszedbe? Kiszúrni a szemüket és megsüketíteni őket? Ki hallott már ilyet? Te tényleg tiszta dinka vagy!

– Sajnálom, Mr. Falcone – mondtam kínosan vigyorogva már vagy harmadszor. – Csak improvizáltam. Ez jutott elsőre eszembe. Gondoltam, vigyünk a gyilkosságba valami extrémet is, hogy legyen min agyalniuk egy ideig. Először csak a szemét akartam kiszúrni, de megbotlottam, és beleállt a tű a fickó fülébe! Gondoltam, ha lúd, akkor legyen kövér. Kilyukasztottam utána a másik dobhártyáját is, hogy meglegyen az összhang. Így még betegebbnek tűnik majd az egész ügy!

– Hát, tényleg annak tűnik! Háhá! – röhögött az öreg, még mindig nem eresztve el. Most a zakóm válltömését fogta és rángatta nevetés közben. Olyan erősen, hogy majd letépte... a vállammal együtt. – Hogy te mekkora állat vagy, Vinnie! Komolyan tetszel nekem, fiam! Van benned kurázsi!

– Köszönöm, uram, igyekszem.

– De sajnos van egy kis bibi – komolyodott el. Végre eleresztett, és a szék felé mutatott, hogy üljek vissza. – Hiába nyírtad ki magát a rendőrfőnököt, aki kínjában elvállalta, hogy saját kézbe veszi a Szemfüles-ügyet. Hiába tetted őt is hidegre, máris megtalálták az utódját. Átadták a nyomozást valami ígéretes, új tehetségnek. Még nem tudom, pontosan kinek. A délutáni sajtótájékoztatóban lesz róla szó állítólag. Mégis mit hittél? Hogyha kinyiffan a rendőrfőnök, végleg lezárják majd az ügyet?

– Nem, uram. Csak időhúzásnak szántam. Sejtettem, hogy előbb-utóbb átveszi a nyomozást valaki más.

„Ja, persze! Egy nagy francokat tudtam én! Csak azt mondom az öregnek, amit hallani akar. Halvány gőzöm sincs, hogy miről beszélgetünk mi itt. Ki csinálja ezt velem? Ki öli halomra a zsarukat? Hogyan keveredhettem ekkora szarba?"

– Hát végül is bejött! – mondta az öreg elismerően. – Tudtam én, hogy van benned valami! Hülyének tetteted magad időnként, mi? Én láttam ám rajtad, hogy nem vagy az!

– Ami igaz, az igaz – mondtam kényszeredetten mosolyogva. Én magam sem tudtam, mit értek ezalatt, de gondoltam, egész jól hangzik.

– Gyere át a házimoziszobába! – invitált Mr. Falcone. – Szerintem már megy a híradó. A fiúk mondták, hogy lesz benne a sajtótájékoztatóról is bejátszás. Nézzük meg a pasas fizimiskáját! De ugye tudod, hogy ezt nem folytathatod így? Túl veszélyes! Az összeset úgysem csinálhatod ki. Ahhoz még az egész család sem lenne elég.

– Tudom, uram. Elnézést, ha gondot okoztam a hülyeségemmel.

– Igazából nem okoztál túl nagyot. Azt hiszem, az ilyen helyzetekre szokás mondani, hogy nagyobb a füstje, mint a lángja. Jelen esetben nagyobb volt az ijedtség, mint a kár. Most már sokkal nyugodtabb vagyok, hogy tudom az igazat! – vigyorgott elégedetten. Ki is vett egy vaskos szivart az asztal fiókjából, hogy azzal ünnepelje meg a nagy megkönnyebülést. – Kérsz egyet te is? – nyújtott oda nekem is egy szálat.

– Köszönöm – fogadtam el udvariasságból. – De én majd talán
később gyújtom meg.

„Majd miután a tökeim is visszaszálltak a helyükre! Ekkora ijedtség
után!" – tettem hozzá magamban. „Már azt hittem, lepuffant!
Szerencsétlen fickó! Mit fog szólni, ha megtudja, hogy nem is én tettem?
Vagy ha azt tudja meg, hogy nem szándékosan tettem, azaz nem voltam
magamnál? Ugyanis ha az a felvétel valóban igazi, és én vagyok látható
rajta, akkor csak ez az egy létező megoldás marad: Egyszerűen nem
vagyok komplett! Ha én tettem, akkor lehet, hogy tudathasadásom van,
és időnként teszek olyasmit, amire egyáltalán nem emlékszem. Még
szerencse, hogy eddig 'csak' rendőröket nyírtam ki abban az állapotban!
Ha a családból tettem volna ezt valakivel, akkor már takarítók
szedegetnék utánam a koponyadarabkákat itt az irodában, a szék körül."

– Gyere, nézzük meg a nagy kijelzőn a híreket! Most lett kész
tegnap a moziszoba. Hogy tetszik? – kérdezte belépve, ahogy kinyitotta
a helyiség duplaszárnyú ajtaját.

– Nos... – akadt el a szavam. – Lenyűgöző lett, uram. – Ekkora LCD
képernyőt még életemben nem láttam. Nem is tudtam, hogy egyáltalán
gyártanak ilyet. Volt vagy három méter az a szar. A padló fehér
márvány, a falak selyemfüggönyökkel díszítve. Egymás mellett és
mögött hófehér bőrkanapék sorakoztak. A padlóból belépésünkkor
elkezdett kiemelkedni egy – ezek szerint – fotocellás érzékelővel ellátott
bárszekrény. Gondolom, az hozta működésbe, ahogy átléptük a
küszöböt. – Az ott fotocellás? – kérdeztem a bárszekrényre mutatva.

– Az bizony. Te is szereted az ilyen modern kütyüket?

– Nos, értékelem őket, hogy úgy mondjam. De én nem költök
ilyesmire. Egyszerű ember vagyok egyszerű igényekkel. De egyébként
tényleg nagyon zsír – vigyorogtam.

– Na látod! Én is ezt mondom mindig. Azért szeretem ilyenekkel
körülvenni magam, mert az a tény, hogy 2018-ban még mindig életben
vagyok, és egyáltalán használhatok ilyesmit, már önmagában
megnyugtat, és azáltal, hogy tudom is kezelni őket, fiatalabbnak érzem
magam. Azért nem minden hatvanéves ember tud kezelni ilyen szarokat,
vagy nincs igazam?

– De igen, uram. Mit mondott? Már *valóban* hatvan lenne? Én
ötvennek gondoltam – udvariaskodtam kissé átlátszó módon.

– Na látod! – mondta ismét. – Akkor téged is rászedtelek! Hát ezért
jó naprakésznek lenni a jelenkor technikai vívmányaival kapcsolatban.

– Igaza van. Sokan nem vennék a fáradságot, hogy megtanuljanak ilyesmit kezelni – helyeseltem. „Na nem mintha kurva nagy művészet lenne megnyomni egy gombot, hogy egy szekrény bukkanjon elő a padlóból, de ebbe most ne menjünk bele. Továbbá neki még egy gombot sem kell megnyomnia, mivel az egész automatizálva van, és magától jön elő. De mindegy, ne kukacoskodjunk! Ő a család feje, és neki mindig igaza van. Legyen hát ebben is. Máskülönben úgyis lelövetne, úgyhogy jobb, ha az ember egyetért."

Közben már bekapcsolta a TV-t. Azt hittem, az is automatikusan fog aktiválódni, de nem. Ehhez valóban gombot kellett megnyomni. Ezek szerint ezt is tudta „kezelni".

Igen, már valóban ment a híradó. Nem tudom, hol tarthatott és mennyi lehetett éppen az idő, mert nem volt rajtam óra. Ha lett volna, sem biztos, hogy megnézem. Egy családfő jelenlétében nem igazán illendő, ha az ember az óráját nézegeti. Még a végén azt hinné, más dolgom akadt valahol. Például akár a rendőrségen. Mesélgetni, mondjuk, erről-arról. Árulkodni picit...

A TV-ben először hang nélkül ment a híradó. Úgy tűnt, Luigi addig nem fog hangot adni rá, amíg nem mutatják az általa várt jelenetet. „Ezt az embert tényleg semmi nem érdekli azon kívül, ami a családdal kapcsolatos" – gondoltam magamban. „Bár végül is lehet, hogy igaza van. Így is van épp elég baja. Anélkül is, hogy az európai árvízkárosultakon hergelje magát."

Ekkor jött az a hírblokk, amit vártunk. A Szemfüles Gyilkosról volt szó benne. Luigi felhangosította a készüléket. Épp egy fickót mutattak, valami nyomozófélét. Bajuszos, hullámos barna hajú, korombeli harmincasnak tűnt. Elég fura egy feje volt, ami azt illeti.

Állítólag neki adták át a gyilkossági ügyet, ami az egész országot foglalkoztatta és mélységesen felháborította. Valami Edward Lófaszovszkinak hívták vagy minek. Kimondani sem tudtam a nevét, nemhogy megjegyezni.

– Tudunk valamit erről a tagról? – kérdeztem az öreget. – Én még sosem láttam. Hülye egy képe van, az már biztos.

– Még én sem láttam, csak a nevét hallottam.

– Mivel kapcsolatban?

– Azzal, hogy *alapos*. Nagyon alapos. És kissé gátlástalan. Hajlamos áthágni bizonyos szabályokat az eredmény érdekében. Nem lesz ez így jó, fiam. Egyre nagyobb kutyákat küldenek rá arra az elkövetőre. Mármint *rád*! Egyre eltökéltebb zsarukat állítanak az ügyre. Ezt most már abba kell hagynod. Őt hagyd békén.

– Igen, uram – feleltem, akárha parancsot teljesítenék. Nem mintha amúgy bántani akartam volna az ürgét. A többieket sem én nyírtam ki. Vagy legalábbis nem szándékosan.

– Majd kitalálunk valamit – folytatta az öreg. – Már így is nyertél nekünk némi időt ezzel az egésszel. Nem mondom, hogy nem jött meglehetősen jól. De ezt a fickót most már tényleg ne zargasd. Túl kockázatos lenne ennél messzebbre menni. A végén még szükségállapotot rendelnek el ezek a barmok néhány kinyiffant hekus miatt. Akkor aztán meg leszünk lőve rendesen! Nem hagyhatjuk, hogy visszafelé süljön el a szarral teli ágyú. Úgyhogy egyelőre felejtsük el ezt az egészet. Tegyük a dolgunkat. Ők meg csak hajkurásszanak valami fantomot az éjszakában! Csináljanak belőle amolyan X-aktát vagy mi az anyámat, tudod, afféle titkos ügyet.

– Ja – mosolyogtam. – Bár nem vagyok benne biztos, hogy a valóságban tényleg létezne olyasmi.

– Még jó, hogy létezik! – bólogatott az öreg behunyt szemmel, hogy még azzal is fokozza saját meggyőzőerejét. – Mérget vehetsz rá, hogy létezik! Az állam állandóan a pofánkba hazudik.

Néhány órával később már a kocsimban ültem. A belváros felé tartottam, mégpedig egyenesen a New York-i Rendőrfőkapitányság épületéhez. Tudom, hogy az öreg azt mondta, hagyjam békén a fickót, én viszont valamiért úgy éreztem, meg kell tudnom róla mindent, amit csak lehet. Nem akartam bántani – egyelőre –, de volt egy olyan érzésem, hogy a saját érdekem kideríteni, pontosan kivel is állok szemben.

Odafele menet többször is eszembe jutott, hogy nagy marhaság odamenni. „Végül is miért tartózkodna pont abban az épületben? És mi arra a garancia, hogy egyáltalán ott dolgozik? Csak azért, mert a sajtótájékoztatót a rendőrfőkapitányság előtt tartották, még nem biztos, hogy utána oda is ment vissza, vagy rendszeresen bejárna abba az épületbe. De még ha úgy is van, mennyi arra az esély, hogy kiszúrom, amint épp kilép a kapitányságról? Rengetegen jönnek-mennek." – Egyelőre sajnos akkor sem volt jobb ötletem.

Leparkoltam az épülettel szemben, és figyelni kezdtem a bejáratot. „Végül is csak egyetlen forgóajtó van ott. Ha egy pillanatra sem veszem le róla a szemem, elvileg nem mulaszthatom el, ahogy kijön az kapitányságról. Már ha odabent van egyáltalán. Remélem." – Megesküdni azért nem mertem volna rá.

Jelenleg az egyetlen dolog, amiben biztos voltam, az a fickó személye, akit megbíztak ezzel az üggyel. Arról viszont fogalmam sem volt, hogy miért ellenem folyik ez a nyomozás, és hogy valóban én tettem-e mindazt. Mi okból csináltam volna egyáltalán olyasmit? Az a mondvacsinált sztori, amivel Luigi Falconénak előálltam, is csak azért állta meg a helyét, mert utólag hozakodtam elő vele. Így, hogy a rendőrség már erősen a Szemfülesre koncentrált, nem volt nehéz ráfogni, hogy csak azért csináltam, hogy elterelem a figyelmüket, és leszálljanak a Falcone családról. Valójában viszont ezt senki sem tudhatta volna előre! Itt van az apró bibi ebben a – nem túl – zseniális hazugságban: Csak azért nem kezdtem volna bele egy extrém gyilkolókörútba, hogy hátha akkor majd leszállnak a családról. Ezt, ha lett is volna erre esély már az elején, akkor sem kockáztattam volna meg. Ez az egész bárhogy máshogy elsülhetett volna! Például fordítva is. Lehet, hogy ha valaki azért kezd el öldökölni, hogy elterelje a gyanút bizonyos személyekről, akikkel egyébként sokszor meggyűlik a hatóság baja, akkor talán éppen amiatt kezdenének jobban gyanakodni rájuk! Ugyanis ki másnak állna érdekében elterelni a rendőrség figyelmét? Hát annak, akire eddig nagyon erősen koncentráltak, és mindenáron bizonyítékot akarnak találni ellenük!

Miközben ilyeneken törtem a fejem, odajött egy parkolóőr, és bekopogott a kocsim ablakán:

– Haver! Itt nem parkolhatsz huzamosabb ideig, a fizetett parkoló arrébb van. Húzz el oda! – mondta emelt hangon, felvont szemöldökkel, olyan fölényesen és lekezelően, mintha mindjárt lekeverne egy pofont, ha nem állok arrébb a kocsival.

– Először is, nem vagyok a haverod – válaszoltam a letekert ablakon keresztül –, ugyanis nem barátkozom ilyen senkiháziakkal. Másodszor, te fogsz elhúzni, amikor kiszállok, és úgy lefejellek, hogy elszállsz innen a picsába! Nehogy már egy ilyen szarjankó ugasson be nekem! Legközelebb majd biztos egy perecárus küld el az anyámba, azért, mert szerinte nem vagyok elég stílusosan öltözve. Na, takarodj innen, mert ha elhúzok ezzel az autóval, az rajtad keresztül fog történni, öcsém!

A parkolóőr megdöbbent arccal tett egy lépést hátra, majd még egyet. Végül megfordult, és szó nélkül távozott.

Lehet, hogy túlreagáltam kicsit a dolgot? Végül is csak a munkáját végezte. Mindegy... a „Húzz el!" és ehhez hasonló beszólogatásokra én sajnos így reagálok. Az, aki provokál másokat és tiszteletlen, ne csodálkozzon azon, ha néha szájon vágják. Nálunk a családban, ha egy nálam idősebb, magasabb rangú személlyel így beszélnék, nagyon keményen ellátnák a bajom. Lehet, hogy le is vágnák valamimet emlékeztetőül. Ha Luigival viselkednék tiszteletlenül, akkor pedig valószínűleg még ki is beleznének. Nem árt, ha a kedves parkolóőr is szembesül néha azzal, hogy mi újság a való világban. Bár ha a lefejelés még talán bele is fért, azt azért talán mégsem kellett volna mondanom, hogy áthajtok rajta a kocsival. Lehet, hogy most idehívja a zsarukat? Talán valóban el kéne húznom! De nem a fizetett parkolóba, hanem jó messzire. Jobban belegondolva azonban... Vajon milyen gyakran mondanak neki ilyeneket? Pláne ha mindenkihez ilyen stílusban szól! A rendőrségnek jobb dolga is van annál, hogy anyázó tilosban parkoló autósokkal bajlódjon. Az emberek dühükben mondanak minden szart, ami csak eszükbe jut. Nem kell mindent komolyan venni. „Lányom, megöllek, ha még egyszer egyest hozol!" Na, persze. A kiscsaj szerintem erősen meglepődne, ha mami a következő elégtelen osztályzatnál valóban torkon szúrná őt, mondjuk, egy konyhakéssel. Az emberek mindenfélével fenyegetőznek, de végül úgysem tesznek semmit.

Egyelőre nem láttam senkit közeledni a kocsim felé. Sem rendőrségi rohamosztagot, sem bepipult parkolóőrökből összeverődött csőcseléket. Így hát maradtam ott, ahol voltam...

...Órák teltek el. A szemem majd' kifolyt tőle, annyira meredten figyeltem a bejáratot. Az a baj ezzel a módszerrel, hogy ha egyszer elkezded, nincs többé visszaút! Ugyanis ha most csak úgy beindítanám a verdát, és hazahajtanék, akkor az egész eddigi megfigyelés kárba veszne. Most már nem adhatom fel! Ez olyan, mint amikor egy életen át ugyanazokkal a számokkal lottózol. Ha már elkezdted, nem hagyhatod abba, mert „Mi van akkor, ha majd pont most húzzák ki a számaimat?" Na, én is így vagyok most vele: Mi van akkor, ha pont akkor jön ki a főszer, amikor elhajtok, vagy csak egyetlen másodpercre is más irányba nézek?

Így hát figyeltem tovább a bejáratot. Akkor is, ha közben elkezdett folyni az izzadság a homlokomról, és éreztem, hogy a zakóm háta is kezd átnedvesedni.

Közben azon töprengtem, hogy én tényleg semmilyen logika szerint nem követtem volna el azokat a gyilkosságokat. Utólag azzal a nyakatekert magyarázattal, ahogy Luiginak előadtam, végül is rá lehetett fogni, hogy én tettem. Bár kissé sántított az az okfejtés. Remélem, az öregnek nincs annyi sütnivalója, hogy jobban belegondoljon a dolgokba, mert akkor lehet, hogy rájön: nem biztos, hogy az érvelésem minden pontban megállja a helyét. De ha egyszer nem én tettem, nem én vagyok a Szemfüles Gyilkos, akkor ki? Ki az, akit Billy egészen a lakásomtól addig a sikátorig követett, ahol a saját szememmel láttam Luigi telefonján, hogy egy énrám megszólalásig hasonlító férfi megöli azt az Armstrong nevű rendőrkapitányt?

Egyedül magát Billyt kérdezhettem volna meg, hogy mi a francért követett úgy, hogy közben még az egészet videóra is rögzítette a telefonjával. De szerintem ő sem mondott volna sokkal többet, mint amit az öregtől már amúgy is tudok. Billy Falcone, Luigi – egyik – keresztfia egy elég egyenes, egyszerű srác. Nem nehéz rajta kiigazodni. Hogy őszinte legyek, még azon is csodálkozom, hogy egyáltalán képes volt úgy követni, hogy észre sem vettem.

Ebből is látszik, hogy nem voltam magamnál. Normális állapotban biztos, hogy kiszúrom! Annyira azért nem ügyes a fiú.

És rájöttem, hogy az előbbiekből kiindulva Billy nem is lehet túlzottan számító és alattomos. Ahhoz ugyanis több ész kellene.

Attól függetlenül, hogy én személy szerint mennyire vagyok biztos abban, hogy nem én vagyok a gyilkos és mennyire érzem úgy, hogy nem én szerepelek a videóban, a logika mégis azt mondja, hogy a felvétel valódi. Billy Falcone valószínűleg azért sem vádolna meg ilyesmivel alaptalanul, mert esze sincs hozzá, hogy kiagyaljon egy ilyen körmönfont felültetést.

Kezdtem megéhezni. Már órák óta figyeltem a bejáratot. Az öltönyömbe teljesen beleizzadtam. Az ablakot pedig most már azért nem akartam magamra nyitni, mert odakint sötétedett, és ezáltal nyilván le is hűlt a levegő. Ha leizzadtan magamra engedem a hideg huzatot, csak jól megbetegszem. Ezért aztán éhesen bámultam tovább a befülledt kocsiból a rendőrség bejáratát. Néha úgy éreztem, összeszaladnak a szemeim a megerőltetéstől. Mert „szívük szerint" bármi mást néznének inkább, akár egymást is, csak a bejáratot ne kelljen. Épp kezdtem volna szidni magam, hogy minek pazarlom egyáltalán erre az időmet, amikor egy pillanatra átfókuszálva a bejáratról a kocsi elé, azt hittem, nem jól látok:

A fickó ott sétált el éppen előttem két méterre!

„Ilyen nincs! Így legyen ötösöm a lottón ugyanazokkal a számokkal, bassza meg! Ezt a véletlent! Pont kiszúrtam! És nem is az épületből jött ki, hanem csak úgy átsétált előttem! Lehet, hogy elmulasztottam, amikor kijött. Mindegy, most már nem számít. Ilyen lehetőséget nem fogok kihagyni!"

Szépen lassan, de határozottan kiszálltam a kocsiból, és gyalog megindultam utána az utcán. Reméltem, hogy hazafelé megy, mert akkor bizony követni fogom egészen odáig. Ha a kocsijához tart, akkor visszamegyek a sajátomért, ha pedig gyalogosan felszáll valamilyen tömegközlekedési járműre, akkor én is. Kíváncsi vagyok, hol lakik, kivel él, van-e felesége, gyereke. Nem mintha most pillanatnyilag bármit is akarnék kezdeni ezekkel az információkkal, de úgy vagyok vele, hogy még jól jöhet, ha tudok róla ezt-azt. Végül is utánam nyomoz. Ezáltal pedig árthat nekem. Jobb, ha tudom: én is árthatok-e neki. Vagy megzsarolhatom-e adott esetben. Ez a gondolkodásmód nálunk már „családi szokás", hogy úgy mondjam.

Most szükségem is van erre. Ugyanis ha tényleg komplett hülye vagyok, és időnként úgy intézek el embereket, hogy még csak nem is emlékszem rá, akkor jobb, ha felkészülök rá, hogy bizony lesz még olyan alkalom, hogy őrültségeket csinálok. Akkor pedig ez a nyomozó előbb-utóbb lehet, hogy elkap engem.

Ha viszont az egész egy kamu, és Billy valahogy felültetett, akkor meg kell tudnom, miért ez a zsaru kapta az ügyemet. Akkor talán neki is köze van hozzá. Lehet, hogy összejátszanak!

Közben a fickó lement az aluljáróba. Én is mentem utána. „Remélem, hogy a metróval egyenesen hazamegy. Fegyver van nálam, és ha esetleg valamelyik repülőtérre megy, oda már nem fogom tudni követni. Nem jutnék át a fémdetektoron. Hacsak el nem dobom valahol a pisztolyt, hogy anélkül szálljak fel a gépre. De azért külföldre már nem szívesen mennék utána. Akkor a Falconeék azt hinnék, hogy mégiscsak besúgó vagyok, és elmenekültem. Vissza sem jöhetnék anélkül az országba, hogy ne vadásszon rám vérdíjjal a fejemen az egész Falcone dinasztia."

Szóval ha ez egész Szemfüles-ügy arról szól, hogy engem felültessenek, akkor lehet, hogy direkt ezért is bízták meg ezt a nyomozót az esettel. Mert már most pontosan tudja, hogy mi lesz a vége. Talán előre levajazták az egészet. Azt is, hogy milyen koholt vádakkal tartóztatnak majd le, azt is, hogy hány évet kapok, továbbá azt is, hogy ki fog majd odabent a börtönben egy kihegyezett fogkefével nyakon szúrni az éj leple alatt. Lehet, hogy csak egy bűnbak kellett ezeknek, aki elviszi helyettük a balhét.

Ezalatt mindketten felszálltunk a metróra. Lehet, hogy túl nagy kockázatot vállaltam, de ugyanabba a kocsiba szálltam be, mint ő. Két ajtóval arrébb.

Végül is elvileg nem ismeri az arcom. Én csak egy senki vagyok, egy utolsó verőlegény az egyik New York-i családból. Van nekik vagy húsz ilyen emberük, mint én. Elvileg akár le is ülhetnék a nyomozóval szemben, és a pofájába bámulhatnék, akkor sem tudna mit csinálni. Nem mondana semmit neki az arcom, gőze nem lenne, hogy ki vagyok. Vagy mégis? Ha valahogy tényleg összejátszanak a Falconéékkal, még az is lehet, hogy azonnal felismerne. És? Akkor mit csinálna? Most még úgysincs ellenem bizonyítéka. Nem tartóztathat le.

Aztán végül mégsem mentem a közelébe. Csak messziről néztem, hogy nehogy szem elől tévesszem. „Fura egy képe van az ürgének! Már a TV-ben is feltűnt. Valahogy a szeme sem áll jól. Mintha átszabatta volna magát, és nem sikerült volna tökéletesen a plasztikai műtét."

A nyomozó a nyolcadik megállónál leszállt, én pedig azonnal követtem. Egymástól tisztes távolságban felmentünk a mozgólépcsővel az aluljáróból. Közben szépen ránk esteledett. A metró kihozott minket egészen a külvárosba. Figyelmetlenségemben meg sem néztem, melyik megállónál szálltunk le. „Na mindegy, majd visszafelé kiderítem."

Vizes volt a lábunk alatt az aszfalt, és a majdnem éjszakai sötétben csillogtak a tócsákban az utcai lámpák fényei. Féltem is, hogy nehogy hátranézzen, és észrevegyen. Sajnos néhány perce már egy hosszú, egyenes szakaszon gyalogoltunk, és ha akartam volna, sem tudtam volna elbújni, ha gyanút fog valamiért, és megfordul. Rajtunk kívül nem is nagyon tartózkodott más az utcán. Így hát hátrapillantva valószínűleg kiszúrt volna, hogy utána koslatok, mint valami perverz. Vagy inkább, mint a Szemfüles Gyilkos! Az azért némileg rosszabb, mint egy egyszerű szatír, nem?

Végül nem fordult meg, és elérkeztünk egy családi házhoz.

A fickó látszólag egyáltalán nem gyanakodott. Unottan kinyitotta kulcsával az ajtót, aztán bement, és flegmán belökte maga után. Meg se

50

nézte, hogy becsukódott-e mögötte. De egyébként igen, mert hallottam is, hogy kattan a zár. Utánasiettem a kocsifeljárón, és belestem a ház legnagyobb ablakán, ami valószínűleg a nappalihoz tartozott. Még nem látszott, mert sötét volt odabent.

Nem az ablak előtt álltam, hogy azonnal észrevegyen, ha kinéz, hanem oldalról, az ablak mellé behúzódva kémleltem befelé. Láttam, ahogy villanyt gyújt, majd unottan leveszi, és ledobja bőrdzsekijét a kanapé háttámlájára. És ekkor történt valami, amire egyáltalán nem számítottam:

A fickó nemcsak a kabátját vette le. Elkezdte az *arcát is* lefejteni!

„Mi a rossebet csinál ez?! Megnyúzza magát?!" – néztem a szám elé kapva a kezemet, elképedve az undortól és a meglepetéstől. De aztán már láttam, hogy nem erről van szó. A nyomozó először elkezdett kapargatni, csipegető mozdulatokkal fellazítani valamit a nyaka és az álla tájékán, aztán elkezdte húzni felfelé az egészet, hogy levegye. Valami maszkot kezdett eltávolítani a fejéről.

„Ja, akkor ezért tűnt olyan furának a képe! Mert nem volt igazi! De vajon miért visel álarcot? Mit takar el vele? Megégett korábban az arca? Tele lenne sebhelyekkel? Esetleg ragyákkal? Vagy lehet, hogy a nyomozó nem is az, akinek mondja magát? Egyáltalán nem is rendőr? Lehet, hogy igazából átvette valakinek a helyét, hogy olyan pozícióba kerüljön, amiben már nyomozást folytathat? *Ellenem?*" – Ekképpen száguldottak a gondolatok a fejemben, miközben a pasas egyre csak lazítgatta a maszkot, és újra és újra megpróbálta lehúzni magáról. Gondolom, vagy azért óvatoskodott vele, hogy ne tépje ki az egész beleragadt arcszőrzetét, vagy azért, hogy ne szakadjon el a maszk, és később még használhassa.

Végül sikerült levennie. Ott állt tőlem pár méterre a kivilágított nappaliban, az ablakon túl. Ő nem látott engem kint a sötétben, de én jól láttam az arcát. És amivel ekkor szembesültem, azt a legrosszabb rémálmomban sem képzeltem volna:

A fickó *pontosan úgy* nézett ki, mint *én!* Hosszú egyenes, fekete nyakig érő haj, sápadt ábrázat ugyanazokkal az arcvonásokkal, sötét szemekkel. Egy jóképűnek mondható férfiarc, ami a mélyen ülő szemeknek és ezáltal árnyékos, enyhén zavaros tekintetnek köszönhetően kiszámíthatatlanságot sugall. A férfias szépség mélyén rejlik valami beteges, valami ijesztő, mintha sötét titkokat rejtene, melyeket jobb is, ha rajta kívül senki más nem ismer és nem firtat.

„De hisz ez az alak ott én vagyok!" – ordítottam magamban hangtalanul. „Hogyan lehetséges ez? Ő az, aki nyomoz utánam? De miért? És ha ő ott a szobában így néz, ki, akkor én hogyan nézek ki? Biztos, hogy ugyanúgy? Valóban egyformák lennénk? Vagy lehet, hogy igazából csak ő néz ki úgy, én pedig nem?"

A sötétben nem láttam a tükörképem az ablaküvegben. Összezavarodottan és pánikba esve végigtapogattam a zsebeimet, de nem volt nálam semmi, amiben megnézhettem volna magam.

„Ugyan már! Ez őrültség. Pontosan tudom, hogy hogy nézek ki! Nem kell megnéznem magam ahhoz, hogy megerősítsem a hitem ezzel kapcsolatban. Én is úgy nézek ki! Vagy ő néz ki ugyanúgy, mint én. De vajon melyikünk az eredeti?" – jutott eszembe az abszurd kérdés. „Én kell, hogy az eredeti legyek, ugyanis ő hord maszkot! Hoppá! Ő jár álruhában! Eltitkolja, hogy hasonlít rám. Én vállalom önmagam! Ő tehát nem több, mint egy imitátor, egy parazita. Bár... ha jobban belegondolok: miért lenne imitátor? Végül is nem próbálja meg nekem kiadni magát. Hiszen pont fordítva van! Nem utánoz, hanem inkább titkolja, hogy ugyanúgy nézünk ki. De vajon ki elől?" – Aztán váratlanul eszembe jutott: „Mi van, ha ennyire megőrültem? Végül is a gyilkosságokra sem emlékszem! Mi van, ha teljesen, végleg elvesztettem a kapcsolatom a valósággal? Már nem tudom, ki kicsoda, nem tudom, mi mikor történt, és azt sem, hogy mi igaz és mi nem! Márpedig ha ez így van, akkor honnan tudnám, hogy ki kicsoda és hogy néz ki? Még az is lehet, hogy most éppen önmagamat figyelem képzeletben! Lehet, hogy rendőr vagyok, és a munkába maszkot szoktam hordani, mert nem akarom, hogy megtudják: én vagyok a Szemfüles Gyilkos! Ezért kell a maszk! Aztán meg azt képzelem, hogy van belőlem még egy, aki odakint áll és rám leselkedik. Pedig valójában csak egy van belőlem: az álrendőr, azaz a gyilkos! Lehet, hogy az ablakon túl leselkedő személy valójában sosem létezett. De egész biztos, hogy nem?"

Felemeltem a kezeimet, és kiguvasztva a szemem a sötétben próbáltam kivenni, hogy pontosan mit látok. „Kinek a kezei ezek?" Bár nem láttam pontosan, mert majdnem vaksötét volt, a nappaliból alig szűrődött ki valamennyi fény, de annyit azért láttam, hogy látszólag „minden rendben van". A kezeim ugyanolyannak tűntek, mint azelőtt. Ugyanannak a bézs zakónak az ujját láttam mindkét karomon. Ugyanaz a nonfiguratív tetoválás kacskaringózott ki az ingem ujja alól, amit még a sitten csináltattam egy őrült nácival.

„Márpedig ez én vagyok! Az a személy, aki eddig is voltam!"

Ismét a szobában lévő férfire néztem. Közben leült a kanapéra, és a telefonját nyomkodta.

„Ez az ember tényleg a szakasztott másom! Szerintem senki a világon nem mondaná meg, hogy nem én vagyok, ha a nevemben beállítana valahová. Még Sophie sem venne észre különbséget. Tényleg olyan, mintha önmagamat bámulnám! Az a férfi ott bent valóban igazi. Nyugodtan ücsörög és a telefonján ír valakinek üzenetet. Legalább olyan kézzelfoghatóan létezik, mint én itt kint. De ha egyszer ő is létezik, és pontosan olyan, mint én, akkor honnan tudhatom, hogy ő nem én vagyok? Honnan tudhatnám, melyikünk az igazi? Melyikünk a gyilkos, és melyikünk vagyok én?! Nem! Ez már túl sok! Ez nem lehet a valóság! Neem!"

Futásnak eredtem. Átestem egy bokron, és arccal a sárba zuhantam. Az utolsó pillanatban fordítottam félre a fejem, hogy legalább az orromat ne törjem be. Sikerült. Viszont jól megrándult a nyakam, ahogy a fülemet odavertem a sáros földhöz.

– Aú! Csessze meg! – bukott ki belőlem félhangosan. Fekvőtámaszban felnyomtam magam, aztán felemelkedtem térdelőhelyzetbe. Merő sár volt az egész ruhám. „Hát ez nem igaz! Hogy a jó életbe megyek így haza? A kocsim a város másik végén parkol, metróval jöttem ide, és azzal is kéne visszamennem. De így? Egy csöves rendezettebben néz ki, mint most én!"

Ekkor viszont a bokrok között valami *megmozdult* mellettem!

„A francba!" – rezzentem össze. Talpra ugrottam, és hátráltam néhány lépést. „Mi a fene lehet az? Egy kutya? Remélem, nincs a rendőrnek házőrzője! Vagy inkább *házőrzőm*? Nem tudom, ki lakik itt, de el kell tűnnöm innen, mégpedig azonnal!"

Megint megmozdult... Mintha súrlódást hallottam volna a bokrok közül. Valaki vagy valami mászik felém!

Sarkon fordultam, és ismét futásnak eredtem. Futottam és futottam. Nem néztem, merre, csak onnan el! Ki akartam rohanni a városból, ki a világból, ki a valóságból. Nem néztem vissza egyszer sem. Nem mertem. Féltem, hogy követ valaki. Féltem, hogy meglátom önmagamat, amint a másik – vagy eredeti?! – énem telefonjával hadonászva rohan utánam, esetleg fegyverrel a másik kezében. Nem akartam hallani, ahogy engem üldözve azt kezdi ordítani: „Add vissza! Add vissza az arcom! Te nem létezel! Nem menekülhetsz. Ez itt az én világom! Erről a helyről úgysincs kiút! Egyikünknek meg kell halnia, és az bizony *te* leszel!"

Perceken át fejvesztve rohantam. Nem az utcán, hanem a kerteken át, mivel ijedtemben végig sem gondoltam, mit csinálok. Átugrottam sövényeket, keresztülrohantam bokrokon úgy, hogy közben az sem érdekelt, véresre karmolnak-e. Átmásztam-átugrottam kerítéseken is. Az egyik kertben még gyorsabban kellett rohannom egy hirtelen felugató, utánam iramodó kutya elől, a következőben pedig majdnem beleestem egy úszómedencébe, és csak az utolsó pillanatban tudtam irányt váltani, hogy kikerüljem.

...Pár másodperc múlva kicsit tisztulni kezdett a sokktól lázban égő tudatom, és lassan, kínkeservesen visszakúszott helyére a józan eszem is. – Már amennyi maradhatott belőle nekem egy ilyen élmény után. – Lelassítottam, és gyorsan elhagytam az éppen aktuális kertet. Visszatértem az utcára, és megálltam egy lámpa alatt. Úgy éreztem, a fényben nagyobb biztonságban vagyok. Ekkor néztem vissza először magam mögé.

Semmi sem követett.

Kicsit megnyugodva végre csitulni kezdett az addig gőzgépként kalapáló szívem. Bár még így is annyira vert, hogy a fülemben hallottam. A nyakamon is éreztem, hogy lüktet, és majd' kiszakadnak az ütőereim mindkét oldalon.

„Ez nem lehet igaz!" – szitkozódtam. „Csak hallucináltam! Nem volt ott senki abban a sötét házban. Egyáltalán mit keresek itt, ezen a kihalt, külvárosi környéken? Minek jöttem ide? Kit követtem idáig? Biztos, hogy a nyomozó volt az? Mi van, ha inkább arról van szó, hogy már annyira hallucinálok, hogy csak úgy véletlenszerűen kiválasztottam egy járókelőt, és követni kezdtem? Igen! Azt hiszem, ez történt. Semmi sem volt valóság abból, amit az előbb tapasztaltam. Csak képzeltem az egészet! Nekem valami *baromira* nincs rendben a fejemmel. Orvoshoz kéne mennem."

Lógó orral, csüggedten sétálni kezdtem a kihalt utcán. Nem tudtam, pontosan milyen irányban, csak mentem, vitt a lábam előre, a lehető legmesszebb a veszély forrásától. Már ha volt ott egyáltalán bármilyen veszély is.

Gyaloglás közben azt vettem észre, hogy amikor a sötétben elhaladok egy utcai lámpa alatt, a fény valamiért megnyugvással tölt el, és jobban érzem magam tőle. Ahogy kiértem a lámpa alól, azonnal ismét nyomasztani kezdett a sötétség.

Először még csak az, aztán már az is, hogy az utcán, nyílt színen sétálok. „Így bárki elkaphat! Rám találnak!" – gondoltam paranoiásan. Magam sem tudtam, honnan jött ez az őrült érzés, mégis egyre erősebben zakatolt bennem: „El kell tűnnöm innen! Itt a nyílt utcán túlságosan ki vagyok téve mindennek." – Valahogy fedetlennek éreztem magam, mintha ruhátlan lennék, akár egy újszülött. Meztelen a veszélyekre, meztelen a bűnökre, meztelen a sötétségre.

Befordultam egy sikátorba. Errefelé sem volt több fény, de itt valahogy mégis nagyobb biztonságban éreztem magam. Fogalmam sincs, miért. Valamely okból néhány őrjítően riasztó perc leforgása alatt ösztönlénnyé degradálódtam, akár egy megveszett kóbor kutya:

Olyan irányba mentem, amiről úgy éreztem, kevésbé veszélyes. Bárkit megtámadtam volna, aki utamat meri állni. Bármit megettem volna, ami viszonylag ehetőnek tűnik, és elém kerül. Bármit elpusztítottam volna, ami egy kicsit is veszélyesnek tűnik, de az is lehet, hogy inkább nyüszítve elrohantam volna előle, hogy senki se bánthasson többé.

Leültem a sikátorban egy kuka mellé, és próbáltam magamhoz térni. Próbáltam újra emberként gondolkodni – már ha az vagyok egyáltalán.

De hiába törtem a fejem, egyszerűen semmi értelmes nem jutott eszembe. Sem arról, hogy ki az a fickó, akit megláttam odabent, sem arról, hogy miért érzek ilyen elemi rettegést ezzel az egésszel kapcsolatban. Habár tisztában voltam vele, hogy ma délután autóba ültem, és meg akartam keresni a detektívet, aki utánam nyomoz. De azt most már nem tudtam volna biztosan állítani, hogy végül megtaláltam-e. Azt sem, hogy ki vagyok és mit keresek egy sikátorban valami ismeretlen eredetű tócsa megszáradt foltján ücsörögve a sáros, bézs színű öltönyömben.

Fel akartam állni, hogy valamennyire leporoljam magam, és végiggondoljam, hogyan jutok innen haza a leghamarabb, a legkevesebb nehézségbe ütközve, de mielőtt megtettem volna az első lépést, megdermedtem a félelemtől!

Ugyanis a sikátornak abból a végéből, ahonnan bejöttem ide, most valami lassan felém közeledett. Olyan volt, mint egy árnyék.

Hangtalanul haladt, mintha nem is az aszfalton járna, hanem inkább felette repülne.

Hogy mi volt az pontosan, azt képtelen lennék szavakba önteni. Van, amikor a rémület és sokk egyszerűen befogja az ember száját. Nem biztos, hogy nincsenek szavak az adott jelenségre, de ha vannak is, mégsem tudjuk kimondani őket. Talán, mert nem szabad. Nem lenne jó, ha mások is hallanának arról az iszonyatos dologról. Ha kitudódna, akkor csak még nagyobb lenne a baj.

Erre a felém haladó árnyalakra ez a definíció mindenképp ráillett. Ahogy egyre közelebb ért, megmondom őszintén, megijesztett. Még *engem* is, akárki is legyen az az „én". Ha ez utóbbira hirtelen nem is tudnék válaszolni – mármint arra, hogy ki vagyok –, arra viszont igen, hogy nem vagyok ijedős típus. Tőlem szoktak inkább *mások* megijedni.

Hátráltam egy lépést. Tudtam, hogy megint futás lesz a vége. Jobb hát, ha már most elkezdem, mielőtt az a valami ideérne. Ekkor azonban nyílni kezdett a mellettem lévő kuka fedele. Valami kinyúlt belőle, és elkapta a karomat!

– Ereeessz! Ereeessz! Nem én tettem! Nem vagyok gyilkos! Nem vagyok őrült! – ordítottam. Még akkor is kiabáltam, amikor már félig ébren ültem az ágyban, és reszkető szájjal ugyanazt ismételgetve Sophie aggódó arcába bámultam, aki még mindig rázta kissé a karom, hogy térjek magamhoz. – Nem én tettem! Nem vagyok őrült!

– Vinnie, ébredj már! Drágám, ez kezd tényleg komoly lenni – mondta Sophie. – Nem mehet ez így tovább. Napok óta nem alszol végig egyetlen éjszakát sem.

– Ó, te jó ég! Hát ez is csak álom volt? Sophie, nem tudom, mi van velem! – sírtam neki kétségbeesetten. – Már azt sem tudom, mi az álom és mi a valóság. Attól félek, elment az eszem. Ezúttal végleg. Talán utolértek a bűneim, és eljött az ideje, hogy meglakoljak mindazért, amit mások ellen követtem el. Lehet, hogy a pokol nyitotta ki a száját, és engem akar lenyelni. Az is lehet, hogy apám keres, és már nagyon közel jár. Talán ezt érzem a lelkem mélyén: A közelgő sötétség leheletét a nyakamon.

– Ugyan – mondta Sophie megnyugtatóan. – Biztos vagyok benne, hogy nincs ekkora baj. Nincs ebben semmi misztikus. Nem a világvége jött el, csak fáradt vagy, ennyi az egész. Más is már rémeket látna több napos kialvatlanságtól! Meglátod, minden rendben lesz. Csak ki kell pihenned magad. És hidd el, a pokol... már ha létezik egyáltalán ilyesmi, sem téged akar. Vinnie Falcone, te nem vagy rossz ember. Én tudom, hogy nem. Van, akit sokkal előbb bekapna a pokol kitátott szája, mint téged. Nyugodj meg, drágám. Mondom: minden rendben lesz. Hozok egy pohár hideg üdítőt. Meglátod, az jót fog tenni. Kicsit felfrissít, és máris bizakodóbban fogsz állni a dolgokhoz, kevésbé pesszimistán. Kelj is fel, ha egyszer úgysem tudsz visszaaludni. Én sem alszom most vissza. Inkább maradjunk fent, és mesélj el mindent. Mondd, hol jártál? Hol voltál, mielőtt beestél az ajtón ilyen állapotban?

– Milyen állapotban? – tapogattam magam végig ijedten a sötétben. Sophie ennek hallatán felgyújtotta az éjjelilámpát, és ekkor szembesültem azzal, hogy még mindig ruhában vagyok. Ugyanabban a bézs öltönyben! És az egész tetőtől-talpig rászáradt sártól mocskos!

– Én mondtam, Vinnie, hogy ne feküdj le ruhástul, ilyen koszosan. Nem lesz könnyű kimosnunk az ágyneműből ezt a borzalmas sarat. Megmondtam, hogy legalább azt a tönkrement öltönyt vesd le magadról. Azt már kitisztíttatni sem lehet. De te nem is válaszoltál. Nem hallgattál rám, vagy egyszerűen csak nem jutott el a tudatodig, amit mondok. Szó nélkül beestél az ágyba, és elaludtál. Jól látom, hogy az ott vér a ruhádon? Korábban észre sem vettem. Kinek a vére az? Hol jártál, és mi történt veled? Mit tettél, Vincent Falcone?

– VÉGE AZ ELSŐ RÉSZNEK –

GABRIEL WOLF
Az ördög jobb keze
(Árnykeltő #2)

Arte Tenebrarum Publishing
www.artetenebrarum.hu

Szinopszis

Az ördög jobb keze (Árnykeltő 3/2.)
Az „Árnykeltő" egy paranormális thriller/horrorsorozat árnyakról, rémálmokról, sorozatgyilkosokról és hasonmásokról.

Egy sorozatgyilkos követni kezdi az utána nyomozó rendőrt, ám egyelőre még nem akar végezni vele. Csak meg akarja tudni, hol és kivel él, hogy néz ki a felesége, vannak-e gyerekei.
A detektív hazaérve bemegy a családi házba, és becsukja maga mögött az ajtót. A gyilkos utánaosonva, az ablakon át leselkedve látja, hogy a férfi odabent a nappaliban leveszi, és ledobja bőrdzsekijét a kanapé háttámlájára. De nem csak azt veszi le. A leselkedő meglepődve látja, hogy a nyomozó elkezdi lefejteni az egész arcát! Kiderül, hogy ezek szerint házon kívül maszkot visel. A rendőr az álarcát is ledobja a kanapéra, és ekkor a gyilkos valami olyasmivel szembesül, amit még legrosszabb rémálmában sem képzelt volna:
A nyomozó maszk nélkül pontosan ugyanúgy néz ki, mint ő! Mivel a gyilkos biztosan tudja, hogy nincs ikertestvére, így felmerül benne, hogy talán éppen saját magát figyeli. Ekkor a már amúgy is tudathasadásos férfi fejében megfordul az abszurd kérdés:
„De ha egyszer ő is én vagyok, akkor vajon melyikünk vagyok én?"

Egy fordulatokkal teli horrortörténet, melyben sosem lehet tudni, hogy valójában a gyilkos nyomoz a rendőr után, vagy inkább a nyomozó akarja megölni a gyilkost. Élhet-e egy kettéhasadt tudat két külön testben?
Ha éjjel egy sikátorban sétálva észreveszed, hogy egy utcai lámpa fénye miatt a falon követni kezd az árnyékod, és te hirtelen megállsz... vajon az árnyék is megtorpan majd veled együtt? Vagy inkább továbbjön feléd? Mi lesz, ha egyszer utolér?

Előszó

Ajánlom ezt az epizódot egy író barátomnak, Rákos Robinak. Részben azért, mert megítélésem szerint ő talán kevesebbre tartja magát, mint kellene. Ezzel (is) jelezném ezúton, hogy én sokra tartom őt.

Másrészről pedig azért ajánlanám ezt neki, mert szoktunk arról beszélgetni, hogy vajon mitől számít valaki a mai társadalomban „normálisnak"? Vagy mitől nem?

Nos, ebben az epizódban a két főszereplő nemcsak azt a kérdést teheti fel jogosan magának, hogy normálisak-e egyáltalán, hanem azt is, hogy léteznek-e, továbbá, hogy ők valójában nem egy személy-e esetleg... valamint, hogy mi a valóság és mi álom mindabból, amit átélni kényszerülnek.

Még szerencse, hogy a valóságban azért nem kell magunknak ennyire húzós kérdéseket feltenni, nincs igazam, Robi? Remélem, hogy te nem én vagyok! Túlzottan hasonlítunk ugyanis bizonyos nézeteinket tekintve. Gondolom, ezért is vagyunk barátok.

Első fejezet:
Meztelen a sötétségre

Gyakran kezdek azzal a szóval mondatot, hogy „Én". Van, aki szerint ez a nárcizmus egyfajta tünete. „Én" viszont úgy vagyok vele, hogy ahelyett, hogy állandóan másoktól idéznék klisés mondatokat, inkább újakat találok ki. A saját gondolataimat mondom... ugyanis *nekem* vannak. Egoista vagyok, mert van éntudatom. Él bennem valaki, aki önálló gondolkodásra képes. Nem fogom csak azért állandóan visszafogni, mert mások kizárólag elavult eszméket mernek hangoztatni, melyek azért biztonságosak, mivel már mindenki unja őket. Tehát szerintem a nárcizmus valamilyen szinten paradoxon. Azért is, mert azt mondják, „szeresd önmagad". Ha megteszed, mégis megköveznek érte.

Jézus azt mondta: „Az vesse rá az első követ, aki bűntelen közületek!". De sajnos nem a bűntelen fog először dobni, hanem a gyáva. Az, aki üres legbelül, és fél attól, aki viszont nem.

Mit is jelent az manapság, hogy valaki bűntelen?

Jó kérdés. Egy újszülött még talán az lehet: mert meztelen a veszélyekre, meztelen a bűnökre, meztelen a sötétségre.

Vincent Falcone vagyok, és rohadtul elegem van. Nem tudok aludni, és egy ideje rettegésben élek. Most már nemcsak az éjszakáim borzalmasak a gyerekkorom óta tartó rémálmaim miatt, amelyeket apám őrültségei okoznak, de már a nappalaim is ilyenek. Egy hasonmás tehet róla, aki a New York-i Rendőrségen dolgozik. Az *én* hasonmásom. Állítólag Edward Klowinsky-nek hívják (Kinsky-nek is rövidítik). Lehet persze, hogy nem ez a valódi neve.

Én ugyanis Vincent Falcone néven ismerem ugyanazt a sunyi pofát a tükörben. „Én". Már megint így kezdtem egy mondatot. Mindig csak én. Én és én. Ketten vagyunk, mégis egyedül. Én legalábbis nagyon úgy érzem magam.

Nem tudom, mit mondhatnék Sophie-nak. Egyik éjjel véresen, megtépázott ruhában jöttem haza, félig önkívületben. Nem mondtam neki egyelőre semmit, csak azt, hogy semmire sem emlékszem. És sajnos ez így is van! Na jó, azért emlékszem ugye erre-arra, csak olyasmire nem, hogy hogyan lett a valóságból álom.

62

Az utolsó emlékem az, hogy Luigi Falcone behív az irodájába, szembesít a Szemfüles Gyilkosról, azaz rólam készült videofelvétellel... aztán megnézzük együtt a híradót, és megtudjuk, hogy Edward Kinsky hadnagyot bízták meg az üggyel. Követem a fickót hazáig, kiderül, hogy *én vagyok* az, vagy legalábbis az illető a pontos másom. Elrohanok onnan ijedtemben, aztán egy sikátorban meglátok valami szörnyűt, és felébredve a lakásomban térek magamhoz.

Na de hol mehetett ez át álomba? Tudtommal az eleje még valóság volt. Vagy mégsem? Jártam egyáltalán Mr. Falcone TV-szobájában? Vagy az is csak az álom része lett volna? Lehet, hogy nem is buktam le? Nem is én vagyok a Szemfüles Gyilkos? Hát persze, hogy nem! Már miért lennék én? Semmi értelme nem lenne. De akkor mi a fenéért jöttem haza pontosan olyan sáros ruhában, amiben álmomban elfutottam Kinsky hadnagy házától?

A sár talán csak véletlen egybeesés. Ugyanis vér is volt a ruhámon gazdagon. Ott biztos, hogy nem került rá olyasmi. Csak meglestem a fickót, nem nyírtam ki, vagy ilyesmi. Bárcsak megtettem volna, basszus! Lehet, hogy most könnyebb dolgom lenne. Egy rohadt pokolbéli hasonmással legalább kevesebb lenne. Vagy tudom is én, ki a fene az. Talán az ikertestvérem. Nem, az biztos, hogy nem... Nekem csak egy bátyám volt, Johnnynak hívták, de szerintem ő már nincs életben. Apám végzett vele. És még ha élne is, ő egyáltalán nem hasonlított rám. Az a rendőr nem lehet Johnny. Edwardnak hívják.

Ki kell nyírnom, nincs mese. Minél többet gondolkodom ezen, annál biztosabb vagyok benne. Nem teljesen mindegy ugyanis, hogy kicsoda? Pontosan ugyanúgy néz ki, mint én, és utánam nyomoz. Létezik a világon olyan csattanója egy ilyen módon induló történetnek, miszerint ő csupán jót akar nekem, és ezért koslat utánam maszkot viselve? Nem valószínű, haha! Ezért kell hát végeznem vele. Na de honnan tudhatnám, hogy mindaz valóság volt? Lehet, hogy azt is csak álmomban láttam, hogy nem az volt az igazi arca. Talán nem is néz ki úgy, mint én. Akkor meg miért bántanám? Csak egy egyszerű zsaru a sok közül. Kit érdekel hát, hogy mit csinál! ...Hogy mit csinál a *klónom*! Egyszerűen nem tudom kiverni a fejemből, hogy az ott a valóság is lehetett. Még ha klónok nem is léteznek, akkor is olyan, mint én.

Ekkor jutott eszembe, hogyan deríthetném ki a legegyszerűbben, hogy mi az igazság. Meg kell tudnom, hogy megtörtént-e egyáltalán Luigival az a beszélgetés ott a TV-szobában, vagy sem. Ha *az* megtörtént, és valóban létezik egy felvétel arról, hogy én vagyok a gyilkos, akkor valószínűleg az utána következő jelenetsor is a valósághoz tartozott.

– Bent van az öreg? – kérdeztem tíz perc múlva a Mr. Falcone ajtaja előtt őrködő Billytől.
– Volt valaha úgy, hogy ne lett volna bent?
– Hogy érted?
– Te, ha egy ilyen család feje lennél, gyakran járnál nyaralgatni a Bahamákra, hogy jól seggbe lőjön valaki a tengerparton? Vagy akár itt a ház előtt, ha kilépsz? Tudod te, hány ellensége van az öregnek?
– Ja, el tudom képzelni. Bár szorgalmasan dolgozom rajta, hogy kevesebben legyenek. Te viszont, Billy, ne légy tiszteletlen. Ha meghallja, hogy így beszélsz róla, zsákban vitet haza anyádhoz.
– Bocs, Vinnie.
– Jut eszembe, még ha Luigi valóban nem is mozdul ki túl gyakran, te merre jártál manapság?
– Én? – kérdezte Billy megdöbbenten. – Én többnyire itt őrködöm.
– Mondd csak, szeretsz fényképezni, Billy? Videózgatni, meg ilyenek?
– Khm... Nem mondanám.
„Sejtettem" – gondoltam magamban. „Persze, hogy nem ismeri be, hogy követett engem, és telefonnal felvette a gyilkosságot. Végül is miért vallaná be? Nem azért lopakodott utánam titokban, hogy utána kedélyes hangulatban megossza velem az aljas kis hátbatámadásának részleteit."
– További jó munkát! – vetettem oda neki a fogam között sziszegve.
– Ha lehet, ne nagyon járj a nyomomban. Veszélyes dolog az árnyékomnak lenni. Már van egy zsaru is, aki ezzel próbálkozik egy ideje, de nem sokat jósolok neki... sem.
Billy látszólag teljesen meglepődött ezen. Fogalma sem volt, hogy mire célzok. Hebegett valamit válaszképp, hogy már miért is követne engem, de faképnél hagytam.
Beléptem Mr. Falcone dolgozószobájába, és becsuktam magam mögött az ajtót. Tényleg bent volt. Billy jól mondta. És azt is, hogy sosem hagyja el ezt a rohadt házat. Az a szeplős képű kis seggfej odakint jobb megfigyelő, mint gondoltam. Talán ezért is küldte Luigi legutóbb a

nyomomba. Szóval most, hogy belegondolok, az öreg valóban meglepően ritkán mozdul ki. Tényleg ennyire félne? Nem tudom.

– Mr. Falcone... – köszörültem meg a torkom, ahogy a helyére kattant a zár a kipárnázott, bőrrel és rézszegecsekkel borított elegáns ajtóban. – Baj, hogy nem kopogtam?

– Rá se ránts – vonta meg a vállát Luigi az íróasztal mögött. – Ezek mind akkora parasztok, hogy egyik sem tud kopogni. Pedig már ezerszer elmondtam, hogy illene. Belefáradtam, hogy szóljak. Minek? Olyan ez, mint egy kibaszott átjáróház. Mindenki jön-megy egész nap. Te mi járatban vagy, édes fiam?

„Fiam?" – lepődtem meg magamban. „Sosem szólított a fiának. Pláne *édesnek*. Valami nem stimmel."

– Miben segíthetek?

„Ja, tuti, hogy nincs magánál. Még *segíteni* is akar? Ő? Vagy oltári dühös lehet most, vagy nagyon részeg. Ez a viselkedés egyáltalán nem vall rá."

– Bökd már ki, mert kurvára nem érek rá!

„Na, akkor talán még sincs nagy gond. Huh! Megnyugodtam! Már azt hittem, baj van."

– Elnézést, Mr. Falcone. Tudja, nem aludtam túl sokat. Az igazat megvallva már hetek óta alig alszom. Kicsit nehezen kapcsolok mostanában.

– Nem emlékszem, hogy valaha is gyorsan kapcsoltál volna, fiam. Na mondd, mit akarsz! Ne rabold a drága időmet!

– Igazából semmit, csak megkérdezni, hogy nincs-e ma feladata a számomra, uram?

Nem tudtam, hogyan vágjak bele. Végül is azért azt csak nem kérdezhetem meg ez az egyben, hogy:

„Uram, ugye nem mutatott nekem nemrég egy olyan felvételt, ami egyértelműen bizonyítja, hogy én vagyok a Szemfüles Gyilkos?" – Ja, még csak az kéne! Ugyanis ha az nem a valóság volt, akkor nehogy már gyanúba keverjem magam ok nélkül! Ha csak álmodtam mindazt... abban az esetben élő ember nem olyan hülye, hogy azt állítsa magáról, miszerint bizonyíték van róla, hogy ő titokban egy sorozatgyilkos. Nincs az az isten, hogy én azt önként kimondjam! Valahogy majd csak kiszedem belőle, hogy megtörtént-e egyáltalán az a beszélgetés, vagy sem.

– Feladat? – kérdezte az öreg. – Nos, feladat az mindig van. Lenne is itt mindjárt egy átadandó üzenetem a számodra.

– Pastorééknek?

– Nekik. Az a tetves kis Mario megint behajtott kocsival a területünkre.

– Újabb fegyveres támadás?

– Nem, nem tudok róla. De akkor se kószáljon itt az a kis szemétláda. Egyezségünk van velük. Ezeknek tényleg semmi sem szent! A saját családfőjüknek sem engedelmeskednek! Hogyan akarják így összetartani azt a családot?!

– Nincs bennük tisztelet – kontráztam rá.

– Nincs hát! – mondta elégedetten. Tudtam, hogy ezt akarja hallani. Szereti az ilyeneket. Merevedést kap tőle szerintem, vagy tudom is én, mit. Remélem, egyszer inkább szívrohamot fog. Az lehet, hogy boldogabbá tenne.

– Mi lenne az üzenet? – kérdeztem.

Az átadandó üzenetek sosem voltak túl bonyolultak a Falcone családban. De túlzottan érthetőek sem. A maffiáról ugyanis annyit kell tudni, hogy sosem mondanak konkrétumokat. Olyat tehát sosem jelentenek ki nyíltan, hogy „Öld halomra őket. Húzd ki a fogát, miután felégetted a gyereke bölcsőjét." Mindig olyanokat mondanak, amit ha valaki visszamond vagy felvesz, tuti, hogy nem lesz belőle baj. Kíváncsi voltam, ezúttal mit fundált ki az öreg.

– Menj el a belvárosba, a fickó felesége ott dolgozik egy ékszerészetben.

– Felgyújtsam az épületet, uram?

– Hülye vagy?! Mondom, *üzenetet* kell átadni! Nem felgyújtani. Ne is belezz ki most kivételesen senkit. Egy egyszerű üzenetet kell elmondanod szóban kés és más szúróeszközök használata nélkül. ...És gyufát se használj! – tette hozzá rövid gondolkodás után. – Nem gyújthatsz fel semmit.

– Nem gyújtok fel semmit.

– Savat se vigyél.

– Azt miért ne? – Ezen a ponton már szándékosan szórakoztam vele. Ennyire nem vagyok hülye. Néha azért némileg rájátszom erre a dologra. Pusztán szórakozásból. Egy maffia verőembereként ez ráadásul jól is jön. Kevesebbre tartanak, kevesebbet néznek ki belőled, ha kicsit dinka vagy.

– Most szórakozol velem?! – Sajnos észrevette, hogy ezt csinálom.

– Nem, uram – tagadtam le gyorsan, hogy humorizálni mertem vele.

– Elnézést. Savat sem viszek. Átadok egy üzenetet, kizárólag szóban.

– Ahogy mondod. Örülök, hogy valamennyire azért értjük egymást, és beszélsz emberi nyelven, édes fiam. Az üzenet a következő... – Rövid hatásszünetet tartott. Már vártam, hogy milyen kétértelmű baromsággal hozakodik most elő. – Azt üzenem Mario Pastore feleségének, hogy „Ne hajtson be többé a férjed a belvárosba, mert az a mi családunk területe.".

– Ennyi? Csak így, nyíltan? Nem túlzás ez? – Ez bizony most meglepett. Az öreg tényleg nincs jól. Jobb napjain ennél jóval összetettebb körmondatokat szokott felböfögni. Olyanokat, amiket még az FBI ügyvédei sem tudnak kibogozni.

– Hogy érted, hogy túlzás?! – gurult megint dühbe. Állandóan dühbe gurult. Akkor is, ha senki sem hergelte. – Most tényleg szórakozol velem?!

– Nem, uram. De ez... nem is tudom... nem túl... *egyértelmű?*

– Miért ne lehetne az? Egyszerűen csak ne jöjjön ide az a kibaszott férje. Ennyi. Szedjem egyiptomi hieroglifákba neki, vagy micsoda? N-e j-ö-j-j-ö-n ide!

– Jó, ezt a részét értem, de nem kéne valami fenyegetéssel is megtoldani? Tudja... hogy „különben..."

– Tudja majd a nő azt jól, hogy hogy érted.

– És ha nehéz a felfogása?

– A tiédnél nem lesz nehezebb. Higgy nekem, működni fog, fiam. Csak add át.

– Igen, uram. És, uram?

– Mi akarsz még? Ne rabold az időmet, mert az kurvára nincs!

Nem tudtam, hogyan is kezdjek bele.

– A múltkor... az a felvétel – nyögtem ki mégis.

– Milyen felvétel?

„Ajjaj! Akkor lehet, hogy tényleg nem tud róla?"

– A gyilkosról! – böktem ki improvizálva. Végül is ennyit csak ki lehet mondani, nem? És így végül nem is hazudtam. – Ön szerint az a videó igazi volt? Nem hamisíthatták?

– Kiről? A Szemfülesről?

– Pontosan! – csaptam le rá.

– Mit tudom én! Nem érdekel a híradó. Nem tudom, miket mondanak róla azóta.

„A francba! Most direkt játssza a hülyét? Miért tesz úgy, mintha a híradóról kérdezném?"

– Nem a híradóra gondolok, uram. Tudja... a *felvétel* – tettem a hangsúlyt a végére nyomatékosítási szándékkal.

– Ne törődj azzal! – mondta kétértelműen.

„Vajon mit ért ezalatt? Ez csak amolyan 'Legyen szép napod!' vagy 'Látom, megjöttél, drágám!' jellegű szólás, amik semmit sem jelentenek, csak úgy mondja őket az ember unalmában? Vagy az öreg konkrétan az *énrólam* készült felvételre gondol? Miért nem képes ez semmire érthetően válaszolni?!"

– Mármint mivel ne törődjek? – kérdeztem vissza óvatosan.

– Az ilyen hírekkel. Nem a mi dolgunk.

– De, uram, én nem a híradóra gondolok, hanem arra a másik felvételre...

– *Melyik* másikra?

„Ez tényleg nem tudja! Szerintem nem kamuzik. Fogalma sincs, hogy miről nyögdécselek itt már vagy öt perce."

– Talán nem olyan fontos – bizonytalanodtam el.

– Dehogynem! Ezen dadogsz itt már vagy fél kurva órája. Milyen felvételről magyarázol? Felvett minket az FBI? Bizonyítékot szereztek valamire?

– Nem, uram. Hanem Billy...

– Mi van vele? Elkapták?

– Nem, dehogy. Itt áll kint az ajtó előtt.

– Akkor hívd be! Tőle akarom hallani személyesen! Mert ha köpött nekik, én istenemre mondom, hogy...!

„Jesszus! Bonyolódik a helyzet. Most tényleg be akarja hívni?"

– Billy, gyere be!

„Úgy tűnik, igen."

Billy zavart arccal lépett be az irodába. Egy fehér borítékot szorongatott a kezében.

– Levele jött, uram – mondta ijedten, ahogy becsukta maga mögött az ajtót. Úgy tűnt, meglepte, hogy behívták.

– Tedd le az asztalra! Most fontosabb dolgom is van. Mondd csak, miről beszél nekem itt Vinnie? Valami felvételt emleget veled kapcsolatban. Halljuk, mit műveltél? Ugye nem köptél neki? Tudod, hogy az mivel jár?

– Uram, én semmi *olyat* nem csináltam. Nem tudom, ez miről magyarázott itt eddig magának – nézett rám dühösen.

– Semmilyen felvételről nem tudsz? – szegeztem neki a kérdést.

„Erre már *csak kell* valamit válaszolnia! Talán mégis jó, hogy bejött?"

– Én ugyan nem tudok olyanról! – vágta rá azonnal gondolkodás nélkül. Az öreg erre kérdőn rám nézett.

– Ön sem hallott semmilyen felvételről? – kérdeztem ezúttal Mr. Falconét.

– Tőled hallok róla először, fiam. Mondd, mi ez az egész?

„Akkor hát nem történt meg! Basszus, nem történt meg! Az csak álom volt! Nem szembesítettek a tettemmel! Nem én vagyok hát a gyilkos. Ugyanis semmilyen más jel nem utalt erre korábbról! Csak az a hülye videó! Akkor hát nem létezik semmiféle Edward Kinsky a New York-i Rendőrségen. Nem kapta meg az ügyet, nem is követtem őt, és nem tépte le az arcát otthon, hogy felfedje: pontosan ugyanúgy néz ki, mint én. Hála az égnek! Vagy a pokolnak!"

– Elnézést! – böktem ki, miután egy óriási sóhajt eresztettem el. Kicsit talán túl hangosra is sikeredett. Nem akartam ennyire feltűnően a tudtukra adni, hogy megtudtam valami számomra rendkívül megnyugtatót. – Csak tudja, uram, hallottam valamit, de én sem vagyok benne biztos, hogy mit. Lehet, hogy csak félreértettem. Ezért is kérdezősködtem most önöktől. Bocsánat, nem akartam problémát okozni vagy összezavarni bárkit is.

– Nos, rendben – vágta rá az öreg. – Jobb biztosra menni. Inkább szólj, ha hallasz valamit, mintha nem. Biztos nem fontos? Lezárhatjuk ezt a témát?

– Le – bólintottam rá.

– Mutasd azt a levelet – nyúlt Luigi a Billy kezében tartott boríték után. A srác odament, és átadta neki. Azaz nem ment oda, csak odalépett, és egyből vissza is hátrált. Úgy tűnt, ő sem nagyon szereti, ha az öreg vállon veregeti, és ezen a címen letépi a zakója válltömését... a vállával együtt. – Nem tudom, ki lehet ez – töprengett Mr. Falcone –, nem ismerős a neve. – A borítékra írt feladót nézegette. Én nem láttam onnan a nevet, mert némileg Billy háta mögött álltam. Nem volt rálátásom a borítékra, a fiú kissé túlméretezett, vörös hajú üstöke kitakarta előlem. Csak Luigi fejét láttam, ahogy hunyorogva olvas. Valószínűleg szemüveg kellene neki, csak hiú hozzá, hogy csináltasson, vagy felvegye a meglévőt. Bár az is lehet, hogy csúnya a feladó kézírása, ha nem nyomtatva van címzés. – Fura egy név – mondta ki magától Luigi a megoldást. – Ki sem tudom olvasni. Edward... K... Kloo... mi a fasz ez? – Klowinsky?! – bukott ki belőlem elhűlten.

„Bassza meg! Hát mégis létezik! Habár tényleg felér a neve egy kisebbfajta nyelvtörő feladvánnyal, most a sokk miatt valamiért rögtön beugrott ez a fura, európaias módon idegenül csengő szó. Azonnal elsőre kimondtam, ráadásul szerintem hibátlanul."

– Aha! Ja. Valóban ez van ideírva – helyeselt Mr. Falcone. – Honnan tudod? Billy mutatta már neked?

– Ja, nem! – kaptam észbe. – Az valami rendőr, azt hiszem – mondtam ki kelletlenül. Előbb-utóbb úgyis rájön, akármiért is írt neki az a barom. – Nem ismerem, de mostanában hallottam valahol a fura nevét a rendőrséggel kapcsolatban, azt hiszem.

– Rendőr?! – kérdezte Luigi dühösen. Bár a hangjába mintha most félelem is vegyült volna. – Mi faszt akar az éntőlem? Minek írogat levelet, mint egy nő? Szerelmes belém?! – Hangjából düh és határozottság szólt, mégis egyértelmű volt, hogy tart valamitől. Billynek valóban igaza lehet abban, hogy az öreg meglepően ritkán jár el itthonról. Talán tényleg állandó félelemben él. Sokkal nagyobban, mint az logikus lenne az ő helyzetében. Bár vajon a rettegésnek mely szintje az, ami még logikus, és mi számít irreálisnak egy maffiafőnök esetében? Létezik ennél stresszesebb munkakör? Ugyanis minden irányból támadástól tarthat. És okkal. A rendőrség állandóan figyeli. Hacsak egyetlen hajszálat is nem a megfelelő időben és körültekintéssel görbít el, akkor azonnal rárakják a bilincset. Nem fognak vele túl sokat teketóriázni. Nyilván erre szolgálnak azok a nagyon körmönfont módon megfogalmazott „figyelmeztető" üzenetek. Sok helyen figyelhetik kamerákkal, de személyesen is. Az utcán, vagy akár itt bent az épületben. Nem tudhatjuk, hogy dolgozik-e nekik valaki. Általában sajnos szoktak téglák lenni itt-ott. Lehet akár Billy is közülük való. Vagy legalábbis olyan, aki habár elvileg velünk van, mégis nekik tesz jelentést.

Mr. Falconénak a többi családtól szintén komoly tartani valója van. Bármikor nyíltan megtámadhatnak minket, ha már túl sok számukra a Falcone család. Merénylettel is próbálkozhatnak sunyi módon. És nemcsak váratlanul trükkel bejutva ide, de még akár ugyanúgy közénk férkőzve, huzamosabb ideje köztünk dolgozva is. Ez szintén igaz lehetne

Billyre. Melózhatna akár párhuzamosan egy másik családnak is. És egy óvatlan pillanatban nyakon szúrhatná az öreget egy levélnyitó késsel. Bár most, hogy megnéztem, nem láttam ilyesmit Luigi asztalán. Valószínűleg pont ezért, haha! Vajon hogyan nyitják ki a maffiafőnökök a leveleiket? Mivel?

Kérdésemre elég hamar választ kaptam. Meglepően egyszerűt. Luigi a hüvelykujja körmével felfeszegette a boríték leragasztott peremét, majd feltépkedte. Máris nyitva volt. Tény, hogy ez a módszer is működik. Csak nem olyan elegáns, mint egy színarany levélnyitóval egyetlen mozdulattal végigvágni. A merénylők azonban ritkán szúrják nyakon az embert a hüvelykujjuk körmével, az is igaz!

– Ja, tényleg olyasmiről lehet szó – röhögött fel Mr. Falcone. – Egy kibaszott rendőr *belém szeretett* vagy mi! Ez verset küldött nekem. Mi a fasz ez?

– Verset? – kerekedett el Billy szeme.

Ez engem is meglepett. Klowinsky verset küldött az öregnek? Vajon miért? Miről? És mi a fene a célja vele? Miféle játékot űz ez? Maszkot hord nappal, valójában úgy néz ki, mint én... közben pedig verseket írogat maffiacsaládok fejeinek? Miféle alak ez? Ennyire elborult lenne? Vagy inkább ennyire rafinált?

– Ja, verset – bólintott Luigi mosolyogva. Bár mosolyában volt valami természetellenes. Szerintem őt is elbizonytalanította ez a szokatlan kezdeményezés a rendőr részéről. Egy maffiacsalád feje pedig nem igazán szereti a meglepetéseket. Azok általában *kissé* veszélyesek az ő súlycsoportjában. Életveszélyesek. – Versnek kell lennie – folytatta. – Rímek vannak benne, meg minden. Tényleg buznyák lehet az ürge. Az a címe... te jó ég, ki sem merem mondani... de valóban valami olyasmire utalhat. Na mindegy, teszek rá! Mondjuk ki, amit ki kell mondani: Az a címe, hogy „Legbelül”. – És Luigi olvasni kezdte fennhangon. Úgy tűnt, parodizálni akarja, viccet akar csinálni a dologból. De nem volt túl meggyőző. Ijedtnek tűnt. A vers a következőképpen szólt:

Második fejezet: Legbelül

„lakik egy énem mélyen legbelül
amivel jobb, ha senki sem szembesül
mást nem tud, csak elvenni s ártani
viszályt, kétséget szülni, bántani

lakik egy énem mélyen legbelül
ő is én vagyok, velem szemben ül
gyakran látom röhögni szemérmetlenül
a tükörben, ha a fürdőben a gőz elül

vihog egy énem mélyen legbelül
ő a gonosz odalent, én az álarc legfelül
palástolom a szándékait rezzenéstelenül
elvégzek bármit, amit mond kegyetlenül

talán semmi sincs bennem legbelül
csak a pokoli sötétség testetlenül
a rothadó bűn nyújtózva meztelenül
parázna módon kitárulkozva illetlenül

lakik egy énem mélyen legbelül
többnyire ezt mondom védekezésül
én csak áldozat vagyok tehetetlenül
nem én ölöm meg őket egyedül
mert él bennem valaki legbelül
én csak ülök, és nézem tétlenül
csupán egy test vagyok neki rejtekül"

Mr. Falcone a vers elolvasása után leeresztette a kezében tartott lapot, majd az asztalra tette. – Nem tudom, mit akar ez jelenteni – vallotta be őszintén. Most már nem nevetett, nem is próbált viccet csinálni belőle.

– Szórakozik velünk – mondtam ki szinte akaratlanul. És így is gondoltam. Akkor is, ha ők nem tudják, hogy ki ez. Mindentől

72

függetlenül így gondoltam. – Tud valamit, amit mi nem, és most ezen mulat.

– De mivel kapcsolatban? – kérdezte az öreg.

– Nem tudom – vontam meg a vállamat. De hazudtam neki. Nagyon is sejtettem, hogy Klowinsky mire célozgat a versben.

– A gyilkosságokkal kapcsolatban – mondta ki Billy helyettem az igazat. Ezek szerint sajnos elég nyilvánvaló volt. – Tudja, főnök, a Szemfüles Gyilkos!

– Nekünk ahhoz semmi közünk – vonta meg a vállát Mr. Falcone. – Van annál nekem nagyobb gondom is, minthogy zsernyákokat szurkál valaki tűvel süketre és vakra. Teszek rá! Aggódjanak miatta ők. Úgyhogy nem tudom, mit humorizál itt ez az ürge, de engem nem érdekel. – Fogta, és dühösen összegyűrte a lapot, majd ugyanazzal a lendülettel behajította a papírkosárba. De mellé esett. Mindig mellé esik. Csak a filmekben szokott mindenki elsőre beletalálni.

Billy mozdult volna, hogy odalépjen, és beletegye ő maga.

– Hagyd! Majd felveszi a... Mindegy, akkor is hagyd! Most húzzatok kifelé! Dolgom van. Vinnie, megjegyezted akkor azt az üzenetet? Képes vagy úgy átadni, hogy ne vágd le a nő fejét, és ne is távolítsd el konyhakéssel a méhét a megszületendő gyermekével együtt?

– Menni fog, uram – bólintottam rá kimérten. Ennyire azért nem vagyok hülye. Át tudok adni egy ilyen egyszerű üzenetet, hogy Mario Pastore ne hajtson be többé Falcone-felségterületre.

– Akkor jó. Most menjetek! Ne raboljátok az időmet. Kurva sok dolgom van.

– Igen, uram! – ugrott meg Billy, és már nyargalt is az ajtó felé. Ő, úgy tűnt, jobban fél az öregtől. Örült neki, hogy végre elengedték.

– Uram – mondtam elköszönésképp, és én is az ajtó felé vettem az irányt.

Azon gondolkodtam közben, hogy mit akarhat Klowinsky azzal a verssel. Nyilvánvalóan a gyilkosra célozgat benne. Mégpedig – ha jól értem – egyfajta skizofrén módon, mintha tudathasadása lenne. Mintha ő maga lenne az, vagy ő maga *én* lennék valamilyen szinten. Fogalmam sincs, mire célozhat ezzel. Még ha őrült is, az biztos, hogy én nem az ő képzeletének a szüleménye vagyok. Tudom, hogy élek, lélegzem, létezem. És félek. Nagyon félek. Borzasztó érzés ez, hogy van valaki, akiről biztosan tudom, hogy ártani akar nekem, de fogalmam sincs, hogy hogyan, és azt sem, hogy miért csinálja mindezt. De vajon valóban rám gondolt ott a versben? Végül is a gyilkost emlegette. Honnan tudná, hogy az én vagyok-e egyáltalán? Hisz még én sem tudom! Az a felvétel, amit Luigi mutatott nekem korábban, minden kétséget kizáróan nem létezik. Azt tényleg csak álmodtam. Billy ugyan nem fotózott vagy videózott le semmit! Annyira egyébként sem rafinált ez a srác. Nem tudott volna feltűnés nélkül követni. Tehát a rendőr sem tudhatja, hogy én vagy-e a gyilkos. Nem rám céloz. És én sem láttam őt sosem a lakásában, ahogy maszkot vesz le magáról. Ez az egész csak egy fura véletlen. De akkor honnan tudom a nevét? Egyből kimondtam, pedig állítólag a valóságban sosem hallottam róla. Nem értem ezt az egészet. Lehet, hogy valóban csak belefutottam valahol a nevébe, de azonkívül semmi egyebet nem tudok róla. Igen, talán tényleg mindössze ennyi. Még az is lehet, hogy csakugyan homokos az ürge. Á, nem! Azért az nagyon gyenge kis próbálkozás volt az öreg részéről. Szánalmas kis poén.

– Psszt! – szólt rám Billy távolabb lépve az iroda ajtajától, amikor becsuktam magam mögött az ajtót. A kezével is intett, hogy jöjjek közelebb.

Amúgy is ezt tettem volna, mivel épp mellette akartam elhaladni, így hát odaléptem:

– Mi van? – kérdeztem halkan.

– Ezért nem mozdul ki – sutyorogta Billy. – Most már legalább te is látod.

– Miért? A rendőrség miatt? Egy ideje már szórakoznak vele? Vagy akár konkrétan ez a fickó? Mióta küldözget neki ilyen verseket?

– Nem, nem így értettem. Azért nem mozdul ki, mert mint látod, totál szenilis. Az öreg kezd meghülyülni.

– Miről beszélsz? Tehát akkor tényleg küldözgetnek neki verseket máskor is, csak ő nem emlékszik rá?

– Neem! – suttogta Billy dühösen. – A lebukásodra gondolok.

– A *mimre*?

– A gyilkosságokra.

Ekkor megállt bennem az ütő. „Mi a fenéről beszél ez?"

– Mire akarsz kilyukadni? – kérdeztem. Egyszerűen nem hittem el, amit hallok.

– Most már te is játszod a hülyét? – kérdezett Billy. – Összebeszéltetek, vagy mi? Ne mondd nekem, hogy te sem emlékszel! Amikor bementél hozzá, te magad hoztad fel a témát! Csak én nem akartam belemenni, hogy nehogy balhé legyen a főnök irodája előtt. Nem szereti, ha ordítozás van, vagy kopogás nélkül benyit valaki. Szóval aznap követtelek! Megmutassam az egész felvételt? Tessék, itt van a telefonomon! – És már nyúlt is a zsebébe, hogy elővegye.

„A francba!"

– Nem. Hagyd.

– Na! – mondta elégedetten. – Örülök, hogy neked azért helyén van a memóriád. Még ha őrült is vagy... és egy elmebeteg sorozatgyilkos.

– Nem vagyok az! – mondtam ingerülten. – Eltereléskép csináltam! Neki is megmondtam ugyanezt a múltkor...

– És téged nem idegesít, hogy nem emlékszik rá? – vágott közbe.

– Engem? – És ekkor elpattant egy ötletbuborék a fejemben. Rájöttem, mit kell tennem. – Engem ugyan nem zavar! Na, gyere csak!

Elkaptam Billy grabancát, és egy szemvillanás alatt úgy kitekertem a karját, hogy mozdulni sem bírt.

– Mutasd csak azt a rohadt telefont! – Benyúltam a zsebébe, és kirángattam belőle a viszonylag nagyméretű, elavult készüléket.

– Mit akarsz vele?! Hagyj békén! Ez az egy telefonom van. Anyám vette, és a főnök nem ad pénzt újra! Nehogy már elvedd! – nyúlt utána kétségbeesetten.

– Anyád vette? – kérdeztem gúnyosan. – Akkor filmezd vele őt ezentúl. Pucéran. Vagy tudod, mit? Inkább ne. Fujj! – A markomba fogtam a készüléket, erősen rászorítottam, és a másik kezemmel tekerni kezdtem az egész elavult szart. De nem igazán akart sem szétesni, sem elpattanni. „Hogy ezeket a vackokat milyen masszívra csinálják! Esküszöm, szöget lehetne vele beverni!"

– Nehogy már eltörd! – tiltakozott Billy. – Minek csavargatod úgy?! – Ismét a telefon után nyúlt, de elütöttem a kezét. És örülhet, hogy nem mást ütöttem el: mondjuk, az anyját a kocsimmal! Végül is a srác családtag. Nem akarok hát komoly kárt tenni benne vagy a rokonaiban. *Még* nem. – Egyébként is már továbbküldtem neki! – kiabálta. – Luigi telefonján is ott van a felvétel!

– De ő nem emlékszik rá – mutattam rá nagyon is logikusan. – És tenni fogok róla, hogy később se jusson eszébe.

– Kinyírod? – kérdezte Billy ijedten, meglepő őszinteséggel.

– Dehogy! – sziszegtem rá. Bár most, hogy Billy kimondta, valóban bennem is felmerült ez az eshetőség. Talán valóban ki kéne iktatni. Amíg még eszébe nem jut újra az egész história. – Nem bántom én, csak el akarom lopni a telefonját, és az övét is tönkreteszem.

– Az övét *is*? – nyelt egyet Billy ijedten.

Ekkor végre rájöttem, hogy hogyan tudok még nagyobb erőt kifejteni, és kárt tenni abban a masszív régi roncsban. Két kezemmel erősen megtartva, nagy lendülettel a térdemhez csaptam. Bele is nyilallt rendesen. Aú! Keményebb volt, mint vártam. Végül is nem tudom, mire számítottam! Tekergetve is kőkemény volt már. A térdem viszont a fájdalom ellenére még keményebb diónak bizonyult. Végre reccsent egyet a telefon. Szerintem a kijelzője repedhetett meg. Mohón tekertem rajta egy még erősebbet, és ekkor ketté is tört.

– Há! – nyögtem fel diadalmasan. Az emberi elme ereje és győzedelmeskedése az ördögi, jövőbeli technika felett.

– Rohadj meg! – sziszegte dühösen Billy. – Most honnan szerezzek újat?

– Leszarom – adtam vissza neki a kilencven fokban meghajlított hulladékot. – De ha szerzel is valaha újat, ajánlom, ne nagyon kezdj videózgatni vele. Mert kicsinállak. Nem vicc.

– Az öreg utasítására tettem!

– Akkor se. Mondd neki, hogy nyomomat vesztetted! Soha többé ne merj követni engem! Az öreget átverheted, mert csak egy vén szenilis, beképzelt majom! De engem nem! Ha még egyszer követni merészelsz, a megnyúzott hulládat fogom visszaküldeni anyádnak. És nemcsak megnyúzlak, de neked is kiszúrom a szemed, és a dobhártyádat is átlyukasztom, mint ahogy a többi áldozatom esetében tettem!

Ha az előbbi fenyegetés nem is, *ez* most már hatott. Billy teljesen elsápadt. Szemmel láthatóan eddig nem tudatosult benne teljesen, hogy kivel áll szemben. Még akkor sem, ha ő volt az első személy, aki a felvétel készítése közben rájött erre. Most megszólalni sem mert, teljesen megkukult.

– Na! – mordultam rá elégedetten. – Örülök, hogy akkor végre értjük egymást. Igen, én vagyok a Szemfüles. Minek is tagadnám? Hisz te is láttad. Ha csak ferdén nézel rám, vagy úgy böfögsz, hogy nekem nem tetszik, te leszel a következő áldozatom. Közvetlenül anyád után.

Billy szája sírásra görbült. Egy apró könnycsepp jelent meg a szeme sarkában. De tartotta magát. A csepp nem bukott ki szemhéjai közül, nem gördült végig az arcán, hogy továbbiak kövessék, de azért ott csillogott visszavonhatatlanul, árulkodó jeléül annak, hogy gyenge pontjára tapintottam.

– Őt ne bántsd! – fogta Billy kérlelőre. – Anyám semmit sem tud arról, hogy mi folyik itt. Azt hiszi, takarítani járok ide. Még a ruhám, amit rajtam látsz, sem az, amiben reggel eljövök otthonról. A WC-ben szoktam reggel átöltözni. Anyám nem érti ezt az egészet. Ő egy nagyon egyszerű asszony. De mérhetetlenül jólelkű. Kérlek, őt hagyd ki ebből! Soha életében nem bántott senkit. Nem olyan, mint mi. Kérlek!

Egy pillanatra már majdnem megsajnáltam a fiút. Eszembe jutott Sophie, hogy én vajon mit éreznék, ha őt fenyegetné valaki. Igen, ő is régóta mondogatja már, hogy ki kéne szállnom ebből. De én tudom, hogy nem lehet. Azért sem, mert ebből nem szokás, és mert én máshol sem lennék ennél jobb ember. Számomra már nincs visszaút. Nincs nekem többé olyanom, hogy lelkiismeret. Még ha pislákol is odalent a mélyben valami, ami hasonlíthatna hozzá, akkor sem több kihunyni akaró parázsnál, amivel én már réges-rég nem foglalkozom. Odalent...

„vihog egy énem mélyen legbelül

ő a gonosz *odalent*, én az álarc legfelül...” – jut eszembe valamiért két sor a Klowinsky által küldött versből. Nem tudom, miről jutott eszembe. Még annak sem voltam tudatában, hogy egyáltalán megjegyeztem belőle valamit. Fura ez a vers. Most merült fel bennem először, hogy ismerős nekem valahonnan.

De gyorsan félretoltam ezt a gondolatot. Úgysincs semmi értelme. Billyt kíméletlen módon ellöktem magamtól. Nem esett el, csak megtántorodott, majd néhány bizonytalan lépés után visszanyerte az egyensúlyát. Egy másodpercnyi töprengés után így szóltam hozzá:

– Ez háború. Annak pedig áldozatai vannak. Anyád sem maradhat ki belőle. Onnantól, hogy itt dolgozol, már semmiképp. Viseld a következményeit. Ha utánam jössz, neki annyi.

– Ezt még megbánod, Vincent Falcone! Soha többé nem barátkozom veled! Ezt nem fogom sem elfelejteni, sem megbocsátani!

– Csak felvettem a Falcone nevet. Nincs is vezetéknevem, vagy legalábbis nem emlékszem rá. A barátságunk miatt se nagyon aggódnék a helyedben. Barátaim sincsenek, vagy legalábbis rájuk sem emlékszem.

– Azzal faképnél hagytam, és dühösen kivágva magam előtt az épület bejárati ajtaját, kiléptem a napfényre.

Elgondolkodtam azon egy pillanatra, hogy talán túlzásba estem Billyt illetően. Gonosz módon bántam vele. Végül is csak a munkáját végezte. Az öreg bízta meg azzal, hogy kövessen.

Talán tényleg gonosz vagyok. Bár lehet, hogy ez úgysem számít.

A pokol ugyanis valójában lehet, hogy szebb, mint a mennyország. A mennyben talán csak szabályok szerint, korlátok között lehetnék boldog. De hát mikor lehetek végre igazán boldog, ha még halálom után sem? A pokolban viszont biztos, hogy bármit megtehetnék. Lehet, hogy óriási szenvedések árán, de ott nem korlátozna, nem fogna vissza senki. Ha az Ördög mégis megpróbálná, végeznék vele, mert ott amúgy sincsenek szabályok. Ha engem vég nélkül kínozhatnak ott, akkor én is megtehetném másokkal. Lehet, hogy inkább nekik kéne félniük tőlem odalent, hogy mikor érkezem!

Ha én egyszer meghalok, bizony komoly bajban lesz mindenki a pokolban. Nincs halálfélelmem. Mert az elkárhozásomtól az Ördög fél helyettem.

Legbelül ugyanis ilyen vagyok.

„vihog egy énem mélyen legbelül

ő a gonosz odalent, én az álarc legfelül..."

Bár...

„...talán semmi sincs bennem legbelül

csak a pokoli sötétség testetlenül".

Harmadik fejezet:
Edward és a gyökerek

– Uram, még nem mehetünk be! – suttogta a rohamosztagos a sötét folyosón. – Még nem érkezett meg a parancs a rendőrfőnöktől.

– Nem érdekel – feleltem neki. – Nem azért vagyunk itt, hogy parancsokra várjunk, hanem hogy elkapjunk egy bűnelkövetőt. Elejét kell vennünk a további rémtetteinek. Várjanak csak! Hallják ezt a hangot?

– A sziszegést?

– Igen. Odabentről jön? – kérdeztem.

– Eddig nekem sem tűnt fel – felelte a rohamosztagosok parancsnoka. – Talán tényleg rúgjuk be azt az ajtót. Ne szarakodjunk szerintem se. Hadd szóljon! – bólintott nekem.

Hál' Istennek szarszagot nem éreztem a levegőben, csak gázszivárgást. Örültem neki, hogy a fickó így látja, és elég bátor hozzá, hogy hajlandó legyen kockáztatni. És ezek szerint az emberei is, mert senkinek sem volt ellenvetése.

Odaléptem, és teljes testsúlyomat beleadva rúgtam egy hatalmasat az ajtóba. Ám az meg sem mozdult.

– Az csak a filmekben működik, uram – szólt előre valaki, akinek csak a hangját lehetett hallani. Szétnyíltak előtte a társai, és a sisakos fickó egy masszív, hengeralakú tárggyal lépett elő. – Bízza csak ránk. Faltörő kos kell. Nem olyan könnyű ám berúgni egy bejárati ajtót. A legtöbb meg sem mozdul. A lába, ha kitartóan megrohamozná, lehet, hogy előbb eltörne.

– Igaza van – bólintottam. – Adjanak neki!

Félreálltam az útjából. Egy társa mellé lépett, és együtt megragadva nekilendítették azt a vackot az ajtónak. Az erre reccsent egy hatalmasat. Úgy tűnt, még ez sem biztos, hogy használni fog neki. De aztán a második csapásra szerencsére megadta magát. Pattant valami odabent – talán egy zsanér, de lehet, hogy maga a zár –, és az ajtó komótosan nyekeregve kinyílt előttünk.

A lakásban sötétség honolt. Nem égett sehol villany, úgyhogy kapcsoló után kezdtem tapogatózni. Olyasmit nem találtam a falon, viszont belenyúltam valamibe, amibe nem kellett volna: nedvességbe. Undorodva visszahúztam a kezem. Nem tudtam, mivel van borítva.

– Valaki csináljon már egy kis fényt! Nincs valakinél zseblámpa? Nem találom a kapcsolót!

Az egyik rohamosztagos felkapcsolta a fejlámpáját. Szerencsére rajta volt ilyen eszköz. Ugyanis nem mindegyikük sisakja rendelkezett fényforrással. Sietve válogatták össze a csapatot indulás előtt, mert egy informátor nem várt fülese alapján tudták meg a gyilkos hollétét. Egy másik fickó is felkapcsolta a sajátját, így már két irányból világították előttem az utat. Villanykapcsolót továbbra sem láttam. Vagy nem is volt, vagy annyira hülye helyre szerelték, hogy idegességemben egyszerűen nem láttam meg. De a többiek sem. Nehéz razzia és rajtaütés alkalmával azonnal felmérni a terepet és mindent hatékonyan megtalálni, használni. A rendőr is csak ember, és mint olyan, be van ilyenkor rendesen szarva. Akkor is, ha bátornak tetteti magát, akkor is, ha rendíthetetlennek. Jelen esetben én is féltem, ugyanis a gyilkost évek óta keressük, és az egyik legádázabb mind közül: az a fajta, akit talán sosem kapnának el, ha a rendőrségnek nem lenne időnként merő véletlenségből egy-egy szerencsés napja. Mint akár ez a mai. Bár ki tudja... még nem láttuk, mi fogad majd bennünket odabent.

Itt az előszobában egyelőre nem volt túl sok látnivaló. Csak penész mindenütt. Vastagon borította a falakat szürke és fekete árnyalatokban. Bár ezt csak tippelni tudtam, mert nagyon sötét volt. A valódi színét nehéz lett volna megmondani. Lehetett akár zöld is. Bárhogy is, de gusztustalan volt. Mohaként nőtt, élősködött rajta, mintha nem is rátapadt volna, hanem az egész fal valamilyen élőlény lenne, aminek ilyen a saját bőre. Az jutott eszembe, hogy ha így hagynák még néhány évig, lehet, hogy mozogni, lélegezni is kezdene az egész... bár ez nyilván abszurd, horrorfilmbe illő gondolat, aminek nem sok értelme van. Elég hosszú volt a helyiség egy ekkora házhoz képest, de még épphogy indokolt. A végén egyetlen ajtót láttunk csak, amit résnyire nyitva hagytak.

A sziszegő hang itt is jól hallatszott, azaz egyértelmű, hogy ebből a lakásból jött, ám nem volt hangosabb, mint odakint, és a gázszag sem szédített vagy köhögtetett minket jobban.

A gázszivárgás hangja mellett egy másik zaj is megütötte a fülünket. A szobából jött. Úgy hangzott, mintha vastag, nehéz kábeleket vonszolna valaki a földön. Néha dübbentek a padlón, néha pedig karcos, sistergő súrlódást lehetett hallani. Egymásra néztünk a többiekkel, de nem kommentáltuk a dolgot. Ha odaérünk, úgyis kiderül, hogy mi folyik odabent. Valaki talán csomagol, elköltözik. A gyilkos valószínűleg menekülésben van.

Ahogy odaértünk az ajtóhoz, a gázszag kezdett fojtogatóvá válni.

– *Maszk kellene* – köhögött fuldokló hangon az egyik rohamosztagos. – *Ne menjünk be oda!*

– Bemegyünk! – mondtam határozottan. Engem is állatira kínzott az a szag, de nem akartam jelét adni, mert jó példát akartam mutatni a többieknek. Úgy voltam vele, hogy néhány másodpercet csak kibírunk ájulás nélkül odabent... bár, hogy hogyan fogjuk letartóztatni a pasast – már ha férfi egyáltalán az illető –, azt nem tudom. Ugyanis foghatunk mi rá fegyvert, de ki hinné el nekünk, hogy ömlő gáz mellett meg is mernénk húzni a ravaszt? Akkor az egész kóceráj a pofánkba robbanna! Mi is mennénk a gyilkossal együtt a pokolra.

Ezen elgondolkodtam egy pillanatra. Vajon, ha az ember együtt hal meg másokkal, akik között nagyon gonosz alakok is vannak, akkor ő is pokolra kerül velük együtt? Isten vajon leáll ilyenkor szortírozni, hogy ki hová tartozik? Vagy csak fürtökben bevágja az embereket a megfelelő „rekeszbe", és kész? Vagy inkább *bugyorba*, ha lefelé lesz az út?

Az ajtóhoz lépve nekinyomtam a tenyerem, és tolni kezdtem befelé. Azon szerencsére nem volt penész, így bátrabban hozzá mertem nyúlni. Gondolkodtam rajta, hogy inkább berúgjam, de rájöttem, hogy ömlő gáz mellett biztos, hogy ő sem fog tüzet nyitni ránk. Öngyilkosság lenne. Akkor már egyszerűbb, ha ellenállás nélkül feladja magát. Úgy még elélhet pár évet a sitten.

Benyitva olyan látvány tárult elénk, amit soha életemben nem képzeltem volna, és nem is fogom elfelejteni.

Az egyik rendőr elájult. Egy másik elhányta magát. Volt, aki teljesen megdermedt, mint egy pánikba esett kis állat, és képtelen volt megmozdulni. Azt hiszem, még én maradtam a legjózanabb. Valószínűleg azért, mert már gyerekkoromban is, apám miatt olyan borzalmas dolgokkal kellett szembesülnöm, amit még egy felnőtt sem bírna ép ésszel felfogni. Habár ez a látvány valóban irreális volt, engem valamiért nem lepett meg. Hogy miért? Mert az apám körül történő eseményeknek is voltak természetfelettire utaló jelei.

Olyan nyolcéves lehettem, amikor egyik nap hazajött a gyárból, és közölte, hogy ezentúl nem mehetünk iskolába.

Kérdeztük, hogy miért, de csak hagymázas, felszínes célzásokat tett. Nagyon nehéz volt abból bármi értelmeset is kibogozni. Azt mondta, hogy nem lehetünk szem előtt. Pontosabb úgy fogalmazott, hogy:

„Látnak. Mindannyian. Jobb, ha úgy tűnik, elfoglalom magam valamivel. És titeket is lefoglallak. De nem nyíltan. Nem lehettek szem előtt. Nem mentek többé iskolába, és kész."

Azontúl így is volt. Anyám sem vitatkozott vele. Akkoriban már nem mert. Apám egy ideig békés maradt, megelégedéssel töltötte el, hogy nem „látnak" minket többé. Hogy kik, arról halvány lila gőzünk sem volt. Gondoltuk, az ufók, vagy ilyesmi. Az őrültek mindenféle hülyeséget kitalálnak, nem kell benne logikát keresni. Abban reménykedtünk, hogy majd felenged, és megnyugszik. Talán belátja egy idő után, hogy nem kell féltenie minket, mert senki sem figyel. Anyám azt mondta, előbb-utóbb észhez tér, és újra járhatunk majd suliba. Hát, sajnos nem így történt.

Ugyanis kiderült, hogy nem féltett minket, nem ezért hozta meg ezt az állítólag nehéz döntést. A külvilágot féltette. *Tőlünk.*

Azt mondta, a sötétség gyökere él mindkettőnkben. Odakint az emberiségnek komoly félnivalója van tőlünk. Tőle nem, de a fiaitól igen. Ezért nem láthatnak. Mert azonnal elpusztítanának. Anyám teljesen elképedt ezen az őrült megnyilvánuláson. Vitatkozni kezdett vele, hogy nem mondhatja mindezt komolyan. Iskolába kell engednie minket, mert így semmire sem fogjuk vinni. Apám erre megütötte – akkor először –, és szentelt vizet locsolt az arcába. Kiderült, hogy jó ideje hord már magánál ilyet szükség esetére. És most meglátta a „gyökeret", cselekednie kellett hát. Az ugyanis, aki óvja a sötétséget, aki szövetségre lép vele, megfertőződik a gyökere által. És akkor már benne is elkezd kihajtani.

Később utalt rá, hogy anyám állapotának állítólag nem használt a szentelt víz. Szerinte menthetetlen volt. Nekünk fura mód teljesen egészségesnek és normálisnak tűnt. Apám viszont nem...

A haja ekkor kezdett megőszülni. Egykori ráncai árkokká mélyültek az arcán. Szeme beesetté vált, tekintete pedig űzötté, mint egy riadt állatnak, ami állandó életveszélyben van a rá vadászó ragadozók miatt.

Ebben a korszakban, amikor nem dolgozott többé, kezdett el egyszerre inni és drogozni. Hamar földi pokollá vált a már addig is nyomorult kis életünk. Apám meglévő paranoiája és skizofrén hallucinációi agresszióvá, mániás pakolássá, értelmetlen rögeszmés szokásokká rosszabbodtak. Elkezdett a túlvilággal kommunikálni. Néha fennakadt, kifordult szemekkel imádkozott, mély, síron túli hangon énekelt, ami nekünk egyáltalán nem tűnt emberinek. Úgy hangzott, mint egy szétdohányzott hangú, gégerákban szenvedő idős asszony énekhangja, aki nincs teljesen magánál, ráadásul mintha állati rikoltásokkal, visítással keveredne az éneke. El nem tudtuk képzelni, hogyan képes kiadni magából olyanokat.

Anyám szerint a pokol szólt belőle. Pedig ő nem volt vallásos. De mindez már neki is sok volt.

Egy nap apám hazajött „a gyárból". Jól tudtuk, hogy legalább hat hónapja elbocsátották, nekünk mégis mindennap azt mondta, hogy dolgozni megy, és onnan érkezik aztán haza. Egyszer célzott valamire, hogy valójában megtévesztésből megy dolgozni, mert „látják", de később már hallani sem akart erről az egészről. Ő továbbra is munkába jár, és nincs semmi változás a múlthoz képest.

Tehát egy csütörtöki napon épp „hazajött a gyárból", amikor egyből leült a konyha közepére imádkozni. Előtte fél kézzel félretolta onnan a masszív ebédlőasztalt – iszonyatos ereje volt –, aztán a székeket is, majd leült középre, mint aki pihenni akar. Behunyta a szemét, és egy gyerekdalt kezdett énekelni. Nem a saját hangján. Valaki másé volt, de számunkra egyáltalán nem tűnt ismerősnek. Résnyire nyílt közben a szeme, és láttuk, hogy milyen mély révületben van: szemei annyira fenn voltak akadva, csoda, hogy nem fordultak hátra az agyáig. Kezét bizonytalanul felemelte, és a bátyámra mutatott.

Ekkor valami olyasmit láttunk, amit a mai napig nem tudok megmagyarázni. A bátyámnak akaratlanul kinyílt a szája, és valami előbukkanni látszott belőle. Először azt hittük anyámmal, hogy hányni készül, de nem. Valami valóban kibújni készült belőle: első ránézésre megfeketedett, korhadt faágnak tűnt. Aztán amikor több is látszani kezdett belőle, rájöttünk, hogy gyökér...

Sosem feledem el apámat, hogy mit tett velünk, hogy mivé lettünk miatta. Vagy talán tőle függetlenül? Nem tudom. Az ember nem felejti el a gyökereit.

Amikor a rohamosztaggal benyitottunk a penészes falú előszobából az általunk keresett sorozatgyilkos szobájába, az egyik rendőr egyből rosszul lett. Aztán a többi is követte valamilyen módon. Volt, aki hányt, néhányan térdre estek félelmükben, a legfiatalabb rohamosztagos hangosan rimánkodni kezdett istenéhez. Ám az jelen pillanatban nem volt sehol. Valami más honolt abban a szobában. Egy olyan jelenség tárult elénk, ami megfagyasztotta bennünk a vért, és megkérdőjeleztünk általa minden vallást, amit a szüleink valaha is belénk erőltettek.

Gyökereket láttunk. Masszív gyökereket. Tekeregtek. A padlót verték. Csúsztak, mozogtak, rángatózva külön életet éltek. Hogy merről merre tartottak, azt hirtelen meg sem tudtuk volna mondani. Túl sok volt. Túlzottan élt az egész. Ám, hogy min, azaz mivel táplálkozott és mitől nőtt ekkorára az a valami, el sem tudtuk képzelni. Belépésünkkor a gyökerek szétrebbentek, és ekkor választ kaphattunk mindkét korábbi kérdésünkre:

Belőle fakadtak a gyökerek, abból a sötét, összeaszott valamiből. Feje helyén ágak meredtek, mely bokorszerű képződmény közepén pedig egy összeaszott, összetöpörödött, kecskefejre emlékeztető förmedvény volt látható. Függőleges, szájra emlékeztető rés nyílt rajta, amivel valahogy beszédhangra emlékeztető zajt tudott képezni. Habár nem láttam szemeket a fejhez hasonló részen, mégis úgy tűnt, mintha felém fordulva rám nézne. Így szólt hozzám:

– *Visszajötélll... hozzá-á-ámmm. Marad-d-dj. Innen úgysincs-cs-cs kiúúút-t-t.* – Ezután anélkül, hogy a szobát ellepő gyökereket újra sűrűbbre fonta volna, visszafordult eredeti tevékenységéhez:

A szintén penészes szoba hátsó falán nagy ívben meg volt hajolva a koszos sárga – egykor fehér – gázcső. Ahol a legélesebb szögben tört meg az íve, valójában szét volt nyílva. Onnan ömlött a gáz a szobába. A rohamosztagosok közül három már elájult. Nekem is annyira zavarosnak tűnt minden, mintha valami mocsok szállt volna a levegőben. Alig láttam már valamit is abból, ami a valóságban zajlott. Félig álomba, ájulásba merülve ácsorogtam ott, mint aki görcsbe rándulva, mozdulatlanul várja a halált, de már nem tud semmit tenni ellene.

A bokorfejű, gyökérkarú lény megfordulva megragadta az eltört gázcsövet, és úgy hajlította meg még jobban, mintha puha spagettivel játszana, vagy lufiállatot készítene gyerekeknek. Magához húzta a vascsövet, az közben pedig úgy nyekergett, mintha köszörülnék vagy reszelnék. Végigrepedt rajta a sok év alatt, több rétegben felhordott olajfesték, majd nagy darabokban lepattogzott.

A rém ormótlan gyökérkezével megfogta a gázcső szétnyílt végét, és a szájához emelte.

– Lőj-j-j... – rezegte síron túli, beteg hangon. – Lőjjetek-k-k, hogy együtt mennnjünk el-l-l.

A lény a szájába vette a cső végét, mintha egy fegyver csöve lenne, és végezni akarna magával. A szemünk láttára valamiért inhalálni kezdett az ömlő, orrfacsaró gázzal. Mélyeket lélegzett belőle. Ezáltal pedig az egész szobában vadul dobálni kezdték magukat a gyökerek. Mintha haldokolnának... vagy mintha talán orgazmusuk lenne...

Ekkor a még eszméletén lévő rohamrendőrök közül az egyik felemelte a karját, és célzásra tartotta a fegyverét.

– Ne! – kiáltottam rá. – Nehogy tüzet nyisson!

– Lőj-j-j... – ismételte a lény egy pillanatra kivéve a csövet a szájnak látszó undorító résből. – És akkor velem lehetsz-sz-sssssz... – Úgy sziszegett pontosan, mint amilyen hangot a kezében tartott gázcső adott, ahogy dőlt belőle az a színtelen, gyúlékony veszedelem.

– Neee! – ordítottam még erőteljesebben. Odakaptam a fickó keze felé, hogy megállítsam, de túl késő volt. Láttam, hogy már elkezdte meghúzni a ravaszt, és mindenképp tüzelni fog! Félőrült, félig öntudatlan, már enyhén gázmérgezéses állapotban, hirtelen döntésre szántam el magam: Hátratántorodtam az ajtó felé, és menekülőre fogtam. Tudtam, hogy nincs tovább, innen valóban nem létezik kiút. Az állítólagos sorozatgyilkos letartóztatása legalábbis biztos nem vezet oda. Egyetlen választásom van csak: elmenekülni. Itt ma senki sem lesz letartóztatva. Sőt, azok az emberek, akik velem jöttek ma ide, már valóban sosem hagyják el ezt az elátkozott helyet.

Kirúgtam magam előtt az ajtót, és szélvészként átrohanva a penészes előszobán, kivágódtam a folyosóra. Közben azon agyaltam lázasan, hogy: „Az az izé odabent nem lehet valódi! Mi a franc volt az? De hisz korábban már láttam azt a valamit! Amikor álmomban én voltam a sorozatgyilkos, és én szúrtam ki kegyetlen módon az emberek szemét, megláttam, hogy a sikátorban egy jelenés felém jön, felém lebeg. Az a dolog pontosan így nézett ki! Vele álmodtam!" – Közben már leértem a harmadikról az első emeletre. Hálát adtam az Úrnak – habár nem vagyok vallásos –, hogy még nem húzta meg a fickó odafent a ravaszt. Vagy ha igen, akkor talán még sincs akkora robbanás, mint vártam. „A rémálom szerencsére véget ért, mielőtt a lény még elérhetett volna. Nem tudom, mit akart velem csinálni. Vajon odafent mihez kezd majd az ájult rendőrökkel? Hová lett a gyilkos, akit keresünk? *Ez* a valami lenne az? Nem létezik! Ez nem ember. Ilyen élőlény nincs is! Vajon mire képes? Olyan könnyedén hajlítgatta azt a gázcsövet, mintha medvecukor lenne. Egyáltalán árthat neki egy robbanás? Elpusztul majd tőle? Vagy csak elsétál innen? Vissza egy másik dimenzióba? Vissza a pokolba?"

Ekkor értem ki a ház kapuján, majd amint sikerült tántorogva a szédüléstől megtennem még pár utolsó métert, az épület valóban felrobbant.

Negyedik fejezet: Vinnie és a tükör

Biztos mindenki volt már úgy vele, hogy reggel, amikor a tükörbe néz, hányingere van a látványtól. Nos, ez nekem ma, ezen a szerdai napon jött el. Utáltam ezt az arcot, amelyik nem tűnt többé az enyémnek. Nem tűnt többé annak, mert valaki máson is láttam: egy rendőrön egy családi ház félhomályos nappalijában. Ő is ugyanezt viselte, de nem maszkként, amit előtte levett, hanem a valódi arcaként. „Márpedig ez az arc az enyém" – vizsgálgattam a borostás, szikár, karakteres vonásokat a tükörben. Hosszú, egyenes, fekete hajam tompán, korábbi egészséges csillogását szinte teljesen elvesztve lógott két oldalt a kialvatlan arcom mellett. Tekintetem vészjósló volt, de most mintha nem másét jósolta volna, hanem a sajátomat. „Tényleg a halálomon lennék?" – töprengtem el rajta. De valahogy ijedtség nélkül.

Ha én egyszer meghalok, bizony komoly bajban lesz mindenki a pokolban. Nincs halálfélelmem. Mert az elkárhozásomtól az Ördög fél helyettem. Pedig jobban tenné, ha inkább megtenne jobb kezének. Ha ugyanis önként nem enged a második helyre, én automatikusan az elsőre fogok törni: az ő trónjára.

„vihog egy énem mélyen legbelül

ő a gonosz odalent, én az álarc legfelül..." aki a trónon ül.

Ahogy belenéztem a tükörbe, az a fura benyomásom támadt, hogy nem a saját arcomat látom. Nem tudom megmagyarázni a sejtésem valódi okát, de mintha Edward Klowinsky arcát láttam volna benne a sajátom helyett.

„Vajon mit jelent az, hogy én vagyok az álarc legfelül?" – morfondíroztam. „Miért írta ezt? Ő lenne az álarc? Vagy rám célzott azzal? Az a vers nekem szólt? Akkor miért Mr. Falconénak címezte? Ha egyáltalán neki címezte... Én ugyanis nem láttam a borítékot. A feladóját is csak onnan tudom, hogy Luigi felolvasta. Lehet, hogy a levelet nekem küldték, az a szemét kis Billy pedig egyenesen az öregnek vitte, hogy ismét beáruljon! Nos, ha így is volt, nem ment vele túl sokra. Semmi sem derült ki belőle."

Bekapcsoltam a TV-t, és nézni kezdtem a reggeli híreket, mert már a fejem belefájdult ebbe az egész hasonmás-históriába. Gondoltam, bármi más jobb, még akár egy lázadás is egy névtelen európai országban, mint a saját életem és Edward Kinsky.

Ám nem hittem a szememnek, amikor odakapcsoltam a hírekre! Éppen *őt* mutatták benne! Arról beszéltek, hogy a belvárosban felrobbant egy bérház. Feltehetően gázszivárgás volt az oka, azaz baleset. Kinsky hadnagy épp az épületben tartózkodott közvetlenül a robbanás előtt. Az utolsó pillanatban hagyta csak el csodával határos módon. A főnöke szerint valamilyen letartóztatás miatt volt ott, de ennél bővebbet az NYPD nem nyilatkozik az ügyről. Kinsky jelenleg kómában van. Légnyomást kaphatott a robbanás közben.

„Megáll az eszem!" – dobtam le elhűlten a távirányítót, miután elzártam vele a TV-t. „Mi történhetett ott? Ez vajon csak egy véletlen baleset volt, vagy van valami jelentősége? Kapcsolódik bármilyen szinten is hozzám?"

Aztán rájöttem, hogy nem is olyan fontos ez. A lényeg, hogy kómában döglik, így egyelőre teljesen ártalmatlan.

„Talán akkor most kéne leszámolni vele! Eleget szenvedtem már a pasas miatt. El kéne intézni egyszer s mindenkorra!"

Igen, tudom, hogy nem éppen fair dolog kicsinálni egy magatehetetlen kómás beteget, de úgy vagyok vele, hogy inkább szenvedjen más, mint én. Még akár úgy is, ha én magam kínzom vagy ölöm meg őket. Elég fejtörést okozott már nekem ez a Kinsky. Törje most ő a fejét. Mondjuk, egy tűzoltópalackon, amivel majd én vágom kupán a kórházban!

Felpattantam, és járkálni kezdtem fel-alá a lakásban. Mindig ezt teszem, ha megtervezek egy gyilkosságot. Így jobban vág az agyam. Ülve nemcsak a segg, de az agy is elkényelmesedik. Én csak tudom: sosem lopom a napot, úgyhogy a barázdák nem a narancsbőrös seggemen vannak, hanem az agyamban a gazdag élettapasztalat miatt.

Elkezdtem gondolkodni rajta, hogy melyik kórházban tarthatják a hadnagyot. Hagyományos csatornákon keresztül valószínűleg nem fogom tudni ezt kideríteni. A maffián keresztül nem. A kórházak pedig nem adnak ki arról információt, hogy kik fekszenek náluk.

„Esetleg ha rendőrnek adnám ki magam..." – merült fel bennem. „Jesszus! De fura ötlet!" – Ugyanis ilyen elven én is hordhatnám Kinsky maszkját! Végül is ő is ezt csinálja. Ugyanígy néz ki, mint én, és a maszk Kinsky hadnagy közismert külseje. Ha elvenném tőle a maszkot, átvehetném a szerepét!" – Ám rövid gondolkodás után rájöttem, hogy ez hülyeség. „Miért venném el a maszkját? Ha már eljutok hozzá valahogy, ott vagyok és ott állok az ágya mellett, akkor nem könnyebb egyszerűen csak kinyírni? Minek bajlódjak a személyazonosságával? Mit érnék vele? Megölni akarom, és nem a helyébe lépni. Báár..."

Visszaültem az ágyra, és a kezembe temettem az arcom.

„Lehet, hogy ez nem is olyan rossz ötlet? Talán nem kellene Kinsky hadnagyot egyből kicsinálni, ugyanis onnantól köztudott lesz, hogy már nem él. Akkor pedig nem tudom többé átvenni a helyét. Az ő szerepe onnantól véget ér ezen a világon. Egészen odáig tehát nem kéne ezt a lehetőséget elpazarolni, amíg még kiaknázatlan. Sajnos most, hogy belegondolok, komoly okom lenne átvenni a helyét. Sophie régóta mondogatja már nekem, hogy szálljak ki ebből az egészből. Hogy ne dolgozzak a maffiának. Kezdjünk új, tisztességes életet valahol máshol. És hogy őszinte legyek, lenne hozzá kedvem. Viszont a szervezett bűnözésből nincs kiszállás. Ezt ő is tudja. Talán ez az első és utolsó lehetőségem erre. Lehet, hogy most mégis megtehetném! Vincent Falcone ugyanis hivatalosan kinyiffanna! Elmegyek a zsaruhoz a kórházba, megölöm, aztán elveszem az álarcát! Vagy akár fordított sorrendben, teljesen mindegy. A lényeg, hogy átveszem a személyazonosságát. Mivel a maszk alatt pontos másom, így Vincent Falconét fogják halottnak gondolni! Ezáltal végre kiszállhat a maffiából! Sőt, ha a vén szenilis barom Luigi Falconénak egy szép napon eszébe találna jutni, hogy én vagyok a Szemfüles Gyilkos, akkor már az sem számítana. Hiszen Vinnie nem lesz többé életben. Nyugodtan keresztet vethetnek rá. Vagy pentagrammát. Amit csak akarnak. Billy nyugodtan köpjön csak be újra, többé nem fog tudni ártani nekem. Árulkodjon csak. A Szemfülest a maffia halottnak fogja hinni. A rendőrség pedig kénytelen lesz lezárni az ügyet, mert a fickó eltűnt. Egy ideig dolgozhatnék Kinsky hadnagyként. Nem hiszem, hogy olyan bonyolult. Lecsukhatnék pár tagot. Én is ugyanazokban a körökben forgok, mint ő, csak a törvény másik oldalán. Nem hiszem, hogy nem találnám fel magam az ő világában. Még az is lehet, hogy jobban boldogulnék, mint ő! Amikor pedig a Falcone család eltemeti Vincentet, meglátogatom Sophie-t, leleplezem magam előtte, és elhúzunk innen örökre. Új élet, régi arc!" – Örömömben a levegőbe öklöztem egyet, annyira megkönnyebbültem. „Ez egy soha vissza nem térő lehetőség! Egyszerre szabadulok meg Luigi haragjától, ha megtudja, hogy én voltam a Szemfüles Gyilkos, és egyszerre ki is szállhatok, mert halottnak fognak hinni. Ja, és nem utolsó sorban, mivel Kinsky kifingik, így többé tőle sem kell tartanom. Akármit is akart tőlem, de engem segíteni és gazdaggá tenni biztos nem! Mennie kell hát! Így minden a helyére kerül, minden problémám megoldódik egyszer s mindenkorra."

Felpattantam az ágyról, és megint járkálni kezdtem.

„Na igen, csak egyetlen probléma van ebben a zseniális kis tervben. Az, hogy valójában én sem tudom, hogy ki a gyilkos! Ha Kinsky az, akkor nemcsak három szempontból nagyszerű a tervem, de egy negyedikből is: A világot is megszabadítom egy sorozatgyilkostól, ha ő meghal! Ha viszont én vagyok az... nos, az érdekes lesz! Ugyanis nem emlékszem rá, nem tudok róla. Ha ilyen hajlamaim, késztetéseim vannak, honnan tudhatnám, hogy később nem bukkannak elő újra akkor, amikor majd a legkevésbé számítok rá? Amikor Sophie-val a világ egy távoli szegletében perecet árulunk majd turistáknak, vagy tudom is én, mi a szart csinálunk majd ott. A gyilkoláson kívül ugyanis nem nagyon értek semmihez, na mindegy! Szóval mi van, ha ismét gyilkolásba kezdek? Akkor megint rám állítanak majd valakit! Na de kit? Egy újabb hasonmást *maszkban*? Jesszus! Micsoda ötlet! Ráadásul semmi értelme. Honnan szednének egy újabb hasonmást? És ki? Nem, ez hülyeség. Kicsit túlbonyolítom már ezt az egészet. Maradjunk az alapoknál, egy egyszerű, átlátható tervnél, aminek értelme van. Először is, Kinsky-nek mennie kell, ugyanis egyértelmű, hogy ártani akar nekem. Nagyon zűrös egy alak, teljesen kiszámíthatatlan, így hát állati nagy szerencse, hogy baleset érte, és kómában van. Inkább menjen most, mint később, amikor már kilábalna belőle. Amilyen szerencsém van, még a végén tényleg felébredne itt nekem! Na, azt ne adja neki az Ördög! Szóval a terv mindössze annyi, hogy kicsinálom, átveszem a helyét, otthagyom a maffiát, a Szemfüles Gyilkos pedig örökre eltűnik – ha szerencsém van, és nem én voltam az mindvégig, haha, akkor esetleg Kinsky-vel együtt meg is hal! Milyen szép is lenne! A lényeg, hogy ez egy totál egyszerű terv, és rendkívül sok előnye van. A folytatást – miszerint klónok ezreit küldenék rám később az ufók – bízzuk a jövőre. Remélem, nem fog történni semmi olyasmi. Vagy ha igen, akkor majd kezeljük a szituációt ott és akkor. Sok fegyverrel, sok lőszerrel. Vagy inkább késekkel. Az halkabb!"

Ötödik fejezet: Vincent és Sophie

Néhány óra töprengés után eszembe jutott, hogy nem lesz szükségem óriási kutatómunkára ahhoz, hogy kiderítsem, melyik kórházban fekszik jelenleg Kinsky hadnagy. A TV-híradóban bevágott képek alapján ugyanis utólag eszembe jutott, hogy hol van! Ez egy az NYPD épületéhez közeli kórház, kb. két kilométerre déli irányban, az 503. utcában. Azért emlékszem rá, mert egyszer odamentem lekapcsolni valakit a lélegeztető gépről. Nos, nem éppen családi kérésre... azaz arra, de nem a beteg családja kért rá, hanem a maffia. Szóval már járatos vagyok arrafelé. Megismertem a kórház folyosóját a régi típusú padlócsempéről, amit évtizedek óta nem használnak többé New York-i középületekben.

Tudom hát, hogy hol találom a nyomozót. Oda is fogok menni, és gondoskodom róla. De csak holnap... Nem tudom, hogyan, de mire eljutottam idáig, basszus, rám esteledett!

„Az előbb még reggel volt, és a tükörben néztem a megviselt ábrázatom, most meg körülnézve sötét van!" – Ránéztem az órámra, és valóban este hét órát mutatott. „Reggel olyan tíz óra körül ébredhettem fel. Mi a jó fenét csináltam kilenc órán keresztül? Egészen odáig fel-le caplattam a lakásban ezt a viszonylag egyszerű kórházi gyilkosságot tervezgetve? Azért ennyire nem bonyolult ez az ügy! Vagy ha mégis, a gyilkosság része biztos nem. Egyszerűen odamegyek, és a pofájára szorítom a saját párnáját. Ennyi! Kómában van. Nyikkanni sem fog. Ezen tököltem kilenc teljes óráig? Néha fura dolgaim vannak!"

Felmerült bennem, hogy ez idő alatt nem is biztos, hogy végig itthon voltam. Lehet, hogy valóban kihagy az emlékezetem. Talán tényleg én vagyok az a sorozatgyilkos. Ennyi idő alatt meg is ölhettem valakit. Akár több embert is. Ha így történt volna, sem emlékeznék rá. A többi gyilkosság sem rémlik, hogy én tettem volna. Ám mielőtt komolyabban aggasztani kezdhetett volna ez a nap, Sophie hazaért a munkából, és megkért, hogy feküdjünk le ma korábban, mert nagyon kimerítő napja volt. Nos, valójában nekem is, úgyhogy nem nagyon tiltakoztam az ötlet ellen. Ettünk és TV-ztünk, mielőtt ágyba keveredtünk, de végül valóban sikerült viszonylag korán lefeküdni. Eleinte álmatlanul hánykolódtam Kinsky likvidálási tervét továbbgombolyítva, de aztán valami megzavart: Sophie megfogta a vállam, és közelebb húzódott. Úgy láttam, szeretkezni akar. Kicsit váratlanul ért, de nem mondtam nemet. Neki sosem. Nem tudom, képes vagyok-e szeretetre, de ha igen, őiránta biztos, hogy azt érzek. Bármit megtennék érte. Akár a maffiából is kilépnék. Csak érte tenném, mert valójában nem igazán érzek erre késztetést. Nekem mindegy, hogy miből élek, gyilkosságból vagy perecárusításból. Lelkiismeretem nincs, az erkölcs mint olyan, nem érdekel. A törvény még annyira sem. Ha megúszom, bármit megteszek az előbbre jutásom érdekében. Némely rosszmájú emberek erre persze akár azt is mondhatnák, hogy a pszichopaták gondolkodnak így. Na és ki állított valaha olyat, hogy ne lennék az? Azok többnyire mind művelt, értelmes emberek. Nem szégyen annak lenni. Szerintem az embernek vállalnia kell önmagát. Különben nem fog tudni tükörbe nézni. Akkor pláne nem, ha van belőle valahol még egy, és emiatt már iszonyodik a saját pofájától.

Sophie közben lerángatta rólam a pólót és a mellkasomat kezdte csókolgatni.

„Elég heves, nem tudom, mi ütött bele. Pedig azt hittem, fáradt." – Persze jólesett részéről a határozott kezdeményezés, viszonoztam is azonnal a magam módján, ám amikor csókolgatni kezdtem a nyakát, valami megszúrta az arcom.

– Aú! – kaptam oda. – Mi van az álladon? Valami megszúrt.

A kedvesem nem válaszolt, csak visszahúzott magához, és a nadrágomba nyúlt. Normális esetben roppantmód örültem volna ennek, de most jobban érdekelt az, hogy mi szúrt meg annyira az előbb. Odanyúltam óvatosan a sötétben, és végigsimítottam az arcán. Nem volt rajta semmi szúrós. Az előbb már az a hülye ötletem támadt, hogy esetleg borostát kezdett növeszteni.

„Na, az érdekes lett volna! Bár így viszont nem tudom, mi szúrhatott meg." – Végighúztam az ujjbegyeim ezúttal az állán. Az előbb mintha ott éreztem volna valami hegyeset... és ekkor újra megtörtént.

– Aú! – Elrántottam a kezem, és felkapcsoltam az éjjelilámpát. – Sophie, mi a fene szúr annyira az arcodon?!

Az éjjeli lámpa valamiért most nem világított olyan erővel, mint szokott. Talán kiégőben van benne a körte. Félhomályos, gyér fényt adott, alig láttam többet, mint a felkapcsolása előtt.

Azért az arcát most jobban ki tudtam venni. Semmi rendkívülit nem láttam rajta. Nem nőtt, hála az Ördögnek, borostaszakálla, vagy ilyesmi.

„Na de akkor mi a fene nőtt oda neki?" – Most már nem mertem nagyon tapogatni, csak közelebb hajoltam hozzá:

– Mi szúr ott annyira, drágám? – A lány megint nem válaszolt. – Miért nem felelsz?

Csak nézett rám nagy szemekkel, kiismerhetetlen tekintettel, és mosolygott. Fura egy mosoly volt, meg kell mondjam, nem vall rá az ilyesmi. Egy pillanatra meg mertem volna esküdni, hogy gúnyt látok a tekintetében. Bár nem tudom... talán a félhomály az oka.

– Miért nem válaszolsz? – ismételtem meg a kérdést, de most sem jött rá válasz. Most már biztos voltam abban, hogy erős gúny lakozik a kiszámíthatatlan, ravasz mosoly mögött. – Mi ütött beléd?

Ismét közel hajoltam az arcához, és most mintha megláttam volna, hogy mi szúrt meg: Apró csillogó kis valamik álltak ki az állából.

– Te jó ég, mi a szar ez? – kérdeztem kissé udvariatlanul. Bár a helyzetre való tekintettel, szerintem nagyon is indokolt hangnemben. – Olyan piercing-tüskéket rakattál be az álladba, vagy mik azok?! – Sophie továbbra sem válaszolt. Az volt a fura, hogy nem nézett a szemembe. Úgy mosolygott, mintha valahol egészen máshol lenne. Nem is tudom, mintha talán bedrogozott volna. Kezdett komolyan megijeszteni: – Mit műveltél magaddal?

– *Gyeree* – szólalt meg ekkor mégis.

– Nem, ne haragudj, de már nincs túl sok kedvem szexelni. Mondd, mit rakattál be oda? És mikor? Egyáltalán minek? Engem meg sem kérdeztél erről a hülyeségről? Tudod, milyen gusztustalan? És szúr, mint a fene! Mire jó egyáltalán? Nekem rohadtul nem jön be az ilyen.

– *Gyere vissza.* – Csak ennyit mondott, és réveteg tekintettel bámult mellém tovább a nagy semmibe. Ekkor már egyértelmű volt, hogy nincs magánál.

„Ez a szegény lány lehet, hogy valami fertőzést kapott egy hülye tetováló szalonban. Na, majd adok én a geciládáknak! Ha ártottak neki, pláne ha ők dumálták rá erre a veszélyes beavatkozásra, akkor kicsinálok közülük néhányat! Mondjuk, úgy az összeset egytől egyig, csak hogy alaposak legyünk! Lehet, hogy lázas, és ezért nincs magánál. Azok a hülyék valami koszos szarral ültették be neki azokat az izéket, és most sebláza van! Nem tudok mást elképzelni. Kell, hogy legyen valami összefüggés."

– Mutasd csak! – nyúltam oda most már sokkal óvatosabban, hogy szemügyre vegyem azokat a hegyes dolgokat. – De mik ezek egyáltalán?

Miért rakattad be? Mutasd... – piszkáltam meg a körmöm hegyével az egyik tüske végét óvatosan anélkül, hogy fájdalmat okozzak neki, mivel még nagyon friss a seb. – Hé, mi a...?! – Meglepetésemre a tüske, amit megérintettem, magától visszahúzódott Sophie állába! Mint egy kibaszott csiga szeme, amelyiket ha megérinti az ember, ijedtében visszahúzza! – Fujj! Sophie, mit műveltek veled? Mik azok az arcodon? Azok ott *élnek*?!

– *Nincs élet-t-t* – válaszolta a lány nagyon fura hangon. El sem tudtam képzelni, mi a fene lehet vele. – *Csak halál-l-l vaaaan.*

– Mit beszélsz összevissza? – Az előbb elrántottam tőle a kezem, amikor az a dolog visszahúzódott bele, de most újra meg akartam érinteni, ahogy visszacsúszott a helyére.

– *Halááál-l-l-l.*

– Ugyan már, drágám, te nem vagy magadnál. Magas lázad lehet. Még hogy „csak halál van"! Mindketten élünk, és jól vagyunk! És képzeld, épp ma döntöttem el valamit, aminek nagyon fogsz örülni, édesem! Úgy határoztam, hogy hamarosan ott fogom hagyni a családot... Most mi van? Nem örülsz? Mondom, ott hagyom a Falconéékat! Miért nem mondasz semmit? Nem ezt akartad? Most meg miért bámulsz így szótlanul? Nem értelek. Komolyan mondom, hogy nem. Végre elmennénk innen, basszus, erre te meg nem is mondasz semmit, továbbá berakatsz magadnak valami tudom is én, micsodákat minden előzetes bejelentés nélkül. Mondd, mi ütött beléd?

– *Gyere vissza. Vár a halááál-l-l-l...* – És ekkor valami olyan iszonyatos dolog történt, amire egyáltalán nem számítottam:

A tüskék mozgolódni kezdtek az álla alatt, majd kijjebb bukkantak. Mintha nőni kezdtek volna!

– Jézus! – ugrottam hátra azonnal az ágyban, guggoló helyzetbe rántva magam. Most kétségbeesetten a lábánál ültem, és nem tudtam, mit csináljak, hogyan segítsek neki.

A tüskék nem nőttek, hanem valójában kinyúltak a bőréből, mintha antennák lennének. Most már láttam a félhomályban, hogy nem fémből vannak. Azért csillogtak, mert nedves volt a végük. Tízcentis kis kacsok vagy mik lettek belőlük, és még mindig nem álltak meg a növekedésben, még mindig egyre hosszabban ágaskodtak ki Sophie bőre alól. Amikor elérték a fél méteres hosszt, a lány kitátotta a száját, és a torkában is megjelent valami hasonló. De az jóval vastagabb volt. Egy pénisz vastagságú valami tülekedett elő a nyitott szájából, és az is kibújni készülődött.

Amikor az is kinyúlt vagy félméteres távolságba, már rájöttem, mik azok. Gyökerek! Sophie álla, torka, sőt valahogy az egész lénye gyökereket engedett magából. Felém!

– Ne! – kiáltottam. Annyira megbénultam a félelemtől és a meglepetéstől, hogy valamiért eszembe sem jutott megmozdulni. Lehet, hogy azért, mert valahol mélyen még mindig segíteni akartam neki. Valahogy nem tételeztem fel, hogy ártani tudna nekem. Ám amikor azok az izék már elég nagyra nőttek, utánam kezdtek kapdosni. – Ne! – csaptam feléjük, hogy hátha elhessegethetem őket az útból.

„Ha sikerül, leugrom az ágyról, és elhúzok innen!" – gondoltam egyszerre szomorúan és kétségbeesetten. „Nem fogok tudni segíteni rajta. Innentől már magamat kell mentenem."

Ám valamiért képtelen voltam megmozdulni. És akkor rájöttem, hogy én bizony most itt fogok meghalni. Ha azok a valamik elérnek, engem is keresztül fognak fúrni, belém hatolnak, belém költöznek, mint a paraziták. Talán valóban azok is! Sophie sosem volt hát tetoválószalonban. Ez inkább valami fertőzés. Egy halálos kór, amit senki sem élhet túl. Valami élősködő!

„Lehet, hogy megbénítják az embert! A picsába! Sophie is ezért nem tesz hát ellene semmit. Bár igaz, hogy korábban a saját lábán jött haza. Aztán még szeretkezni is elkezdtünk. Most viszont már mozdulatlanul fekszik és csak hörög. Azok a valamik kicsinálják szegény lány testét. Megbénították ugyanúgy, ahogy valahogy engem is. Már tudtam is, hogy mikor: Amikor kétszer egymás után megszúrták a kezemet! Akkor fertőztek meg valami bénító idegméreggel. És most mozdulatlanul végig kell néznem, ahogy az én bőrömet is átfúrják, és gyökeret vernek belém azok a szarok!"

– Nee! – ordítottam kétségbeesetten, mert láttam, hogy egyre közelebb kerülnek hozzám, egyre közelebb a félelemtől és bénultságtól tágra nyitott szememhez. Ráadásul a legvastagabb undormány közelített felé, ami belefúródáskor ki fogja nyomni az egész szemgolyómat, és belé fog hatolni a koponyámba! – Ne! Belém ne!

Hatodik fejezet: Vincent és Edward

– Belém nee!

– Vincent! Vinnie, édesem, ébren vagy? Térj magadhoz! Csak rosszat álmodtál!

– Mi?! Ne érj hozzám, te ribanc! Tűnj innen a rohadt tüskéiddel!

– Miféle tüskéimmel? Vinnie, miért beszélsz így velem? Magadnál vagy egyáltalán?

– Sophie, te vagy az?

– Én hát, édesem, ki más lennék? Látsz engem? Felébredtél, ugye?

– Ja...? Igen... Azt hiszem, már ébren vagyok.

– Vinnie, orvoshoz kéne szerintem menned. Idegösszeroppanást fogsz kapni a végén.

– Tessék? Dehogy is! Ugyan ki kapna olyasmit sima rossz álmoktól, ne viccelj! Túl fogom élni.

Kiültem az ágy szélére, és próbáltam csillapítani a lihegésemet. Azzal együtt pedig a vágtázó szívverésemet is. Úgy kalapált, mintha fel akarna robbanni az egész, vagy legalábbis a szívizom kettérepedni. Most pedig még erős fájdalom is nyilallt bele.

– Aú!

– Mi a baj? Miért fogod a mellkasod? Vinnie, csak nem *az*? Ugye nem szívrohamod van?

– Nem tudom... – lihegtem. – Lehet, hogy csak pánikroham. Nem? Szerinted lehet olyanom?

– Hát, elég stresszes a munkád. És hetek óta rémálmok gyötörnek, egyetlen éjszakát sem alszol végig. De mit érzel pontosan?

– Fáj, mint a szar. Nem tudom. Csak fáj.

– Nyugodj meg, hívom az ügyeletet.

– Ne, várj! Holnap nagyon fontos dolgom lesz. Nem engedhetem meg magamnak, hogy kórházba kerüljek. Vagy legalábbis nem úgy. A saját lábamon kell odamennem.

– Hogy érted ezt?

– Mindegy, nem fontos. Neked nem is kell tudnod róla. A lényeg, hogy most nem pihenhetek. Ha holnap nem intézek el valamit maradéktalanul, az életem múlhat rajta. Az *életünk* lehet a tét.

– Tessék? Vinnie, bajban vagyunk? Miért nem szóltál? Mióta tart ez, mondd?

– Egy ideje. Hogy őszinte legyek, én sem tudtam, hogy pontosan miről van szó, és mi lesz belőle. Ezt kutatom, ezen töröm az agyam hetek óta. De most már tudom, hogy mit kell tennem. Ne aggódj hát egy percig se! El fogom intézni. Érted. Kettőnkért. Aztán elhúzunk innen a francba! Örökre!

– Mi? Komolyan mondod? Tényleg otthagyod végre őket?

– Persze! De most mit játszod meg magad? Hisz már az előbb is mondtam! Igen, o-t-t a-k-arom hagyni a Falconéékat.

– Nekem ugyan nem mondtál semmi ilyet.

– Tessék? De hisz most mondtam, mielőtt kijöttek belőled azok az izék!

– Vinnie, te szerintem még mindig nem vagy teljesen magadnál. Mik jöttek ki belőlem?

– Ne haragudj, tényleg nem vagyok jól. Azt hiszem, kezd összefolyni számomra a valóság és az álom. Lehet, hogy lesz egy pont, amikor már nem fogok tudni különbséget tenni köztük.

– Fenéket. Ilyesmi nem létezik. Szerintem lehet, hogy csak lázas vagy, aztán csak összevissza beszélsz. De komolyan mondtad, hogy ott akarod végre hagyni a maffiát?

– Persze. Magamnál vagyok. Ha nem is vagyok túl jól, de ezt komolyan mondom. És ki is találtam a módját.

– Ugye nem akarsz bántani senkit? Miért nézel most így? Hány embert akarsz kicsinálni ehhez, Vincent?

– Jobb, ha nem tudsz róla. A saját érdekedben. Csak bűnrészes lennél.

– De én nem akarok egy tucat ember halálán sem meggazdagodni, sem szabaddá válni! Akkor inkább élek rabságban és rettegésben egész életemben! Vincent, nem ölhetsz meg még a szabadulásunkért sem egy csomó embert.

– Nyugi... csak egyetlen emberrel van... khm... üzleti megbeszélésem. Másoknak ezúttal egy haja szála sem fog görbülni. Iránta pedig hidd el, hogy kár lenne aggódni. Megérdemli, amit kap. És egyébként is egy rosszarcú szemétláda – néztem szomorúan a Sophie ágya melletti fésülködőtükörbe. – Ne bánkódj miatta. Abból a fickóból egy is elég lesz.

Másnap reggel sietve elbúcsúztam a kedvesemtől. Már nem mondtam neki többet az ügyről. Így is túl sokat tudott. Még vissza akart feküdni aludni, de aztán meggondolta magát. Túl ideges volt ahhoz, hogy aludjon. Kikísért az ajtóig, és aggódva nézett utánam. Még visszaszóltam neki valami olyasmit, hogy „nem lesz baj", de nem tudom, hallotta-e. Talán nem is akartam annyira, hogy meghallja. Én magam sem hittem abban, hogy valóban nem lesz.

Szerintem ugyanis lesz. Kurva nagy baj lesz. Ha nekem nem is, de Edwardnak biztosan!

Nem volt messze a kórház. Meglepően könnyen megtaláltam. Ahhoz képest, hogy mekkora horderejű ez az ügy számomra, úgy tűnt, mintha ez a lehetőség valamiért most az ölembe hullana. Gyanúsan könnyen.

„Hoppá!" – gondoltam magamban vezetés közben. „Nem kéne akkor hallgatni is erre az ösztönre? Ha egyszer gyanús valami, akkor miért nem kezelem eleve úgy? Lehet, hogy ez az egész egy rohadt csapda! A fickó állati manipulatív, ebben teljesen biztos vagyok. Maszkot visel fényes nappal, ráadásul egy kibaszott rendőrőrsön. Nem tudom, hogyan viszi el azt is szárazon! Aztán fogja magát, és versikéket küld maffiacsaládok fejeinek, csak úgy a saját nevében. Magasról tesz rá, hogy ki mit szól hozzá. És ha a maffiafőnöknek nem tetszenek majd a rohadt rímei? Ebbe tényleg nem gondolt bele? Ez semmitől sem fél? Komolyan nem értem! Bár most fog rettegni! Ördögömre mondom, hogy a gatyájába fog szarni, amikor rászorítom a párnát arra a hülye maszkos fejére!"

De aztán megérkezve a kórházba valamiért már éreztem, hogy nem fog semmi atrocitás érni ott. Valahogy nem volt olyan „szaga" a dolognak. Ezt évek óta maffia verőemberként dolgozva már elég jól meg tudtam ítélni. Annyi veszélyes helyre küldtek életemben – nemcsak bandaháborús övezetbe, de olyan helyre is, ahol a rendőrség által minden be volt drótozva –, hogy egyfajta radar fejlődött ki az agyamban erre a célra.

Sem a kórház körül, sem odabent az épületben nem éreztem felültetésre utaló jeleket: hogy mondjuk, egy villanyszerelő, aki épp a mennyezeti neonlámpát piszkálja, beleszólna a vállán lévő apró adóvevőbe... vagy hogy három öltönyös ülne újsággal a kezében a váróban, időnként laposakat pillantva egymásra.

A váró üres volt, karbantartókat sem láttam sehol. Egyetlen nővér ült a pultnál, a kórház folyosóján pedig csak néhány orvos és beteg lézengett erre-arra.

Mielőtt odamentem volna a recepcióhoz, inkább visszamentem a kocsihoz. Az előbb nem látott meg a pultosnő, úgyhogy volt még alkalmam módosítani a külsőmön úgy, hogy ne tűnjön fel odabent senkinek.

Összekötöttem a hosszú hajam, hogy átlagosabb külsőt eredményezzen. Kinyitottam a csomagtartót, és összehajtva beraktam a zakómat, majd elővettem az esőkabátot, amit a múltkor idekészítettem. Nem eső ellen tettem be oda, hanem azért, hogy megvédje a bézs öltönyömet a ráfröccsenő vértől. Végül, hála az Ördögnek, nem kellett használnom, így most ott várt rám tisztán a kocsi csomagtartójában.

Igaz, most sem esett az eső, viszont ez volt nálam az egyetlen ruhadarab, ami hasonlított egy áltagos sportdzsekire, amit az „átlagemberek" hordanak.

Visszamentem előre, és megnéztem, mit találok a kesztyűtartóban. Mindössze egy kisméretű irattartót találtam benne a kocsi hivatalos papírjaival és egy egykori hamburger összegyűrt, zsíros papírját.

„Ez végül is pont elég lesz" – gondoltam magamban. Beletekertem az irattartót a gyűrött papírba. „Máris kész a hanyagul kézbesített futárcsomag!"

Két perccel később a recepciónál a sportdzsekis, fekete hajú férfi köszön, majd így szól a recepcióshoz:

– Küldeményt hoztam Edward Klowinsky hadnagy névre. Hová kézbesítsem?

Rövid számítógépes pötyögés után gyakorlatilag visszakérdezés és okoskodás nélkül meg is jött a válasz:

– A másodikon találja. 215-ös szoba.

– Köszönöm.

„A jó öreg futártrükk!" – mosolyogtam magamban, megindulva a lift felé. „Azokra senki sem gyanakszik. Csak átlagos külső kell, amit senki sem jegyez meg, valami lehasznált, csomagnak tűnő roncs, és annyi. A legtöbb embernek eszébe sem jutna csomagkézbesítőnek kiadni magát. Pedig így a legkönnyebb bejutni valahová. Egy egyszerű magánszemélynek sosem adnának információt arról egy recepción, hogy melyik beteg hol fekszik. Még azt sem mondanák meg, hogy egyáltalán az épületben van-e. De hogy ezt a futártrükköt hányszor eljátszottam már! Egyszer egy szenátort iktattam ki így a család megbízásából, mert komoly összeggel tartozott nekik, aztán fizetni meg már ugye nem akaródzott neki. Soha senki nem tudta meg, hogy ki tette el láb alól. Úgy léptem be és ki az épületből, mint aki ott sem járt. Igaz, biztonsági felvételek készültek rólam, abban biztos vagyok, de akkor ennél sokkal jobban el voltam maszkírozva. Nem sokra mentek a felvételekkel."

Kilépve fent a másodikon az ösztöneimre hallgatva megindultam balkéz felé. Jól gondoltam, a 215-ös a legvégén lesz, mivel emeletenként százzal nő a számozás, tehát ezen a szinten tizenöt szoba van, és a liftnél volt a kétszázas. Valóban túl könnyűnek tűnt megtalálnom Kinsky-t, de hülye lettem volna reklamálni miatta. Inkább csak aggasztott. „A filmekben és könyvekben mindig óriási nyomozás és kutatómunka előzi meg az ilyesmit. Úgy nagyobb a katarzis a végén a néző lázasan égő agyában. Nem lehet csak úgy odalépni, és fejbe verni a főgonoszt egy feszítővassal. Az úgy túl egyszerű! Pedig gyanítom, hogy a valóságban igazából úgy történne. A való világban nincs 'nagy verekedés a végén' és 'autós üldözés'. Nincs rendező, aki forgatókönyvet követne, és ügyelne rá, hogy a műsoridő utolsó egyharmadában több akció legyen. A valóságban nem fogok háztetőn gyakorlott mozdulatokkal megvívni Kinsky-vel valamilyen véletlenül talált kardokkal úgy, hogy látszólag nincs más lehetőségünk a problémáink rendezésére. Nem, itt valószínűleg most az fog történni, hogy szépen besétálok oda, a pofájára szorítom a párnát, és kijövök. Ennyi. Ügy lezárva. Jöhet a reklám! Ja... csak előtte elveszem a maszkját, és valahogy megtanulom én is úgy felvenni és levenni, hogy ne sérüljön, és ne látsszon, hogy az nem az igazi arcom. Nem lehetnek rajta például gyűrődések. Gyakorolnom kell eligazgatni magamon, és egész nap abban tartózkodni úgy, hogy ha például odanyúlok megvakarni az arcom, akkor lehetőleg ne maradjon az egész a kezemben, basszus! Na, az szép lenne! Nem tudom, ez a fickó amúgy hogyan csinálja! Sosem viszketett a képe a rendőrségen? Nem akarja néha megmasszírozni a homlokát, vagy nincs benne melege? Te jó ég! Gyűlölöm a meleget. Komolyan tisztelem érte ezt az alakot, hogy képes így élni. Akarna a fene!"

Belépve a szobába láttam, hogy Kinsky hadnagy ott fekszik a helyiség túlsó végében, az ágyában. Ő az egyetlen beteg a 215-ösben, ez egy egyágyas szoba. A fickó lélegeztetőgépen van.

Halkan behúztam magam mögött az ajtót, és közelebb lopakodtam. Nem tudom, miért kezdtem olyan halkan lépdelni, amikor az ágyához közelítettem. Nem valószínű, hogy egy kómás beteg fel tudna ébredni a zajra. Talán megszokásból csináltam. Nem ő lesz az első ember, akit kicsinálok. Kórházban sem, sőt ebben az épületben sem ő lesz az első áldozatom.

Azon gondolkodtam közben, hogy az a maszk nagyon jó minőségű lehet rajta, ugyanis nyitott szájjal fekszik az ágyban, ahogy a lélegeztetőgép csöve le van dugva a torkán, hogy életben tartsa, mégsem ráncosodik a szája körül az álarc anyaga. Valódi arcnak tűnik, még ha elég ellenszenves fajta is. Vajon szándékosan csinált vagy csináltatott olyan maszkot, ami kevésbé jóképű, mint a valódi külseje? Lehet, hogy számára ez olyan, mint nekem a futáros trükk: ha átlagos vagy, nem szúrsz annyira szemet. Talán direkt nem akar jól kinézni.

Egyből a nyakához nyúltam, hogy keresni kezdjem a maszk peremét. Nem látszott ott semmi olyasmi, de ő is valahogy felfeszegette, felkaparta a nappaliban, amikor elkezdte lehúzni magáról. Csak van hát valami széle, amit meg lehet fogni. Ám amikor a mutatóujjam ujjbegye a fickó nyakához ért, az kinyitotta a szemét!

Azonnal odakapott a kezemhez, és megragadta a csuklómat! Először homályos, majd némileg tisztuló tekintettel rám bámult. Nem ütött meg, nem bántott, csak tartotta a kezemet, hogy ne tudjam mozdítani. Termetéhez képest állati erős volt. Körülbelül ugyanannyira, mint én. Felemelte a másik kezét is, és intően feltartotta a mutatóujját.

„Mi a fenét akar?" – értetlenkedtem. Egy pillanatra eszembe jutott, hogy előveszem a pisztolyomat hátulról a nadrágomból, és egyszerűen arcon lövöm. Aztán maximum futva hagyom el az épületet. Na bumm, és akkor mi van?! Legalább halott lesz.

De aztán mégsem nyúltam a fegyveremért. A feltartott mutatóujjából és abból, hogy nem próbált meg rángatni, karmolni vagy megütni, csak megtartotta a csuklómat, hogy ne menjek el, arra következtettem, hogy nem akar bántani. Figyelmeztetni akar valamire.

„Nos, rendben" – gondoltam magamban. „Úgysem valószínű, hogy nála is fegyver lenne a takaró alatt. A még mindig elég homályos tekintetéből elég egyértelmű volt számomra, hogy eddig valóban kómában feküdt. Tehát akármit is akar, akármi is folyik itt, ez nem átverés. Tényleg most tért csak magához. Akkor viszont várhatok egy-két percet, mielőtt végzek vele. Mondja csak el, amit akar. Amúgy is kíváncsi lennék rá. Igazából sok mindenre: Hogy miért nyomoz utánam? Hogy miért néz ki a maszk alatt ugyanúgy, mint én? Miért küldte azt a verset Luigi Falconénak? Vagy hogy kicsoda ő... vagy akár ki vagyok én? Miért van belőlünk kettő? És ha az egyikünk egyfajta másolat, vagy tudom is én, mi, akkor melyikünk az eredeti?"

Ezúttal én tartottam fel a mutatóujjam, hogy figyeljen:

– Oké, fegyverszünet – mondtam neki halkan. – Egyelőre nem teszek semmit ellened. Mondd el, amit akarsz. Kihúzzam belőled a csövet, hogy tudj beszélni? – Mutatóujja helyett most a hüvelykjét tartotta fel, mint egy stoppos, jelezvén, hogy rendben.

Nem túl kíméletesen, de azért viszonylag lassan és finoman húzni kezdtem kifelé a porszívócsőhöz hasonló izét. Csak ez jóval vékonyabb volt, és fehér. Közben azon mulattam, hogy fura, de csöveket általában nem kihúzni szoktam emberekből, hogy szabad levegőhöz jussanak, hanem inkább ledugni a torkukon, hogy megfulladjanak. Ilyet se csináltam még! Újszerűen hatott a dolog, és tetszett.

Úgy tűnt, nem fáj neki a beavatkozás, csak nagyon várja már, hogy megszabaduljon a torkát kitöltő csőtől. Kihúztam belőle, és lassan leeresztettem a feje mellé. Nem tudtam kivenni az ágyból, mert eléggé rövidre méretezték a csőrendszert.

Krákogott egyet, mielőtt megszólalt:

– Ho...?

– Jó reggelt neked is – reagáltam le. Nem tudtam, mit akar mondani. – Örülök, hogy felébredtél, virágszálam. Lenne ugyanis hozzád néhány kérdésem.

– Ho...l vagyok? – nyögte ki nagy nehezen.

– A mennyek országában. Én pedig a Jóisten vagyok személyesen. Szerinted mégis hol? Kórházban vagy, öregem. Eddig kómában voltál, ha amúgy nem lenne magától értetődő.

– Mi történt?

– Nem tudom pontosan. Reméltem, hogy te majd megmondod. De lehet, hogy akkor mégis kár volt kihúznom azt a csövet. Tényleg nem tudom – enyhültem meg egy pillanatra. – A TV-ben csak annyit mondtak, hogy... Várjunk csak, arra azért emlékszel, hogy ki vagy? – Bólintott. – Oké, szóval a TV-ben valami olyasmit közöltek, hogy véletlenül voltál a helyszínen.

– Hol? Milyen helyszínen?

– Egy belvárosi bérházban, ami gázszivárgásos baleset következtében felrobbant. Te voltál az egyetlen, aki kijutott az épületből. Légnyomást kaptál, vagy ilyesmi. Ezért vagy itt.

102

– Jézusom! – kerekedett el Edward szeme.

– Ő most épp nem ér rá. Engem küldtek helyette. De mit nyavalyogsz? Eszedbe jutott valami?

– Igen. El kell tűnnöd innen! Minden perc, amit itt töltesz, egyre nagyobb veszélyt vonz a fejünkre! Mindenkiére! Ide fog jönni!

– Ki fog idejönni? – bizonytalanodtam el. Valóban nagyon ijedtnek tűnt.

Kinsky jobbra-balra kapkodta a tekintetét. Először azt hittem, hogy ki akar ugrani az ágyból, hogy elmeneküljön, de nem. Valószínűleg túl gyenge azért ahhoz. Csak elbukna két lépés után, és tanyázna egy óriásit. Nem menne túl sokra vele. Feltehetően ezt ő is azonnal leszűrte, mert továbbra sem mozdult. Úgy tűnt, azért ugrál a tekintete, mert lázasan gondolkodni kezdett.

– Jó – mondta ki végül. – Most már úgyis mindegy. Beszéljünk. A folyamat úgyis visszafordíthatatlan. Ölj meg. Gondolom, nyilván ezért vagy itt. Nem tudlak benne megakadályozni. Nincs fegyver a kezem közelében, le vagyok gyengülve, és pontosan ugyanolyan erősek vagyunk. Lebirkózni sem tudnálak. Talán még akkor sem, ha erőm teljében lennék. Győztél tehát. Már most. Megölhetsz nyugodtan. Ez igazából úgysem nagyon változtat már semmin. Valószínűleg ugyanoda fogunk úgyis kilyukadni. Ha nem én fogok megváltozni, akkor te fogsz.

– Ez meg mi a fenét akar jelenteni? Hogyhogy ugyanoda lyukadunk ki? Mindegy, hogy ki öl meg kit?

– Talán igen. Nem tudom. Ugyanis...

– Akkor viszont – vágtam közbe – jobb, ha én öllek meg téged, már ne is haragudj. Igen, tudom, hogy nem éppen fair dolog kicsinálni egy nemrég felébredt, magatehetetlen kómás beteget, de úgy vagyok vele, hogy inkább szenvedj te, mint én. Nekem úgy könnyebb lesz.

– Megölhetsz – mondta Edward. – Természetesen nem vágyom a halálra. Sőt, félek is tőle. De mint mondtam, valószínűleg majd úgyis ugyanoda fut ki a történet. Az egyikünk halála kivált majd egyfajta láncreakciót, ami mindenképp ugyanazt a hatást fogja eredményezni: Egyetlen tudatot a kettő helyett, ami magában foglalja mindkettőnk személyiségét. Újra egyek leszünk. Egyesülünk.

– Mi van? Mármint milyen értelemben? Mint a buzik a fürdőkádban, vagy mire gondolsz konkrétan? Ez kissé félreérthetően hangzott, ne haragudj.

– A lelkünkre gondoltam. Mármint az én lelkemre.

– Na, ez nekem magas. Szerintem kezdjük az alapoknál. Tudod, mint az iskolában. Először is, k-i v-agy t-e?

– Edward Klowinsky. Hadnagy a New York-i Rendőrségnél.

– Tehát akkor az a része nem kamu. És én? Ki vagyok én? Vagy legalábbis szerinted. Egyáltalán engem követsz? Tisztában vagy azzal, hogy pontosan ugyanolyanok vagyunk? Remélem, erre a részére azért emlékszel, vagy nem állsz neki itt nekem mellébeszélni. Mert akkor itt helyben letépem rólad azt a szart.

– Leleplezhetsz – vont vállad Edward. – Nem igazán van már jelentősége. Igen, maszkot hordok. Alatta a szakasztott másod vagyok. Bár nem egészen erről van szó.

– Hanem? Kik vagyunk mi egymásnak? A testvérem lennél? De nekem nincs ikertestvérem. Egyetlen bátyám volt, Johnny, aki már nem él. Apám megölte.

– Nem vagyunk testvérek – rázta a fejét a rendőr. – Johnny pedig nem a te testvéred volt, hanem az enyém.

– Tessék? Akkor mégiscsak hülyíteni akarsz. Tudod, mit? Inkább lelőlek! – nyúltam hátra a fegyveremért, de végül megállt a kezem, és nem húztam ki az övemből. – Mindegy. Folytasd. Attól még, hogy kamuzol, nem dől össze a világ. Add elő a mesédet, aztán pápá, úgyis végzek veled.

– Johnny az én testvérem volt. Én ugyanis ember vagyok, akárcsak ő. Te viszont nem.

– Ez egyre jobb. Mi vagyok akkor? Klón? Nem hittem volna, hogy ennyire messzire elmész. Ez már tényleg vicckategória. Az az érdekes, hogy ez a klón marhaság még nekem is eszembe jutott. Csak ez az eshetőség már annyira gáz, hogy inkább csak nevettem az egészen.

– Szerintem nem lenne annyira nevetséges ötlet, ugyanis klónozási technológia létezik manapság. Tudnának emberklónt készíteni, ha akarnának. De nem, nem erről van szó. Mint mondtam, én ember vagyok. Te viszont... valami pokoldémon vagy. Meg sem tudnám mondani pontosabban, hogy mi. Valójában én sem tudom.

Erre azért ugrott egyet a gyomrom. Nem is kicsit. Ha valaki, ő az egyetlen ezen a világon, akinek lehet fogalma arról, hogy ki vagy mi vagyok. Végül is ő rejtőzött eddig maszk mögé, hogy észrevétlenül a közelembe férkőzhessen. Ő mindvégig tudott rólam. Régebb óta ismer engem, mint én őt. Akkor hát miért ne hihetnék neki? Miért próbálna egyáltalán most hazudni nekem? Úgysincs már vesztenivalója így élete utolsó pillanataiban. Rájöttem, hogy bármily irreálisnak is tűnik, valószínűleg sajnos igazat mond. Vagy azt, amit ő annak hisz.

– Démon lennék tehát? – kérdeztem vissza.

– Fogalmam sincs. Nem tudom, léteznek-e olyanok. De valami ahhoz hasonló. Mondom, nem tudom pontosan, de az biztos, hogy közöd van a túlvilághoz, és sajnos nem a jobbikhoz, ami odafent van. Ám szerintem ezt te magad is érzed és tudod. Vagy nem? Tényleg, ezt igazából egyikőtöktől sem tudtam soha megkérdezni. Te milyennek érzed magad? Jó embernek?

– Hogy én? Nem tudom. Azt hiszem, nem. Nem érzem magam jónak egyáltalán. Nem hiszem, hogy lenne lelkiismeretem. És véleményem szerint szeretetre sem vagyok képes. Egyetlen ember iránt érzek valami ilyesmit, Sophie iránt. Ő a kedvesem. De mit értesz azalatt, hogy „egyikőnktől"? Többen is vannak rajtunk kívül?!

– Igen. Azaz csak voltak. Ketten. De már nem élnek. Megöltem őket.

– Kösz. A nevükben is. Korrekt ember vagy.

– Nem kár értük, nekem elhiheted. Menniük kellett erről a világról, nem volt helyük itt, nem volt itt semmi keresnivalójuk. Létrejönniük sem lett volna szabad.

– Létrejönni? Tehát nem anya szülte őket? Ne akarj nekem már ilyeneket bemesélni! Az embereket anya szüli. Nekem is volt anyám. Emlékszem rá!

– Az nem a te anyád volt, hanem az enyém. Őrá emlékszel.

– Honnan tudhatnám, hogy igazat mondasz? Ez az egész lehet akár teljesen fordítva is igaz, és akkor most csak manipulálsz engem. Lehet, hogy én vagyok az ember, és te vagy a pokolfattyú. Valami démonidézés következtében pottyantál erre a világra, és most el akarod érni, hogy mondjuk, megöljem magam. Akkor még nagyobb lesz a hatalmad.

– Megmondom, honnan tudhatod, hogy nem vagy valódi ember, továbbá, hogy felnőttként jöttél a világra.

– Felnőttként?! De hisz emlékszem a gyerekkoromra!

– Az nem a tiéd. Az én gyerekkoromat vagy képes homályosan felidézni, de csak bizonyos részleteit. Ez az egyik megoldás, azaz válasz arra, hogy ki vagy: Nem vagy ember, mert nincsenek gyerekkori emlékeid. Nincs is múltad.

– Oké, tudod mit, Edward? Menjünk még jobban vissza az időben. Közelebb az alapokhoz. Hogyan kezdődött ez az egész? Bár gondolom, egy ilyen őrült történet esetében nehéz lenne ezt megmondani. Ezt már most sejtem. Kezdd esetleg onnan, amikor olyan események vették kezdetüket, amiket nem tudsz megmagyarázni. Vagy amik már hozzám is kapcsolódnak. – Kinsky bólintott.

– Emlékszel apára? – kérdezte a rendőr. Érdekes módon most nem a saját apjaként emlegette a vén barmot. Talán szándékosan, mert valamilyen minimális szinten mégis a testvéreként gondol rám.

– Ja – helyeseltem. – Bár ne emlékeznék a rohadékra! Vele szoktam álmodni.

– Én is – komorodott el Edward egy pillanatra. Valahogy most már nem akartam annyira megölni. Mintha sajnálatot kezdtem volna érezni iránta. Nem tudom, képes vagyok-e olyasmire, de akkor ő mégiscsak ugyanabban a cipőben jár, mint én. Magamat is tudom elvileg sajnálni, ha szar napom van vagy fáj valamim. Akkor őt miért ne tudnám? Ő is én vagyok... gondolom. – Apa őrült volt – folytatta Ed. – De sajnos nem eléggé. Olyasmikbe ártotta magát, amibe nagyon nem kellett volna. Olyan erőkhöz nyúlt, olyan forrásokhoz, melyekhez a világtörténelem során még soha senki nem mert. Mások túl normálisak, túl józanok voltak ahhoz, hogy ilyesmit megkockáztassanak. Ő viszont, elveszve az őrület végtelen útvesztőjében, nem érzett félelmet. Olyan helyen kezdte vakargatni az univerzumot, ahová soha senki nem merne nyúlni.

– Vakargatni az univerzum seggét? Látom, a metafizika professzora vagy te is.

– Én csak egy egyszerű rendőr vagyok – vonta meg a vállát Ed. – Előtte pedig, amikor ez elkezdődött, egy egyszerű kisiskolás gyerek voltam.

– Tudom. Azaz sejtem. Szóval mikor kezdődött? Apával kapcsolatban – most már én is így neveztem – sok mindenre emlékszem... sajnos. Emlékszem rá, hogy gyilkolt, zsoltárokat énekelt, imádkozott, meg ilyenek. Mit művelt pontosan? És mi lett a következménye?

– Sajnos én sem tudom, mit csinált, és hogyan volt képes ilyen katasztrófát okozni. Csak a következményeire emlékszem. Fel tudod idézni, Vincent, azt a napot, amikor apa félretolta azt a dög nehéz ebédlőasztalt, leült meditálni, és erre Johnny szájából elkezdett kibújni valami?

– Az borzasztó volt! – rezzentem össze. – Ja, emlékszem rá.

– De végig?

106

– Nem. Valóban nem.

– Én viszont igen. Ez rá az első bizonyíték, hogy én vagyok az eredeti. Mert én mindenre emlékszem. Egészen körülbelül hároméves koromig visszamenően. Te csak a másolatom vagy, egyfajta kivetülésem. A te emlékeid az enyéimnek, azaz a teljes egésznek a foszlányai.

– Igen tudom, egy rohadt pokolfattyú vagyok. Oké, vettem. Mi történt aznap a konyhában? Térjünk a lényegre. Amúgy sincs ma jó napom. Egy ideje már alig alszom. Állandóan apámról álmodom. Apánkról... – enyhültem meg ismét. – Mit művelt akkor?

– Emlékszel rá, hogy Johnnynak kinyílt a szája, és valami elkezdett előbújni belőle?

– Igen. Mi volt az valójában?

– Egy gyökér. Egy rohadt nagy fekete, üszkös gyökér. Vagy legalábbis annak látszott. De nem fáé. A sötétség gyökere volt az: a pokolé.

– Létezik tehát olyan hely szerinted?

– Nem tudom. Csak így nevezem. A sötétséget nevezem így, az emberi gonoszságot, a túlvilágnak azt az oldalát vagy verzióját, ami számunkra ijesztőnek, negatívnak tűnik.

– Értem. És mi történt azzal az izével? Kinőtt belőle egy fa, vagy mi? Én úgy emlékszem, hogy Johnny utána még élt és virult. Egészen odáig, amíg apa meg nem ölte. Ezek szerint nemcsak hiányosak, de tévesek is az emlékeim?

– Nem tévesek. Szerintem nem. Johnny valóban élt még utána egy darabig. Habár nem sokáig. Abban a pillanatban, amikor elkezdett kibújni belőle a sötétség, megijedtem. Anya is nyilván. Ő teljesen ledermedt. De én valamiért nem. Nem bírtam elviselni annak a valaminek a létezését. Nem tudtam és nem akartam hagyni, hogy átjöjjön erre a világra. Odarohantam a konyhakredenchez, és a fiókból kivettem az első konyhakést, amit találtam, aztán nekiestem vele annak az izének: szúrni, vagdosni, csapkodni kezdtem vele. Hál' Istennek fogott rajta az acél. Már attól tartottam ugyanis, hogy részben természetfeletti mivoltának köszönhetően nem fognak majd rajta a földi fegyverek. Sikerült megragadnom a tövénél, és vágni kezdtem. Sikerült átvágni. Nyiszálás közben fekete vér ömlött belőle, és mintha nyikorgó hangot adott volna. Meleg volt az érintése, és remegett. Egyértelmű, hogy élt az a borzalom. Miután sikerült leválasztanom a kilógó, tekergőző részt, az leesett a földre, és azonnal porrá vált. A vér is, ami előtte kifolyt a padlóra. A csonkja pedig, ami Johnny torkában maradt, visszahúzódott. Szerintem ezért maradt aznap életben: mert nem hagytam, hogy megszülessen belőle. Elfojtottam még a gyökerénél. Szó szerint.

– Ez bátor dolog volt részedről – helyeseltem. És tényleg így is gondoltam. Akármilyen szarjankónak is gondoltam eddig ezt az embert, most be kellett ismernem, hogy ennek a mókusnak bizony helyén vannak a mogyorói.

– Talán. Talán bátor dolog volt. Vagy csak kétségbeesett. Nem akadt ugyanis jobb ötletem. Magamat is menteni akartam. Anyát is. Úgy éreztem, hogy ha nem állítom meg azt a dolgot, lehet, hogy elpusztulunk. Nemcsak mi ott a konyhában, de talán az egész világ, amelyben élünk.

– Akkor is egy hős vagy – ismertem el. – Létezik ilyesmi, afféle „véletlenül hős". Akár szándékosan, akár nem, akkor is azzá tettek téged az események és a döntésed.

– Kösz – mondta Edward. – Nem mintha ez változtatna bármin is. Attól még ugyanúgy meg fogsz ölni.

Erre nem feleltem neki semmit. Egyelőre nem tudtam mit.

– Értem – szólaltam meg mégis. – Tehát megakadályoztad, hogy a pokol, vagy minek nevezzük, átterjedjen erre a világra, vagy életre keljen benne. De mi köze ennek ahhoz, hogy én most itt állok feletted?

– Ez váltotta ki. Nem tudom, hogyan történt ez a változás, de ez az esemény átkozottá tett engem. Valószínűleg az a valami, ami világra jött volna, utolsó gondolatával ezt akarta: bosszút állni rajtam. Nos, sikerült neki. Mivel én kettévágtam őt, ő is kettévágta a lelkemet. És állandóan elveszítem az egyik felét.

– Elveszíted? Milyen módon?

– Nem is tudom, mintha levedleném. Te valójában csak egy árnyék vagy. Az én árnyékom. Így születsz meg. Így születtek a többiek is.

– Kik voltak a többiek?

– Az elődeid. Ők még fejletlenek voltak. Sajnos az idő előrehaladtával egyre komplikáltabb lények jönnek létre. Én sem tudom ennek az okát, de így van. Az első árnyékom, amit levedlettem, egy kisgyerek volt. Sajnos eltűnt a szemem elől. Hosszú ideig nem tudtam róla semmit. Később kiderült, hogy árvaházba került. Onnan aztán örökbe fogadták. Többször is. Vesztükre. Ugyanis három családot gyilkolt meg, mire rátaláltam. Végeznem kellett vele. Habár némileg visszamaradott volt, mégis velejéig romlott és gonosz. Csak egy selejt volt, semmi több: emberi hulladék. Nem lakozott benne semmi jó, te se sajnáld. Én ezt már utólag nem érzem gyilkosságnak. Inkább takarításnak, kártevőirtásnak, vagy valami olyasmi.

– Értem. Tehát kicsi Adolf kipurcant. És ki volt a másik?

– Egy néhány évvel idősebb kamaszfiú. Szintén árva. Felgyújtotta az árvaházat, ahol élt. Mindenkit megölt, még azokat is, akik kijutottak a tűzből. Őt is el kellett tüntetnem. A saját érdekünkben, az emberiség érdekében.

– És ezek... azaz én is... egyikünk sem öregszik? Így jövünk a világra egy adott életkorban, aztán úgy is halunk meg?

– De, öregedtek ti is. De nekik nem volt rá idejük hál' Istennek. Pont ezzel kapcsolatos a második bizonyíték arra vonatkozólag, hogy nem te vagy az eredeti, hanem én. Én ugyanis mindvégig ilyen intelligens voltam, mint most. Csak menet közben sokat tanultam, és több élettapasztalatom lett. De az intelligenciám alapja már születésemkor is megvolt, amikor egy emberi lény megszült: az én anyám. Te viszont egészen máshogy fejlődsz. Ugyanúgy, ahogy ti megszülettetek belőlem egymás után: egyre értelmesebb lények jöttek létre. Egyre inkább felnőttek és intelligensek. Te már nemcsak értelmesebben jöttél a világra, de képes vagy fejlődni is. Gondolj csak bele: Mi az első emléked most felnőttkorodból?

„Az, amikor *felfedeztek*” – gondoltam magamban. „Amikor a Falcone család két embere rajtakapott, amint egy éjjel-nappali tulajdonosát ütlegelem. Semmi másra nem emlékszem korábbról összefüggően. A gyerekkori emlékeim közül valóban csak foszlányok állnak rendelkezésemre.”

Nem válaszoltam Edwardnak, csak bólintottam, hogy értem, miről beszél.

– Na látod – folytatta. – Te magad is emlékszel rá, hogy régebben fele ennyire nem tudtad magad kifejezni, és nem is értetted, hogy mi folyik körülötted. Ez azért van, mert fejlődsz. Eleinte, létrejövésed után nemsokkal még egy szellemi fogyatékos szintjén voltál...

„Hát, ja” – helyeseltem magamban. „A Falconéék tényleg csak eléggé megalázó feladatokat bíztak rám. És zavaróan szájbarágósan magyaráztak el mindig mindent. Tényleg mintha nem értettem volna. Fura is volt nekem ez jó ideig. De akkor már értem.

– ...Manapság viszont már körülbelül annyira lehetsz intelligens, mint én – fejezte be Ed.

– Sajnos hiszek neked – vallottam be. – Abból, amit mondasz, minden egybevág. És hogyan történik ez a vedlés vagy mi a fene?

– A stressz-szinttel függ össze, a rosszal dolgokkal. Minél több negatív élményt, félelmet, haragot gyűjtök magamba, annál valószínűbb, hogy születik majd belőlem valaki. Sajnos én lelkileg ilyen típus vagyok. Tudod, olyan, aki nem adja ki magából az indulatait, inkább magába fojtja.

– Baszd meg, miért nem szedsz inkább nyugtatót? Nem lenne egyszerűbb? Nem kéne pokolbéli démonokra vadásznod!

– Hidd el, próbáltam én. Nagy dózisokban. Óriásiakban, úgy, hogy fel se ébredjek napokig. Sajnos semmit sem érnek. És meghalni pedig én sem akarok. Nem merek. Úgyhogy a túlélőösztönöm arra késztet, hogy éljek, és viseljem ennek következményeit: Így hát vadászom rájuk legjobb tudásom szerint. Próbálok rendet tenni és megtartani azt.

– Hát, most kissé kicsúsztak akkor a dolgok a kezedből. Lásd: Szemfüles Gyilkos, maffialeszámolások és társai.

– Kicsit nagyon kicsúsztak.

– És most még meg is öllek – tettem hozzá csak úgy biztatásképp, hogy örüljön. Kicsit talán viccből is.

– Nem mész vele sokra – felelte meglepő módon.

– Hogy érted? Már az előbb is céloztál erre.

– Az univerzum és a természet egyensúlyra törekszik. Tudod, mint az energiamegmaradás törvénye: „Az energia nem vész el, csak átalakul.". Tudod, amikor a tengerparton ásol a parti homokba egy gödröt, jön egy hullám, és elönti a partot, először a gödör telik meg, mert oda tud folyni a leggyorsabban a legtöbb víz. Habár a sebessége valószínűleg emberi szemmel nem érzékelhető, de valójában az a gödör fog először megtelni, és csak utána nedvesíti tovább a part többi részét. Szóval a természetben van prioritás: az egyszerűség elvét követi, egyenlőségre, egyensúlyra törekszik. Ez fog történni velünk is. Mi egyetlen én két fele vagyunk. Ha az egyikünk meghal, az nem fog nyomtalanul eltűnni, valamilyen módon visszaszáll a másikba, vagy elkezdi valamennyire azt kiegészíteni. Ha te halnál meg először, visszaszállna belém egy csomó rossz. Sajnos eddig is így volt. Annak a mocsoknak a nagy része, amit azelőtt tapasztaltam, hogy levedlettem volna magamról, ismét a részemmé vált. És nemcsak az, de részben azok az emlékek is, melyeket az új test, az új személy életében elkövetett. Tehát az a rengeteg gonoszság sajnos nem vész el. Ismét a részem lesz, csak én legalább tudom kezelni. Az emberek ilyenek: van egy sötét énjük. Egyszerűen csak nem hallgatunk rájuk, nem engedünk nekik teret. Engem sem mindig zavar ez a dolog. Csak néha már túl terhessé válik, besokallok, kikészülök idegileg, és olyankor a nyugtatók sem segítenek többé. Maga a vedlés úgy történik, hogy sírva fakadok, rosszul leszek, egyfajta pánikrohamot kapok. Legutoljára egy sikátorban történt, ahol egy félresikerült nyomozás során végül aztán sosem kaptuk el a tettest. Egy gyerekgyilkos volt az illető, aki számtalan környékbeli család gyermekeit rabolta el, és gyilkolta meg. Sajnos sosem került a rendőrség kezére. Ezért egyszer annyira frusztrált voltam, hogy hazafelé menet rosszul lettem. A sikátorban csak egyetlen fényforrás volt, azaz egy sem, mert egy távoli utcai lámpa fénye vetült valamennyire oda. Mögöttem, ahogy mentem, hosszú árnyék húzódott a falon. Ez ugye egy természetes jelenség. Viszont az enyém nem hagyományos árnyék. Sosem az. Amikor kezdtem rosszul lenni, félelmemben visszasandítottam magam mögé, lelassítottam, és láttam, hogy az árnyék továbbjön felém. Nem lassított le velem együtt, külön életet élt: életre kelt... Te voltál az, Vincent. Így kezdődött. Mindig így kezdődik... Aztán amikor az árnyék egyre közelebb jön, és utolér, végül megérint engem. Az érintés pillanatában kezd az árnyék emberi alakot ölteni. Ekkor már annyira rosszul szoktam magam érezni, hogy mozdulni is képtelen vagyok. Hagyom, hogy egyszerűen elsétáljon. És nem szándékosan. Egyszerűen csak nem tudok tenni ellene semmit. Az utolsó árnyék, amikor elsétált így az életemből... nos, azután kezdődhet valamikor a te első emléked.

– Igen, emlékszem is rá. Hiszek neked. Valóban ott kezdődhetett az életem. Egy boltost bántalmaztam, most már tudom, hogy ok nélkül. Nem kellett volna – hajtottam le a fejem.

– Pontosan erről beszélek egyébként: a bűntudatról. El kell, hogy keserítselek, de olyan *neked is* van. Csak az elején még nagyon kifejletlen volt. A „mindenképp ugyanoda lyukadunk ki" dolgot úgy értettem, hogy már most életedben is fejlődsz. Mint ahogy értelemre, felfogóképességre is, úgy erkölcsileg is. Mint ahogy már most is nehezebbnek tűnik elkövetned egy bűncselekményt, később valószínűleg te is képtelen leszel rá. Ugyanúgy, mint egy normális ember: akárcsak én. Ha meghalok, akkor viszont ez a folyamat jóval gyorsabban fog bekövetkezni. Jobb ember leszel általa. Ha nem is tökéletes, de jobb.

– Lehet ebben valami. Sőt, tudom, hogy igazat mondasz, Edward. Tudod, miből jöttem rá?

– Halljuk.

– Abból, hogy már nem nagyon akarlak megölni.

– Pedig meg kell – jelentette ki meglepő módon. – Egyikünknek meg kell halnia. Lehetek akár én is. A lényeg, hogy egyesüljünk. Leválva rólam te, azaz a gonosz részem folyamatosan csak bűntetteket fog elkövetni. Még akkor is, ha már ébredezik a bűntudatod, és később ki is fejlődik. Akkor sem leszel különálló személyként teljes ember. És én sem lehetek. Bár én nem vagyok rossz, én is szenvedek, én sem vagyok boldog. Párom sincs. Egyedül élek. Nem érzem magam normálisnak, nem érzem magam hasznosnak. Sajnos nekem is szükségem van rád. Ezért kell újra egyesülnünk. Ölj hát meg. Vagy előbb-utóbb én fogom veled megtenni ugyanezt.

Nem tudtam erre mit felelni. Tényleg nem akartam már megölni. De mindennek tudatában most akkor mit csináljak? Mégis végezzek vele? Fair lesz az úgy? Mégiscsak ő a jó elvileg kettőnk közül. Na de miért érdekel ez engem egyáltalán? Miért számít? Talán mert valóban kezd kifejlődni a bűntudatom, mint ahogy ő is mondja. Lehet, hogy már van azért valahol mélyen egy kis lelkiismeretem. Tanyázik talán bennem egy kis jóság odalent, még ha csak nagyon halványan is pislákol. Jobban belegondolva, szerintem nekem nincs túl sok létjogosultságom. Neki viszont van.

Tovább is gondolkodtam volna mindezen, de már nem maradt rá idő. Egyikünknek sem.

– Ajjaj – mondta ki Edward, amit már én is éreztem. Nem tudom pontosan mit, mert számomra csak baljós előérzet volt. Olyasmi, ami ma korábban jutott eszembe: Amikor bandaháborús övezetbe vagy olyan helyre küldött a család, ahol minden be volt drótozva a rendőrség által, többnyire mindig megéreztem, ha baj van. Egyfajta radarom fejlődött ki erre a célra. Nem tudom, hogy azért, mert nem vagyok valódi ember, vagy csak azért, mert egyre több élettapasztalattal rendelkezem, és az emberek is képesek-e ilyesmire, de tényleg megérzem a közelgő bajt. És ez most bizony közeledett felénk, nagy iramban!

– Mi ez az érzés? – kérdeztem Edet. – Mi közeleg?

– A sötétség. A gyökérember. Itt van már az épületben. Végleg átjött a mi oldalunkra. Eleinte csak az álmainkban létezett, aztán részben amiatt is, hogy te tovább maradtál élve és továbbfejlődhettél, ő is továbbfejlődött. Képessé vált kilépni az álmokból a valódi világba. Egyszer már találkoztam is vele. Most már mindenre emlékszem! Az épület, ami felrobbant, és én kijutottam belőle, azt ő robbantotta fel. Úgy, hogy el akarta fogni a rendőrség. Mi sorozatgyilkosnak hittük. Vagy valójában ő volt az mindvégig, vagy azt is megölte, nem tudom. De őt találtuk ott helyette. Aztán felrobbant az egész épület, és szerintem még azt is túlélte! Már nem lehet megállítani! Csak akkor, ha egyikünk meghal. Egyikünknek fel kell áldoznia magát neki. Nincs más út – tolta fel magát Ed az ágyban. – Elé megyek. Vigyen el engem. Úgyis én vagyok a gyengébb. Én vagyok a sérülékenyebb. Én vagyok a jó, ezáltal én bírok kevesebbet. Talán neked több esélyed lesz mindez ellen, barátom. Csináld hát tovább te. Vedd át a keresztem. Kérlek.

– Nem tehetem – szóltam rá. Elővettem most a pisztolyt a nadrágomból, és megfordítva, markolattal előre odanyújtottam neki. – Fogd! Lőj le! Most azonnal! Végezz velem. Akkor talán elmegy, és békén hagy másokat.

– Nem hinném – mondta Ed, de azért odanyúlt a felajánlott fegyverért, és bizonytalanul megfogta a markolatát.

– Pedig meg kell próbálnod. Legalább próbáld meg, basszus! Értem úgysem kár. Húzd meg a ravaszt, hátha segít valamit. Talán eltűnik, nem? Biztos, hogy szerinted nem történne semmi olyasmi?

– Nem tudom – tette rá Ed a mutatóujját a ravaszra, de még mindig nem fogta túl biztosan a pisztolyt. És én sem engedtem el a csövét, aminél fogva tartottam.

– Húzd meg – mondtam neki.

– Nem tudom, hogy képes vagyok-e rá. Az előzők teljesen mások voltak, mint te. Nem rendelkeztek igazán emberi értelemmel, érzelmekkel és logikával. Racionalitással biztos, hogy nem. Vagy szeretettel...

– Na, azért ne túlozzunk! – mosolyodtam el. Ezt ő is viszonozta.

Ő még mindig az ágyon ült, én pedig mellette álltam. Mindketten ugyanabba a fegyverbe kapaszkodtunk, és nem tudtuk, melyikünk engedje el vagy húzza meg rajta a ravaszt. – Ne túlozzunk! – ismételtem. – Nincs bennem szeretet, te ócska szarházi, nehogy már azt hidd. Ezért nem kár hát értem!

Határozott mozdulattal kirántottam Ed kezéből a fegyvert, és visszavettem tőle. Megpördítettem az ujjam körül, ahogy régen egy rendkívül béna westernfilmben láttam, és megfogtam úgy, ahogy kell: a markolatánál fogva. De nem azért, hogy lelőjem Edwardot. – Ördög veled, barátom – köszöntem el tőle. – Vagy amelyiküket te jobban bírod.

Szóra nyitotta volna a száját, de nem hagytam neki időt arra, hogy bármivel is meggyőzzön. Magára hagytam. Becsuktam a szobája ajtaját magam után, és határozottan lépdelni kezdtem a folyosón...

...a sötétség felé.

...a terjedő, szerteágazó, fekete gyökerek felé.

...a gázszag forrása felé.

...apám felé.

...apánk felé.

Azt hiszem, valójában ő az. Talán nem halt meg. És sosem fog.

„Hacsak... Én itt és most ki nem csinálom a kurva anyjába!"

Ráfogtam a fegyvert, és tüzet nyitottam rá.

„A jó életbe! Ezen nem fognak a golyók! Hogyhogy akkor régen a kés még használt ellene?! Azóta sokkal erősebb lett!"

Rájöttem, hogy nem fogom tudni megállítani. Én biztos nem. Talán Ednek majd egyszer sikerül.

Éreztem, hogy elér, és megérint. Ahogy belém nyúl, és szétárad bennem.

Ismét újszülött voltam és egyszerre halott is.

Halálomban ismét meztelen voltam a veszélyekre...

...meztelen a bűnökre,

...meztelen a sötétségre.

– VÉGE A MÁSODIK RÉSZNEK –

GABRIEL WOLF
Két testben ép lélek
(Árnykeltő #3)

Arte Tenebrarum Publishing
www.artetenebrarum.hu

Szinopszis

Két testben ép lélek (Árnykeltő 3/3.)
Az „Árnykeltő" egy paranormális thriller/horrorsorozat árnyakról,
rémálmokról, sorozatgyilkosokról és hasonmásokról.

A harmadik, befejező epizódból kiderül, hogy mi történt Vinnie-vel,
amikor önmagát feláldozva szembeszállt a gyökéremberrel. Ha
meghalt, vajon mit jelent egyáltalán a halál egy olyan személy
esetében, aki sosem volt hús-vér ember? Hiszen ő csak egy árnyék...
Vincent Falcone nemcsak azért oson árnyékként az éjben, mert
bérgyilkos, de azért is, mert valójában nem létezik. Őt nem anya szülte.
Valaki csak ottfelejtette egyszer egy sikátorban, amikor a
„gazdatestnek" éppen pánikrohama volt. Vincent akkor született, de
nem éppen hagyományos, keresztényi módon, ahogy a Bibliában írják.
Ő nem szerelemből fogant, és nem is hisz a jóban, nem fárasztja magát
lelkiismereti kérdésekkel. Bárkit gátlástalanul megöl, akár napokig
kínoz. Alapelve, hogy inkább szenvedjen más, mint ő. Nincs
halálfélelme sem, mert az elkárhozásától az Ördög fél helyette.
A pokolban már előre rettegnek az érkezésétől, ha ő egyszer meghal.
És ebben az epizódban bizony megjárja majd a poklot. Többféle
szempontból is.

Ha éjjel egy sikátorban sétálva észreveszed, hogy egy utcai lámpa
fénye miatt a falon követni kezd az árnyékod, és te hirtelen megállsz...
vajon az árnyék is megtorpan majd veled együtt? Vagy inkább
továbbjön feléd? Mi lesz, ha egyszer utolér?

Első fejezet: Két testben ép lélek

„Hú, de szarul nézek ki!" – töprengtem. „Bár jobban belegondolva... lehet, hogy csak a maszk van túlzottan elhasznált állapotban. Valójában fogalmam sincs, hogy most hogyan nézek ki alatta. Nem merem levenni. Itt a kórházban Edward Kinsky-ként tartanak számon. Nem sétálhatok ki innen Vincent Falcone arcával. Ugyanis ő van az álarc alatt.

Ez persze nem igaz. Alatta is Ed van. Én vagyok Ed... csak sajnos itt New Yorkban ezt az arcot Vincent Falcone néven ismerik. Ezért kell maszkot hordanom. Nem keverhetnek vele össze. De vajon mi történt ezekben a napokban? Miért is vagyok kórházban?" – Most egy pillanatra meggyűrődött a maszk az arcomon, mert annyira grimaszoltam, ahogy erőlködve, hunyorogva próbáltam visszaemlékezni. Megijedve gyorsan rendeztem is a vonásaimat, nehogy korrigálhatatlanul meggyűrődjön az álarc. Itt bent nem tudnám levenni, hogy megigazítva újra gyűrődésmentesen visszahelyezzem.

„Miért vagyok kórházban?" – Egyszerűen képtelen voltam felidézni. „Ezek szerint fejsérülésem lehet. A tünetek alapján biztosan. Amnézia. Mitől is lehet még az embernek amnéziája a fejsérülésen kívül? Úgy tudom, traumától. Lelki alapon. Vagy lehet, hogy kómában voltam egy ideig? Olyasmi után sincs igazán toppon az ember memóriája, ha jól sejtem."

„Kórház..." – töprengtem magamban.

„Maszk..."

„Vincent Falcone arca..."

Ez utóbbiról beugrott egy emlékfoszlány:

„Beszéltem vele! Méghozzá nem is olyan régen. De vajon hol? Rémlik, hogy felettem áll. Beszél hozzám. Én éppen feltartom a mutatóujjam, hogy jelezzek neki. De miért is? Hogy csendben maradjon? Túl hangosan beszélt? Nem. Azt hiszem, azért tettem, hogy hallgasson meg. Vagy hogy segítsen benne, hogy meg tudjak szólalni. De miért nem tudtam beszélni?" – Ekkor jutott eszembe az a borzalmas cső, ami addig le volt dugva a torkomon. Még most is éreztem nyelés közben a torokgyulladásra emlékeztető súrlódást, ahogy az a barom túlzottan gyorsan és kíméletlenül húzza ki belőlem. Még a műanyagízt is éreztem a számban. „Fujj!" – Legszívesebben köptem volna egy nagyot. Végül is megtehettem volna, mert a kórházi szoba fürdőszobájában álltam a tükör előtt, előttem a – viszonylag – tiszta mosdóval.

– Miért nem köpsz akkor bele? – kérdezte valaki a közelemből. – Turházd tele! Hadd szóljon. Arra van, nem?

– Tessék?! – pördültem meg.

Ám meglepetésemre senki sem állt mögöttem. Kinéztem a szobába, de ott sem volt senki.

„Mi a fene van velem?! Képzelődöm? Ki szólt hozzám az előbb?"

– Van itt valaki? – kérdeztem félhangosan, bizonytalanul.

– Nincs – felelte a hang.

Ekkor már enyhén pánikba esve, odaugrottam a fürdőszobaajtóhoz, és kidugtam a fejem. A kórházi szoba teljesen üres volt. A műanyagcső még mindig ott hevert a párnám mellett, az ágy szélén. Nyál csillogott rajta, és egy kevés alatta a lepedőn is. Nemrég húzhatták ki belőlem.

„Mikor jöttem be ide a tükörhöz?" – kérdeztem magamban. „Ezek szerint tényleg kómában voltam? Azért volt cső a torkomban? Lélegeztetőgépen lettem volna? Igen, most már kezd derengeni. Ismét eszembe jutott Vincent. Valóban itt járt. És beszélgettünk."

Közben valamely baljós érzés által hajtva átsiettem a szobán, és kinyitva az ajtót, kikémleltem a folyosóra.

Üres volt. Magányosan üres. Ez kissé deprimálóan hatott rám, de egyben meg is nyugtatott. Nem tudom, miért. Mit vártam? Tömegverekedést? Vagy egy merő véres folyosót, ahol élőholtak tolonganak? Na, az érdekes lenne! Bár olyasmi csak a filmekben létezik. A valóságban sajnos sokkal ijesztőbb dolgok is vannak néhány ügyefogyott élőholt idiótánál, akik éhesek, és unalmukban nem tudnak mit kezdeni magukkal, csak nyögnek és zabálási kényszerük van.

Igen, a valóságban kissé húzósabb dolgok is vannak ennél. Na de mik? Egyértelműen éreztem, hogy okkal gondolkodom ezen. Valamilyen emlék feltörőben volt bennem, erősen kikívánkozott, felfelé kúszott, mint egy kútba esett ember, aki az életéért küzd.

„Mik a valóságban azok a rettentő dolgok, amik még a horrorfilmeknél is szörnyűbbek?" – Erre a gondolatra egy kissé megijedve inkább becsuktam az ajtót. Visszasétáltam az ágyhoz – amiben feltehetően idáig feküdtem –, és leültem rá.

„Mitől szoktak mások félni?" – töprengtem. Tudtam, hogy ez sarkalatos pontja az emlékezetkiesésemnek. „Például szörnyektől. Rémálmoktól. Haláltól, betegségtől, szegénységtől. Fiatalkorban a szülők zsarnokoskodásától és hülyeségeitől. Vajon engem melyik aggasztott annyira, hogy tönkretett? Mert egyértelműen éreztem, hogy ilyesmiről van szó. Talán ezért is vagyok itt. Mi van, ha ez nem is hagyományos vagy baleseti ambulancia, hanem pszichiátria?" – Erről aztán beugrott valami: „Apám nem volt normális. Ő valóban pszichiátriai esetnek számított, de sajnos sosem kapott kezelést. Talán én is örököltem a betegségét. És ezért vagyok most itt. Mint ahogy az alma sem esik messze a fájától, úgy az ember sem szabadulhat a múltjától, nem tagadhatja meg, hogy kik voltak az ősei. Hiszen az ember nem feledheti el a saját gyökereit... Gyökerek..."

– Látom, kezd tisztulni a kép – mondta a hang.

– Mi?! – Ráébredtem, hogy valaki valóban beszél hozzám. „Nem csak képzelem! Ennyire megőrültem volna? Hallucinálok?"

– Nem igazán. Tényleg beszélek hozzád. De amúgy engem is meglep, hogy hallod. Eleinte azt hittem, hogy csak csendes megfigyelője lehetek az eseményeknek. Örülök, hogy így alakult. Így legalább nem lesz olyan rohadt unalmas. Akármi is vár ránk.

– Ki vagy te?! – kérdeztem hangosan. Túl hangosan. Valószínűleg kihallatszott a szobából. Az pedig kissé kellemetlen lesz, ha benyit valaki megnézni, hogy kivel veszekszem, aztán nem talál idebent rajtam kívül senkit.

– Én te vagyok. Haha! Nem emlékszel?

El sem tudtam képzelni, hogy ki ez az alak, és hogyan csinálja. „Hogyan képes úgy szólni hozzám, hogy fogalmam sincs a hangforrás irányáról? És miért szórakozik velem egyáltalán? Ez mégiscsak egy kórház! Nyilván beteg is vagyok, meg ilyenek. Mi a jóistennek humorizál akkor velem?!"

– Neki nem sok köze van hozzá, annyit elárulhatok – mondta a hang lekezelően.

„Ezek szerint még a gondolataimat is hallja. Te jó ég!"

– Az égre se fogd. Inkább lefelé tekingess. Ott keresendő a válasz – mondta enyhe vidámsággal a hangjában. Talán jót mulatott magában az ijedtségemen.

– Miért szórakozol velem? És hogyan csinálod ezt? Hol vagy?!

– Itt. Én te vagyok. Benned vagyok. Legbelül...

„lakik egy énem mélyen legbelül

ő is én vagyok, velem szemben ül...” – idézett a hang valamilyen versből. – Nem ismerősek ezek a sorok, Ed? Végül is tudtommal te írtad őket. Most ebben a szituációban már én is viccesnek mondanám. Mondd, miért írtad amúgy? Ezt legutóbb meg sem kérdeztem. Miért küldted Luiginak?

– Tessék?! „Legutóbb?” – És ekkor esett le. – Vincent?! Te vagy az?

– És még állítólag nekem lassú a felfogásom – kuncogott Vincent gonoszul.

– Szóval te vagy. Hol vagy most?

– Mondom: itt. Ahol te.

– De én tök egyedül ülök ebben a retkes szobában. Ne csináld már!

– Nem vagy egyedül. Annyira azért nem.

– Itt vagy valahol? Csak én nem látlak? Miért nem látlak? Megvakultam?

– Nem. De a jelek szerint kissé meghülyültél. Miért lennél vak? Láttad magadat a tükörben, nem? Aztán láttad, hogy odakint üres a folyosó.

– Ja, tényleg.

– Azért nem látsz engem, mert már nem létezem. Olyan értelemben legalábbis nem.

– Miért? Mi történt? – kérdeztem Vincentet. – Arra nagyjából emlékszem, hogy beszélgettünk. Sok mindent megértettem általa. És szerintem benned is letisztázódtak a dolgok.

– Valóban. Bár a válaszaid nem minden esetben nyugtattak meg. Neked azért némileg könnyebb, valljuk be: Egy egyszerű hús-vér ember vagy. Csak van valami fura képességed. Én viszont egy rohadt klón vagyok, egy gonosz, nemlétező ikertestvér vagy mi a rosseb. Nem tudom, én mit szóljak! Szerintem lassan leállhatnál a panaszkodással. Nekem sokkal szarabb napom van, elárulom. És még meg is haltam. Ja, bocs! Helyesbítenék: sosem éltem. Így még deprimálóbb. Nem éltem, mert nem voltam ember, csak valami árnyék, amit a seggedből nyomtál ki, vagy ahogy csinálni szoktad az ilyesmit... valójában fogalmam sincs, hogyan „gyártod” őket.

– Én sem tudom. Csak úgy „lesznek”. Valahonnan.

– Tényleg nem tudod, hogy honnan bújnak elő? Ugye nem *onnan*?

120

– Dehogyis! Nem bújnak elő sehonnan. Mögöttem jön az árnyékom, mint minden más normális ember esetében... és amikor a stressz elér bennem egy már elviselhetetlen szintet, az árnyék valamiért „leválik" rólam, és önálló életre kel. Abból tudom, hogy megtörtént, mivel nem mozog többé úgy, mint én. Ha én megállok, ő továbbjön. Üldözni kezd! Volt, hogy rohanni kezdtem előle. Órákon át futottam. De semmire sem mentem. Mindig a nyomomban volt. Az ember sosem hagyhatja le vagy vesztheti el az árnyékát. Ugyanis a része. Ezért ér mindig utol. És ha utolér, hozzám ér. Az érintés pillanatában pedig történik valami. Egyfajta parajelenség. Az árnyék életre kel, fizikailag is kézzel foghatóvá válik. Alakot ölt, majd magamra hagy, elsétál onnan, de én már nem tudom követni. Nincs rá erőm. Túl sokat kivesz belőlem a folyamat.

– Jó, tehát nem belőled mászik ki, hanem csak a meglévő árnyékod kel életre. Ez azért némileg megnyugtat. Bár most már úgysem számít. Nem rendelkezem többé saját testtel. Teljesen mindegy hát, hogy ki szülte, és honnan vánszorgott elő.

– De mi történt? – kérdeztem. Úgy tűnt, nem hajlandó értelmesen válaszolni semmire.

– De igen, hajlandó vagyok. És igen, valóban hallom a gondolataidat is. Szóval az történt, hogy meghaltam. Már ha éltem előtte egyáltalán. És most benned vagyok. Mármint nem úgy, mint egy meleg, hanem a lelkedben. Legbelül. Erről szólt a vers, ugye? Egyfajta jóslat volt. Legalábbis szerintem. Honnan tudtad? Miből gondoltad, hogy ez lesz?

– Miféle vers? – értetlenkedtem. – Miről beszélsz? És egyébként is, hogyhogy bennem vagy? Miért? És hogyan? Mi történt? Térj már a tárgyra! Hogyan haltál meg? És most miért vagy bennem?

– Rendben. Látom, tényleg nagyon homályosak az emlékeid. Szóval az a helyzet, hogy a gyökérember átjutott az álmok világából a valódiba. Te érezted meg először a jelenlétét. Itt a kórházban. Aztán már én is érezni kezdtem. Épp arról vitatkoztunk, hogy kinek kellene meghalnia kettőnk közül. Tulajdonképpen mindketten önmagunkra szavaztunk ez ügyben. De mivel épp én voltam a jobb formában, így önkényesen úgy döntöttem, hogy én szállok szembe vele. Mert te vagy a jobb ember. Akkor viszont nem igazságos, ha neked kellene meghalnod. Jó, tudom, nincs lelkiismeretem, de akkor is. Képes voltam átlátni, hogy egy jó ember mit tenne a helyemben. Állítólag ugyanis fejlettebb vagyok, mint a korábbi „leszakadt árnyékaid". Te magad mondtad.

– Feláldoztad magad? Hogyan?

– Nem másztam fel semmilyen keresztre, ha erre gondolsz. A „feláldoztam" szó egy kissé túl drámaian hangzik számomra. Én egyszerűbben látom a dolgokat. De egyébként igen, nagyjából ez történt. Felmértem, hogy nekem több esélyem van a tag ellen, és döntöttem, ennyi. Kicsavartam a kezedből a pisztolyt, és elébe mentem. Már „belakta" az egész folyosót az a dög, mire kiléptem innen. Egyből tüzet nyitottam rá. De ne tudd meg, azon a szaron semmi sem fog! Gondoltad volna?

– Sajnos igen. Előtted már én is találkoztam vele. Abban a házban, ami felrobbant. Most már emlékszem ugyanis. Ezért robbant fel az épület: mert amikor behatoltunk a rohamosztaggal, észrevettük, hogy a lény eltörte a szobában a gázcsövet. Mintha inhalált volna vele, vagy nem is tudom. Vagy azt *itta*. Szóval az egész lakásban sűrűn állt a gáz. Egyetlen szikra elég volt hozzá, hogy berobbanjon. És a szörny rávett egy rendőrt, hogy tüzeljen. Tudta, hogy rajta úgysem fog a golyó. Én akkor jöttem erre rá. De azt akkor még nem tudtam, hogy a tűz sem árt neki, valamint egy épületet összedöntő robbanás sem tesz benne kárt. Rálőttél tehát? És utána mi történt?

– Semmi. Kb. annyira hatotta meg a dolog, mintha elhullott legyekkel dobáltam volna meg: nem igazán csinált a gatyájába, hogy úgy mondjam. Ugyanúgy jött tovább felém. Úgyhogy választhattam, hogy vagy hátrálni kezdek, és visszajövök hozzád ide a szobába, hogy téged is megöljön, vagy esetleg csak téged öljön meg, vagy ott maradok és megvárom, hogy beérjen.

– És te megvártad.

– Ahogy mondod. Kíváncsi voltam, hogy mi fog történni.

– És? Kettétépett? Vagy a falhoz csapott, és aztán letépte fejedet úgy, hogy a gerinced is kiszakadt a hátadból? A múltkor azt a gázcsövet is úgy hajlítgatta, mint egy spagettit.

– Nem. Nem bántott. Azaz nem volt ideje rá. Felém nyúlt, és amikor megérintett, abban a pillanatban valamilyen végzetes láncreakció vette kezdetét. Pusztulni kezdett. Porladni. Most már tudom, hogy miért ébredtél fel te is a kómából, amikor hozzád értem. Ugyanezért. Mert kapcsolat van köztünk. Csak *veled* ellentétes, mint *vele*. Veled éltető kapcsolat van, ami életet ad. Amikor hozzád értem a sikátorban, életre keltem. Amikor hozzáértem, akkor viszont meghaltam. Te is ezért ébredtél fel a kómából. Mert köztünk életet adó összeköttetés van. Én élesztettelek fel. Ha én nem jövök be azért, hogy végezzek veled, valószínűleg sosem térsz magadhoz, és nem éledsz fel. Eléggé ironikus, nem? Akkor élesztettelek fel, amikor meg akartalak ölni.

– Utólag is köszönöm – mondtam neki.

– Melyiket? – nevetett. De erre csak megvontam a vállam. Bár nem tudom, látta-e, hogy ezt tettem. – Igen látom – tette hozzá Vincent. – Azaz érzem, ha mozogsz. Rendkívül idegesítő egyébként, mert érzékelem, hogy mikor mit csinálsz, de én nem tudom befolyásolni! Amikor hozzáértem a gyökérlényhez, és elporladtam... egy kis ideig valami megfoghatatlan állapotban és helyen voltam. Aztán a testedben tértem magamhoz. Nem bírtam megmozdulni. Te szerintem elájultál abban a pillanatban, amikor meghaltam. Én előbb ébredtem fel. Tudod, hogy mennyire idegesítő órákig várakozni egy olyan testben, aminek még alszik a tulajdonosa? Borzasztó! Olyan, mint egy kurva taxiban ülni, amelyikben nincs benzin!

– Meddig aludtam? Azaz meddig feküdtem ájultan?

– Néhány óráig. Nem tudom. Nekem elcseszett heteknek tűnt, de gyanítom, hogy csak pár óra lehetett az egész.

– Miért, te mióta voltál bennem olyan állapotban? Mióta várakozol?

– Mondom, hogy nem tudom! Szerinted hogyan nézzem meg az órát, ha ad1: Nem tudom mozgatni a tested, és te a plafont bámulod, ad2: Csukva van a kurva szemed? Úgy hogyan nézelődjek? Tényleg, van egyáltalán óra a falon? Ne tudd meg, mennyi időm volt gondolkodni ezen. És hogy egy idő után milyen kínzóvá tud válni ez a gondolat, ha nem tudsz te magad utánajárni.

– Nincs. Nem látok órát sehol.

– Tudtam! Hogy rohadna meg az összes kórház! Sejtettem, hogy hiába kelnék fel, akkor sem tudnám meg, hogy mennyi az idő.

– Túlléphetnénk már ezen? Szerintem azért nem akkora tragédia az, hogy pár órát veszteg kellett maradnod. Inkább arról mesélj, hogy miért vagy bennem! Értem, hogy feláldoztad magad, és az a dög kinyírt, de miért vagy itt? A másik két árnyékom, akikkel végeznem kellett... az emberiség érdekében... ők nyomtalanul eltűntek. Szétporladtak, újra sötét árnyakká estek szét, amik korábban is voltak. Neked viszont, még ha fizikailag veled is ez történt, a lelked életben maradt. Belém költözött. Hogy lehet ez? Te csináltad valahogy? Miért? És hogyan?

– Én ugyan nem csináltam semmit. A fene sem akar a rühes testedben élni, öreg! Szerinted jó szórakozás, hogy az unalmas gondolataidat kell majd egész nap hallgatnom, mozogni azonban mégsem tudok? Még a fülemet sem tudom befogni, ha már nagyon unlak. Én ugyan nem okoztam ezt! Nem akarhattam volna így élni. Most sem akarok. Tudod, mit? Nincs kedved kiugrani valamelyik ablakon? Lehet, hogy szívességet tennél vele. Mindkettőnknek.

– Felejtsd el. Az nem fog megtörténni. Ha valóban velem maradsz, akkor szokj hozzám. Nem fogom kinyírni magam. Az a gyávák mentsvára. Szóval nem tudod te sem, hogy hogyan költöztél belém.

– Nem – felelte Vinnie nemes egyszerűséggel. – Csak találgatni tudok. Szerintem azzal lehet kapcsolatos, mint amit mondtál is: Minden életre kelt árnyékod egyre fejlettebb. A második intelligensebb volt, felnőttebb, én viszont nemcsak még inkább olyan vagyok, de szerintem sokkal valódibb is. Azaz voltam. Talán én nemcsak egy hulladék, selejt részét képezem a lelkednek, ami egyszerűen eltűnt. Lehet, hogy szerves része vagyok az énednek, ami mindvégig erősen hiányzott belőled, amíg külön voltunk. És most visszakaptad. Csak talán nem olyan formában, ahogy kellett volna. Nem beépültem, vissza a lelkedbe, hanem egy különálló személyként összeolvadtam veled, mintha tudathasadásod lenne. Ja... tudom. Valóban kissé gáz.

– Az – feleltem most én röviden. Letargikusan röviden. – Nem tudom, mihez kezdjünk így. De legalább akkor a gyökérember megsemmisült, ugye? A te tested elporladásakor azzal az izével is ugyanaz történt, nem? – Vincent bólintott. Nem tudom, honnan tudhattam, hogy ilyen mozdulatot tesz, mert nem láttam, de éreztem, hogy bólint. Először csak ily módon helyeselt. Aztán mégis kibukott belőle valami. Egy kérdés:

– Ugye azért te is tudod, hogy micsoda az a gyökérlény? Azazhogy kicsoda.

Erre egy pillanatra iszonyú rettegés vett rajtam erőt. Tudtam én jól, hogy miről beszél. De valahogy nem nagyon akaródzott beismernem. Aztán végül mégis kimondtam:

– Apa az? Ugye ő?

– Igen, Ed. Visszajött érted. Értünk.

– De honnan? Hol volt eddig? És miért ilyen formában jött vissza?

– A pokolból jött. Vagy valami hasonló helyről. Hogy miért ilyen? El sem tudom képzelni. Valahogy a halállal lehet kapcsolatos. Eszembe jutott az a fura kifejezés, hogy „vissza a gyökerekhez". Talán a valóságban nem porból lettünk, s porrá leszünk, hanem a földből lettünk, gyökerek közül, halálunkkor pedig, amikor eltemetnek, visszatérünk a földbe a gyökerek közé. És ő valamiért most visszajött onnan: a halálból.

– Ilyen lenne hát a feltámadás, Vinnie?

– Miért, milyennek gondoltad? Aki a gyökerek között rohad, az aztán nem fog onnan makulátlanul visszajönni. Nem is lenne szabad. Bár apa esetében semmi sem lep meg. Nem tudom, és nem értem, mit művelt életében. Nem tudom, mire volt képes. De valahogy nem lep meg, hogy visszajött. És van egy olyan baljós sejtésem, hogy nem most láttuk utoljára. Ismét meg fog születni ebben a világban. Újra eljön, meglátod. És akkor talán még erősebb lesz. Harcolnunk kell ellene. Minden erőnkkel. ...Ellene is.

– És még ki ellen?

– Hát... van valami, ami kissé aggaszt. Még annál is jobban, hogy egy testbe kényszerültem egy kibaszott rendőrrel. Az ugyanis, hogy úgy mondjam, számomra „mindennek a legalja", de mindegy, ne menjünk bele. Van viszont itt valami más is. Az, hogy szerintem nem én vagyok a gyilkos. Tudod, a Szemfüles.

– Hogyhogy nem te vagy? Én azt hittem, pontosan tudod, hogy miért és hogyan csinálod mindazt. Ezek szerint nem tudsz róla?

– Nem én! És szerintem azért, mert ő nem én vagyok. És most a meglepett visszakérdezésed miatt feltételezem, hogy te sem vagy az.

– Persze, hogy nem, te idióta. Rendőr vagyok! És éppen őutána nyomozok, ha nem tűnt volna fel. Mi a fenének nyomoznék saját magam után?

– Nem tudom. Gondolom... figyelemelterelésből? Mert rád úgysem gyanakodna senki?

– Ugyan! Kitekert logika. Egyszerűbb lenne kinyírni valakit, aztán elhúzni az egész államból. Senki sem piszkít oda, ahol eszik. Még az állatok sem. Nem nyomoznék ott, ahol embereket öltem meg. Túl veszélyes lenne. Lebuknék.

– Miért? Amúgy talán nem pontosan ezt csináltad? Megöltél már minimum egy gyereket és egy kamaszfiút. A korábbi árnyékaidat. Az talán nem gyilkosság?

– Gyilkosság a fenét! Mindkettő eltűnt, elporladt, amikor lelőttem őket. Azok nem voltak emberek, csak valamilyen pokolból elszabadult árnylények. A csótányirtás szerinted gyilkosság? Na, ezek a lények is kb. pont annyit érnek.

– Ja, kösz! És én?

– Téged nem öltelek meg. Nem is akartalak. Te jöttél el végezni *velem*, és nem fordítva, vagy már elfelejtetted? Na jó, nem fogok hazudni neked, előbb-utóbb valószínűleg sor került volna rád is. De te más vagy. Gondolom, ezért sem tűntél el véglegesen a halálodkor. Te valahogy részben ember vagy. Ugyanúgy, ahogy én. Jóval fejlettebb a másik kettőnél. Erre mondtad, hogy aggaszt? Hogy te is csak annyit érsz, mint ők?

– Nem, nem erre gondoltam. De azért kösz a bókot vagy mit. Jólesik az elismerés, hogy nem csótánynak gondolsz, hanem egy „részben embernek", akit csak később végeztél volna ki. Mindegy... szóval, ami aggaszt, az a következő: Szerintem nem én vagyok a gyilkos. És nem is te. Akkor viszont ki?

– Nem tudom – mondtam neki őszintén. – Bárki lehet. Én azért gyanakodtam rád, mert a másik kettő is sorozatgyilkos volt. De nem voltam benne teljesen biztos, hogy te vagy az. Te miből gondoltad, hogy kettőnk közül lenne valaki?

– Mert láttam róla egy kicseszett videófelvételt – mondta ki Vinnie a meglepő, sokkoló valóságot.

– Tesséék?!

– Mondom, valaki felvette. Egy kis hülyegyerek a maffiából, ahol dolgoztam. Láttam róla egy felvételt a saját szememmel, hogy te vagy én megöljük a rendőrfőnököt a Szemfüles Gyilkos módszerével. A felvételen egyértelműen valamelyikünk volt látható. Viszont mivel én nem emlékszem rá, hogy ilyesmit tettem volna, így azt gondoltam, hogy talán te vagy a gyilkos.

– Akkor viszont rossz hírem van... – mondtam neki. – Lehetséges, hogy van belőlünk még egy. Egy harmadik személy. Egy olyan árnyék, akinek az elvesztésére nem is emlékszem.

– Az nem lehet – hitetlenkedett Vinnie. – Azt mondtad, te alapvetően jó vagy. És stressz hatására valamiért kettéválsz, levedled a gonoszságot magadról, amiből aztán létrejön egy új személy. Ez voltam eddig én. Tehát megvolt a jó és a rossz oldal. Két külön testben. Szerinted mégis ki lenne akkor a harmadik?

– Nem tudom – vallottam be. – De őszintén félek tőle.

Második fejezet: Szakítás

– Na, akkor nem olvasod el? – kérdezte Eva.

– Drágám, én egy egyszerű ember vagyok – felelte Luigi Falcone. – Apám asztalos volt, anyám pedig csak főzéssel és gyerekneveléssel foglalkozott. Nem értek én az ilyen piperkőc dolgokhoz, mint a versek. Az inkább nőknek való.

– És a szerelmes versek? – erősködött Eva. – Azokat sem csupa nő írja nőnek, vagy igen? Férfiak is szoktak. Ez is ilyen, amit mutatni akarok.

– Hát, én biztos nem tudnék olyat írni. Nagyon szeretlek, drágám, kellesz nekem, de akkor sem. Nem értem én az olyasmit. Én a hatalomhoz értek, a parancsokhoz, a pénzhez és a...

– Fegyverekhez?

– Stratégiát akartam mondani – felelte Luigi. – De igen, a fegyverekhez is. De erről inkább ne kérdezz. Tudod, hogy nem jó ötlet.

– Tudom, tudom. De azért tetszett az a vers is, amit először küldtem, vagy nem? Tudod, a „Legbelül".

– Persze – hazudta Luigi. – Imádtam, drágám. Csodálatos művész vagy. *Gondolom...*

– Akkor hát olvasd el ezt is! Az előző páromról írtam. Szakításkor. Szerintem nagyon különleges.

– Az előző pasidról? Ne haragudj, de én az ilyen ügyeket illetően régimódi vagyok. Számomra a párom aznap született szűzen, amikor én először megláttam. Nem igazán érdekelnek a korábbi ügyei. Eléggé émelyítőnek találom ugyanis az olyan témákat.

– Émelyítőnek? – kérdezte Eva kissé kiábrándultan. – De hát az is én vagyok! A múltam is az életem része. Annak a része, ami én vagyok. Akit megszerettél.

– Rendben – ment bele az öreg. – Igazad van, drágám. Halljuk azt a verset. Most már egyre jobban érdekel. – Persze rühellte az egész témát, de látta, hogy a lány úgysem fogja békén hagyni, amíg fel nem olvashatja neki. Valamiért nagyon büszke volt arra a műre. És Eva gyorsan olvasni is kezdte, mielőtt koros, de rendkívül férfias szerelme még a végén meggondolja magát:

vég, magány, döghalál
szerettél, de elhagytál
magányom végleges, minden kilátástalan
az egykori látó ma már céltalan, világtalan

elveszett a jövőm, ami talán sosem volt
elfogyott az erőm, felettem keselyű sikolt
ismétel valamit, amit egykor hallottam
amikor még éltem, s nem feküdtem félholtan
elhagyott a kedvesem:
„Jobb lesz neked nélkülem."

remegve várok egy új életet, ami sosem jő el
nemlétező boldogságot látszólag emelt fővel
„egyedül több vagyok, mint ketten voltunk"
ebben próbálok szánalmas módon hinni
akkor is, ha egyedül vagyok, s boldogok voltunk
van még remény: ezt próbálom leírni

de kiesik a toll, s lehull
megreped az ég, megfojt a kín s az üresség
kiesik egy könnycsepp, s lehull
megremeg a lét, megfojt a szabadság s a szürkeség

sikoltva vár az új „boldogság" nevető szája
csattogó fogai átharapják nyaki verőerem
lenyeli a lelkem, szétkeni a padlón a májam
onnan nyalja fel nevetve: jobb lesz neked nélkülem!

kiesik a könnycsepp, s záporrá duzzad
nyílnak a gátak, elárasztják utunkat
nincs hová menni, nincs mit várni az őrület szélén
egyedül állok úttalan utak kezdetén s végén

beszűkül a tér, kiszárad az ér
az egykori távolság közeledik, s véget ér
jövőképet ültetek a halál mezején
vetek neki magot, vetek neki véget

táncolok holtomban egy széteső világ tetején
sodorja a szél a halálszagot, fekete nyáj béget
megjósolják a véget
elfogytak az érvek
elfogytak a szavak
csak kiszáradt tavak maradtak
hová lett a derű, az éltető nedű?
üresen kong a világ, minden nyögésszerű
mit tettek velem? ez az élet börtön énnekem
„Ki tart velem?" – szól zuhanás közben énekem.
kedves világ, jobb lesz neked nélkülem

– Hát ez... – hebegte Luigi. – Nagyon... nagyon *deprimáló*? Nem tudom, ez most sértő, hogy ilyet mondok?

– Nem, drágám – mosolygott a nő. – Örülök, hogy mély hatást gyakorolt rád. Én ezt bóknak veszem.

– Akkor jó – nyugodott meg az öreg. – És mondd csak, édes... bár mondom, nem igazán szeretek exekről társalogni, de most már elkezdett érdekelni: Mi történt a pasassal? Valami művészféle volt? Kinyírta magát, vagy ilyesmi?

– Ja, nem... Nem ölte meg magát. De sajnos már valóban nem él. Leesett valahonnan. Egy magas épületről. Baleset történt. Ez egy hosszú történet, de már úgysem számít, mert te itt vagy nekem, édes mackóm! – bújt oda a nő Luigi valóban medveszerű ölelésébe.

– Sokszor szakítottál már? – kérdezte Falcone váratlanul. Úgy tűnt, valami foglalkoztatni kezdte.

– Volt egy pár... khm... *eset*.

– Na de mégis, nagyjából mennyi? – féltékenykedett Luigi. – Mint amennyit az egyik kezemen meg tudok számolni? Vagy mint egy focicsapat? Azért csak nem mindegy ugye! Na, nem mintha féltékeny lennék. Az én pozíciómban és koromban már kissé szánalmas lenne az ilyesmi – magyarázkodott, pedig egyértelmű volt, hogy féltékeny. Talán ezért sem nagyon akart „exekről" hallani.

– Nem volt olyan sok – terelte a szót Eva. – Nem több mint más nőnek.

– Drágám, ne beszélj már mellé. Fogalmam sincs, hogy más nőnek hány pasija van vagy volt. És hogy őszinte legyek, nem is érdekel. Én azt szeretném hallani, hogy *neked* mennyi volt. Ezek szerint *ennyire* sok? Mennyi? Ezer? *Kétezer?*

– Dehogyis! – nevetett Eva. – Ne butáskodj már! Senkinek sincs több ezer szeretője.

– Drágám, néztél már tükörbe mostanában? Tisztában vagy vele, hogy mennyire gyönyörű vagy? Az a csillogó fekete haj, azok a ragyogó, titokzatos fekete szemek, fehér, hibátlan, hamvas bőr, tökéletes, karcsú alak. Ha valakinek, szerintem neked lehetne ezer szeretőd. Bármilyen férfit megkaphatnál. Igazából nem is értem, hogy miért pont én kellek neked. Miért küldted nekem azt a fura verset? Tudod, azt a Legbelül címűt?

– Tetszettél – mondta Eva röviden és titokzatosan.

– Mi tetszett bennem? Akárhogy is nézzük, csak egy vénember vagyok – vitatkozott Falcone kicsit visszább véve a máskor igencsak öntelt stílusából.

– Nem iiis – nyávogta Eva szándékosan elnyújtva, mint egy nyafka kislány, és egyben kéjesen is, mint egy végzet asszonya. – Nagyon vonzó pasi vagy, Luigi. És kimondottan fiatalos.

– „Fiatalos"? Na, ilyet se mondtak még nekem az elmúlt húsz év során. Kizárólag öltönyt hordok, hajam már nem nő. Az a pár szál is ősz. Tiszta ránc az egész arcom – mutatta oda a képét a csábítóan mosolygó fiatal nőnek. – Nézd csak meg. Itt! Vagy akár itt a szemem alatt! Mekkora táska van alatta, nem? Szerintem borzalmas!

– Dehogy! Én eddig észre sem vettem. Most direkt eltúlzod, édesem. Nem vagy te öreg, Luigi. Alig látszol hetvennek.

– Hetvenneeek?! – fortyant fel Falcone olyan dühösen, hogy közben a nőt is elég durván eltolta magától. – Hatvanéves vagyok! *Hatvan!*

– Tudooom – búgta Eva. – Csak megvicceltelek. Nehogy már komolyan vedd! – kacagta csilingelő hangon. – Csak bolondozom. Bohócka vagyok – mosolygott mókás arckifejezést vágva. – Tudom én, hogy hatvan vagy. De nem látszol ötvennek sem, édesem. Egy fiatalos jó pasi vagy, ez az igazság. És úgysem a konzervatív öltözködés a lényeg. A beszéded, a gesztusaid fiatalosak, az... ahogy csókolsz... ahogy átkarolod a derekam. Ahogy magadévá teszel.

– Ó, drágám! – csillant fel Falcone kissé hályogos, kortól összeszűkült, ráncos szeme. – Mondj még ilyeneket! – Szinte remegett az izgalomtól. És a vágya szemmel láthatóan egyre csak fokozódott. Nemcsak érzelmileg...

– Tégy magadévá – kontrázott rá a nő. – Mint egy húszéves! Mert olyan vagy! Az én fiatal szerelmem. Kapj fel, és vágj ide az ágyra! Aztán fogj le az erős karjaiddal!

– Hmmm... – Az öreg már megszólalni sem tudott felindultságában. Esélyes volt, hogy menten szívrohamot kap örömében. Szerette, ha ilyeneket mondanak neki. Túlzottan is. – Most szétszedlek! – nyögte nagy nehezen. Bár nem úgy tűnt, mintha képes lenne ilyesmire. Inkább olyan benyomást keltett, mint aki azért küzd, hogy túlélje valahogy ezt a meghitt pillanatot.

– Tedd azt! – hergelte tovább a nő. – Bármit megtehetsz velem. Nincsenek tabuk. Ami csak jólesik. Használd a testem. A tiéd vagyok. Meg is verhetsz akár. Vagy alázz meg. Tőled nem fogom rossz néven venni. Mert szeretlek. Tépj szét!

Az öreg ekkor elvesztette a fejét, és jobb kezével a nő felé kapott az ágyban. Pedig ott feküdt mellette. Az meg sem próbált elhúzódni. A férfi mégis érte nyúlt, hogy biztosan maga mellett tartsa, akár tényleg le is fogja, mint ahogy Eva felvetette az előbb. Volt a nőben számára valami ingerlő, valami izgatóan provokatív, aminek nem tudott ellenállni. Még az is lehet, hogy valóban bántotta volna, ha úgy alakul. De nem haragból... inkább kéjből. Luigi Falcone olyan érzéseket vélt önmagában felfedezni, amelyek létezéséről még csak nem is tudott. Nem volt biztos benne, hogy mit érez pontosan Eva iránt, de abban igen, hogy megőrjíti. És kell neki! Nem engedné el többé sosem. Előbb ölné meg! De másé biztos, hogy nem lesz. Pedig még csak két hete ismeri ezt a nőt. De képtelen lenne nélküle élni. Inkább meghalna! Vagy ővele végezne!

Falcone odakapott a nő felé, hogy magához rántsa, esetleg kékre szorítsa a karját, hogy az moccani se bírjon, ám elvétette. Felindultságában csak a takaró selyemhuzatát sikerült elkapnia, és erősen rámarkolnia. A nő abban a pillanatban, amikor a végtelenségig felizgult férfi korrigálhatta volna a mozdulatot, kitért előle. Kitekeredve oldalra vetődött, és kibújt a takaró alól. Párducszerűen vékony, izmos teste olyan gyorsan mozdult, ébenfekete haja úgy libbent, hogy a férfi felmérni sem tudta, mire készül a gyönyörű teremtés.

Eva felkapta az éjjeliszekrényen álló kis mellszobrot. Nem tudta, kit ábrázol. Talán a Falcone család egy dicsőséges korábbi fejét, akit mindannyian tiszteltek. Vagy talán magát Luigit – csak nem sikerült túl jóra az alkotás –, ez már mit sem számított neki. Nem a kidolgozottsága volt a lényeg, hanem a súlya. Megragadta, lendített és lesújtott! Felülről egyenesen Luigi kopasz fejére.

– Mit...?! – nyögte az öreg elfúló hangon, de már nem tudta befejezni a mondatot. Nem volt lehetősége végigmondani, hogy „Mit akarsz azzal?". De az is lehet, hogy azt kérdezte volna: „Mit vétettem ellened? Mi okod van ilyet cselekedni ellenem? Én őszintén szeretlek. Szerettelek téged. És te elárultál.".

Ez már sosem derült ki, hogy milyen módon kérte volna számon újdonsült szerelmét, ugyanis az ütés pillanatában azonnal elvesztette az eszméletét. Eva, miután leütötte, rögvest belefogott valami másba:

Elővett egy hosszú varrótűt a saját éjjeliszekrénye fiókjából, és Luigi fennakadt, félig nyitott szeme felé közelített vele.

– Vén rohadék – mormolta magában. – Most megkapod. Ismét lesz igazság a Földön. De te azt már nem fogod látni. És hallani sem. Szakítok veled. Veled *is* – tette hozzá.

Vékony, nőies karjával meglepően erősen és határozottan elkapta hátul az idős férfi vérző fejét, hogy megtámassza, és heves mozdulattal belevágta a tűt az egyik szemgolyójába. Kihúzta, majd nagy lendülettel újra és újra beleszúrta. A férfi ekkor felébredt egy pillanatra. Mélyről jövő, kétségbeesett visítás hagyta el a torkát, de a nő nem hagyta, hogy teljesen magához térjen. Ismét felkapta a szobrot, és újból lesújtott vele a félájult idős emberre. Ezúttal reccsent egyet a koponyája. Még mindig nem halt meg, de mozgásképtelenné vált. Valószínűleg agykárosodást szenvedett a második ütéstől.

Luigi Falcone nem mozgott, csak mondani próbált valamit. Eva látszólag kíváncsian és érdeklődően odahajolt hozzá:

– Mi az? Mit akarsz mondani? – Közben a férfi szeméből vastag sugárban bugyogott a szemfolyadék.

– Fiam? – kérdezte Luigi elhaló hangon. – Te vagy az?

– Én nem a fiad vagyok, te szerencsétlen! Egy nő vagyok, akit idáig dughattál. De ennek most vége! Most engem láttál utoljára. De minden mást is a világon. Ismét lesz igazság a Földön. De te azt már nem láthatod.

– Fiam? – ismételte Falcone. – Vinnie, segíts!

A nő nem hallgatta tovább. Nyilvánvaló volt, hogy az öreg nincs magánál. Biztos agykárosodást kapott. Kár lett volna több időt pazarolnia rá. Ismét lesújtott hát. A férfinek kettényílt a koponyája, és azonnal elcsendesedett. Már az egész párnáját vér borította, de nemcsak azt: mögötte a falat és az egész selyemágyneműt is sűrű vérpermet áztatta. Eva egy pillanatra azon gondolkodott, hogy a selyem miért issza be olyan nehezen a vért. Vajon igazi egyáltalán? Lehet, hogy műselyem? Ennyire smucig lett volna az öreg?

De aztán nem töprengett rajta tovább. Csak „tette a dolgát". Igazságot szolgáltatott. (Ő legalábbis így érezte.) Kiszúrta az öreg Falcone – immár holttestének – másik szemét is, majd egyenként a dobhártyáit is alaposan átszurkálta. Csak hogy biztosra menjen, hogy ezentúl semmit sem fog hallani. Nem mintha a holtak hallanának, de Eva nem gondolkodott, csak csinálta, amire az elhatározása buzdította. Pusztított, ölt, *igazságot tett*. A saját értékrendje szerint.

Szakított.

Ismét.

Harmadik fejezet: Kolléga

Két nappal később...

Az őrsön odakintről a folyosóról kényszeredett, udvariaskodó nevetgélés hallatszott.

Én és Vincent – egy testbe kényszerülve – kíváncsian találgattuk a jelenség okát. Az asztalomnál ültem, és aktákat rendezgettem. Nem igazán volt kedvem dolgozni. Azaz kedvem még talán lett volna, csak túl ideges voltam hozzá, hogy odafigyeljek. Borzasztóan idegesített Vincent állandó okoskodása. Amióta két héttel ezelőtt arra ébredtem, hogy a verőember lelke „beköltözött" a koponyámba, és gyakorlatilag a részemmé vált, nem bírtam szabadulni tőle. Nemcsak a jelenlététől, de az állandó szövegelésétől sem. Most is éppen mondta a magáét:

– *Ki lehet az? Kinek magyaráznak annyira? Valami szenátor? Bejött babát csókolgatni? Vagy népszerűsködik, hogy majd ő támogatja a szegény megözvegyült zsarufeleségeket?*

– *Nem tudom!* – ripakodtam rá. – *Csak fogd már be! Nem tudok így dolgozni. A saját kicseszett gondolataimat sem hallom tőled!*

– *Mert nincsenek* – humorizált Vincent. Sajnos egyre jobban kifejlődőben volt nála ez a dolog. És nem félt használni.

Egy ideje már nem beszéltem hozzá hangosan. Még a kórházban rájöttem, hogy hangos kommunikáció nélkül is megértjük egymást. Elég volt, ha rágondolok, amit mondani szeretnék neki, és máris értette. És sajnos reagált is rá azonnal. Gyakorlatilag mindenre. Arra is, amire egyáltalán nem kell: ha mondjuk, ittam egy pohár vizet. Kommentálta, hogy „Egészségedre, cseszd meg!". Mindenre volt valami epés megjegyzése. Néha már tényleg nem tudtam eldönteni, hogy humornak szánja-e, vagy tényleg ennyire frusztrált. Megőrjített.

– *De tényleg, ki lehet az?* – erősködött.

– Nem tudom! – mondtam ki véletlenül hangosan. Még mindig nem szoktam hozzá teljesen, hogy egy árnyékember, egy ex-bérgyilkos lakozik az elmémben, és rendszeresen provokál.

– Mit nem tudsz? – kérdezett Jessica Santiago őrmester. – Magadban beszélsz, Eddie? Hát végleg elgurult a gyógyszer? Tudtam én, hogy egy szép napon ez még bekövetkezik! – mondta mosolyogva. Ugyanakkor mintha enyhe aggodalom is ült volna az arcán.

– Nem tudom – ismételtem meg. – Mármint nem tudom, hogy mit nem tudok. Csak úgy kimondtam, ami eszembe jutott, nem mindegy?! – förmedtem rá türelmetlenül.

– Most hamarabb jött meg, Ed? – kontrázott rá Jim a kolléganőnk pimaszkodására. – Miért vagy ilyen ingerült? Ugye tettél be reggel betétet? Nehogy átüssön a bugyin!

– Beléd is! – fordultam hozzá. – Szálljatok le rólam! *És te is!* – tettem hozzá gondolatban Vinnie-nek. – *Ne pofázz már annyit! Teljesen lejáratom itt magam.*

– *Lejáratod te magad egyedül is* – felelte Vincent. – *Jó úton haladsz a diliház felé.*

– *Az lehet. De akkor te is jössz velem, barátocskám! Együtt fogunk pihenni a gumiszobában. Úgyhogy ne nagyon hergelj. Ha én megszívom, te is.* – Ekkor végre elhallgatott. – Ki van odakint? – kérdeztem Jimet.

– Gondolom, az új fiú. Valami Peter akárki. Bostonból helyezték át.

– Új kolléga? – értetlenkedtem. – Most, amikor leépítések vannak? Minek nekünk ide még több ember?

– Nem tudom, talán máshol még nagyobb leépítések folynak. Először onnan építették le szegény srácot, aztán majd tőlünk fogják. Innen egy patkánylyuknyi rendőrőrse kerül majd, onnan pedig majd az utcára.

– De szemét vagy! – szólt rá Jessica.

– Csak realista – reagálta le Jim. És igaza volt.

Ekkor lépett be az ajtón a Peter nevű tag. Úgy tűnt, odakint valóban őt köszöntötték, az emberek barátkoztak kicsit az új kollégával. Beléptekor megfagyott bennem a vér. Vincentben is. Most ő sem szólalt meg. Ugyanis az egykori bérgyilkos nemcsak beszélni tudott hozzám, de látott is a szememen keresztül. Mindent látott, hallott és érzett, amit én. Még a fájdalmamat is érezte. Csak a testemet nem tudta irányítani.

Vinnie-vel elhűlten figyeltük a pasast, ahogy besétál az ajtón, és mindenkinek bemutatkozik.

– *Látod, amit én?* – kérdeztem Vinnie-t.

– *Ez bizony gáz* – helyeselt. – *Még szerencse, hogy hordod azt a hülye maszkot. Máskülönben most simán lebuknál. Ez a fickó tisztára úgy néz ki, mint mi!*

Valóban így volt. Ugyanolyan hosszú, nyakig érő, egyenes fekete haj, szikár, izmos testalkat, karakteres, férfias arcvonások, enyhén mélyen ülő szemek és kissé baljós, de ugyanakkor charme-os tekintet. Tényleg nagyon hasonlított ránk. Bár *talán...* mégsem annyira.

– *Annyira azért nem hasonlít* – mondtam egyből Vinnie-nek. – *Ez lehet akár véletlen is. Azért nem szakasztott másunk.*

– *Te vedletted ezt az izét?* – kérdezte Vinnie vádlóan. – *Ezt is?!*

– *Nem tudom. Nem emlékszem ilyesmire. Szerintem nem, de most kissé bizonytalan vagyok.*

– *Pedig jobb lenne, ha összekapnád magad! Lehet ugyanis, hogy az imént egy kibaszott sorozatgyilkos sétált be azon az ajtón. És most épp idejön köszönni!*

Közben Peter valóban odalépett, és nyújtotta felém a kezét. Eléggé megnyerő volt a mosolya:

– Peter. Peter Duvall.

– *Tuti, hogy ő is közülünk való!* – pánikolt Vincent. Egyszerűen nem hagyott szóhoz jutni.

– *Miből gondolod?*

– *Nem tudom. De a szeme sem áll jól. Szerintem pokolivadék. Lődd le!*

– *Jól van már, ne hisztériázz. Nem lövöm le. A rendőrségen vagyunk, te szerencsétlen!*

– *Ja, most akkor ezt is futni hagyod? Mint engem? Én is, ki tudja, hány embert kinyírtam, mire végül elkaptál.*

– *Nem kaptalak el. Te kaptál el engem, amíg kómában feküdtem. Nem emlékszel?*

– *Ja, de. Akkor még szarabb nyomozó vagy, elnézést! Nem kéne legalább ezt likvidálni, mielőtt még egyfajta újdonsült Hitlerré növi ki magát?*

– *De. El lesz kapva, ne aggódj. Csak nem itt. Ha tényleg az, akinek hiszed, gondoskodni fogok róla. De nem kell kapkodni. Itt fog dolgozni, ha minden igaz. Majd szemmel tartjuk. Vagy tudod, mit? Tartsd szemmel te! Úgyis az agyamra mész! Legalább így majd hagysz dolgozni, ha kicsit lefoglalod magad.*

– *Rendben* – ment bele Vincent sértődötten. – *Majd vetek néha rá egy pillantást. És nem cseszem el úgy, mint te.*

– *Nem cseszetem el. Kettőtöket már kicsináltam, nem? És te is halott vagy. Mit reklamálsz itt nekem?*

– Igen, de ha ez itt tényleg közülünk való, akkor valamit nagyon elszúrtál. Teljesen kicsúszott a kezedből az irányítás, Edward! A kibaszott klónok csak úgy jönnek-mennek New Yorkban! Mit művelsz? Mikor vedlesz ennyit? Mi vagy te, kutya?

– Nézd már meg jobban! Alig hasonít ránk! A szája is kisebb. Az orra pedig hajlott.

Peter ekkor szólalt meg újra. Úgy tűnt, megelégelte a kínosan hosszú csendet, amíg magamban Vincenttel vitatkoztam.

– Edward? Jól mondom?

– Ja – vetettem oda kissé udvariatlanul tömören, aztán anélkül, hogy viszonoztam volna a kézfogást: – Edward Klowinsky hadnagy. Vagy Kinsky. Amelyik jobban tetszik. Én már leszarom, ki hogyan szólít. Meg minden mást is.

– Megvan neki – szólt közbe Jim rendkívül humoros módon. – Azért ennyire kedves.

– Ja, értem – mosolyodott el Peter. – Beléd is – mondta nekem, és barátságosan legyintett, jelezvén, hogy nem vette magára a dolgot.

– Nem ugyanezt szoktad mondani te is Santiagónak? – kérdezte Vincent.

– De – bólintottam rá gondolatban.

– Mondom, hogy ő is olyan.

– Francokat olyan. Ez csak egy szófordulat. Mindenki ismeri.

– Ja, de rajtad kívül senki sem használja, mert annyira béna duma.

– Jól hallom, hogy épp jókor jöttem? – kérdezett Peter. – Ezért örömködnek annyira odakint – biccentett fejével a folyosó felé. – Megvan a Szemfüles?

– Mi?! – hördültem fel. Azt hiszem, egyszerre mondtuk ki Vincenttel, de a többiek csak az én hangomat hallották. – Mi van a Szemfülessel?

– Akkor mégsem én voltam az? – kérdezte Vincent nagyon találóan. De nem válaszoltam neki. Helyette inkább Peter Duvallt faggattam:

– Mi van vele? Megtalálták? Rájöttek, hogy ki az? És nekem miért nem szólt senki? Én vezetem ezt a kurva nyomozást, vagy nem?!

– Ed, te napokon át kómában voltál – csitított Jessica. – Még csak ma reggel álltál újra munkába. Nem ismerheted a legújabb fejleményeket.

– Akkor beavatna végre valaki? Vagy már elvették tőlem az ügyet? Ezt akarod mondani?

– Nem. Továbbra is te vezeted. Ülj már vissza. Én is csak ma reggel hallottam ezt.

Hallgattam Jessicára, és visszaültem az irodaszékemre, ahonnan dühömben felpattantam. Az oké, hogy – Vincent szerint – kicsúsztak a kezemből a dolgok, de hogy *ennyire*, az azért már tényleg dühítő lett volna.

– Rendben, avassatok be. Kit kaptak el? Melyik gyilkosságért? És milyen bizonyíték alapján?

– Nos, a bizonyíték, az némileg hibádzik – vonta meg a vállát Duvall. – Csak némi indíték van. Esetleg alkalom.

– Ki a pasas? Összefüggésbe hozható a többi gyilkossággal? Van alibije? Helybéli?

– Azt mondják – felelte Peter –, hogy nem tudják, hová valósi. Ugyanis a nő nem nagyon hajlandó köpni. Ügyvédet követel. Ja, jól hallottad, nő az illető. Luigi Falcone szeretője volt.

– *Szeretője?* – hörrent fel bennem Vincent. – *Nem volt annak semmilyen szeretője. Én tudtam volna róla.*

Gondoltam, elindulok ezen a nyomon. Ha már ilyen könnyedén belsős információhoz jutottam a maffiacsalád egyik tagjától:

– Értesüléseim szerint nem volt az ürgének szeretője. Ki ez a nő?

– Valószínűleg azért nem hallottál róla – magyarázta Peter –, mert csak egy-két hete látták őket először együtt. Akkor te még kórházban feküdtél. Ez valami újkeletű dolog volt köztük.

– És honnan veszitek, hogy ő a Szemfüles Gyilkos? – kérdeztem. – Mi köze a Falconééknak ahhoz a rendőrgyilkoshoz?

– Csak annyi, hogy őt is kinyírta. Mármint az öreget. Két nappal ezelőtt.

– Ki? A nő?

– Ez az, amit nem tudunk. De annyit igen, hogy a Szemfüles tette. Ugyanaz a módszer: kiszúrt szemek és átszúrt fülek. De ezúttal nem egy *állítólag* korrupt rendőrre csapott le, hanem egy maffiacsalád fejére.

– *Bassza meg!* – fortyant fel Vinnie. – *Meghalt volna? Az öreg már nem él?*

– *Kedvelted?* – kérdeztem.

– *Nem is tudom. Nem mondanám. De azért fura, hogy már nem él.*

– *Nyugi, te sem élsz* – vigasztaltam kissé kegyetlen módon.

– Szóval a Szemfüles lecsapott az öreg Falconéra – foglaltam össze hangosan. – És mi köze ennek egy újdonsült szeretőhöz? Miért tette volna ő?

– Azt nem tudjuk, de vért találtak a ruháján. Szemtanúk szerint együtt lógott az öreggel már néhány hete. Valami menő klubban találkoztak. A nő egy ideje koslatott utána.

– *Klubban*? – vágott közbe gondolatban Vincent. – *Luigi nem nagyon járt klubokba. Alig mozdult ki.*

– Biztos, hogy klubban találkoztak? – kérdeztem Duvallt. – Ismerem hírből valamennyire az elhunytat. Ez nem vall rá.

– Mi így tudjuk. A lényeg, hogy a szeretője volt. Két nappal ezelőtt brutális módon meggyilkolták az öreget, és a nőnek aznap nyoma veszett. Ma találtak rá egy sikátorban. Ott bujkált merő véres ruhában. Az áldozat vérével van borítva.

– Nem lehet, hogy csak szemtanú? – kérdeztem. – A vér nem sokat bizonyít.

– Ki másnak lenne alkalma így elintézni egy ekkora fejest? – kérdezte Duvall. – Nem nagyon férhetett hozzá senki. Az emberei megvédték volna. Egy bekattant szerető viszont simán elbánhat bárkivel, ha az épp nem néz oda, vagy alszik esetleg.

– Dilisnek tűnik a nő? – érdeklődtem. – Nem lehet, hogy csak ijedt?

– Ijedt – bólintott Duvall. – És dilis. Legalábbis szerintem – vigyorodott el. Most tényleg úgy nézett ki, mint Vincent. Zavaróan hasonlított rá.

– Talán csak zavart – találgattam. – Te is az lennél, ha a szemed láttára kicsinálják a szerelmedet – próbáltam védeni a nőt látatlanban, bár magam sem tudom, hogy miért. Lehet, hogy azért, mert nem igazán tudtam volna elképzelni, hogy nő lenne a Szemfüles Gyilkos. Az ahhoz valamiért túl kegyetlen, túl lelketlen. A nők általában nem azért gyilkolnak, amiért a férfiak.

A gyengébbik nem többnyire felindulásból gyilkol, szerelemből, féltékenységből, bosszúból, esetleg pénzért, örökségért. De szinte soha nem beteges perverzió hajtja őket, mint a férfiakat. Na igen, mi, férfiak ennyire alja népség vagyunk... Szóval a Szemfüles Gyilkos meglehetősen perverznek tűnik. Mi abban a féltékenység vagy anyagi érdek, hogy kiszurkálja az áldozatok szemét és fülét? Szerintem örömöt okoz neki, felizgatja, vagy ilyesmi. A nőkre nem jellemző az ilyesfajta M.O.[1].

– Hová vitték? – kérdeztem. – Már a kihallgatóban van? Jó kis első nap, basszus! – méltatlankodtam. – Épp csak ma kezdtem újra. Erre máris elém raknak egy ilyen esetet.

– Inkább örülj neki – vetette oda Jim. – Lehet, hogy tényleg ő az. Akkor legalább lezárhatod végre az ügyet.

– Kötve hiszem, hogy ő lenne – sandítottam Peterre.

– *Te is arra gondolsz, amire én?* – kérdeztem magamban Vincentet.

– *Tuti, hogy ő az. Ki más lenne? Én éreztem is, hogy nem lehet közöm a dologhoz. Oké, hogy gonosz vagyok és a sötétség hercege, meg minden, de azért ennyire nem. Mellesleg utálom a tűket, mondtam már? A börtönkórházban, ahová időnként bezártak a pszichiátriára, megpróbáltak néha leszedálni. Sajnos nem tablettákkal, hanem böhöm nagy injekciókkal. Utáltam a látványát. Egyszer eltörtem egy ápoló lábát, aki felém közelített vele. El nem tudom képzelni, hogy tűkkel játsszak. Előbb játszanék kézigránátokkal, mint azzal.*

– *Duvall akkor sem hasonlít ránk annyira* – vitatkoztam.

– *Rendben, akkor vedd le a maszkot és köszönj rá hangosan. Hátha nem ismer fel!* – nevetett Vinnie. Utáltam, amikor nevet. Még annál is jobban, mint amikor komolyan viselkedett. Ugyanis ilyenkor még gyakrabban volt igaza.

– *Nem ismerne fel* – ellenkeztem továbbra is. – *A többiek viszont felismernék Vincent Falconét, az eltűnt maffia verőembert, aki még akár a sorozatgyilkos is lehet, mivel elmondásod szerint felvétel is létezik róla. Úgyhogy ez felejtős.*

– *Szerintem róla készült az a felvétel: Peter Duvallról. Annyira azért hasonlít. Elég messziről kapta Billy lencsevégre.*

– *Lehet. De akkor sem a nő az, akit behoztak. Nekem valahogy van egy olyan érzésem, hogy ártatlan. Nem vall nőre a Szemfüles módszere.*

– *Mármint a szurkálás? Jártál te már drogtanyán, Ed? Láttad, mire képes egy nő egy kis heroinért? Egy sima injekcióstűvel?*

– *El tudom képzelni. De ez állítólag nem drogos, hanem egy luxuskurva vagy mi... egy klubban szedte fel a faterod.*

---

[1] Modus operandi → munkamódszer, egy sorozatgyilkos kényszeres, bevált gyilkolási szokása.

140

– Faterja volt az a halálnak! Én ugyan nem tartottam annak. Még csak nem is kedveltem.

– Akkor miért dolgoztál neki?

– Kellett a zsé kajára... nem mindegy? Ők hoztak ki a sittről is. Ők legalább segítettek. Te hol voltál akkor, tesókám?

– A nyomodban. Ki akartalak csinálni. Mindegy. Oké, szóval nem kedvelted túlzottan az öreget. A nőjét viszont valami menő helyen szedhette fel. Nem drogos az. Hacsak nem passzióból. Szerintem egy kulturált nő lehet. Azokra pedig nem jellemző az ilyen gyilkosság.

Ezzel lezártnak is tekintettem a beszélgetést, és szó nélkül kiléptem a folyosóra, hogy a kihallgatóba menjek. A többieknek sem mondtam semmit. Az új fickónak sem. Nem akartam, hogy árnyékként kövessen. Manapság amúgy is irtózom kissé az olyasmitől.

Negyedik fejezet: Eva

Amikor beléptem a kihallgatóba, a lélegzetem is elállt. Nemcsak azért, mert annyira véres volt a nő ruhája – valóban az is kicsit többnek tűnt annál, mint amit vártam –, hanem mert annyira elmondhatatlanul gyönyörű volt.

– *Te jó ég!* – sóhajtottam magamban.

– *Ennyire bejön?* – Vincent ki nem hagyta volna. Muszáj volt azonnal megjegyzést tennie.

– *A vérre értettem* – magyaráztam ingerülten.

– *Pedig a mellén nincs is olyan sok belőle. Amúgy nem tudom, mit vagy úgy oda. Sophie sokkal szebb ennél.*

– *Ha te mondod...* – vontam meg a vállam a valóságban is. – *Milyen kár, hogy nem láthatod soha többé.*

– *Ez aljas húzás volt! Egyébként nem mehetnénk el hozzá egyszer? És akkor mégis láthatnám.*

– *Majd még gondolkodom rajta. Feltéve, ha most huzamosabb ideig befogod, és hagyod, hogy kihallgassam a hölgyet.*

– *A „hölgyet"? Én azt hittem, luxuskurva.*

– *Akarod még látni Sophie-t valaha az életben? Igen? Akkor jó. Örülök, hogy értjük egymást.* – Vincent végre elhallgatott.

Leültem a nővel szemben lévő székre az asztal túloldalán. Nem volt bent senki rajtunk kívül a kihallgatóban.

– Edward Kinsky hadnagy vagyok a New York-i Rendőrségtől. Azért jöttem, hogy kihallgassam.

– Már mondtam nekik, hogy nem teszek vallomást. Ügyvédet akarok. Tudom, hogy jogom van hozzá – mondta a nő határozott hangon. Magabiztos volt, de nem ingerült. Inkább megtört, elkeseredett, aki még azért valamennyire próbálja tartani magát. Szinte azonnal megsajnáltam. „Talán egyből bele is szerettem?" – kérdezhetné egy néző, ha ez egy film lenne. De mivel nem az, így szerencsére senki sem kérdezget tőlem ilyen kíváncsiskodó hülyeségeket. Egyébként tényleg gyönyörű volt. Az öreg Falcone meglehetősen jó ízléssel választott nőket, ami azt illeti.

– De a nevét azért elárulná? – erősködtem. Az igazat megvallva én is kíváncsi voltam rá.

– Eva – vetette oda büszkén. – Elég ha ennyit tud. Majd az ügyvédnek részletesebben is bemutatkozom. Hívna nekem egyet?

– Nincs saját ügyvédje?

– Eddig nem volt rá szükségem.

– Ja, hogy ez az első gyilkossága? Mondja csak, dühében tette? Gondolom, igen. Ez amúgy enyhítő körülmény, csak mondom.

– Ilyen szánalmasan gyerekes szófordulatokkal szokott másokat csőbe húzni? – kérdezte a nő. – Eddig nem volt szükségem ügyvédre, mert büntetlen előéletű vagyok.

– Ja, hogy eddig még sosem kapták el? Mondja csak, miért szúrja ki a szemüket? Ez egyfajta igazságszolgáltatás? Büntetés?

Eva erre elmosolyodott. Nehéz lett volna megmondani, hogy azért, mert valóban nagyon bénán kérdezek rá dolgokra, hogy szólja már el magát, vagy inkább azért, mert egyből rátapintottam az igazságra.

Bár valójában nem is a mosolya okát találgattam, ha nagyon őszinte akarok lenni, hanem csak azt néztem, hogy mennyire gyönyörű. Az a fura, hogy valahogy emlékeztetett valakire...

– *Szerinted nem hasonlít valakire?* – szólalt meg Vincent a tudatom egy hátsó szegletéből.

– *Nem tudom. A te apád járt vele. Te nem ismered?*

– *Nem volt az apám! És nem, nem ismerem. Sosem láttam. Csak olyan, mint valami színésznő, nem? Most már értem, miért izgultál rá annyira, amikor beléptünk. Tényleg dögös, el kell ismernem.*

– *Nana! Sophie még a végén féltékeny lesz.*

– *Csak miattad mondom. Szedd fel. Mit bánom én. Vesd rá magad!*

– *De akkor te is szexelnél vele, te szerencsétlen! Át kellene élned az egészet, végignézned és közben mindent éreznél is. Az nem olyan, mintha megcsalnád Sophie-t? A nő egyébként is gyanúsított. Nem flörtölhetek vele. Nektek, ott a maffiánál tényleg ennyire fogalmatok sincs a rendőrség munkájáról?*

– *Dehogy nincs! Ne becsülj alá. Vajon miért nem kaptak el engem soha?*

– *Miről beszélsz? Hiszen már első nap lesitteltek!*

– *Na jó, még az elején. Szinte újszülött voltam még akkor. De aztán a Falcone család kitanított, hogy mit mikor szabad. És én is elég kreatív vagyok, tegyük hozzá. A szobádba is bejutottam úgy, hogy már az ágyad felett álltam, hogy kinyírjalak, vagy nem?*

– *Ott a pont. De ezt a nőt most akkor is ki kell hallgatnom.*

– Tehát akkor, ha jól értem, nem hajlandó vallomást tenni? – kérdeztem Evát.

– Csak hogy könnyítsek a lelkemen? – kérdezte az. – A saját érdekemben? Ne aggódjon, nyomozó, ismerem az összes ilyen szöveget.

– Vajon honnan? Sokszor letartóztatták már?

– Csak filmekből, könyvekből – vonta meg a vállát a teremtés. Erre a mozdulatra egy pillanatra lecsúszott a válláról a pizsamafelső. Odanyúlt, és hanyag mozdulattal visszaigazította. Most tudatosult bennem, hogy pizsamában van. Te jó ég! Két napja ebben kószál? Ráadásul véresen? Na de miért? Lenéztem az asztal alá, és láttam, hogy mezítláb van. Jó koszos volt a lábfeje, de még koszosan is gyönyörű. Ilyen kecses, vékony bokát, tökéletes ujjakat és szép ívű talpat még nem is láttam. Kifutóra illett volna modellek közé, és nem egy rendőrségi kihallgatóba. Kétrészes női pizsamát viselt: gyöngyház színű selyemből készült nadrágot és gombolós felsőt. Amikor észrevette, hogy lenéztem az asztal alá a lábára, összevonta a szemöldökét, majd összébb zárta a lábait.

– Elnézést – mondtam némileg zavarba jötten. – Csak látom, nincs magán cipő. Nem fázik a lába a kövön? Ne hozzak magának valami lábbelit? Lehet, hogy van itt valahol egy papucs, vagy ilyesmi.

– Nem vagyok olyan kényes. Ha eddig nem fáztam meg, ez a pár perc igazán nem oszt, nem szoroz. Végül is már két napja az utcán vagyok így... állítólag – tette hozzá.

– Miért? Nem emlékszik rá?

– Nem.

– *Na végre! Valamit csak kiszedtem belőle!* – örömködtem magamban.

– *Zseniális detektív vagy* – okoskodott Vincent. – *Most derítsd ki azt is, hogy milyen ruha van rajta. Szerintem lehet, hogy pizsama.*

– Mi az utolsó emléke? – kérdeztem Evát.

– Jó trükk, de nem teszek vallomást.

– Nos, rendben – sóhajtottam fel. – Ha vallomást tenni nem is hajlandó, pszichiátriai tesztet viszont jogunk van elvégezni magán, hogy igényel-e orvosi segítséget, azaz beszámítható-e.

– Állok elébe. Valószínűleg sokk ért, komoly trauma, és ezért nem emlékszem az elmúlt két nap eseményeire, de attól még beszámítható vagyok. Vagy ha nem, az még önmagában nem tesz bűnössé semmiben.

144

Sosem követtem el bűncselekményt, és biztos vagyok benne, hogy most sem. Emlékeznék rá. Én nem vagyok erőszakos alkat.

– Ilyesmit én sem állítottam. Szerintem sem tűnik annak, hanem inkább... – És itt sajnos elakadt a szavam. Fogalmam sincs, hogy hogyan kellett volna folytatnom ezt a mondatot. Azt sem tudtam, miért kezdtem *egyáltalán* bele. Hogy én mekkora hülye vagyok!

– Hanem? Minek tűnök? – kérdezett vissza Eva, és most az eddigi flegma, barátságtalan viselkedésből erős érdeklődésbe váltott át. Mélyen a szemembe nézett, olyan szuggesztíven, hogy egy pillanatra a torkomban éreztem dobogni a szívem.

– Hanem inkább gyönyörűnek – bukott ki belőlem. De miért mondtam ezt ki?

– *Te nem vagy normális!* – csapott le Vincent a lehetőségre. – *Mit művelsz? Nem azt mondtad, hogy ilyesmit nem tehettek?*

– *Nem akartam ezt mondani!* – szabadkoztam neki. Közben Eva telt ajkai enyhe mosolyra húzódtak. Egy pillanatra kivillant a hófehér, tökéletes fogsora. Úgy tűnt, örül neki, hogy ezt mondtam. – Elnézést! – szabadkoztam a nőnek. – Nem tudom, miért mondtam ezt. Nem ezt akartam. Csak nyelvbotlás volt.

– Semmi baj. Örülök, hogy tetszem – felelte szemérmetlenül.

– *Te jó ég, Edward, húzz ki innen a francba!* – figyelmeztetett Vinnie. – *Ez a nő manipulál. Ne hagyd már magad! Még a végén megkér, hogy engedd el, és te megteszed neki.*

– Elnézést! Én akkor sem úgy értettem. Ez egy kihallgatás, nem pedig randevú. Csak nyelvbotlás volt. Behívom a pszichiáterünket.

Kisiettem a kihallgatóból, és megkerestem dr. Hermannt. Nem igazán kedveltem a fickót. Úgy nézett ki, mint egy náci háborús bűnös. Bár lehet, hogy nem, és csak én gondolom ezt róla a német neve miatt. De tény, hogy a kopasz fej és a kerek, fémkeretes szemüveg kissé Mengelés külsőt kölcsönöz neki.

– Behozná a Rorschach-tesztet? – kérdeztem tőle köszönés nélkül. A fickó eléggé udvariatlan fráter hírében áll, gondoltam, én se nagyon töröm magam.

Bólintott. Ő sem köszönt. Igazam volt hát. Udvariaskodjon vele a halál. Rohadt náci!

– *Az előbb még azt gondoltad, hogy nem az* – kötözködött Vinnie.

– *Ne turkálj állandóan az agyamban! Hadd legyek már következetlen és megbízhatatlan legalább magamban, ha ahhoz van kedvem! Inkább a nő miatt aggódj szerintem. Mit gondolsz, hogyan mondatta ki velem azt a dolgot?*

– *„Kimondatta"? Mégis miről beszélsz? Egyszerűen lekósoltad. Ennyi. Mint valami irdatlan nagy paraszt, úgy viselkedtél. Bár részben megértem. Tényleg jól néz ki.*

– *Dehogy! Nem ez történt. Ezzel a nővel valami nagyon nem stimmel.*

– *Jó, hogy nem. Merő vér a pizsamája, ha eddig nem tűnt volna fel.*

– *Szerinted ő tette? Halljam, Vinnie, mit mond a nagy maffia bérgyilkos logikád?*

– *Ja, hogy az? Azt mondja, hogy ő tette. Ennyi. Nem értem, mit vagy úgy oda. Túlbonyolítod ezt az egészet.*

– *Jó, de akkor tudod, hogy az mit jelent, ha ő tette?*

– *Mire gondolsz? –* kérdezte Vinnie.

– *Azt jelenti, hogy ő a Szemfüles Gyilkos személyesen! Szerinted tényleg ez a nő lenne az? Ne hülyéskedj már. Jó, nagyon csábos, igazi femme fatale, de azért akkor sem hinném, hogy embereket süketítene és vakítana meg. Mi a fenéért szórakozna ilyenekkel?*

– *Például mert nem normális?*

– *Ott a pont. De mindegy... nézzük meg, mit mond a náci a Rorschach-teszt alapján.*

– *Ne nácizd már állandóan! –* szólt rám Vincent.

– *Miért, nem minden német az? Na jó, csak vicceltem. –* Ekkor viszont Vincent elnevette magát. Fura érzés volt. A koponyámban egy másik személyiség röhögött: egy árnyékember lelke. Egyszerre halálra rémisztett és megmosolyogtatott. Úgy nevetett, mint maga a pokol. *Mint én.* Ugyanis épp olyan volt a hangja, mint nekem. Hiszen ő is én voltam valamilyen szinten, belőlem szakadt le, én „vedlettem".

Miután Vincent pokoli hahotája elült a fejemben, beléptem Hermann után a kihallgatóba. Örültem, hogy a „lakótársam" abbahagyta a röhögést, mert úgy képtelen lettem volna figyelni. Azt sem tudom, hallottam-e volna bármit is a körülöttem tartózkodók párbeszédéből. Bár nem voltak sokan, csak Eva és dr. Hermann. A pszichiáter odatette a megbilincselt nő elé a „könyvet". A nagy titkok könyvét, amiről soha senki nem tudja, hogy hogy a francba készült. Tintapacák vannak benne. Állítólag teljesen véletlenszerűen. De mindenki tudja, hogy ez nem igaz. Olyan képeket tartalmaz, melyek tök egyértelműen bogarakat ábrázolnak, koponyát, rákokat, legyeket és mindenféle szörnyűséget.

146

Bár azokat elvileg csak „mi látjuk bele". Na persze! Mindenki?! Ilyen elven lerajzolok egy csótányt, és ráfogom, hogy tintapaca. Miért lát ott bárki is bogarat? Én csak odaspriccceltem egy kis tintát. Nincs benne semmi koncepció. Még akkor sem, ha fotórealisztikus a kép.

A doktor kinyitotta a nő előtt a könyvet az első pacánál, és rámutatott:

– Mit lát ezen a képen? Elmondaná nekünk? És kérem, mutassa is meg az ábrán, hogy hol mit lát rajta. – Ám előbb odanyújtott Evának egy nedves törölközőt, hogy az megtisztítsa a kezeit a rászáradt vértől. Nagyon pedáns volt a fickó, mindig makulátlan öltözékkel. Gondolom, nem akarta, hogy a nő összefogdossa a lapokat a vérmocskos, ragacsos ujjacskáival. Már így is volt elég paca a könyvben. Nem hiányzott bele még több.

Bár most, hogy belegondolok, miért lett volna az baj? Ha valóban véletlenszerűen fröcskölik bele a tintát, akkor nem tökmindegy, hogy lesz-e benne egy-két extra folt? Mit változtat az eredményen? A beteg nem amúgy is pont annyira fog durva dolgokat látni benne, mint amennyire hülye? Miért baj az, ha összefogdossa? Épp meg akartam erről kérdezni Hermannt, amikor az megelőzött, és közbeszólt:

– Megtörölné kicsit még jobban a kezét, kérem? Ne haragudjon, de irtózom a baktériumoktól. Fertőtlenítő is van a folyadékban, amit a törölközőre locsoltam. De ne aggódjon, nem csíp. Csak egy enyhe oldat. – A nő megvonta a vállát és nagyjából beletörölte a karcsú ujjait.

– *Hát persze, hogy fertőtlenítő!* – morfondíroztam. – *Nem akarja, hogy több paca kerüljön bele. Akkor oda lenne a manipulált eredmény.*

– *Hogy te milyen paranoiás vagy!* – szólt rám Vincent. – *Meg kéne nézetned magad.*

– *Vele?* – hörrentem fel, de nem hangosan, csak gondolatban. – *Egy ehhez hasonló nácival? Nem ettem meszet! Nincs nekem semmilyen bajom.*

– *Csak vedlesz. Embereket.*

– *Te nem vagy ember, már ne is haragudj. Csak egy idegesítő hang a fejemben.*

– *Egy szerelmes ember* – váltott ekkor Vincent váratlanul szomorúra –, *akinek nagyon hiányzik a kedvese.*

Nagyon meglepett ez a kijelentése. Eddig nem sok érzelmi megnyilvánulást tapasztaltam az irányából. Inkább csak idegesített. Néha szándékosan, néha pedig csak úgy az irritáló, öntelt stílusával.

– *Nem azt mondtad, hogy nem vagy képes szeretni?* – kérdeztem.

– *De. De azt is, hogy Sophie iránt mégis érzek valami ahhoz hasonlót. És hiányzik. Nem tehetek róla.*

Nem kommentáltam a dolgot. Igazából nem tudtam, mit mondjak neki. Mivel nyugtathatnám meg? Meg kellene egyáltalán? Fogalmam sincs. Ezekre a kérdésekre nem rendelkeztem működő válasszal. Nemcsak működővel, de igazából másmilyennel sem. Így hát inkább azt figyeltem, hogy mire jut Eva a tintapacákkal. Miután a nő megtörölte a kezét, szemügyre vette az első képet.

– Bogár – vágta rá azonnal.

– *Látod, megmondtam!* – örömködtem Vincentnek. – *Nem én vagyok a paranoiás. Mindenki azt lát azokon a szarokon.*

– *Vagy csak ugyanolyan őrült vagy te is, mint a nő.*

– Értem – mondta az orvos kimérten, aztán jegyzetelt valamit a spirálfüzetébe. Írt vagy húsz szót. Fogalmam sincs, hogy miket. Hányféle nyelven írta le azt, hogy „bogár"? Mi van ezen annyi körmölni való? A bogár az bogár. – Hol látja a bogarat a képen? – fontoskodott.

– Mindenhol. Az egész egy bogár. Most mit kukacoskodik? – Eva kissé ingerültnek tűnt. Lehet, hogy könnyen felkapja a vizet? Netalán olyan könnyen, hogy akár még halálra is sújtana valakit?

De dr. Hermannt nem igazán lehetett kihozni a sodrából. Talán csak a baktériumokkal.

– Értem. Megmutatná, kérem, akkor a bogár testrészeit? Ez is a teszt része. Mint ahogy az elején már elmondtam.

– Itt van a feje – mutatott Eva a kép felső részén egy kis gumószerű izére. – Ez a rengeteg szar meg itt mind a lába.

– Ennyi lába van a bogaraknak? – kötözködött Hermann.

– Nem tudom, hány van nekik. De ez akkor is az. Vagy nem?

– Ez csak egy tintapaca – mondta Hermann a szokásos betanult szöveget. – Mindenki azt lát benne, amit akar. Amit tud.

– Maga hülyít engem – mondta a nő némileg valóban ingerülten. – Egy bogár képére nem fogom azt mondani, hogy nem az. Az van előttem, én ezt látom. És meglehetősen jó a látásom, nekem elhiheti. Felismerek egy olyan dögöt. Akkor is, ha ezer lába van.

– Rendben – látta be az orvos, hogy ennél tovább nincs értelme feszítenie a húrt –, akkor nézzük a következőt! – nyúlt oda, hogy készségesen lapozzon a gyanúsítottnak.

– Képes vagyok egyedül is lapozni – vette át az az irányítást, félrelegyezve a doktor kezét.

– Kissé „control freak[2]" a hölgyemény, nemdebár? – kérdezett Vincent.

– Engem is idegesít, ha lapozni akarnak helyettem – védtem Evát.
– Szerintem is dühítő. Minek nyúlkál oda?

– Ennyire féltékeny vagy?

Most, hogy belegondoltam, tényleg mintha ilyesmit éreztem volna. De vajon miért?

Eva megnézte a második ábrát, és közölte róla a megállapítását:
– Bogár.

A pszichiáter kissé dühösnek tűnt. Nem tudni, hogy azért, mert szerinte „nem az volt" az ábrán, vagy azért, mert szerinte a nő nem igazán vette komolyan a feladatot. – Jól megnézte? – kérdezte.

– Minek nézegessem? Láttam már bogarat. Például az előző oldalon. Ez is az. Lapozhatnánk? Az egész könyvben csak bogarak vannak? Ez egyfajta bogárzsebkönyv? – érdeklődött az orvostól. Úgy tűnt, mintha szándékosan idegesíteni akarná.

– Lapozzon! – utasította az orvos tömören. Érdekes módon nem kérte meg, hogy mutassa meg az ízeltlábú testrészeit.

Eva lapozott. Erős volt a gyanúm, hogy az a fajta nő, aki az ehhez hasonló játékokat a végtelenségig tudja űzni: mármint férfiakat provokálni. De ez önmagában még nem igazán jelent semmit. Sok szép nő ilyen. Eva egy kissé visszaél azzal, hogy minden férfi odavan érte, és tudja, hogy úgysem fognak haragudni rá. Csak szórakozik. Játszik. Önmagában nem jelent rosszat, vagy akár aljas hátsó szándékot. Bár a pszichiátereket azért nem egészen olyan fából faragták, amilyenre Eva számíthat. Hermann nem igazán fog reagálni sem flörtölésre, sem személyeskedésre.

– Mert náci? – kérdezett rá Vincent.

– Mert orvos. Ugye tudod, hogy állati idegesítő, amikor visszakérdezel a magamnak feltett kérdéseimre?

– Tudom – mondta mosolyogva. Nem láttam, de tudtam, hogy vigyorog. Ismertem már ennyire. – Tudom, hogy idegesít, de úgysem

---

[2] Egy olyan személy, aki mániákus módon kezében akarja tartani az irányítást.

149

tudsz mit tenni ellene. Sajnálom, ha ezzel fejfájást okozok, de utálom a rendőröket. Ne vedd magadra.

Eva megnézte a harmadik oldalon található képet. Azaz nem a harmadik oldalon volt, hanem az ötödiken. Minden második oldalon éktelenkedett egy fekete egy paca. Mindig a jobb oldalon. Talán azért nem voltak egymás mellett képek, hogy ne befolyásolja a vizsgált alany véleményét az előző vagy következő ábra. Na nem mintha ez lehetséges lett volna, hiszen mindegyik kép bogarakat ábrázolt. Szerintem édes mindegy, hogy milyen sorrendben nézi őket az ember.

Már vártam, hogy Eva ismét kimondja a „triggert[3]", ami ezúttal talán végleg kihozza a pszichiátert a sodrából. Szinte láttam, ahogy bogarat formálnak az ajkai, és nevetni kezd, amikor a pszichiáter esetleg brutálisan, visszakézből arcul üti. Bár ez nyilván abszurd gondolat. Valószínűleg ismét csak továbblapoztatott volna vele. Ám nem ez történt. Eva szeme elkerekedett. Először azt hittem, talán nevetni fog, mert újabb bogarat talált a „zsebkönyvben", de nem: félelmet láttam az arcán.

– *Mi a fenét lát ott?* – kérdeztem magamban. Közelebb léptem, hogy jobban szemügyre vegyem. – *Ó, te jó ég!*

– *Mi látsz rajta?* – kérdezte Vinnie. Némi aggodalom vegyült a hangjába. De már nem volt időm válaszolni neki, mert Eva előbb kimondta:

– Gyökér. – Majd nyelt egy nagyot.

– Milyen fajta? – kérdezte az orvos.

– Nem tudom. Csak egy rohadt gyökér! – szörnyülködött a nő. Most láttam, hogy remegni kezdett a szája széle idegességében. Talán sírni fog? – Szó szerint. Fekete és rothad. És mocskos. Megmutassam, hogy hol és melyik része olyan kibaszottul mocskos?! – csattant fel. – Vagy elhiszi, hogy egy kurva gyökeret látok? Miért mutatnak nekem egyáltalán ilyeneket?! Ez undorító! Épp trauma ért engem, és emlékezetkiesésem van! Miért kínoznak? Nem akarom látni! – Eva dühödten felkapta a könyvet, és amennyire a kezét tartó, rövid lánc még engedte, a magasba emelte, és teljes erejéből a földhöz vágta. A könyv pont a gerincére esett – talán szándékosan dobta úgy –, és azonnal lapjaira szakadt az egész. A földről kissé visszapattanó kötet minden

---

[3] Reakciót kiváltó szó. Harci kutyáknál például az a szó, amire támadnak.
150

lapja más irányba szállt. Bogarakat ábrázoló képek százai úsztak, kavarogtak a levegőben.

És volt köztük valahol egy gyökér is.

Én is láttam.

És valóban undorító volt. Sőt, rémisztő.

Eva jól mondta. Én egyáltalán nem hibáztattam a reakciójáért. Tényleg nem lett volna szabad látnia azt.

Azt senkinek sem lenne szabad.

Ötödik fejezet: Eva és a gyökerek

Hermannal nekiálltunk összeszedni a szétszóródott lapokat. Eva azóta nem mozdult. Jól viselkedett. Úgy tűnt, csak a könyvvel támadt nézeteltérése, minket szerencsére nem akart földhöz vágni. Bár igaz, meg volt láncolva, de az őrülteknél – már ha ő is az – sosem lehet tudni, mire képesek fizikailag.

– Van még egy példánya a bogárzsebkönyvből? – humorizáltam a pszichiáterrel. Szándékosan használtam Eva szavait. Kíváncsi voltam, a nő reagál-e rá, de nem. Nem érkezett tőle semmilyen reakció. Csak ült szótlanul. – Tudja valahogy folytatni a vizsgálatot?

– Ez az egy példányom van belőle – morgott Hermann. – Ezért nem akartam, hogy összemocskolja. De mindegy... majd összerakom valahogy.

– Így nem tudja használni? Ha összegyűjtjük a lapokat?

– Nem lényeges. Már így is levontam a következtetésem. Mondhatom?

– Ne. Ne a gyanúsított előtt – figyelmeztettem. Ez kissé udvariatlan dolog volt részéről. Nemcsak orvosként, de emberként is. Nem udvarias viselkedés úgy kibeszélni valakit, hogy ő is a szobában tartózkodik, és végighallgatja az egészet. Nem értem, mi ütött a fickóba. – Ha összeszedtük a könyv darabjait, odakint elmondhatja.

Néhány perccel később a kihallgató előtt...

– Halljuk! – érdeklődtem a dokitól. – Mi az ítélet?

– Ítéletet majd a bíróság mond a hölgyről. Abban az esetben, ha bűnösnek találják. Az én dolgom csak az, hogy szakvéleményt mondjak az elmeállapotáról.

– Igen, én is pontosan így értettem – magyarázkodtam neki zavarba jötten. – *Istenem, hogy ennek mennyire nincs humora!*

– *Még te mondod?* – szólalt meg Vincent. – *Neked sincs! Soha egyetlen poénomra nem reagálsz.*

– *Mert mindegyik szar!* – zártam rövidre a párbeszédet egykori árnyékommal.

– Ja, értem – bólintott Hermann. – Szóval a szakvéleményemet kérdi. Nos, megmondom én: skizoid személyiség, azaz tudathasadásra

152

való hajlam, de az is lehet, hogy már kialakult skizofrénia, továbbá bipoláris mániás depresszió, irányítási kényszer, aztán pszichopata, de minimum szociopata jellemvonások, agresszióra való hajlam, feltételezhetően bizonyos stádiumokban ön- és közveszélyes, talán szuicid is. Antiszociális, deviáns, beilleszkedési zavarok, feltehetően nimfomán, az is lehet, hogy biszexuális...

– Ne szórakozzon már velem! – vágtam közbe. – Ezt három darab képből állapította meg, amiből kettőn bogarak voltak?

– Miért, maga is bogaraknak látta őket?

– Miért, nem mindegyik kép az?

– Ne kérdezzen vissza! Csak feleljen a kérdésre.

– Nos, nekem eléggé bogaraknak tűntek. Végül is sok lábuk volt, vagy nem?

– Azok csak tintapacák – mondta Hermann ugyanazt a betanult szöveget. – Mindenki azt lát bennük, amit akar. Amit tud.

– Na jó, de ne mondja már, hogy a legtöbb ember nem bogarakat lát bennük. Középen van egy olyan nagy bigyó, körülötte meg sok láb.

– Azok nem lábak, hadnagy. Miért, amikor belecsöppent némi tintát egy nyitott könyvbe, és összecsapja, maga szerint az milyen mintát eredményez leggyakrabban? Középen a nagy csepp szétnyomódva, körülötte pedig sok szétfröccsent vékony vonal, nem?

– Ja, hogy csak ennyi? Ezért hasonlítanak bogárra?

– Nem tudom, hasonlítanak-e bármire is. Én csak az eredményt szoktam kiértékelni. Én magam nem akarok belelátni semmit a képekbe. Nem tisztem, és értelme sem lenne ilyen szempontból vizsgálnom az ábrákat.

– Ezek szerint, ha nem bogarakat ábrázol az első két kép, akkor a harmadik sem gyökér?

– Miért? – vonta össze Hermann a szemöldökét. – Maga is azt látott a képen?

– Nem – tagadtam le azonnal. – Igazából nem láttam semmit, mert épp másfelé néztem. Csak kíváncsi vagyok, mások milyen gyakran látnak azt benne.

– Nem emlékszem, hogy valaki is valaha azt látott volna. Elég szokatlan gondolkodásra vall. Már csak azért is, mert a harmadik képen ugyanúgy középen egy nagyobb folt van, körülötte pedig vékony csíkok.

– *Bassza meg!* – rökönyödtem meg magamban. – *De hát én is gyökeret láttam rajta! Meg mernék rá esküdni! Pedig az elmondása*

alapján bogarat kellett volna látnom. Ugyanolyan jellegű az a paca is.
Miért láttam ugyanazt, mint a nő? Én is épp olyan őrült lennék? Te jó
ég!

— Dehogy vagy *őrült!* — kelt most Vincent kivételesen a
védelmemre. — *Ennyire azért nem. Szerintem a fickó mellébeszél a nővel*
kapcsolatban. Mindössze csak berágott rá a béna kis zsebkönyve miatt,
ennyi. A pasas egyszerűen csak egy hisztigép. Megsértődött, ennyi az
egész.

— *Ne hülyéskedj már, ez egy pszichiáter. Ezek nem sértődnek meg.*

— *Miért nem? Azok is emberek, nem? Végül is megrongálták a*
könyvét. Téged nem zavarna?

— *Nem tudom, mentális betegektől szerintem megszokhatta már ezt*
a viselkedést. Örülhet, hogy csak a könyve lett oda. Ha a nő nincs
bilincsben, lehet, hogy a nyakának ugrik. Mondjuk, a fogaival.

— *Ja, az is elég udvariatlan dolog* — röhögött fel Vinnie. Ismét az a
pokoli kacaj. Utálom, amikor ezt csinálja!

— *Szerinted eltúlozta?*

— *El hát. Nem létezik, hogy mindazt három képből szűrte le.*
Baromságokat hordott össze.

— *Miért, te mit láttál a harmadik képen, Vinnie?*

— *Nem tudom. Sajnos nem figyeltem.*

— *Ne hazudj! Én is gyökereket láttam, mint a nő!*

— *Tudom. Hallom a gondolataidat. De én tényleg nem néztem oda.*
Én arra figyeltem, hogy Eva milyen ideges. Éreztem, hogy balhézni fog.
Már a harmadik oldal megpillantása előtt is nagyon feszült volt.

— *Szerinted tehát nem a gyökér miatt vágta oda?*

— *Ezt nem tudnám megmondani. Viszont felettébb érdekesnek*
találom, hogy te is gyökeret láttál, és ő is. Meg kell tudnunk, hogy ki ez
a nő. Talán többet tud rólunk, mind gondolnánk. Vagy csak kapcsolódik
valamiért a sorsunkhoz.

Közben dr. Hermann már vissza is indult az irodájába. Ismét
köszönés nélkül. A náciknál ezek szerint így szokás. Majdnem
meglendítettem utána a karom, ahogy ők szokták, de végül
meggondoltam magam. Lehet, hogy nem venné jó néven.

— *De* — reagálta le Vincent ismét a kimondatlan gondolatomat. — *A*
németek kimondottan szeretik, ha ok nélkül lenácizzák őket. Amúgy meg
simán kirúgnának érte téged, de mindegy. Nem hiszem el, hogy ezt nekem
kell közölnöm veled. Te vagy a rendőr! Nekem még egy rendes állásom

154

sem volt soha életemben. Igazán összeszedhetnéd már magad, Edward!
Komolyan kezdesz bekattanni. Eleve azt sem értem, hogy miért láttál
gyökeret azon a harmadik képen, amikor nem is úgy nézett ki.

– Hogyhogy „úgy nézett ki"? Azt mondtad, te nem néztél oda!

– Nem is. De a doki elmondta, hogy ugyanolyan, mint az első kettő.
Nekem ennyi elég. Lehet, hogy Hermann sértődékeny, és kissé túlzott az
előbb, de a csaj tényleg kattant. Én vigyáznék vele a helyedben.
Szerintem a diagnózis minimum fele igaz. Jobb, ha komolyan veszed.

– Persze, hogy komolyan veszem. Mire gondolsz?

– A lábára. Amit nézegettél.

– A cipőjét kerestem, te szerencsétlen! Sajnáltam, hogy felfázik.

– Igen? És megérezted, hogy nincs rajta cipő? Azért néztél be az
asztal alá? Ne süketelj! A lábára voltál kíváncsi! Ennyi. Mondom, ne
szórakozz vele. Nem éri meg. A farkaddal gondolkozol.

– Bárcsak úgy lenne! – vetettem oda neki. *– Akkor legalább nem*
hallanám a hülye síron túli röhögésedet. Tényleg, ha már itt tartunk:
Hogyan kelted azt a pokolbéli lármát, azt a szörnyű, zengő ricsajt? Hogy
csinálod azt a hangot?

– Milyen hangot?

Hatodik fejezet: Vér

Mire visszamentem a kihallgatóba, már megérkezett a kirendelt ügyvéd. Ezek a hülyék tényleg hívtak egyet. A fenébe! Pedig lehet, hogy ki tudtam volna szedni a nőből még valamit. Most aztán így már egyetlen árva szót sem fog mondani. Az ügyvéd tanácsolja majd neki, hogy kérjen időt, ne mondjon semmit, és majd a legközelebbi alkalomig kitalálnak valamit közösen. Ugyanis ezek ezt csinálják. Összejátszanak a bűnözőkkel. Bár igaz, hogy végül is ezért kapják a pénzüket, hogy védjék őket, de akkor is! Némelyikük kissé túlzottan fizetés-orientált.

A fickó máris odahúzott egy széket Eva mellé, és serényen magyarázott neki. Már most ellenszenves volt. Alacsony, vékony ember, sík ideg, állandóan feszült, kisebbrendűségi komplexus – ezt még Rorschach-teszt nélkül is lazán meg tudtam állapítani –, valószínűleg az anyjával él, sőt negyvenévesen valószínűleg szűz, ebből adódóan rendkívül frusztrált... ja és az egészet megkoronázandó: szája felett apró, fekete bajusz! Te jó ég! Majdnem minden stimmel! Tényleg majdnem *úgy* néz ki!

– *Mármint úgy, mint ki? Kire gondolsz?* – érdeklődött Vincent. – *Charlie Chaplinre?*

– *Nem egészen, csak már eleget náciztam mostanában.*

– *Ja, értem. De figyelj, szerintem az ilyen alakoktól nem kéne annyira tartani. Hitler sem volt ám annyira veszélyes, csak szerencsés. Túl bő pórázra engedték. Ha valaki időben felrúgja, vagy ad neki egy jól irányzott taslit, szerintem soha semmi probléma nem lett volna a kis fickóval. Ettől az ügyvédtől se tarts. Ha nagyon pattog, egyszerűen keverj le neki egyet. Mi a családban így intéztük ezt. Aki tiszteletlen volt egy magasabb rangú családtaggal, azt felpofozták. Ha abból sem tanult, akkor lepuffantották, aztán jó napot! Minek pazarolja az ember az idejét nevelésre, ha felnőtt emberekről beszélünk? Nevelte volna meg az anyja, nem?*

– *Te tényleg őrült vagy, Vincent! Lőjek le egy ügyvédet azért, mert nekiáll okoskodni velem?*

– *Ja, nem. Odáig azért én sem mennék el. Itt bent az őrsön legalábbis nem. De simán szájba vághatod. Aztán ráfogod, hogy neked támadt. Tudod, hivatalos személy elleni erőszak, meg ilyenek. Ti úgyis mindig ezt csináljátok.*

— *Először is, dehogy csináljuk! Másodszor, hmm... lehet, hogy mondasz valamit.*

Ahogy beléptem az ajtón, a fickó máris felpattant. Láttam rajta, hogy nekem akar esni verbálisan, rám akarja zúdítani a mondandóját.

— Ki ne mondja! — tartottam fel védekezően a kezem. — Nem akarom hallani. Kívülről tudom már a maguk dumáját. Igen, tudom, az ügyfeléről nincs bebizonyítva, hogy bűnös lenne, nincs jogunk a továbbiakban itt tartani, már eddig se kellett volna, engedjük el azonnal, és szégyelljük magunkat, később majd vallomást tesz a hölgy... talán ha esetleg olyan kedvében lesz?

— Nem, nem ezt akartam mondani — közölte fickó meglepően higgadtan. — De a konklúzió ugyanez. El kell engedniük a hölgyet, ugyanis nincs ellene semmilyen bizonyítékuk.

— Maga most komolyan beszél? Látta már a hölgyet?

— Persze. Egész idáig vele beszélgettem. Nagyon csinos.

— Tessék? — *Ez mindenkivel leáll flörtölni? Már ennek is elcsavarta a fejét? Ennyire gyorsan?* — A vérre gondolok, maga szerencsétlen! Látta esetleg a vért, ami az egész ruháját borítja? Nem tűnt fel, mialatt flörtölt az ügyfelével?

Az ügyvéd nem jött zavarba, csak kimérten annyit mondott:

— Persze, de az nem bizonyít semmit. Ugyanis amikor bejöttem ide, ezt nyomták a kezembe. — És odaadta a paksamétát, amit eddig a markában szorongatott.

— Mi ez? — De mielőtt válaszolt volna, inkább belepillantottam.

— Ne fárassza magát azzal, hogy végigolvassa. Elég nehéz kibogozni benne a latin kifejezéseket. A nagy részét én is csak azért értettem meg, mert korábban kórboncnok voltam.

— *Vajon miért nem lep ez meg?* — kérdeztem magamban. — *A fickó pont olyan, mint egy sírásó. Pont annyira imádnivaló.*

— Mi áll benne? — kérdeztem inkább.

— Röviden az, hogy a hölgy nem bűnös. Laborjelentés: a ruháján található vér eredetének kielemzése. Nem az áldozattól származik.

— Tessék?! De hát látták elrohanni a helyszínről aznap reggel! Véresen. Pont miután az öreg Falconét megölték.

— Az lehet, de az akkor sem az áldozat vére.

– Hanem kié? Meg tudta állapítani a labor? Még ha nem is Falcone vére, valakit akkor is kicsinált. Ne hülyéskedjen már! Ha valaki ennyi vért veszít, az nem nagyon szaladgál már utána semerre.

– Neki mégis sikerült.

– Kinek?!

– A hölgynek. Ugyanis a saját vére az.

– Mi?! – Olvasni kezdtem a laboreredményt, de az ügyvédnek igaza volt, tényleg nem nagyon értettem a szöveget. De biztos igazat mondott. Úgyis két perc alatt utána tudok járni. – A saját vére? De hát honnan vesztett volna ennyi vért?

Visszanyomtam a fickó kezébe az iratköteget, és önkéntelenül Eva felé léptem. Valamiért megijedtem egy pillanatra. Például azért, mert mi van, ha most is vérzik? És itt fog meghalni a kihallgatóban az én felügyeletem alatt!

– Jól van? – kérdeztem, és nem tudom, miért, de ösztönösem felé nyúltam. Azt hiszem, a válla felé.

– Igen. De végigtapogathat, ha nem hisz nekem – mondta kihívóan, és mélyen a szemembe nézett.

Erre egyből észhez tértem, és elrántottam a kezem.

– Ne szórakozzon velem! – förmedtem rá. – Én végzem ezt a kihallgatást, így az én felelősségem, hogyha történik magával közben valami. Hol van a seb? Honnan folyt ki ennyi vér? Elállt már? Ellátták a sebeit itt a rendőrségen? Miért nem mondta?

– Nem történt semmi ilyesmi – magyarázta most kissé segítőkészebben. – Nem tudom, honnan jött ez a sok vér. Mondom, tényleg nem emlékszem semmire.

– Egészen biztos, hogy az van leírva a laborjelentésben, mint amit mondott? – fordultam vissza az ügyvédhez. – Két perc alatt utánanézhetek!

– Persze, hogy az áll benne. A hölgy ruháján kizárólag a saját vére található. Ha bántott is valaha valakit, az valószínűleg nem most történt. A Falcone család néhány tagja valóban látta őt a gyilkosság napján véres pizsamában elmenekülni a helyszínről, de ezenkívül semmi nem szól ellene. Ez pedig önmagában szinte nem is jelent semmit. Elképzelhető, hogy valaki bántotta őt ott. Talán valaki megütötte a hölgyet, eleredt az orra vére, és ő ijedten elszaladt onnan. Az orrvérzésnek nem biztos, hogy nyoma marad, nem feltétlenül kell betörnie hozzá, vagy bedagadnia. Elég néhány hajszálérnek elpattanni, az is bő vérzést tud produkálni.

158

Kórboncnokként ezt pontosan tudom. Tehát lehet, hogy a hölgy nemcsak hogy nem bűnös és nem kellene vádolniuk, hanem inkább elnézést kéne kérniük tőle.

– Csak a munkánkat végezzük! – hárítottam feltartott kézzel.

– Akkor is. Lehet, hogy valaki bántalmazta a családból, emiatt trauma érte, és elfelejtette az elmúlt két nap történéseit. Ezért futott el, mert csak menteni akarta magát. Még az is lehet, hogy az áldozatot tőle teljesen függetlenül ölték meg. Elképzelhető, hogy valaki megütötte a hölgyet, közben pedig egy másik szobában a gyilkos végzett Mr. Falconéval. A két eseménynek egyáltalán nem kell, hogy köze legyen egymáshoz. Még az is lehet, hogy esetleg látta a bűntényt, és ezért kapott sokkot. Vagy akár, hogy maga a gyilkos ütötte meg személyesen, de neki szerencsére sikerült elmenekülnie. Bárhogy is, de el kell engedniük.

– Én nem vagyok ebben olyan biztos – próbáltam ellenkezni. – A pszichiáterünk eléggé érdekes szakvéleményt mondott a maga ügyféléről.

– Az nem számít – legyintett az ügyvéd.

– A hölgy mentális állapota nem tartozik magukra. Majd orvoshoz megy, ha ő szükségét érzi. Vagy ha esetleg egyszer beutalják. Addig is... engedjék el. Mást úgysem tehetnek. Én most ezzel el is köszönnék – nyújtott kezet határozottan. A kis emberek valamiért mindig ezt csinálják. Olyan lendülettel nyújtanak kezet, és erővel szorítják meg a másikét, mintha az egész Föld bolygót szét tudnák morzsolni a markukban.

Kissé kelletlenül kezet ráztam az ürgével. Végül is kellemesen csalódtam benne. Korrekten járt el. Sőt, még segített is. Nem tétlenkedett sokáig. A hivatalból kirendelt ügyvédek már csak ilyenek. Röviden odabiccentett Evának is, majd kilépett a kihallgatóból, és eltűnt. Még a nevét sem volt időm megkérdezni. Talán Adolf... ki tudja. Habár nem is olyan lényeges. Végül is elvégezte, amiért ide küldték.

Egyedül maradtunk Evával.

– Elengednek? – kérdezte.

Bólintottam. Sajnos tényleg nem fogunk tudni mást tenni. Bár belegondoltam, hogy a Rorschach-tesztkönyv megrongálásáért talán rá lehetne húzni valamilyen vádat. Szándékos károkozás? Hivatalos közeg elleni erőszak? Garázdaság? Nem tudom... Eléggé gyenge kis próbálkozások lennének. Talán jobb lesz, ha valóban elengedem.

– Van hová mennie? – kérdeztem. – A lakcímére azért emlékszik? Fel tud hívni valakit, aki magáért jön?

– Igen, emlékszem a címemre. Két napig valamiért félájultan bolyongtam. Én sem tudom az okát. De itt maguknál sok minden beugrott. Emlékszem már Luigira is, arra is, amikor megismerkedtünk a klubban. A gyilkosság napjára viszont egyáltalán nem. A lakcímemre azonban szintén emlékszem. Nincs senki, aki értem jönne. Egyedül élek. De ne aggódjon miattam, kedves Edward. Nagylány vagyok, hazatalálok.

– Ne vicceljen már. Így akar hazamenni? Talpig véresen? Megint le fogja kapcsolni valahol egy kolléga. Nem engedhetem el így.

– Mégis itt akar tartani? Ennyire megkedvelt?

– *A nő tényleg nem komplett* – gondoltam magamban. – *Nem szeretem, amikor ilyen hangnemet üt meg.*

– Nem tartom itt magát, Eva. Hanem hazaviszem. Ennyit igazán megtehet a rendőrség azok után, hogy alaptalanul vádoltuk.

– Ó, milyen kedves! – csillant fel a szeme. Nem tudtam megállapítani, hogy valóban hálás-e, vagy inkább csak szórakozik velem. – Vigyen haza, és fenekeljen el érte, hogy kárt tettem a bogaras könyvben! – nevetett fel. Úgy kacagott, mint egy angyal. Vagy inkább, mint egy gyerek? Ennyire félreismertem volna? Lehet, hogy amikor provokál, akkor valójában csak viccelődik? Létezik, hogy igazából egy aranyos, jó humorú lány? A pszichiáter pedig azért hordott össze róla annyi szörnyűséget, mert – neki is – eleve előítéletei voltak a véres ruha miatt, továbbá egyszerűen csak begurult, mert tönkretették a könyvét?

– Csodálom, hogy van kedve humorizálni a történtek után – enyhültem meg egy pillanatra, majd odaléptem, hogy kinyissam a kezén a bilincset. Nem tett semmilyen fenyegető mozdulatot. Készségesen odanyújtotta a kezét, és mosolygott. Valamiért mégis kicsit tartottam tőle, hogy hozzáérjek. Nem tudom, miért. De aztán erőt vettem magamon, és megfogtam a bilincset. Nem a kezét, csak a fémkarikát. Bedugtam a kulcsot a zárba, és kinyitottam.

160

Hetedik fejezet:
A sötétség érintése

– Hová a fenébe viszed? – kérdezte Jessica Santiago, ahogy meglátta, hogy magam előtt tessékelve kísérem az egykori gyanúsítottat kifelé az épületből.

– El kell engednünk – magyaráztam. – Megjött a laboreredmény. A ruháján a saját vére van, nem az áldozaté. Nincs semmilyen bizonyítékunk ellene. Ilyen elven bárki elkövethette a gyilkosságot a Falcone család birtokán. Ő sem gyanúsabb, mint bárki más ott. Nincs miért itt tartanunk. Csak annyit tudunk, hogy elszaladt a helyszínről. A vér nem feltétlenül kapcsolódik az eseményhez. Lehet, hogy bántotta valaki őt is. Egyelőre nem tudjuk. A hölgy nem emlékszik. Valószínűleg trauma érte. Hazaviszem, hogy lepihenhessen. Majd később felkeres minket, ha eszébe jut valami.

– Minek viszed haza? – kérdezte Jessica féltékenyen. Már elég régóta tetszettem neki, de én valamiért nem viszonoztam a közeledését. Nem tudom, miért. Pedig csinos lány. Csak nekem talán túl egyszerű. Én valamiért a zűrös nők iránt vonzódom, akiken nem tudok olyan könnyen kiigazodni. Ez az én keresztem. Az ex-feleségem is komplett dilis volt.

– A hazaszállítás mióta része a „szolgáltatásnak"? – tette hozzá Jessica.

– Ma óta. Nem mindegy? Szállj már le rólam, Jess. Nem vagy az anyám. Mára amúgy sem maradt túl sok dolgom. És egyébként sem mehet haza talpig véres... pizsamában ráadásul. Csak további bajokba keveredne. Vagy ismét letartóztatnák. Ennyit megtehetünk.

– Kik? Többen viszitek? Ennyire nehéz vele? Makacskodik, vagy ilyesmi?

Erre majdnem rávágtam, hogy én és Vincent visszük, de az ugye egy *kissé* fura lett volna.

– Úgy értettem, a rendőrség ennyit megtehet, hogy valaki hazaviszi.

– Akkor hazaviszem én! – ajánlkozott a lány. – Mi a cím?

– Jess, ne szórakozz már! Egyébként is én vezetem a Szemfüles-ügyet, és a hölgy részben érintett ebben a dologban. Tudhat valamit, ami segíthet. Végül is az exét a Szemfüles tette el láb alól. Szeretnék még beszélgetni vele az úton, hogy hátha eszébe jut valami.

Jessica sértődötten vállat vont, mormogott valamit az orra alatt, és visszament az asztalához. Igazából nem tudtam volna megmondani, hogy miért álltam le vitatkozni vele. Tényleg hazavihette volna ő is.

– *Mit akarsz te ettől a nőtől?* – kérdezte váratlanul Vincent.

– *Kiszedni belőle az igazat* – vágtam rá. – *Hátha most már készségesebb lesz.*

– *„Készségesebb"? Ja, álmodik a nyomor, barátocskám. Ez egy luxuskurva. Nem fog leállni veled, egy olcsójános hekussal, aki metróval jár dolgozni. Milliomosokkal hetyeg. Olyanokkal, mint...*

– *Mint az apád?* – vágtam közbe, hogy direkt hecceljem.

– *Ez a szöveg már lejárt lemez* – mondta Vinnie. – *Elsőre sem idegesített annyira, mint gondoltad. Tőlem nyugodtan nevezheted annak. Csupán neki dolgoztam, ennyi az egész. Én a helyedben vigyáznék ezzel a csajjal. Ne feledjük, a pszichiáter hogyan nyilatkozott róla.*

– *Az előbb még azt mondtad, hogy megsértődött. Most akkor Eva mégis őrült lenne? Mitől változott meg a véleményed ilyen hamar?*

– *Attól, hogy haza akarod vinni, és Jessica barátnőd valóban szintén elvégezhette volna ezt a feladatot. Végül is a beosztottad. Ez a dolga. Miért nem hagytad rá?*

– *Nem tudom. Többet akarok tudni Eváról.*

– *Hogy mi a kedvenc filmje? És mi a kedvenc póza?*

– *Fejezd már be! Úgy értem, az ügyről tudnék meg többet! Hogy látott-e valamit.*

– *Látott a fenét! Vagy ha igen, úgysem fogja elmondani. Eddig is kb. annyira volt „készséges", mint egy harci kutya, akit tökön vertek egy összetekert újsággal. Nem fog ez neked elmondani semmit. Csak áltatod magad. Az idődet pazarolod. Szólj Jessnek, hogy vigye mégis ő haza!*

– *Vincent, ne döntsd már el helyettem, hogy hogyan végezzem a munkámat. Én vagyok a rendőr. Egyelőre. Te pedig csak egy piti verőember, aki ráadásul már nem is él. Ha még az életben... mármint az enyémben látni akarod Sophie-t, akkor javaslom, törődj a magad dolgával, és nevetgélj tovább a pokolban.*

– *Tényleg megtennéd, hogy meglátogatod Sophie-t?* – kérdezett vissza meglepően gyorsan hangnemet váltva. – *Így értetted az előbb? Megtennéd a kedvemért?*

– *Majd meglátjuk* – feleltem kimérten. Nem nagyon akartam adni alá a lovat, és ígérgetni sem. Igazából még így, két hét távlatából sem tudtam volna megmondani, hogy hogyan is állok Vincenttel. Az ősi

162

ellenségem lenne, akivel valamiért egy testbe kényszerültem? Vagy tulajdonképpen a sorstársam? Nemcsak a közös testben való élet kapcsán, hanem a rémálmok miatt is? Az emlékeim miatt, melyektől ő is rengeteget szenvedett? – *Meglátom, mit tehetek, csak most szállj le rólam, légy szíves. Hazaviszem Evát, és az úton még megpróbálok kiszedni belőle ezt-azt. Nincs vele semmilyen hátsó szándékom.*

– *Tőlem lehet akár az is* – tért vissza Vincent szokásos idegesítő stílusa. – *Húzd meg. Nem nekem fog fájni. Az sem, ha leszúr közben, mondjuk, egy jégvágóval.*

– *Dehogynem fájni fog! Nem azt mondtad, hogy nemcsak látsz és hallasz mindent, de még a fájdalmamat is érzed?* – Vincent erre nem tudott mit felelni. Valószínűleg gyenge pontjára tapintottam ezzel.

– *Jó, de akkor is vigyázz vele* – vágta rá türelmetlenül. – *És ha lehet, egyáltalán ne érj hozzá. Vigyázz a testi kontaktussal! Jól tetted, hogy a bilincs levételekor sem értél a bőréhez.*

– *Mi a fenéről beszélsz? Ne érjek hozzá? Mitől tartasz? Hogy beteg? Fertőző, vagy ilyesmi?*

– *Nem egészen.*

– *Hanem?*

– *Attól tartok, hogy árnyékember.*

– *Tessék?! Megőrültél? Miért lenne az? De hisz nő!*

– *És? Miért ne lehetne egy árnyékember nő? Ne legyél már ennyire hímsoviniszta.*

– *De eddig egy nő sem volt köztetek.*

– *Na és? Mindegyik egyre fejlettebb, te mondtad. Miért ne lehetne most köztük egy ellentétes nemű is?*

– *De egyáltalán nem hasonlít ránk.*

– *Biztos vagy benne? Nézz már rá! Hosszú, egyenes, fekete haj, fekete szem, vékony alkat. Szép arc. Bár ő férfi szemmel az. De akkor is.*

– *Azt hittem, te Duvallra gyanakszol.*

– *Rá is. Tudod, mit Edward? Csinálj vele, amit akarsz. De ne érintsd meg! Nem tudjuk, mi történne. Lehet, hogy elporladnál te is, mint én, amikor hozzáértem a gyökéremberhez.*

– *De az ellentétes hatás volt, nem? Amikor te hozzáértél, mindketten meghaltatok. Amikor viszont hozzám értél, felébredtem a kómából. A mi érintkezésünknek csak jótékony, életet adó hatása volt.*

– *És hová akarsz még ennél jobban feléledni, ha a nő tényleg az, akinek gondolom? Tényleg fogalmunk sincs, hogy mi történne. Lehet, hogy kikelne belőled valami élőlény, vagy tudom is én, mi. Vagy csak megint vedlenél egy újabb szörnyeteget.*

– *Igazad van* – láttam be. – *Nem kockáztathatok.*

Eddig magam előtt tereltem Evát udvariasan, ahogy haladtunk kifelé az épületből, közben majdnem hozzá-hozzáérve a vállához, de most inkább hátrébb léptem. Kicsit lemaradtam mögötte. Úgyis látta már a kijáratot. Nem fog megtorpanni.

– *Ezért látott ő is gyökeret?* – kérdeztem Vinnie-t. – *Emiatt gyanakszol erre a dologra?*

– *Nekem a külseje is gyanús. Már akkor is, amikor először megláttam, mondtam, hogy ismerős. Lehet, hogy azért, mert ránk hasonlít.*

– *Szerintem nem olyan, mint mi. De figyelembe veszem a véleményedet. Látod? Máris távolabb sétálok tőle.*

– *Azt nagyon jól teszed. Eddig sem mondtam neked soha hülyeséget, Ed. Lehet, hogy szívatlak, de akkor sem. Nem áll érdekemben kicseszni veled. Ha te meghalnál, fogalmam sincs, hogy hová kerülnék. Így legalább még valamennyire élek. Majdnem olyan, mintha élnék.*

– *Sajnálom* – bukott ki belőlem.

– *Ne tedd* – nyugtatott. – *Csak egy árnyék vagyok. Egy pokolivadék. Nem kell élnem. Jobb hely ez a világ nélkülem.*

– *De képes vagy szeretetre* – vitatkoztam. – *Te magad mondtad. Ezért akarod Sophie-t is viszontlátni, vagy nem?*

– *Nem tudom* – mondta bizonytalanul. – *Csak menj el hozzá, és akkor majd kiderül, miért is szeretném látni. Akkor talán már én is tudni fogom. Megtennéd ezt nekem? Meglátogatnád majd... egyszer? Kérlek.*

– *Persze. Elmegyek hozzá* – enyhültem meg. Megesett rajta a szívem. – *De nem tudom, mit remélsz ettől az egésztől. Attól még nem fogsz feltámadni, csak mert meglátod a szerelmedet.*

– *Ne becsülj alá* – mondta Vinnie sokat sejtetően. – *Már mondtam, hogy ne. Na jó, én sem tudom, hogy pontosan mi fog történni, vagy hogy mi történhetne egyáltalán, de úgy érzem, hogy oda kell mennünk. És akkor majd ott kiderül.*

– *Szerintem csak megnehezíted magadnak a dolgot. Nem lesz könnyű viszontlátni. Pláne úgy, hogy még csak hozzá sem érhetsz. De rendben. Mondom, megteszem. Elmegyek hozzá.*

Ekkor nyitotta ki Eva a rendőrségi épület kapuját. Már majdnem elé szökkentem, hogy előzékenyen kitárjam előtte, de aztán megtorpantam.

Túlzottan tartottam tőle, hogy közben véletlenül hozzáérnék. Vagy ő énhozzám. Így aztán inkább – kissé udvariatlan módon – hagytam, hogy ő tolja ki maga előtt a kaput.

A parkolóba érve sietősen elébe vágtam, részben azért is, hogy mutassam az utat a kocsimhoz, és azért is, hogy jó előre kinyissam előtte az ajtót, és ne kelljen érintkeznünk.

Kinyitottam, és kitártam előtte. Szerintem nem értette a dolgot. Talán udvariaskodásnak, udvarlásnak vette. Pedig messze nem erről volt szó.

– Köszönöm, Ed – mondta, ahogy beszállt az anyósülésre. – *Jesszusom, tényleg annak veszi! Most már „Ed" vagyok, meg minden. Még jó, hogy nem „édesem".*

– *Akkor aztán futás!* – mondta Vincent.

– *Ja, én is erre gondoltam* – mosolyodtam el önkéntelenül.

– Min mosolyogtál korábban? – kérdezte Eva pár perc múlva már utazás közben.

– *Na tessék! Most már tegez is.* – Mindegy... nem akartam lereagálni a dolgot.

– Ja, semmi különösen – szabadkoztam. Nem tudatosult bennem, hogy az előbb valóban elmosolyodtam volna. – Csak egy ismerősöm mondott nemrég valami visceset.

– Jóban vagytok? – kérdezte a nő. Talán csak csevegni próbált, nem tudom.

– Erre nehéz lenne válaszolnom – ismertem be. – Van humora, azt mondjuk, el kell ismernem.

– Nem szégyen kedvelni valakit, Ed – mondta lágy hangon. De közben nem nézett rám. A távolba révedt, és elábrándozott a New York-i utcák kissé kiábrándító látványán. Gyönyörű fekete szemei most úgy csillogtak, mint két ékkő.

– Van, akit nem lenne szabad kedvelni – feleltem sokat sejtetően. Magam sem tudom, miért mondtam ezt. És azt sem, hogy kire értettem.

– Sajnálom.

– Mit?

– Az ülésedet. Nem baj, hogy összemocskolom?

– Ja! – nevettem fel. – Ez egy szolgálati autó. A sajátom otthon van. Metróval járok. Csak tartanak egy-két kocsit ott a parkolóban ilyen esetekre, ha haza kell vinni valakit, vagy ehhez hasonló. Csak úgy elhoztam. Kend össze nyugodtan. Majd letakarítja valaki.

– Ennyire nem szeretsz ott dolgozni?

– Hogy érted? Miért ne szeretnék? – Szinte észre sem vettem, hogy mikor váltottam át én is tegezésre. Talán azért tettem, mert személyesebb témát ütött meg. Vajon direkt csinálja?

– Szerintem gyűlölöd a munkádat.

– Érdekes, hogy ezt mondod. Valójában még sosem gondolkodtam ezen.

– Ezért hordod azt a maszkot?

– Tesséék?! – Annyira meglepődtem, hogy félrerántottam a kormányt, és majdnem belerohantunk az út szélén parkoló kocsisorba. – Miről beszélsz?

– Felesleges tagadnod. Most tényleg nyúljak oda, és kapargassam meg, hogy elváljon az arcodtól? Az csak egy maszk, vagy nem?

– Ne érj hozzám! – emeltem fel a zakós könyököm az arcom elé, hátha az megvéd, azaz szigetel az érintésétől. Már ha az okozna egyáltalán valamit.

– Jól van na. Nem akarlak bántani. Tehát bevallod? Maszkot viselsz?

– *Honnan a francból jött ez rá?! Még senki más nem vette eddig észre! Ő miből látja? Vincent! Hallasz?! Most legyen nagy a pofád! Felelj! A segítségedre van szükségem. Miért nem válaszolsz? Vincent!*

– *Nyugi. Itt vagyok. Nem mentem sehová.*

– *Akkor meg miért nem szólalsz már meg? Mit szórakozol?!*

– *Csak töprengtem. Azon, hogy vajon miből jött rá. Nem semmi ez a csaj. Tényleg vigyáznod kéne vele. De most már szerintem tökmindegy. Ha úgyis rájött, kár tovább tagadni. Bármikor odanyúlhat, és leránthatja rólad, vagy megtépheti. Egyszerűbb, ha bevallod.*

– *De ő miből látja? És mások miért nem?*

– *Nem tudom, cseszd meg. Kérdezd meg. Itt ül melletted. Épp téged bámul azokkal a nagy fekete macskaszemeivel... Ed, szólalj már meg! Kezd kínossá válni a csend köztetek. A végén tényleg idenyúl, és leszedi rólad. Ed! Hallasz?*

– Igen, maszkot hordok – szólaltam meg. – Megtennéd, hogy nem mondod el senkinek? Ha már így összetegeződtünk. És ha amúgy is ártatlan vagy, meg minden. Nincs okod ártani nekem... ugye? – kérdeztem vissza bizonytalanul.

– Persze, hogy nincs – nyugtatott meg. – Nincs veled semmi bajom. Miért hordasz maszkot? Megégett korábban az arcod valamilyen balesetben?

– Inkognitóban vagyok ebben az államban – hazudtam neki. Bár végül is nem teljesen. – A nyomozás része.

– Mi vagy te, valamilyen titkosügynök? Ez nem éppen a New York-i Rendőrség módszere. Kinek dolgozol? CIA[4]?

– Nem – jelentettem ki határozottan. – Csak egy egyszerű rendőr vagyok. De *te* ki a fenének dolgozol, hogy ilyen kérdéseket teszel fel?

– Én csak egy egyszerű lány vagyok – mosolyodott el. – De azért láttam pár kémfilmet. A rendőrök szerintem nem nagyon szoktak maszkokat hordani. Mindegy, ha nem akarod, ne mondd el.

– A Szemfüles miatt hordom – mondtam ki. De vajon miért árultam el neki? Azt hiszem, azért, mert nem akartam, hogy ő is passzivitásba forduljon. Szükségem van információkra a nyomozáshoz. Bármire, amit csak tud. Ha én hallgatok, ő is azt fogja tenni. Így hát inkább megnyíltam. Gondoltam, most már úgyis mindegy. – Korábban egy másik államban is üldöztem. Lehet, hogy ott felfedezett... én legalábbis akkor úgy éreztem. Amikor elkezdte itt szedni az áldozatait, és áthelyeztettem magam ide, úgy döntöttem, új külsővel fogom tovább keresni. Nem akartam, hogy tudja: a nyomában vagyok.

– *Te amúgy teljesen hülye vagy, ugye tudod?* – szóltalt meg Vincent.

– *Mi van már megint?*

– *Te magad mesélted, hogy emlékszel arra az éjszakára, amikor egyszerű árnyékból életre keltem, azaz hús-vér ember lett belőlem. Én is emlékszem rá. Akkor sitteltek le. Egyből még aznap. Miféle másik állam? Miféle maszk? Hogyan fedeztelek volna fel? Eleve végig itt tartózkodtam New Yorkban, és fogalmam sem volt, hogy ki vagy.*

– *Tudom* – válaszoltam neki. – *De nem is végig téged gyanúsítottalak.*

– *Akkor kit?*

– *Egyáltalán nem voltam biztos benne, hogy árnyékember lenne az illető. Ez csak később merült fel bennem. Lehetne akár egy egyszerű hétköznapi ember is.*

---

[4] A Central Intelligence Agency (rövidítve CIA), azaz Központi Hírszerző Ügynökség az Amerikai Egyesült Államok egyik legfontosabb szövetségi hírszerző szervezete.

– Az nem olyan biztos. Lehet még akár ez a csaj is. Én ezt egyáltalán nem zárnám ki. Tehát magad sem tudod már, hogy ki miatt kezdted viselni ezt a hülye maszkot?

– Nem. Valahol menet közben már elvesztettem a fonalat. De még mindig úgy érzem, hogy jobban teszem, ha titkolom a személyazonosságomat. Biztosabb ez így.

– Egyszer el kell mesélned, hogy ki készítette ezt a maszkot. Amúgy állati jól néz ki. Én meg nem mondtam volna, hogy nem valódi arc.

– Majd egyszer elmesélem.

– Szóval a Szemfüles miatt hordod azt a maskarát – mondta Eva. – Régóta üldözöd már. Biztos egyáltalán, hogy el akarod kapni? – kérdezte kétértelműen.

– Miért ne akarnám? – értetlenkedtem. – Úgy érted, direkt húzom az időt, és hogy igazából nem teszek meg mindent? Ne tudd meg, mennyi mindent megtettem már idáig is! El sem hinnéd, hogy...

– Nem úgy értettem – szólt közbe csitítólag. – Csak arra utaltam, hogy nagyon veszélyes. Nem biztos, hogy koslatnod kéne utána. Még bajod eshet. Csak aggódom érted, ennyi.

– Ez a munkám – vontam meg a vállam. – Jó pár ilyen állatot elkaptam már előtte. Ne aggódj miattam.

– Miért gondolod, hogy egy állat? És ha oka van mindarra, amit tesz?

– Minden sorozatgyilkos ezt hiszi magáról. Hogy a jó ügy érdekében cselekszik, megtisztítja a világot, meg ehhez hasonló baromságok. De ezek beteg emberek, Eva. Nehogy már azt hidd, hogy jót tesz azzal, ha korrupt rendőröket gyilkol. Nincs joga hozzá. És egyébként meg most már bűnözőket is öl.

– És? – kérdezett vissza a nő. – Azokért talán kár? Kár Luigi Falconéért?

– Hogy mondhatsz ilyet, Eva? Azt hittem, együtt jártál vele.

– Igen, de utólag akadt időm azért alaposan elgondolkodni azon, hogy miféle ember is volt valójában. Lehet, hogy sosem egy hozzá hasonlóval kellett volna kezdenem, hanem inkább egy tisztességes emberrel. Olyasvalakivel, mint... – És ekkor odanyúlt, és majdnem hozzáért a kezemhez a sebváltón.

– Ne! – szóltam rá. – Nem szeretem, ha hozzám érnek.

– Fura egy alak vagy – mondta Eva. – Talán egy szörnyeteg az alatt a maszk alatt. De tetszel nekem.

– *Direkt csinálja!* – kommentálta Vincent. – *Provokál. El akarja csavarni a fejed.*

– *Miért?* – vitatkoztam. – *Én senkinek sem lehetek szimpatikus? Jessica is bír az őrsön. Még ezzel a ronda pofával is. Jó a szövegem. Imponál neki. Annyira nehéz ezt elhinni?*

– *Először is, szerintem semmilyen szöveged nincs. Állati sótlan alak vagy. Ezzel a nővel pedig még egyáltalán nem is poénkodtál. Semmi oka rá, hogy kedveljen.*

– *Azt hadd döntse el ő.*

– *Tényleg tetszik neked. Ugye? Most már nem is tagadod?*

– *Na és ha igen? Akkor sem fogok semmit csinálni vele. Csak a munkámat végzem. Láthattad, hogy még azt sem hagytam, hogy hozzám érjen.*

– Tetszem? Erre azért hadd ne reagáljak – mondtam most már ki hangosan Evának.

– Nem is kell. Nem várom el. De akkor is megnyerőnek talállak. Nem veszed le a maszkot? Kíváncsi lennék, hogy nézel ki alatta.

– Nagyon nehéz sérülés nélkül levenni. Most inkább nem tenném, ha nem baj.

– „*Most*"? *Miért, hányszor akarsz még randevúzni vele?*

– *Nem fogok! Ez csak egy szófordulat! Az ember mond ilyeneket.*

– *Ja, értem. Hát akkor fura lények azok az „emberek". Én végül is nem voltam az soha. Nem tudhatom.*

– *Ne dramatizáld. Van épp elég bajom a nyavalygásod nélkül is. Károgsz itt, mint egy vénasszony!*

– Rendben – egyezett bele Eva. – Ahogy akarod. Akkor ne vedd le. Szégyenlős vagy?

– Tessék? Hogy jön ez most ide? Mondtam, hogy a munkám miatt hordom.

– Tudom. Emlékszem rá. Nem is amiatt kérdeztem.

– Te ezt amúgy direkt csinálod?

– Mit?

– Hogy személyeskedsz az emberekkel? Szándékosan csinálod, hogy felprovokáld őket? A pszichiátert is rendesen kihoztad a sodrából.

– Ellenszenvesnek találtam a fickót. Sajnálom. Olyan volt, mint egy náci.

– *Na tessék!* – mondtam diadalittasan Vincentnek. – *Látod, hogy neki is feltűnt. Tényleg olyan.*

169

– Ja. Gyönyörű pár lesztek. Kéz a kézben. Míg világ a világ. Együtt sétáltok majd el a naplementébe... a pokolba. A Szemfüles Gyilkossal. Felfogod egyáltalán, hogy még mindig lehet, hogy ő az? És épp vele társalogsz itt kedélyesen flörtölve?

– Nem tudom elképzelni, hogy ő lenne az.

– Mert szép? Akkor már nem lehet gonosz? Vagy őrült? Tényleg a farkaddal gondolkozol, Edward. Semmi okod kedvelni ezt a nőt. Én inkább ellenszenvesnek mondanám, mintsem szimpatikusnak.

– Nem kell, hogy egyetértsünk. Én szimpatikusnak találom. Van benne valami. Valami megmagyarázhatatlan. De ne aggódj, ez még nem fogja elködösíteni az éleslátásomat. Csak a munkámat végzem.

– Szerintem viszont máris elvesztél abban a ködben. Neked kicsöngettek, Ed. Ezáltal pedig mindkettőnknek. Máris elcsavarta a fejedet, és lehet, hogy tényleg ő az. Végig ő volt az. Egy nő, akire sosem számítottál volna.

– Pont azért nem, mert nem lett volna logikus. A nőkre nem jellemző ez a gyilkolási módszer.

– Egy árnyéknőre sem? Ha ennyire bízol benne, akkor hát miért nem érsz hozzá?

Vinnie-nek igaza volt. Már megint. Most, ahogy ezt kimondta, belém nyilallt az érzés, hogy mennyivel reálisabban látja a dolgokat, mint én.

– Köszönöm – mondtam neki.

– Mit?

– Hogy időnként felnyitod a szemem. Tényleg kezdek kissé elszállni. Apropó, egyáltalán miért segítesz nekem? Korábban meg akartál ölni, ha jól emlékszem.

– Két hét nagy idő. Ezt még a sitten tanultam meg. Nagy idő, ha állatira unatkozol. Olyankor évezredeknek tűnik. De akkor is nagy idő, ha valakinek a hülye fejében élsz, és nem tudsz szabadulni onnan. Amúgy ne gondold, hogy annyira megkedveltelek. Egyszerűen annyi az egész, hogy ha te megdöglesz, akkor én is. Jelenleg a saját irhámat mentem. Vagy legalábbis próbálom. Nem akarok meghalni. Újra.

– Nem mindenki náci, aki annak tűnik – feleltem Evának Hermannal kapcsolatban. – Nekem amúgy az ügyvéded is annak tűnt.

– Adolfra gondolsz? – kérdezte mosolyogva. – Szerintem is úgy nézett ki.

Erre én is elmosolyodtam. Bár ne tettem volna! De hát Evát tényleg szimpatikusnak találtam. Még akkor is, ha csak manipulálni akart.

Vajon mi történne, ha megérinteném?

Ha hozzáérnék egy olyan árnyékemberhez, akinek még a születésére sem emlékszem? Már ha valóban belőlem fogant. És ha valóban az: egy *árnyéknő.*

Nem tudom, szerintem annyira azért nem hasonlít ránk. Peter Duvall akkor már sokkal inkább lehetne közülük való.

Mi történne, ha megérinteném Evát?

Lopva néztem a távolba révedő fekete szemeit, a gyönyörű – még a rászáradt vértől mocskosan is –, csillogó fekete haját, és azon gondolkodtam:

„Vajon milyen a sötétség érintése?"

Nyolcadik fejezet: Tűz

Megérkeztünk Eva lakásához. Egy belvárosi bérházban lakott egy viszonylag drága környéken. Nem tudtam, miből engedheti meg magának ezt az életszínvonalat. Igazából azt sem tudtam, hogy miből él. Gondolom, a pasijai tartják el. Mi másból? Ilyen külsővel szerintem senkinek sem kell dolgoznia. Hülye lenne, ha azzal töltené az idejét.

Útközben ránk esteledett. Jóval messzebb volt a lakás, mint gondoltam. Valahogy nagyon elszámoltam magam. Nem tudom, az őrsön mi a fenét fognak gondolni erről, hogy egy teljes munkanapot szántam arra, hogy hazavigyek valakit.

– *Ezt elcseszted* – mondta ki Vincent. Mindig ki kellett mondania azt, ami a bögyét nyomta.

– *Tényleg mindig ki kell mondanod? Örömet okoz? Vagy ennyire kényszeres vagy?*

– *Csak őszinte* – felelte a halott maffiózó a tudathasadásos elmémben. – *Nem mindenki bírja az ilyesmit. De mint ahogy mondani szokták, „Az igazság soha nem sért senkit.".*

– *Ez faszság, már ne is haragudj. Léteznek kegyes hazugságok is.*

– *Azoknak kb. ugyanannyi értelmük van, mint a közhelyeknek. Az ember csak az idejét pazarolja velük. Egyszerűbb az őszinteség. Mondogathatsz olyanokat napestig, hogy „Addig nyújtózkodj, amíg a takaród ér.", vagy „Ép testben ép lélek.", de ezek a baromságok soha senkinek nem oldják meg a problémáit. Tudod, mi oldja meg? Egy golyó. A fejbe. Az kurvára megoldja.*

– *„Ép testben ép lélek"? Fura, hogy ezzel példálózol. Korábban mi nem inkább „két testben ép lélek" voltunk?*

– *Ja, de. Akkor még igen. Most már állatira nem vagyunk épek így együtt. Amúgy engem is idegesít.*

– *Ezt örömmel hallom* – mondtam Vincentnek. – *Azt hittem, téged szórakoztat ez a képtelen helyzet.*

– *Az nem. De az önáltatásod néha tényleg vicces. Képtelen vagy szembenézni bizonyos dolgokkal. Például azzal is, hogy mennyire nem kellett volna hazahoznod ezt a libát. Ebből is csak a baj lesz, majd meglátod. Most majd megkérdezi, hogy nem akarsz-e feljönni hozzá egy kávéra.*

172

– Nem akarsz feljönni hozzám egy kávéra? – kérdezte Eva.

– De. Köszönöm – feleltem.

– *Mi a szart csinálsz?!* – kérdezte Vincent. – *Nehogy már felmenj!*

– *Nem ihatok meg egy rohadt kávét?*

– *De hisz épp most mondtam, hogy ez lesz!*

– *És? Akkor egy látnok vagy, cseszd meg. Örülj neki. Nem mindegy? Hadd igyak már meg egy kávét, ha az esik jól. Felnőtt ember vagyok. Ha akarom, telelövöm magam heroinnal. Az én döntésem, hogy mivel pusztítom a saját testemet.*

– *De én is benne élek, már elnézést! És egyébként sem erről van szó. Nem a kávé egészségtelen élettani hatásairól. Ne süketelj itt nekem! Te is nagyon jól tudod, hogy nem kávézni hívott fel.*

– *Nekem pedig úgy tűnt. Épp most mondta: Iszunk egy kávét, aztán pá-pá. Ne hőbörögj már állandóan. Tényleg jólesne.*

– *Ennyire ki vagy éhezve?*

– *Mire? Kávéra?*

– *Dugásra. Tessék, kimondtam. Mondom, hogy őszinte vagyok. Nem tetszik? Pedig tőlem úgysem kapsz mást. Olyan vagyok, mint egy rossz lelkiismeret.*

– *Pontosan. Ezért is utállak. Amúgy tudod, mi a leghatásosabb a rossz lelkiismeret ellen?* – kérdeztem dühösen Vinnie-t. Ám az nem válaszolt. – *Az, ha ájultra iszom magam! Mások is ezt teszik. Úgyhogy ne hergelj. Lehet, hogy ha felmegyek, nemcsak egy kávét fogok inni, hanem inkább egy üveg whiskyt. Lehet, hogy tart azt is otthon. Megkérdezzem?*

Kiszálltunk a kocsiból, és megindultunk a házhoz felvezető lépcsők felé.

– Elég hideg lett így estére. Nem kéred a zakóm? – kérdeztem előzékenyen. Ezt most már direkt csináltam, hogy Vinnie-t idegesítsem. De nem reagált rá semmit.

– Nem, kösz – mosolygott Eva. – Most már mindjárt otthon vagyunk. Emiatt igazán ne koszold össze a ruhád. A vér ki sem jön szerintem. A pizsamámat is valószínűleg csak levetem, és kidobom, ha felértünk.

– *Otthon „vagyunk"? Többesszámban? Most már akkor vele élsz, cseszd meg? Ez a nő tényleg nem normális. De te se! Felmegy, és egyből leveti a pizsamáját? Most már ennyire nyíltan csináljátok? Hát, semmi szemérem, semmi jóérzés nincs bennetek?*

– Csak véres a ruhája. Miért ne vegye le?

– Na jó, de muszáj előtted tennie?

– Ki mondta, hogy előttem fogja? Majd bemegy valahová a szobájába, azt' leveszi ott.

– Ja, mielőtt jól ráfekszel!

Eva közben a kulcsát kereste. Gyanítottam, hogy a pizsamájában nem fogja megtalálni. Így is lett. Egy pillanatig tétován állt, majd megnyomott egy gombot a kaputelefonon. Kiderült, hogy a portásnak szól. Ezek szerint van portaszolgálat is a házban. Tényleg elég jómódú lehet. Milyen szerencse, hogy nem családi házban él! Akkor most törhetnénk be az ablakot.

A fickó egyből ki is jött ajtót nyitni. Nem viselt egyenruhát, de valahogy mégis portásfeje volt. Tipikusan olyan ember, aki soha semmi egyébre nem fogja vinni, és egész életében itt fog ülni. Valószínűleg még éjszaka is azt szokta álmodni, hogy ül, és néz kifelé az ablakon. Állati izgalmas lehet.

— Te jó ég! – hördült fel a portás Eva véres pizsamája láttán.

— *Jájj! Lehet, hogy mégiscsak el kellett volna fogadnia a zakómat?*

— Nincs baj – mondta neki Eva –, ne aggódjon. Ez nem emberi vér – hazudta. – Balesetet szenvedtünk. Elütöttünk egy szarvast. Ez annak a vére.

— Pizsamában? – kérdezte a portás. – És egyébként is, mi történt magával? Legalább két napja nem jött haza, bizony!

— A barátomnál töltöttem a hétvégét – mutatott rám.

— De most szerda van.

— A hétfő-keddet is nála töltöttem.

A fickó összezavarodva állt ott. De azért beengedett minket. Elsiettünk mellette, hogy már ne legyen ideje többet kérdezősködni, és beszálltunk a liftbe.

— Ez mindig ennyire kíváncsi? – tudakoltam, ahogy összezárult a lift ajtaja. – Egyáltalán mi köze ahhoz, hogy hol töltöd az éjszakát? Udvarol neked, vagy mi?

— Ja, nem. Elég fura egy alak. Mindig kérdezősködik. Ne foglalkozz vele. Nem zavar sok vizet. Senki sem törődik vele.

— De nem fog rendőrt hívni a vér miatt?

— Mit zavar az téged? Te is rendőr vagy! Majd elmagyarázod nekik.

Igaza volt. Nem tudom, miért kérdeztem tőle ilyen hülyeséget. Valószínűleg azért, mert Vincent olyan szintű bűntudatot keltett bennem

174

az állandó csesztetésével, hogy már azt is elfelejtettem, hogy ki vagyok és mit keresek itt. Végül is a világon semmi rosszat nem tettem, csak hazahoztam egy gyanúsítottat, akit a rendőrség bizonyíték hiányában elengedett. Vincent teljesen eltúlozta ezt az egészet.

Odakint közben eleredt az eső. Már a liftből is lehetett hallani. Jó nagy zuhé lehet. Ahogy kinyílt a liftajtó az ötödik emeleten, már egyértelmű volt számunkra, hogy valóban vihar dúl. Ez még baljósabb hangulatot kölcsönzött ennek az egész eseménynek. Bár nem tudom... baljós volt egyáltalán? Nem csak Vincent akarta mindenáron annak beállítani? A nő pizsamája, mondjuk, tény, hogy vérben úszott... odakint dörgött az ég, zuhogott az eső, és a villámok okozta áramingadozás miatt kissé pislákoltak az izzók a folyosón. Az árnyékunk előttünk imbolygott, ahogy csendben lépkedtünk. Néha meg-megnyikordult a parketta a lábunk alatt.

Nos, igen, valóban baljós volt, most már én is igazat adtam Vinnienek. Egy pillanatra úgy láttam, hogy Eva árnyéka megremegett előttem. De szerintem csak képzelődtem. Remélem!

Mielőtt még jobban belemerülhettem volna ebbe a gondolatsorba, Eva nyitni kezdte az ajtót a kulcsával. Felmerült bennem a kérdés, hogy honnan húzta elő? Odalent a kapunál sem volt kulcsa. Itt tényleg valami paranormális dolog lehet éppen folyamatban! Aztán eszembe jutott, hogy teljesen hülye vagyok. A portás adta neki oda a kulcsot! Láttam is félszemmel, csak valahogy nem figyeltem oda.

Benyitott, és kecses mozdulattal intett, hogy kövessem. Ő valahogy mindent így csinált: kecsesen. Rájöttem, hogy tényleg elmondhatatlanul vonzódom hozzá. A fenébe!

Ám Vincent hál' Istennek most nem szólt közbe, hogy szidalmazzon emiatt. Lehet, hogy akkor már tényleg nem látogatnám meg Sophie-t a kedvéért. Talán érezte, hogy kezd elegem lenni, és már nem merte tovább feszíteni a húrt. Így viszont most egy kicsit magányosnak éreztem magam, hogy a háttérbe húzódott. Annak ellenére, hogy nagyon tudott idegesíteni, tulajdonképpen megszoktam, hogy soha nem vagyok egyedül. Talán nem is olyan rossz dolog a tudathasadás. Már ha ez az egyáltalán.

Eva az előszobában a villanykapcsolóért nyúlt, majd felkattintotta. Ám semmi sem történt.

– Gondoltam, hogy ez lesz – méltatlankodott. – Tudtam, hogy áramszünet lesz a vihar miatt. Utálom ezt. Még jó is, hogy most itt vagy. Félek a sötétben.

– Engem a ruhád jobban nyugtalanít – mondtam. – Még mindig rajtad van, ugye tudod? Így a sötétben feketének látszik rajta a vér. Nem valami bizalomgerjesztő.

– Ja, bocs. – Eva odanyúlt a vállához, és egyetlen mozdulattal leoldotta valahogy a pizsamafelsőt. Az azonnal lehullott róla a földre. Azt hittem, elöl végiggombolós fajta. Bár lehet, hogy az csak díszítés volt, nem tudom. Egy pillanatra megállt bennem az ütő, hogy a szemem láttára vetkőzik meztelenre, de mivel gyakorlatilag vaksötét volt, így az odakint felvillanó villámok fényében épp csak a körvonalait lehetett látni. Csak a mozdulatot érzékeltem, és azt, hogy leesik róla a ruha. – Így jobb? – kérdezte.

– Nos, én nem ilyesmire gondoltam.

– Hanem? Azt mondtad, nem bizalomgerjesztő. – Ott állt előttem a sötétben félmeztelenül, és egyáltalán nem zavartatta magát.

– Igen, de úgy értettem, hogy elmehetnél már átöltözni, és aztán ihatnánk egy kávét.

– Azon vagyok. Mindjárt elmegyek megmosakodni kicsit.

Egy pillanatra belém nyilallt, hogy még azt is hozzá fogja tenni, hogy „Nem jössz velem segíteni? Nemcsak a sötétben félek, de fürödni is képtelen vagyok egyedül. Túl rövidek a karjaim, ezért nem érem el a hátam.". De végül ez nem hangzott el. Még szerencse. Őszintén szólva nem tudom, mit feleltem volna rá.

Megfordult, és elindult a nyitott fürdőszoba felé. Csak találgatni tudtam, hogy az lehet-e a fürdőszoba. Ebben a sötétben nehéz volt kivenni bármit is.

– Nem lehetne itt azért mégis valami kis fényt csinálni? – kérdeztem. – Én nem félek éppen a sötétben, de azért csak jobb lenne úgy, mint vakoskodni.

– Hát, gyertyám az sajnos nincs, de találsz a dohányzóasztalon öngyújtót.

– Dohányzol? – kérdeztem.

– Néha. Ha olyanom van. És te? Gyújts rá, ha akarsz. Legalább a cigi majd világít.

– Régen leszoktam már. A cigiről és a piáról is. Még nős korszakomban elég keményen toltam.

– Egy szálat azért elszívhatsz. Abba még senki sem halt bele. – Eva a fürdőszobaajtóban ácsorgott engem vizslatva. Valamiért nem akaródzott neki fürödnie. Még mindig nem láttam, hogy hogyan fest ruha nélkül. A körvonalait is alig láttam. Talán arra vár, hogy egy újabb villám bevilágítson a szobába, és meglássam? Vagy lehet, hogy azért akar rábeszélni, hogy gyújtsak rá, hogy az asztalon heverő benzines öngyújtó fényében szemügyre vehessem őt?

Ekkor önkéntelenül az öngyújtóért nyúltam. Talán lehet, hogy csiholok vele egy kis tüzet, és körülnézek. A fémöngyújtó tapintásra hideg volt, és sima felületű. A sötétben nem látszott jól, de szerintem arannyal futtatták be. Most, hogy a kezembe tartottam, a cigarettatárcára esett a tekintetem. Lehet, hogy mégis el kéne szívnom egy szálat? Nem igaz! Ez a nő tényleg mindenre képes rádumálni? Annak idején megesküdtem, hogy soha többet. Ebből a szarból nem! Csak köhög és beteg tőle az ember. Undorító szokás. A komoly dohányosoknak olyan a lehelete, mintha elevenen rothadnának. Utálom az olyan embereket. És magamat is, amiért közéjük tartoztam.

– *Egy szál viszont nem a világ!* – döntöttem el váratlanul. – *Ennyitől még nem szokom vissza. És nem azért csinálom, mert ő rábeszélt volna, hanem azért, mert én, önálló akaratomból kedvet kaptam hozzá.*

Rövid sikertelen kínlódást követően kinyitottam a drágának tűnő cigarettatárcát, és kihúztam belőle egy szálat. Hosszú „százas" cigik sorakoztak benne, ráadásul a vékony fajta. Tipikus női cigaretta. Utcán nem nagyon vennék ilyet a számba, de ez most nem nagyon érdekelt. Ajkaim közé fogtam, felkattintottam az öngyújtó kupakját, és karistoló hanggal tekertem egyet az apró fémkeréken. Elsőre nem gyulladt meg. Tekertem rajta még egyet. Ekkor apró szikraesőt láttam oldalirányban szóródni a sötétben, majd meggyulladt a kanóc, és viszonylag nagy lánggal, vidáman lobogni kezdett rajta a tűz. Beletartottam a cigaretta végét, és szívtam rajta egyet.

– Aahh! – Nem hittem volna, hogy ennyire jó érzés lesz. A fenébe! Talán túlzottan is az.

Még mindig lobogott az öngyújtó lángja, amikor a fényénél, a cigarettafüst kifújása közben körbepillantottam a szobában. És akkor láttam meg! Azt, amit soha többé nem akartam! És azt hittem, hogy remélhetőleg már nem is fogom.

Kilencedik fejezet:
Ki az a Vincent?

Eva nappalijában olyan látvány tárult elém, aminek hatására ijedtemben kis híján megőszültem. Amitől minden létező dolgok közül a legjobban féltem, és a legkevésbé szerettem volna most ebben a nyomasztó sötétben megpillantani:

„Apa" karját láttam a falon! Egy irtózatos, egész szobát átérő gyökér tekergett ott! Egy borzalmas fekete árnyék. Úgy hullámzott az öngyújtó imbolygó fényénél, mint egy óriáspolip karja, amivel éppen lecsapni készül, hogy kettészeljen egy vitorláshajót!

– Vincent! Vigyázz! – ordítottam magamból kikelve. – Tőrbe csaltak. Apa az! Ez a nő egyenest a karjai közé hozott bennünket!

Rémületemben eldobtam a cigarettát és sajnos az öngyújtót is. Ugyanis az ennek hatására egyből elaludt, és ismét koromsötét lett. Ugyanazzal a lendülettel már az ajtónál is voltam. Két kézzel hadonászva kapkodtam felé, karmoltam, tapogattam kilincs után kutatva, de valamiért a rám törő pánik miatt nem találtam. Hátráltam egy lépést, hogy kirúgjam magam előtt az ajtót, és kirohanjak a sötét folyosóra. Ugyanúgy, mint amikor előzőleg találkoztam a gyökéremberrel. Akkor, amikor felrobbant az egész épület, és kómába estem.

– *Vajon most is fel fog robbanni?* – villant át egy pillanatra az agyamon. – *Lehet, hogy most pont én okoztam a tüzet azzal, hogy eldobtam az öngyújtót? Elképzelhető, hogy minden alkalommal erre megy ki a játék? Mindig ömlik ilyenkor a gáz, és már csak egyetlen szikra hiányzik? Vajon mi fog történni Evával? Ő is odavész a tűzben? Mi van, ha neki sem árt? Mi van, ha ő maga az: a gyökérember, csak emberi alakban? Ő lenne apa? Ezért hozott ide?!* – A biztonság kedvéért hátráltam még egy lépést, hogy nagyobb lendületet véve biztosan ki tudjam törni az ajtót. Tokostul, ha kell. Ekkor azonban egy hang váratlanul megtorpanásra késztetett:

– Edward, mit csinálsz?

Nem tudtam felmérni, hogy kinek a hangja az. Túlzottan pánikban voltam ahhoz. Túlzottan dobolt a szívem a fülemben. A gyomrom pedig a torkomban lüktetett. Mégis a hang, ami a nevemen nevezett, olyan kiegyensúlyozott volt és látszólag kedves, hogy nem tudtam nem elgondolkodni rajta, hogy mi lehet a nyugalmának az oka. Lehet, hogy túlreagálom a dolgot? Mit láttam egyáltalán? Biztos, hogy azt, amiről azt hittem, hogy látom?

– Edward! – szólt ismét. – Hová mész? Miért állsz ott úgy, mint aki bele akar rúgni az ajtóba? Be sincs zárva. Rosszul vagy?

Eva beszélt hozzám. Mi a fene folyik itt? Mégsem ő a gyökérember? Vagy ha nem, akkor ő hogyhogy nem látta? Hisz ott volt! Meg akartam fordulni, hogy választ kapjak a kérdéseimre, de valahogy képtelen voltam rá. Túlzottan féltem. Tetszett nekem a nő, és nem akartam valami pokolbéli, sokkarú szörnyként, egyfajta élő faként vagy görög mitológiai Medúzaként viszontlátni.

– Szólalj már meg, Edward. Mitől ijedtél meg? És ki az a Vincent?

– *Szerintem csak hallucináltál* – szólalt meg ekkor Vincent a tudatom egy mélyebb régiójából.

– *Vincent?! Végre már, hogy megszólalsz, cseszd meg! Hol a jó életben voltál eddig?*

– *Visszahúzódtam. Te mondtad, hogy szálljak le rólad. Gondoltam, kettesben hagylak benneteket egy kicsit, mert úgyis összejössz vele. Nem nagyon tudtam már mit csinálni.*

– *Nem jöttem össze vele. De láttam apát! És most nem merek megfordulni. Ki kell jutnunk innen.*

– *Szerintem nincs itt semmi. Én a kórházban is éreztem a jelenlétét. És szerintem te is. De most nincs itt. Ő nincs.*

És ekkor – szinte tökéletes időzítéssel, mintha egy filmrendező pont erre a pillanatra tartogatta volna ezt a fordulatot – felkapcsolódtak a lámpák a lakásban! Az összes! Véget ért az áramszünet.

Hátrapördültem, és gyakorlott rendőrszemmel pár pillantással felmértem a terepet veszélyforrások után kutatva. Amit szinte azonnal leszűrtem:

Senki más nem tartózkodott rajtunk kívül a nappaliban. Eva még mindig a fürdőszoba előtt állt, és engem nézett. El sem mozdult onnan. Rajta épphogy csak átsiklott a tekintetem. Nem őt néztem, hanem annak a jelenségnek a forrását és magyarázatát kerestem, amit a falon láttam tekeregni.

– Ki az a Vincent? – kérdezte Eva ismét. Most esett le, hogy már az előbb is ő kérdezgetett, hogy mi bajom van.

Zavartan rápillantottam, majd ismét körülnéztem a szobában. Még mindig nem láttam ott rajtunk kívül senkit. Ismét rábámultam. Ekkor tudatosult bennem, hogy félmeztelen. Te jó ég! Meg sem próbálta eltakarni magát. Egyáltalán nem zavarta, hogy nézem.

– Mi a baj? – kérdezte. – Miért nézel így rám?

– Nincs rajtad ruha – kaptam el a tekintetem udvariasságból.

– Zavar? Engem nem zavar, ha nézel. Sőt, még örülök is neki.

Ekkor visszafordítottam rá a tekintetem, de inkább a szemébe próbáltam nézni, és igyekeztem nem bámulni a formás kebleket.

– Kihez beszéltél az előbb, Edward?

– Ja... nem érdekes.

– Nekem elég „érdekesnek" tűnt. Állatira megijedtél valamitől. Mi ütött beléd? Valami Vincentet emlegettél, és az apádat.

– Semmi – improvizáltam gyorsan –, csak egy gyerekkori emlék ugrott be. Vincent... a bátyám volt. Apám időnként bántalmazott minket. Azóta félek a sötétben... én is.

– Ó, értem. Sajnálom. Ha valaki, én tudom milyen rossz az. És mit láttál?

– Nem tudom. Nem értem az egészet.

– Nekem elmondhatod. Bármit elmondhatsz. Látod, a maszkra is magamtól rájöttem, és nem reagáltam rá furán, nem akadtam ki rajta. Én megértem. Mindent megértek.

– Komolyan? – kérdeztem elképedve. Hogy miért lepett ez meg annyira? Nem tudom. Talán valahol mélyen nagyon régóta vágytam már arra, hogy valaki ezt mondja nekem. – Tényleg megértesz?

– Persze. Bármit elmondhatsz.

– Egy gyökeret láttam. A falon tekergett. És már a Rorschach-teszten is láttam! Veled együtt. Én is gyökeret láttam a harmadik oldalon. És borzalmasnak találtam! Nem csoda, hogy odavágtad a könyvet. Én is megértettelek akkor téged. Szerintem is undorító volt.

– Ó, drágám – mondta Eva búgó hangon. – Te is viszolyogsz tőlük? Ugye milyen undorítóak? – Némán bólogattam úgy, hogy közben könnybe lábadt a szemem. – Nem kell félned. Itt nálam semmiképp. Nézd csak! – mutatott oda mellém a dohányzóasztalra.

– Mit?

– Csak annak a dolognak láttad az árnyékát az öngyújtó fényében. Látod? Az csak egy dísz. Egy vázába rakott, lelakkozott, fehér díszgyökér. Nem olyan undorító, mint amik a föld alatt rothadnak. Ez csak egy szép dísztárgy. Európában vettem valahol.

– Tényleg? – pillantottam abba az irányba, ahová mutatott. És valóban ott volt: a dohányzóasztalon! Egy nagyon szép, lelakkozott, fehér gyökérkompozíció. Nem az az undorító izé, amit álmaimban láttam, és ami egykor a konyhában kibukkant Johnny bátyám szájából, amit levágtam egy konyhakéssel. Nem, ez inkább csak szép volt. Egyáltalán nem tűnt ijesztőnek. – Ezt láttam volna?

– Persze. Amikor fellobbant az öngyújtó, engem is meglepett egy picit, hogy az imbolygó lángjának mozgása miatt a díszgyökér olyan árnyékot vetett, mintha mozogna. Valóban hullámzott a falon. De én tudtam, hogy az csak érzéki csalódás.

– Jaj, de jó! – fakadt ki belőlem. – Már azt hittem, visszajött.

– Ki?

– Ja, senki. Csak a rémálom. Azt hittem, megint azt álmodom.

– Már nincs semmi baj – lépett egyet felém Eva. – Nálam biztonságban vagy. Gyere ide.

De nem mozdultam. Így hát ő tett felém még egy lépést. Ekkor tudatosult bennem ismét, hogy félmeztelen.

– Nem jössz közelebb? Mondom, hogy nincs mitől félned.

Nagy nehezen erőt vettem magamon, és közelebb léptem. Levettem, és ledobtam magamról a zakót a földre. Aztán óvatos mozdulatokkal a maszkot is.

– Gondoltam, hogy jóképű vagy alatta – mondta Eva. – Hallottam a hangodon.

Odaléptem, és a karjaimba ragadtam. Hevesen csókolni kezdtem. Mindenhol. Együtt betámolyogtunk a fürdőbe, hogy lezuhanyozzon közben. Aztán pár órával később a hálószobában folytattuk. Legalábbis azt hiszem. Kicsit elvesztettem aznap az időérzékemet. Nemcsak korábban, napközben, amíg együtt utaztunk, de éjjel is. Nem aludtunk egyetlen percet sem.

***

– *Gratulálok!* – mondta másnap reggel Vincent a kocsiban ülve. Mármint egyedül ültem a kocsiban, ő pedig valahol a fejemben, vagy a lelkemben, ki tudja.

– *Mihez? Ezek szerint jól tejesítettem az éjjel? Büszke vagy rám?*

– *Francokat! Szégyen vagy, öreg. Ennyire a farkad után menni. Nagy csalódás vagy nekem.*

– *Szállj már le rólam! Én is csak ember vagyok. Mármint én tényleg az vagyok. Láthatod, hogy nem lett végül semmi baj. Nem ártott nekem. Nem akar kinyírni. Végig kedves volt. Nem tart otthon levágott fejeket... ne adj' Isten farkakat a hűtőjében. Továbbá nem robbant fel az univerzum sem, amikor Evához értem. Tényleg, ez feltűnt amúgy menet közben? Semmi sem történt, amikor hozzáértem és megöleltem.*

– *Ja, láttam. És éreztem is. Sajnos. És most szarul is érzem magam miatta. Olyan, mintha megcsaltam volna Sophie-t.*

– *Sajnálom. De nem csaltad meg. Te nem csináltál semmit, csak én. Nem te irányítod a testemet, sőt befolyásolni sem tudod, hogy mikor mit csinálok. Így felelős sem lehetsz. Te nem tettél semmi rosszat. De egyébként én sem. Nekem nincs párom, akit megcsalhattam volna. Csak összejöttem egy gyönyörű nővel. Nincs ebben semmi rossz.*

– *Dehogy nincs! Az a nő veszélyes* – erősködött Vincent. – *Megérzem az ilyesmit. Tudod, nekem az évek során a maffiának dolgozva kifejlődött egyfajta radarom a veszélyre. És ahogy megláttam ezt a nőt, a radar olyan erősen berezgett, mint amikor a legdurvább közelgő földrengést jelzi az a mit tudom én, milyen műszer, amivel mérik az olyat.*

– *Akkor most sajnos tévedett a „mit tudom én, milyen" csodaradarod. Lófasz se történt, már megbocsáss. Úgyhogy leállíthatod magad. Inkább örülnél egy potyamenetnek. Ne mondd, hogy olyan rossz volt!* – röhögtem. – *Azt mondod, érezted.*

– *Hagyj engem békén!* – legyintett Vincent gondolatban. Szegény, úgy tűnt, eléggé el van keseredve.

– *Jól van már. Jóvá teszem, ígérem. Ha megtudod, hová megyünk, máris mosolyra húzódik a kis szád, virágszálam.*

– *Miről ugatsz? Hová megyünk?*

– *Sophie-hoz.*

– *Komolyan beszélsz?*

– Soha komolyabban. Ez a minimum, amit megtehetek. Nem olyan nagy ügy. De amúgy áruld már el, mégis mit akarsz csinálni? Miért szeretnéd, hogy meglátogassam?

– Sokat gondolkodtam ezen. Eleinte csak azért akartam, hogy még egyszer utoljára láthassam. De most már mást tervezek. Konkrétan el akarok búcsúzni tőle. Én, Vincent Falcone. Örökre. De tisztességesen. Korrekten le akarom zárni a kapcsolatunkat, hogy megnyugodhasson, és új életet kezdhessen. Ennyivel tartozom neki. Csak vezess, légy szíves, majd mondom, hogy merre menj. És tedd, amit mondok. Csak beszélni akarok vele... egy bizonyos módon. Meglátod, nem lesz semmi gáz. És köszönöm, hogy megteszed ezt értem. Állati sokat jelent. Tényleg.

– Mondom: nem nagy ügy. De hogyan akarsz elköszönni tőle? Nem tudsz megszólalni rajtam keresztül. Vagy igen?! Ugye nem? Időnként beszélsz a számon keresztül, amikor alszom, vagy nem vagyok magamnál? Mint valami félőrült médium? Nyugtass meg, hogy nem csinálsz ilyeneket, Vincent.

– Nem, dehogy. Semmi ilyesmiről nincs szó. Ennél sokkal egyszerűbb a dolog. Csak mondom majd, hogy mit mondj. És tolmácsold neki. Ennyi.

– Rendben.

Az út nagy részét onnantól kezdve szótlanul töltöttük. Vincent a gondolataiba merült, és csak akkor szólalt meg, ha azt magyarázta, hogy merre menjünk tovább. Én is örültem valamennyire, hogy nincs kedve beszélgetni. Nekem is volt miről agyalnom és ábrándoznom: az előző este eseményei foglalkoztattak. Istenem, micsoda nő ez az Eva!

Reggel végül nem vártam meg, hogy felébredjen. Valahogy fura érzéssel nyitottam ki a szemem. Össze voltam zavarodva, és minél előbb ki akartam jutni szabad levegőre, hogy kiszellőztessem a fejem. Csak annyit tettem, hogy egy cetlire leírtam a telefonszámom, a teljes nevem (kétféleképpen is, haha), és rajzoltam mellé egy szívecskét. Végül is kell ennél több? Írtam volna még oda azt is, hogy „Jó volt az éjszaka."? Szerintem ő is pontosan tudja, hogy így van. Érezte. Mert én is. Van, amit felesleges túltárgyalni. A számom végül is ott van nála. Ha akar, úgyis fel fog hívni. De vajon tényleg fel fog?

Egy pillanatra elbizonytalanodtam. Ekkor szólalt meg a telefonom. Miközben egyik kezemmel a kormányt tartottam, másikkal felvettem a készüléket, és magam felé fordítottam a kijelzőjét: Ismeretlen szám.

– Igeen? – szóltam bele bizonytalanul. Nem tudtam, hogy jó ötlet-e bemutatkozni. Nem szeretem az ilyen ismeretlen hívófeleket.

– Szia! – szólt bele Eva.

– Te?

– Nem hitted, hogy felhívlak? Ilyen gyorsan? Miért, mit vártál?

– Nem tudom, de örülök neki. Nagyon örülök.

– Máris hiányzol.

– Te is nekem.

– Látlak még?

– Mérget vehetsz rá.

– Reggel megtaláltad a maszkod? Odatettem az éjjeliszekrényedre. Vissza tudtad venni magadra? Nem szakadt el?

– Persze, megtaláltam, drágám. Minden oké. Épp dolgozni megyek, csak van még előtte egy kis elintéznivalóm. Tudod, Vincentnek, a bátyámnak. Egyszer megígértem neki valamit. Most fogom teljesíteni. És azután megyek dolgozni.

– Rendben, Eddie. Mikor láthatlak újra?

– *Nahát!* – gondoltam magamban. – *Micsoda egy nő! Tud róla, hogy maszkot viselek, mint valami őrült sorozatgyilkos, és még csak nem is zavarja. Sőt, ő készítette ki nekem, hogy reggel munkába menet felvegyem. Milyen gondoskodó! És Eddie-nek szólít. Soha senki nem szólított így. Még a volt feleségem sem. Pedig ő aztán mennyire szeretett! Na jó, ne túlozzunk.*

– *Te jó ég, Ed, te beleszerettél abba az őrült tyúkba!* – förmedt rám Vincent.

– *Na és ha igen? Mit zavar? Épp Sophie-hoz megyünk. Teljesítem a kérésedet. Én nem lehetek boldog? Nem érdemlem meg?*

– *De. Tudod jól, hogy nem erről van szó. Szerintem akkor is nagy hibát követsz el. Érzek a barátnőddel kapcsolatban valamit. Ez az ösztönöm még soha nem tévedett, soha nem vezetett félre.*

– *Téged nem. De engem igen. Tegnap sem történt semmi olyasmi. Értsd már meg, Vinnie, hogy vannak olyan dolgok az életben, amiket kár túlragozni. Ha működik és jó, akkor örülni kell. Ennyi. Semmi okom nincs gyanakodni Evára.*

– *Tiszta hülye vagy. Tegnap még merő véres ruhában csücsült a rendőrségen, és dühében cafatokra tépte egy pszichiáter tesztkönyvét. Szerinted az normális viselkedés? Még hogy nincs mitől aggódnod!*

– Nem „tépte össze" effektíve, csak ledobta. Megijedt tőle. Ne nagyítsd már fel ok nélkül. Én is megijedtem attól a kurva gyökérárnyéktól tegnap Eva lakásában. Mégsem vagyok Szemfüles Gyilkos. Erről ennyit.

– Szerintem meg te egyszerűsíted le túlzottan. Azért, mert beleestél. És ez teljesen elvakít. Pontosan ezt akarta elérni. És olyan hülye vagy, hogy bekajálod a szarságait. Szerintem egyetlen szava sem igaz. Tudod, én mire gondolok?

– Hálás lennék, ha nem mondanád el... de rendben, ki vele! Úgyis elmondod. Ismerlek már annyira. Halljuk.

– Arra gondolok, hogy igenis ő a Szemfüles Gyilkos. Végig Eva volt az. És igenis árnyékember. Egy nagyon fejlett fajta. Talán nálam is fejlettebb. Ezért más a neme, ezért ennyire manipulatív és ezért képes ennyire megjátszani magát. Talán utánam született, csak valamiért te nem tudsz róla. Ez amúgy durva, ugye tudod?

– Mi?

– Az, hogy ha árnyékember, akkor végül is te szülted vagy mi. Olyan, mintha a gyereked lenne. És te azzal izélsz, basszus. Fujj!

– Dehogy a gyerekem! Te beteg vagy, Vincent! Súlyosan. Szó sincs ilyesmiről. Nem vagyok én pedofil, cseszd meg. Ez egy felnőtt nő. Annyi idős, mint én. Hogy lehetnék az apja?

– Nekem is az apám vagy valamilyen szempontból, és én is annyi idős voltam életemben, mint te. Most tényleg ennyire hülye vagy, vagy csak tetteted?

– Eva akkor sem olyan, mint te. Nem árnyékember. Semmi sem történt, amikor hozzáértem. Vagy elfelejtetted? Te a kómából is felébresztettél. Az ő érintésétől viszont semmi különös jelenség nem vette kezdetét. Csak egy egyszerű nő, semmi több.

– Ja, egy egyszerű nő, aki képes volt két liter vért úgy kiereszteni magából a pizsamájára, hogy utána semmilyen seb nem maradt a testén, és még csak rosszul sem volt a vérveszteségtől. Szerinted mije vérzett annyira? És hová lett a seb? Láttuk meztelenül az éjjel, nem? Sajnos én is! Én nem láttam rajta sérülés nyomát. Te igen?

– Kapd be! – mondtam dühömben. Az bosszantott annyira, hogy sajnos tényleg igaza van. Ez a dolog valóban teljesen irreális volt. Egy „egyszerű nő" nem produkálhat ilyesmit. – Biztos, hogy van rá valami magyarázat. Kell, hogy legyen.

– *Van is. Úgy hívják, Szemfüles Gyilkos, alias Árnyékember: az első „árnyéknő".*

Kétségbe ejtett mindaz, amit Vincent gondolt. Tudtam, hogy nem akar nekem rosszat. Ebben száz százalék biztos voltam. Sajnos sokkal biztosabb, mint amennyire Evában megbízni lenne okom. Tudtam, hogy Vincent nem akar félrevezetni, és őszintén aggódik. De attól még nem garantált, hogy igaza lenne ebben a dologban.

– Eddie? Ott vagy még? – értetlenkedett Eva a vonal másik végén. Te jó ég, teljesen elkalandoztam!

– Ja, igen! Ne haragudj. Hamarosan láthatsz, rendben? Már én is alig várom. De tudod, azért jó messze laksz ám tőlem. Nem akarsz legközelebb te eljönni hozzám?

– De. Végül is miért ne? Megírod a címed SMS-ben?

– Persze. De nem kell emiatt szabadságot kivenned, hogy elutazz hozzám? Figyelj csak, Eva, még nem is mondtad, hogy mivel foglalkozol.

– Nem dolgozom – felelte a nő meglepő módon.

– Hogyhogy? Mostanában vesztetted el az állásod?

– Nem. Egyáltalán nem dolgozom. Eredetileg bölcsésznek készültem. Költő, író akartam lenni, de aztán örököltem egy nagyobb összeget, és annak a kamataiból élek.

– Ja, értem. Akkor hát nem okoz gondot, hogy meglátogass.

– Nem. Hamarosan látjuk egymást, szívem. – És ezzel lerakta.

Negyven perc múlva elértük azt a városnegyedet, ahol az egykori Vincent Sophie-val tengette veszélyekkel teli, ám viszonylag boldog életét.

– *Szegény teljesen ki lehet készülve* – mondta Vincent. – *Két hete nem látott már. Azt sem tudja, élek-e vagy halok.*

– *Ja, és nem lesz túl boldog, ha megtudja, hogy a kettő közül melyik a helyzet.*

– *Nem fogja megtudni!* – ripakodott rám. – *Nem mondhatod el neki, hallod?*

– *Hogy érted ezt?* – értetlenkedtem. – *Nem ezért vagyunk itt? Azt mondtad, tudatni akarod vele, hogy mi történt, hogy le tudja zárni magában a dolgot, és új életet kezdhessen.*

– *Igen, de nem úgy, hogy meghaltam. Csak elkeserítené. Van annál kevésbé szomorú megoldás is.*

186

– Mi? Az, hogy nem haltál meg? De az meg nem igaz. Minek hazudozni összevissza? Úgysem tudsz már odaállni elé soha többet. El sem fogja hinni.

– Az nem olyan biztos. Vagy egy ötletem. Csak csináld, amit mondok. Ne aggódj, nem lesz vészes. Egyszerűen csak beszélünk vele, és ennyi. Megtennéd ezt nekem?

– Jó, de nem fogok senkit lepuffantani. Sem őt, sem másokat. Világos? Neked mindenre ez a megoldás.

– Szó sincs ilyesmiről. Az az a ház! Ott lakunk. Mármint laktunk.

Leállítottam a kocsit, és kiszálltam. Valahogy furán éreztem magam. Fogalmam sem volt, hogy Vincent mire készül. De azért bíztam benne annyira, hogy nem fog nagyon hülye helyzetbe hozni. Reméltem...

Az előbb megmutatta, melyik az ő házuk, és most a kocsifeljáró felé sétáltam éppen. Mellettem alacsony sövénykerítés. Tipikus unalmas amerikai kisváros. Azaz New York-nak egy ilyen jellegű külvárosi része.

– Ezek szerint itthon van? – kérdeztem. – Ott áll egy kocsi a feljárón.

– Igen, az a bordó Chevy az övé. Éreztem, hogy itthon lesz. Szerintem azóta is gyászol. Vagy kutatja, hogy mi történhetett velem. Ezért kellett eljönnünk. Most már legalább te is látod.

– De mit mondjak neki? Az igazat úgysem hinné el. Őszintén szólva még én magam sem hiszem el. Néha azt gondolom, hogy egy egyszerű skizofrén vagyok, és te csak egy másik személyiségem vagy, akit hallucinálok.

– Hát, barátom, akkor legalább ezzel az eggyel kapcsolatban most egyértelműen el fogom oszlatni minden kétségedet. Olyan dolgokat fogok rajtad keresztül elmondani neki, amit csak én tudhattam, és amiről rajtam kívül csak ő hallott. Így egyértelműen érezni fogod, hogy ő sem hallucinál. Én egy élő, lélegző ember voltam egykoron, és saját emlékekkel rendelkeztem, sőt titkokkal, saját akarattal, magánélettel, egy nővel, aki őszintén szeretett, és aki még mindig szeret.

– Mit mondjak neki? – ismételtem el.

– Pontosan azt, amit mondok. Semmi mást ne tegyél hozzá. És mindent ismételj el, amit én. Rendben? Légy a tolmácsom. Megtennéd? Ne fűzz hozzá semmit, csak ahogy hallod, azonnal add is tovább.

– *Rendben. Ez nem hangzik nagyon bonyolultnak. De azért remélem, nem fogsz mindenféle baromságot a számba adni, hogy lejárass vele.*

– *Lejáratod te magad egyedül is* – mondta Vincent. – *De most komolyan, csak mondd, amit én, rendben?*

– *Jó, jó! Vágjunk bele.* – Becsengettem az ajtón. Erre vidám kis dallam csendült fel odabent. Akár egy gyerekdal. Nem tudom, de valahogy nem ilyen dallamcsengőt vártam egy maffiózó lakásától, ha meglátogatnám.

– *Sophie ötlete volt* – magyarázkodott Vinnie. – *Ne is kérdezd. Hosszú történet.*

Nem feleltem, csak vágtam egy flegma grimaszt. Nekem végül is teljesen mindegy. Ez legyen a legfurább dolog, ami ma történik! Ennyit még el tudok viselni.

Kinyílt az ajtó, és egy rövid, göndör, szőke hajú lány állt előttem kisírt szemmel, kíváncsi, enyhén aggódó tekintettel. Nagyon szép volt. Még így lefojt sminkkel is. Valahogy idősebbnek gondoltam ennél. Úgy nézett ki, mint egy tinédzser. Bár gondolom, nem az, mivel állása van. Talán csak nagyon fiatalos. Nem tudom, miért vártam valami anyányibb, termetesebb nőszemélyt. Végül is én sem járnék olyan nővel. Hál' Istennek Vincentnek is jó ízlése van a nőket illetően. Nem tudom, miért is volt ez számomra fontos, de valahogy megnyugtatott. Mégiscsak rokon a srác vagy mi. Hadd legyek már rá büszke!

– Sophie-hoz van szerencsém? – kérdeztem a lányt.

– Igen. Ki maga? Mit akar tőlem?

– Vincent küldött.

– Ki az a Vincent?

Tizedik fejezet: Ki az az Edward?

– *Nyugi* – mondta Vincent. Pontosan tudja, hogy kiről beszélsz. Ez van megbeszélve, hogy játssza meg magát, ha rólam kérdezik. A legtöbb ember a környéken még a keresztnevemet sem tudja. A Falcone nevet pedig még kevésbé. Tudja ő, hogy kiről van szó, csak bizonyíték kell neki. Mondd azt, hogy „Április 12. Black Rock Kaszinó". Ott és akkor találkoztunk először. Ez a jelszó olyan esetekre, ha gond van. Innen tudni fogja, hogy én küldtelek.

– Április 12. Black Rock Kaszinó. Tényleg Vinnie küldött – mondtam a lánynak. – Remélem, most már hisz nekem.

– Nem tudom, miféle Vincentre gondol, ne haragudjon. Nem lehet, hogy eltévesztette a házszámot?

– *Basszus!* – mondta Vinnie kétségbeesetten. – *Túl sok idő telt már el. A jelszóban sem bízik többé. Biztos azt hiszi, hogy kiszedték belőlem valahogy, és már nem meri bevallani, hogy ismer. Most mi a fenét csináljunk?! Így el sem tudok köszönni tőle. Edward, segíts valahogy. Kérlek!*

– *Nyugi! Megoldjuk. Támadt egy ötletem. Ez durva lesz, de nem nagyon látok más megoldást. Csak ússz az árral. Mást valószínűleg amúgy sem tehetnél. Ne aggódj, beszélni fogunk vele mindjárt. Elintézem.*

– Hölgyem! – mutattam fel a rendőrigazolványomat. – Edward Klowinsky vagyok a New York-i Rendőrségtől. Beszélhetnék önnel? Egy bizonyos Vincent Falcone ügyében. Nem ellene nyomozok, hanem a barátja vagyok. Mindenképp be kell jutnom a lakásba. Segíteni szeretnék Vincentnek. Ha kell, házkutatási paranccsal térek vissza, és akkor kénytelen lesz beengedni. Kérem, ne nehezítse meg a dolgomat. Csak beszélni akarok magával, ennyi az egész. De négyszemközt! Nem így a ház előtt, a szomszédok szeme láttára. Valóban rendőr vagyok, nem vicc. Tessék, nézze meg az igazolványomat. – Odaadtam neki. – A hátuljába tűzött cetlin ott van a New York-i Rendőrség központi száma. Felhívhatja őket, és igazolni fogják a kilétemet a nevem és a jelvényem száma alapján.

– Jöjjön – intett Sophie. – Hiszek magának.

Beléptem mellette a lakásba, és becsukta az ajtót.

– Azt elhiszem, hogy zsaru, de még mindig nem értem, hogy milyen ügyben jött. Én nem ismerek semmiféle Vincentet.

Ekkor veszélyes lépésre szántam el magam, de tényleg nem láttam más utat:

– Dehogynem ismersz Vincentet, drágám – mondtam neki. – Én vagyok az. – Majd gyakorlott mozdulattal, néhány kaparászó, feszegető mozdulattal levettem magamról az álarcot.

– *Nee!* – kiabált Vincent. – *Én nem ezt akartam! Teljesen össze fogsz zavarni mindent.*

– *Nincs más megoldás. Különben szóba sem állna velünk. Ha beszélni akarsz vele, akkor itt az idő. Tedd meg most.*

– Én vagyok az – ismételtem Sophie-nak –, Vincent.

– Jézusom! Vinnie! – törtek elő azonnal a lány szeméből a könnyek. Olyan zokogásban tört ki, amilyet még az életemben nem láttam. Nagyon szeretheti ezt a barmot. Nem is értem, miért. – Hol voltál?! Miért csináltad ezt velem? Mi ez a hülye maskara?

– Sajnálom – mondtam neki.

Odalépett hozzám, és erőteljesen magához rántott, aztán azonnal megcsókolt. Olyan hevesen, hogy ellenállni sem tudtam volna.

– *Hé!* – szólt rám Vinnie. – *Mi az istent csinálsz?*

– *Nem én csinálom! Nem láttad, hogy ő esett nekem?* – vitatkoztam vele gondolatban, miközben a lány olyan hevesen csókolgatott, hogy azt sem tudtam, hol vagyok. – *Eva örülni fog, basszus! Alig néhány órája búcsúztam el tőle, és máris megcsalom!*

– *Csalod a francokat! Nem csinálsz te itt semmit. Mássz már le róla! És beszélgessetek el szépen ember módjára, ahogy illik!*

– Várj! – szóltam rá a lányra, és most már tényleg eltoltam magamtól. Igazából nem szívesen tettem, hogy őszinte legyek. Tényleg gyönyörű teremtés. De hát a korrekt emberként nem nagyon tehettem mást. – Beszélnünk kell.

– *Rendben* – mondta Vinnie. – *Örülök, hogy bejutottunk. Nem volt rossz trükk. És annak még jobban örülök, hogy lemásztál róla. De most már innentől tényleg tedd azt, amire kérlek, rendben? Megtennéd, hogy mondjuk, öt percig nem erőszakolod meg a barátnőmet, te perverz?! Köszönöm!*

– Persze, beszéljünk! – kérte Sophie. – De miért nem vetkőzöl már le? Vedd le a kabátodat és a cipődet. Mesélj. Főzök valamit gyorsan.

Úgy örülök, hogy visszajöttél. Istenem, tudtam, hogy nem tűntél el örökre! Ó, drágám, végre itthon vagy!

– Nem maradhatok – mondta nekem Vincent, és én máris továbbadtam hangosan, amit hallottam. – Ne haragudj, édes. Nagyon nagy baj van. Sajnálom. Kérlek, készülj fel a legrosszabbra. Ülj le. Nem akarom, hogy elájulj, vagy ilyesmi.

– Jézusom, ne ijesztgess! Mi ez az egész? Hol voltál eddig? És most mi ez a gyászos szöveg?

– Hallgass meg – kérte Vincent, és én tolmácsoltam. – Nagyon nagy a baj. Elkaptak.

– Ki?! A maffia? A rendőrség?

– Az FBI – hazudta rajtam keresztül Vincent. – Ne haragudj, de innen már nincs visszaút, édesem. Búcsúzni jöttem. Egyszerűen nem tudok más megoldást. Ebből képtelenség kimászni.

– Hogyhogy elkaptak? Akkor most miért vagy itt?

– Megszöktem. Hamarosan megint elkapnának, de nem várom meg. Visszamegyek önként. Nem nehezítem meg a helyzetem. Így is épp elég rossz. Csak azért szöktem ide, hogy elköszönhessek. Ők nem tudják, hogy hol laksz. És ez maradjon is így. Elmondom, amit el kell, és utána eltűnök. Kérlek, ne keress. Így lesz a legjobb. Te itt biztonságban vagy. Senki nem gyanúsít semmivel, és nem is követtél el soha semmit. Azért jöttem, hogy elköszönjek. Új életet kell kezdened, drágám. El kell felejtened Vincent Falconét.

– Sosem foglak! – veszekedett lány, és ismét kitört belőle sírás.

– Muszáj. Nincs más választásunk. Azért jöttem, hogy megmondjam: ne keress, ne találgass. Azt akartam, hogy tudd az igazságot – hazudta Vincent. – Hogy le tudd zárni az életednek ezt a korszakát. Nem haltam meg. Életben vagyok, de elkapott az FBI. Életfogytiglant sóznának rám. Eredetileg azt akartak, de aztán úgy döntöttem, hogy inkább kitálalok nekik a Falcone családról. Így legalább megúszom a börtönt. Tudom, hogy gyáva húzás volt, nem vagyok rá túl büszke, de ez van. Kitaláltam nekik, és tanúvédelem alá helyeztek. Ha visszamegyek önként, átvisznek egy másik államba, és új személyazonosságot kapok.

– Akkor vigyél magaddal engem is! Ilyenkor ez a szokás, nem?

– Sajnálom, nem tehetem. A Falcone családnak nagyon messzire ér a keze. Szerintem kilencven százalék, hogy előbb-utóbb úgyis megtalálnak. És akkor vagy én nyírom ki őket, vagy ők engem. Téged

191

nem állíthatlak kereszttűzbe. Ha ezek egyszer utolérnek engem, ott kő kövön nem marad. Háborús övezet lesz, mert nem adom magam egykönnyen.

– Akkor majd együtt harcolunk! – mondta Sophie elszántan. – Nem érdekel. Majd megtanítasz engem is lőni.

– Nem lehet. Az FBI azt mondta, hogy mindenkit, aki érintett az ügyben, és esetleg támogatott engem, le fognak csukni. És azokat nem helyezik tanúvédelem alá, mert nincs hasznos információjuk az FBI számára. Így hát, ha odavinnélek, téged csak lecsuknának, drágám. Ennek semmi értelme. Kizárólag itt vagy biztonságban. Itt élheted tovább az életed zavartalanul. Neked még maradt olyanod. Az enyémnek vége... Én elcsesztem a sajátomat – tettem hozzá gyorsan Vincent helyett. Az ő dumája erősen afelé hajlott, hogy már nem él. Gondoltam, maradjunk a szerepnél.

– Ezt nem hiszem el, hogy így érjen véget! – zokogta a lány. – Egyszerűen nem lehet ez a vége. Ugye csak viccelsz? Ez valami hülye poén akar lenni?

– Nem, Sophie, ne haragudj. Ez most teljesen komoly. Innen nincs tovább. Együtt nincs. Csak külön-külön. Kérlek, értsd meg, hogy ez az egyetlen opció. Már két hete vagyok letartóztatásban, és azóta gondolkodom rajta, hogy van-e más lehetőség. De nincs. Csak ez, hogy legalább elköszönjünk, és továbblépj. Értem ne aggódj. Majd valahogy boldogulok, ahogy eddig is. Kérlek, ne várj rám. Találj valaki mást...

– Nem fogok! És nem is akarok! – makacskodott a lány.

– De igen. Muszáj. Találj egy tisztességes embert, ne egy ilyen pszichopata faszt, mint én. – Ezt most én mondtam Vincent helyett. Gondoltam, ennyi kijár a rengeteg heccelődéséért cserébe, haha!

– Nem vagy pszichopata, Vinnie! Te jó ember vagy! Én mindig is mondtam.

– Sajnos nem. Egy utolsó féreg vagyok. Egy véglény.

– *Edward, fejezd már be!* – ordított Vincent magából kikelve az agyamban. – *Eleget szapultál már. Teljesen elhülyéskeded ezt az egészet. Nem fog hinni nekünk.*

– Vinnie, nagyon furán viselkedsz, ugye tudod? – kérdezte Sophie.

– *Látod? Én mondom, cseszed! Elrontod az egészet! Nem ezért jöttünk! Csak mondd, amit én!*

Gondolatban rábólintottam, hogy most már nem szórakozom.

– Sajnálom, drágám – mondta rajtam keresztül Vincent. – Én is meg vagyok zavarodva. Borzalmas ez az egész. De tényleg komolyan beszélek. Kérlek, higgy nekem. És fogadd el. Mondom: ne aggódj miattam; élek, majd valahogy boldogulok. Csak azért jöttem, hogy szóljak: ne találgasd, hogy mi lett velem. Most már tudod. Nem haltam meg. Nem kell, hogy keress. Csak zárd le magadban az életednek ezt a részét, és lépj tovább.

A lány teljesen magába roskadt. Térdre esett, és úgy zokogott tovább. Attól tartottam, hogy még a végén kinyírja magát, ha kiteszem a lábam a házból.

– *Jó ötlet így itt hagyni?* – kérdeztem Vinnie-t.

– *Ne aggódj miatta. Sophie erős lány. Volt már ennél szarabb helyzetben is. Menjünk. Hidd el, én is állatira szenvedek. Ez az egész szituáció számomra maga a pokol. De akkor sincs jobb ötletem. Valahogy tudatnom kellett ezt vele. Még akkor is, ha nem teljesen igaz ez az egész. Inkább higgye, hogy élek, csak valahol messze innen, és elszakítottak minket egymástól, minthogy szörnyethaltam, amikor hozzáértem egy pokolból szabadult kibaszott gyökéremberhez. Azt sosem hinné el. Vagy ha igen, akkor egy életre beleőrülne.*

– *Rendben. Mi legyen akkor? Menjünk?*

– *Menjünk. A szívem szakad meg, még ha nekem nincs is olyan, és soha nem is volt... Akkor is úgy érzem, hogy szétreped, és a lelkem elevenen ég el a pokol tüzén. Mégis azt mondom, hogy menjünk. Így lesz neki a legjobb, mert egyszer legalább le fogja tudni zárni mindezt. Csak köszönj el tőle, és lépj ki azon az ajtón. Lépj ki az életéből, hogy végre visszakapja és élhesse. Talán egyszer még boldog lesz. Lehet, hogy velem sosem lett volna az.*

– Drágám... – szólítottam meg a földön térdelő, zokogó lányt. – Tényleg megyek. Ne haragudj. Ne is állj fel, nem kell, hogy kikísérj. Talán így még könnyebb is lesz. Egy tüskét úgy a legjobb eltávolítani, ha gyorsan kihúzzuk. Egyszerűen csak kilépek az ajtón, és becsukom, jó? Te pedig, kérlek, hallgass rám: Ne agyalj sokat ezen az egészen, mert nem érdemes. Ezt akartam lényegében elmondani neked. Ne foglalkozz a Vincent Falcone című emlékkel. Határolódj el tőle. Még előtted az egész élet. Találhatsz egy olyan fickót, aki miatt soha nem kell sem aggódnod, sem szenvedned. Tedd meg. A lényeg, hogy engem ne keress, és ne várj, mert csak az idődet pazarolod... Isten veled. – Ezt a végszót én tettem hozzá, mert Vinnie azt mondta „Ördög veled". Ez tiszta hülye!

Nem fogok egy zokogó, magába roskadt nőnek majdhogynem olyat mondani, hogy vigye el az Ördög!

– *Jó, a te verziód tényleg jobban hangzott* – ismerte el Vinnie.

– *Nem vagy normális!* – szidtam le. Örültem neki, hogy végre most én vonhatom felelősségre. Máskor úgyis mindig ő a rossz lelkiismeret. Hadd legyek már én is az néhány másodpercig.

Odamentem az ajtóhoz, és lenyomtam a kilincset. Kész voltam rá, hogy kilépjek rajta, és vissza se nézzek. Igaz, azért is, mert végül is nem az én barátnőm. – Bár így is nagyon sajnáltam. – És azért is, mert valóban nem volt mit tenni. Ha le akarjuk zárni ezt a dolgot, akkor valahogy le kell. Ez pedig egy elég jól működő módszer, ha az ember csak kisétál. Maradhatnánk még együtt hetekig, hogy együtt sírjunk, de az csak megnehezítené az egészet.

– Vinnie! – szólt utánam Sophie váratlanul. Ez most meglepett. Azt hittem, hagyni fog elmenni. Semmi jelét nem adta, hogy akárcsak el is akarna köszönni. – Várj!

– *Ajjaj!* – ijedtem meg magamban. – *Lehet, hogy mégis hosszadalmasabb lesz ez a búcsú? Pedig milyen könnyű is lett volna csak úgy lenyomni a kilincset, és kisétálni innen! Bár... Miért? Talán a saját házasságomnál sikerült? Abból sem tudtam kisétálni. Gyakorlatilag belerokkantam. Mind lelkileg, mind anyagilag. Sajnos az életben ritkán következik pontosan az a fordulat, amit az összes közül a legkönnyebb lenne végigcsinálni. Általában – az én életemben legalábbis – a legnehezebb fordulat szokott bekövetkezni, vagy egy olyan, amivel nagyon sokat kell szarakodni ahhoz, hogy kimásszak belőle.*

Megtorpantam az ajtóban, de még nem mertem visszafordulni.

– Vinnie, kérlek, várj! Gyere vissza!

– *Jesszus! Most tényleg el kell magyaráznom neki elölről az egészet? Így sosem végzünk!* – De csak magamban zsörtölődtem. Egyelőre Vinnie sem kommentálta a dolgot.

– Igeen...? – kérdeztem rendkívül bizonytalanul. Nem akartam udvariatlan lenni, de most legszívesebben kirohantam volna az utcára úgy, hogy az ajtót be sem csukom, csak bevágódok a kocsiba, hogy azonnal elhajtsak. Valahogy éreztem, hogy nem jó ötlet hosszan elidőznöm itt.

– Vinnie, gyere vissza egy pillanatra! Hadd öleljelek meg még egyszer utoljára.

– *Jó ötlet ez?* – sandítottam volna Vinnie-re, ha valóban mellettem állt volna, de így csak megkérdeztem gondolatban: – *Biztos, belemenjünk? Vagy inkább húzzak ki innen, és vágjam be az ajtót?*

– *Persze* – bólintott Vinnie. – *Öleld meg. Ezen már ne múljék. Nehogy kirohanj, mint valami idióta! Csak gyanakodni kezdene, hogy nem mondtál igazat. Egy életen át találgatná, hogy mi is történt itt valójában ezen a bizonyos napon. Ne tégy semmi fura, szokatlan mozdulatot. Csak váljatok el szeretetben. Akkor utólag nem fogja megkérdőjelezni ezt az eseményt, hogy mire is ment ki az egész.*

– *De az előbb még olyan féltékeny voltál, hogy idegrohamot kaptál azon is, hogy megcsókolt! Még csak nem is én őt, hanem fordítva.*

– *Sajnálom. Azóta végiggondoltam a dolgot. Nekem az a fontos, hogy ő megnyugodjon és békére leljen. Nem számít, hogy én mit érzek. Ígérem, nem fogom kommentálni a dolgot. Sőt, hálás is leszek érte, ha megteszed, és emiatt megnyugszik.*

– *Rendben. Ahogy akarod.*

– *De ne nagyon ölelgesd túl hosszan, és a fenekét se markolászd, ha egy mód van rá!*

– *Vinnie! Azt mondtad, nem kommentálod.*

– *Bocs!*

Visszamentem a lányhoz, aki közben felkelt a földről.

Odaugrott, és szinte rám vetette magát, olyan hevesen ölelt át! Éreztem, ahogy remeg a teste. Könnyekben úszó arcát odanyomta az enyémhez, és úgy álltunk ott pár pillanatig. Tényleg megsajnáltam szegényt. Nem tudtam, mit mondhatnék neki. – Végül is még csak nem is ismertem! Jesszus! – De egyelőre csak úsztam az árral. Ha Vinnie azt akarja, hogy öleljem, hát megteszem, végül is nem nagy ügy. Ha tényleg segít valamit.

– Drágám... – szólalt meg a lány.

– Igeen...? – kérdeztem ismét bizonytalanul. – *Vajon mi jöhet még?* – töprengtem magamban. – *Szeretne egy szenvedélyes búcsúcsókot is? Muszáj most ebbe belemennünk? Én szívem szerint tényleg már nagyon elhúznék innen. Mennék dolgozni, aztán meg Evához. Vagy ő jönne hozzám, nekem teljesen mindegy, csak már éljem végre a saját életemet, akármilyen szar is!*

– Csókolj meg, Vinnie!

– *Na, így legyen ötösöm a lottón!*

– *Tedd meg!* – mondta Vinnie. – *Ezen ne múljék. Most már nem zavar. Csak ő nyugodjon meg valahogy, az a lényeg, aztán mehetünk is a dolgunkra.*

– *De Eva!* – ellenkeztem egy pillanatra. – *Ő mit szólna ehhez? Még csak tegnap jöttünk össze. Nem akarom megcsalni.*

– *Ez nem megcsalás* – nyugtatott Vinnie. – *Csak egy szívesség egy barátodnak. A csajod sosem tudja meg. Nem hűtlenségből teszed, hanem azért, hogy nekem segíts.*

– *Olyan vagy, mint az Ördög ügyvédje, ugye tudod?*

De mindegy... nem kérettem magam tovább. Gondoltam, ha hamar túlleszek rajta, annál hamarabb ki is jutok innen. Megtettem hát. Fogalmam sincs, Vinnie hogyan csókol, de feltételeztem, hogy azért valamilyen szinten biztos mindenki ugyanúgy csinálja. A csók az csók, nem kell túlkomplikálni. Megfogtam hát a lány könnyekben úszó arcát, és szeretettel szájon csókoltam.

Azonnal viszonozta. Jóval erőteljesebben, mint vártam. – *Te jó ég, mi lesz ebből? Biztos, hogy ez jó ötlet volt?* – Szorosan magához ölelt, és simogatni kezdte a hátamat.

– Jó de most már... – „tényleg mennem kell" – mondtam volna, ha szóhoz jutok, ám nem nagyon jutottam, mert telt, cuppogó ajkak torlaszolták el az enyémeket, megakadályozták, hogy további hangok hagyják el a számat. Egyre nagyobb átéléssel simogatta a hátamat. Most már nemcsak azt, de a tarkómat is. Majd áttévedt a keze a mellkasomra is, és benyúlt az ingem gombjai közé. Ekkor elpattant egy gomb. A keze becsúszott a helyén, és végigsimított a meztelen bőrömön.

– Akarlak! – szólalt meg Sophie. – Csak még egyszer utoljára. – Végre megszólalt! Így legalább nekem is volt esélyem „visszavágni":

– Nem jó ötlet, drágám! Tényleg mennem kell. Az FBI a nyomomban van. Bármikor ideérhetnek. Ha meglátnak, téged is azonnal elhurcolnak! – Ez utóbbi totál hülyeségnek hangzott, de muszáj volt improvizálnom valamit, hogy megijesszem. Valahogy el kell húznom innen, de gyorsan! Egyre inkább kezdtek kicsúszni a dolgok a kezemből olyan irányba, amit nem is terveztem, és máskor egyáltalán bele sem mennék.

– Nem érdekel! – mondta Sophie. – Akkor is akarlak! Csak még egyszer utoljára. Kérlek! Hadd zárjam le így! – Közben még mindig vadul simogatta, karmolászta a mellkasomat. – Megértettem mindent, amit mondtál. De akkor sem bírom elviselni, hogy így váljunk el. Kérlek,

Vincent! Adj meg nekem ennyit. Szeretetben akarok elválni. Akkor el fogom tudni viselni. Ez egy életen át erőt adhatna abban, hogy kitartsak, és ne inogjak meg.

– *A rosseb vigye el!* – szitkozódtam magamban. – *Csak ezt a kártyát ne játszaná ki! Pont valami ilyesmitől tartottam! Most mit csináljak?*

– *Menj bele* – reagálta le Vinnie, pedig most nem is őt kérdeztem.

– *Mi van?! Mi a jóistenre kérsz már? Meddig menjek még el? Gyereket ne csináljak neki, basszus? Vinnie, nem is ismerem ezt a lányt!*

– *Na és? Jó csaj, nem? Legyen hát egy jó köröd! Ne szarakodj, csak ússz az árral!*

– *Te tényleg megőrültél! Az előbb még halálosan féltékeny voltál, most meg arra kérsz, hogy feküdjek le vele? Csak úgy „kölcsönadod"? Ez nem vall rád. Mi ütött beléd?*

– *Jó, jó! Csak meg akartam könnyíteni neked a dolgot. Gondoltam, így talán egyszerűbben kötélnek állsz. Ösztönből. Mert akkor nem kéne annyit vernünk a nyálunkat erről az egész dologról. De látom, nem fog menni. Idefigyelj, Edward. Ismerem Sophie-t. Valóban erős lány. Először is, ha ennyire akarja, szerintem nem fog békén hagyni. Ha kell, kirohan utánad az utcára, és felfekszik a kocsid motorháztetőjére, hogy ne tudj elindulni. Tényleg nagyon temperamentumos! Ezért is szeretem annyira. És olyan szempontból is erős, hogy ha azt mondja, hogy neki ez kell a lezáráshoz, akkor elhihetjük neki. Én nem szólok bele. Tedd meg, amit kér. Az ő kedvéért. Az én kedvemért. Nem számít már, hogy én mit érzek, és életemben mit akarnék. Nincs már nekem életem úgysem. Neki viszont még van. És nem akarom elcseszni neki. Úgyhogy tedd meg. Nyugodjon meg, legyen boldog, aztán annyi! Tedd boldoggá!*

– *Hogy rohadnál meg, Vincent Falcone! Ugye tudod, hogy állatira kiszúrsz velem? Épp tegnap jöttem össze... talán életem szerelmével, és arra kérsz, hogy másnap reggel egyből csaljam is meg? Ez ugyanis már tényleg az! Meg ne magyarázd nekem, hogy baráti szívesség, mert esküszöm, felrobbanok! Arra kérsz, hogy csaljam meg Evát? Nemsokkal ezelőtt azt kérdezted, hogy beleszerettem-e. Nos, jelzem, igen! Valóban beleszerettem. És tényleg van pofád arra kérni, hogy megcsaljam?*

– *Edward... kérlek. Egyszerűen nem tudok jobb megoldást. Figyelj, nem annyira gáz ez az egész, mint gondolod. Persze, igen, fizikailag lehet, hogy megcsalás, de lelkileg akkor sem. Mert nem te akarod, nem aljasságból csinálod, hogy visszavágj, mondjuk, valakinek, hanem szeretetből teszed, valóban baráti szívességből, hogy segíts nekem kimászni egy nagyon szorult helyzetből.*

– *Már megint azt csinálod! Ördög ügyvédjét játszol! El akarod hitetni velem, hogy jó, amit teszek!*

– *Mert jó is! Nekem! És Sophie-nak! Csak neked nem. Most akkor nem a többség érdeke számít? Egy mindenkiért, meg efféle faszságok? Tudod, mint abban a híres regényben a három kalózzal vagy mi a szarral!*

– *Mit tudom én, nem szoktam olvasni!* – förmedtem rá.

– *Sebaj! A logikáját azért értheted. A többség érdeke: a barátaid érdeke. Egy ártatlan lány érdeke. Mert Sophie tényleg az. Ő nem tett soha semmi rosszat.*

– *Jó, jó!* – bólintottam rá lélekben rendkívül dühösen. – *Vágom azért, hogy miről magyarázol, csak már állatira elegem van. Ebből az egész napból! Ebből a szituációból! Belőled! Igen, legfőképpen belőled!*

– *Megteszed hát?*

– *Meg! De közben is kommentálod majd, hogy mit hová hányszor? Ajánlom, hogy hallgass, mert különben esküszöm, úgy kirohanok innen, hogy vissza se nézek!*

– *Nem! Ördög ments! Meg sem fogok mukkanni. Visszahúzódom. Tudod, úgy, mint Evánál. Nem akarom én látni, de még érezni sem. Hidd el, nekem sem könnyű ez az egész. Nem akarok többet tudni róla, mint amennyit feltétlenül szükséges.*

– *Rendben!* – vágtam rá dühösen. Hagytam, hogy elragadjanak az indulataim, és ne gondolkozzak. Így könnyebb volt. Nem bántott a felelősségérzet, és lelkiismeret-furdalás sem gyötört.

Megragadtam a lány arcát, és most már én is hevesen csókolni kezdtem. – *Bánom is én! Hadd szóljon! Ha pokolra kerülök, akkor legalább terítsenek közben elém vörös szőnyeget a bevonulásomkor. Én stílusosan fogom csinálni!* – Csókolni kezdtem (kb. tíz perce megismert) barátnőmet, és vad ölelkezésbe és simogatásba kezdtem. „Nehogy már hiányt szenvedjen szegény!" alapon. Adjuk meg a módját! Olyan dühös voltam Vincentre, amiért ilyen helyzetbe hozott, hogy kicsit már neki is vissza akartam vágni ezzel az egésszel. Direkt jól akartam csinálni, állati odaadóan, igazi hősszerelmes módjára, hogy féltékennyé tegyem. Tudom, hogy szemétség, de valóban nagyon felhúzott. Nem arra mentem én már, hogy a saját örömeimet keressem és hajszoljam, hanem csak arra, hogy a lánynak állati jó legyen. És amennyire láttam, bizony igencsak az volt!

Sajnos nem is egyszer történt meg a dolog, hanem egymás után kétszer. Nem tudom, hogy Vincent hol járt ezalatt. Kicsit elvesztettem a fonalat. Az időérzéknek ismételten „pá-pá" volt, huszonnégy órán belül immáron másodjára. Szerintem vagy olyan mélyen visszahúzódott a tudatomban, hogy már nem érzékelte a valóságban zajló eseményeket, vagy valóban annyira szereti ezt a lányt, hogy bármit eltűrt volna most tőlem, amiről úgy érzi, hogy jót tesz vele a szerelmének.

Erre a gondolatra viszont végre észhez tértem. Felkeltem a földről, ahol eddig fékevesztetten hancúroztunk a lánnyal, és sietve elkezdtem magamra rángatni a ruháimat.

– Drágám, most már tényleg mennem kell! Ne haragudj! – Ekkor ismét sírásra kezdett görbülni a szája. – Ne kezdd! Muszáj mennem. Nagyon szeretlek, de akkor is!

Ez szerencsére hatott. Nem kezdett újabb hisztibe. Csak szomorúan nézett, mint egy magára hagyott kiskutya. A szívem szakadt meg érte amúgy. Máris megkedveltem. – *Basszus!* – De akkor is mennem kellett, ha még az életben valaha ki akarok keveredni ebből a helyzetből.

Az előbb, amikor két menettel ezelőtt becsengettem ezen az ajtón, Sophie azt kérdezte tőlem, hogy ki az a Vincent. Én most már azt kezdtem kérdezgetni magamtól, hogy *én* ki vagyok egyáltalán! Mit keresek itt? Tényleg azért járok itt, mert Vincent ide küldött? Ki a fene ez a lány? Honnan ismerem? Teljesen összezavarodtam. El kell húznom innen! Ki ez Sophie nevű szőkeség? És mit műveltünk itt mi eddig? És ki az az Edward? Mennyiben volt ő részese itt ennek az egésznek? Ki a felelős?

Kivágtam magam előtt az ajtót, és botladozva kiléptem a friss levegőre. Olyan lendület volt bennem, hogy a lány már akkor sem tudott volna megállítani, ha megpróbálja. De nem próbálta meg, csak elhaló hangon utánam szólt:

– Szeretlek...

– Én is! – szóltam vissza neki kétségbeesetten. Az a vicc, hogy tényleg kezdtem érezni iránta valamit, de magam sem tudom, hogy mit. Hiszen nem is ismerem!

Többet nem mondtam, mert nem késlekedtem tovább. Elővettem a zakóm zsebéből a maszkot, és sietve úgy-ahogy felvettem, és eligazgattam. Megindultam a kocsi felé, majd sajnos eszembe jutott valami, és ez megtorpanásra késztetett.

– A francba! – káromkodtam hangosan. Megfordultam, és visszarohantam az ajtóhoz. De már nem mentem be, csak az ajtóból beszéltem a lányhoz: – Ide hallgass! Figyelj most rám, ez fontos! Aztán tényleg elmegyek. – Nem felelt csak nézett továbbra is szomorú szemekkel. Egy kicsit ijedtnek tűnt. Talán azt gondolta, hogy le akarom szidni azért, mert rávett, hogy szeretkezzünk egyet (kettőt) még búcsúzás előtt. De nem ez volt a célom. – Figyelj, ez nagyon fontos. Látod ezt az arcot? – mutattam a saját képemre, de most már a maszkra, amit valamennyire sikerült ráncmentesen eligazgatnom magamon.

– Aha – mondta bizonytalanul.

– Jól jegyezd meg ezt a pofát. Ugyanis ez nem én vagyok. Ez egy valódi rendőr arca. Ha valaha meglátod a jövőben, ne akarj találkozni vele, ne keresd a társaságát, ne próbálj meg kapcsolatba lépni vele. Nem mennél vele semmire, világos? Ez nem én vagyok. Ez egy ismert rendőr arca, akinek meghamisíttattam az igazolványát. Tudod, amit neked is megmutattam. Edward Klowinsky-nek hívják. Őt bízták meg a Szemfüles Gyilkos ügyének vezetésével. Én valójában nem is ismerem a tagot, és te sem. Érted? Ha látod őt valahol, az nem én vagyok maszkban, vagy ilyesmi. Sose keresd, mert csak bajod származna belőle. Az ürgének fogalma sem lenne róla, hogy ki vagy és miről beszélsz. Szóval az egy létező ember. Egy volt sittes haverommal készíttettem egy maszkot, ami megszólalásig hasonlít rá. Készíttettem egy másolatot az igazolványáról is. Azért, hogy meg tudjak lógni. Kizárólag ezért. Rendőrként hagytam el az épületet, és így simán kislisszoltam. Azért tettem, hogy láthassalak még egyszer utoljára. Most ugyanezzel a külsővel visszamegyek, de aztán annyi. A maszkot megsemmisítem, és ha még egyszer meglátod ezt az alakot valahol, az már nem én leszek. Nem lehetek én.

– Értem – mondta szomorúan. – Az már nem te leszel.

– Rendben, drágám. Örülök, hogy érted. Most már mennem kell. Vigyázz magadra! Ördög veled! Azaz nem! – zavarodtam össze ismét. Már azt sem tudtam, hogy ezt most Vincent mondatta-e velem, vagy én akartam mondani. – Tudod... a másik legyen veled, amelyik szimpatikus. Az Istenit! Már azt sem tudom, hogyan szól a mondás! Na, szóval vigyázz magadra!

Sophie bólintott. Egy pillanatra mintha elmosolyodott volna a hülyeségemen, aztán ismét szomorúra váltott az arckifejezése.

Megfordultam, és most már kevésbé rohanva-botladozva, de határozottan a kocsihoz mentem. Kinyitottam az ajtót, és beszálltam. Beindítottam a motort, aztán elhajtottam. Nem tudom, Sophie kijött-e utánam integetni a ház elé. Nem néztem vissza. Nem mertem. Borzasztó volt ez az érzés. Haragudtam Vincentre, hogy ilyen helyzetbe hozott. Ugyanakkor valahol mégis megértettem. Végül is azért tényleg kapott a lány egy lezárást, amihez tarthatja magát. Máskülönben lehet, hogy egy életen át házilag kinyomtatott „Eltűnt", „Látta-e valaki?" jellegű posztereket tűzne rajzszöggel a környékbeli fákra. Esetleg még évtizedekkel később is, félig megkattant öregasszonyként, aki a macskájával él, és gyakran beszél magában... többnyire egy bizonyos Vincenthez, akiről senki sem tudja, hogy ki lehetett.

Vagy inkább Edwardhoz beszélne? Te jó ég, úgy érzem, kezdek valóban megőrülni! Ki a fene az az Edward?

Tizenegyedik fejezet:
Ki az a Duvall?

Fél órával később az őrsön...

– Igencsak szarul nézel ki, Ed – mért végig Jessica, amikor beértem az irodába. – Kellemesen telt az éjszaka? Hol a jó életben voltál ilyen sokáig? Tegnap délután háromkor mentél el innen, és most *dél van*, cseszed! Mit műveltél azzal a nővel? Ennyire meghajtottad? Egyáltalán él még? Milyen állapotban hagytad? – Jessica szinte toporzékolt a féltékenységtől.

– Ne hülyéskedj már! – mentegetőztem. – Semmi olyasmi nem történt. Egyébként sem tőle jövök, hanem otthonról. Akadt egy-két személyes elintéznivalóm.

– Ja? Hazaugrottál még két percre az egész éjszakás hancúr után, mielőtt bejöttél dolgozni?

– Neem! Nem vele voltam ilyen sokáig – hazudtam. Na jó, ha nem is teljesen, de azért nyilván nem mondtam teljesen igazat. Jó sokáig maradtam Evával. Gyakorlatilag egész éjjel. – Mondom, nem történt olyasmi, csak hazavittem. Sajnos messzebb lakik, mint gondoltam. Kiraktam a háza előtt, aztán elhúztam.

– Tényleg? És még egy kávéra sem hívott fel udvariasságból? – érdeklődött a lány. Nem tudtam volna megmondani, hogy ezt most őszintén kérdezi-e. Valószínűleg nem. Csak szívat!

– Nem hívott az semmire! Csak kiszállt, és bement a kapun.

– Akkor jó!

– Tessék? Hogy értsem ezt, hogy „Akkor jó"? Tulajdonképpen milyen jogon kérsz te számon engem, Jess?

– Olyan jogon, hogy randevút ígértél nekem, te gazember! Aztán eltűnsz egy teljes napra, és gyűrött ingben jelensz meg egy hiányzó gombbal mellkastájékon!

– *Jájj! Jessica is rendőr. Sajnos igencsak jó megfigyelő* – ugrott össze a gyomrom erre a gondolatra. Ekkor már a többiek is néztek az irodában. Jó kis jelenetet csinált a csaj! Jim most kivételesen még epés megjegyzést sem mert tenni a havi bajomra és efféle baromságokra. Ő

202

is megkukulva ült, és csak nézett, mint egy bagoly, amikor arról értesül, hogy sajnos kihalt az összes rágcsáló a Földön, és ezentúl zabáljon valami merőben mást. Mondjuk, faleveleket. Biztos jól fog esni!

– Randevút? – kérdeztem vissza elhűlve. A gyűrött ingbe és hiányzó gombba inkább most nem nagyon mentem volna bele részletesen, ha nem muszáj.

– Miféle randevút ígértem én neked? Miről beszélsz?

– Én is hallottam – szólalt fel most már Jim is. – Nagy egy geci vagy, Ed. Tényleg mondtad neki! Szegény lány itt hisztizik egy teljes napja.

– Mi van?!

– Amikor kísérted kifelé azt a bekattant libát – magyarázta Jessica – felajánlottam, hogy hazaviszem én. De te lehurrogtál azzal, hogy „Nee, nee, majd én elviszem, mert marha fontos kérdéseket akarok feltenni neki." Azt mondtad, nem *azért* akarod elvinni, meg hogy nem lesz semmi *olyan*. Én erre azt mondtam, hogy „Jó, de akkor velem viszont legyen, mert már jó ideje hülyítesz és húzod az agyam. És hogy többé ne hátrálj ki. Vigyél el akkor majd utána vacsorázni valahová." És te rávágtál valami olyasmit, hogy „Jó, oké, na persze, úgy lesz!".

– Tényleg ilyet mondtam volna?

– Én is hallottam – bizonygatta Jim. – Tényleg rábólintottál. Valami olyasmit is gagyogtál, hogy „Jó, jó!". Aztán most meg megjelensz itt hiányzó gombbal, mint aki épp dugni volt. Nagy egy genya vagy, Ed, de tényleg. Mit művelsz, mondd?

– Jól van már! – adtam fel a harcot.

– *Te jó ég!* – pánikoltam közben magamban. – *Tényleg ezt mondtam volna? De mikor? Nem is emlékszem.*

– *Az a vicc, hogy nekem is rémlik!* – nevetett fel ekkor Vincent váratlanul. – *Nem szívatnak, tényleg így történt. Szerintem egyszerűen nem figyeltél, mert nagyon azon pánikoltál, hogy Eva ne érjen hozzád. Ez a csaj tényleg kérdezgetett valami olyat, hogy ha nem tetszik neked ez a nő, akkor viszont őt elvinnéd-e vacsorázni, mert már régóta ígérgetsz. Te meg rávágtad, hogy „Jó, jó!".*

– *Én erre egyáltalán nem emlékszem. Gondolom, csak kimondtam, amit szerintem hallani akart, csak hogy végre leszálljon rólam.*

– *Hát, így jártál, ecsém!* – röhögött Vincent. – *Már bocs. De ez tényleg paródia, amit művelsz az életeddel.*

– Ajánlom, hogy vigyél el vacsorázni, hallod?! – sziszegte Jessica, ahogy közelebb hajolt hozzám. Lángoltak a szemei, mint egy dühödt fúriának. Egy pillanatra megijedtem. Azt hittem, mindjárt kikaparja a szemem, vagy tökön térdel. – Már a többieknek is elmeséltem, hogy vacsorázni megyünk! Mindenki tud róla! Nehogy visszatáncolj nekem, mert tényleg megharagszom!

– Jó, jó! – vágtam rá azonnal szintén fojtott hangon, hogy a többiek ne hallják. És most tudatában is voltam annak, amit mondok. – Egy vacsora nem a világ. Persze, miért is ne. Elviszlek, nyugi! Tök jó lesz. Jól fogod magad érezni.

– Csak ennyi?! – sziszegett még dühösebben. Most már inkább olyan volt, mint egy kígyó, ami egyben készül lenyelni, hogy a végtelenségig emésszen, mintha a pokolban rohadnál az örökkévalóságig. Egyébként úgy is éreztem magam. Már most! Nem is kellett lenyelnie hozzá. – „Tök jól fogom magam érezni?” – utánozta a hangom. – Tudod, mióta hülyítesz és ígérgetsz már? Állandóan célozgatsz, flörtölsz velem, de aztán mindig csak a pofára esés. Mindig visszatáncolsz!

– *Te jó ég, ez tényleg annak vette? Én inkább csak csitítani akartam, soha nem bátorítottam. Inkább leszerelni próbáltam. Ennyire félreértett volna?*

– Jó, jó! – ismételtem neki bizalmasan sutyorogva. – Akkor mit szeretnél?

– Ezt itt! – Fogta magát, és egy az egyben belemarkolt a lábam közé. Úgy megragadta a farkamat, ahogy kell.

– Te jó ég, Jess! – néztem körül pánikba esve. – Mi a fenét művelsz? – De szerencsére épp senki sem nézett oda. Amióta suttogóra fogta, már mindenki visszatért a feladatához. – Jess, engedd már el!

– Elengedem, ha ezúttal végre használod is! Légy férfi, Edward. Vigyél el randevúra, és aztán adj nekem rendesen! Ne hülyíts már tovább. És elég a mellébeszélésből. Úgyis tudom, hogy tetszem. Vagy neem?! – És ekkor még jobban rászorított.

Most erre mi a szart mondhattam volna? Mondtam volna, hogy „nem nagyon”? Hogy még le is tépje, mint egy gorilla? Így hát kizárásos alapon ez az egy logikus válasz maradt:

– De! Nagyon tetszel. Én is akarom.

– Na azért! – végre elengedett, és elindult az asztalához. – Akkor hánykor megyünk, Eddie? – szólt vissza ezúttal olyan hangosan, hogy mindenki hallhatta. Túlságosan hangosan is. Már-már zavaróan. És még Eddie-nek is szólított. Most már ő is!

– Nem tudom! – szabadkoztam. – Majd munka után. De még ma! Ígérem! Becsszó, meg minden!

Jessica elégedett anyaoroszlánként – mint, aki unalmában most tépett szét három gazellacsaládot, csak mert rossz helyen álltak – leült a helyére, és munkához látott.

– *Most mi fenét csináljak, Vincent? Hallasz?*

– *Nem tudom, öreg, ezt most tényleg te cseszted el! Talán nem kéne összevissza ígérgetni.*

– *Nem ígértem én semmit, csak rávágtam! Még csak nem is udvaroltam soha ennek a lánynak. Egyszerűen rám szállt. Én jó ideig igyekeztem leépíteni, finoman elutasítani, de ez most nagyon hülyén jött ki.*

– *Ja, szerintem is* – nevetett. – *Jó kis napod lesz, Ed. Gratulálok amúgy. Három nővel egy nap alatt? Te valóban tudsz valamit, haha!*

– *Egy francokat! Én nem ezt akartam. Sophie-t is te erőltetted rám! Teljesen hülyét csinálsz belőlem.*

– *Hülyét csinálsz te magadból is. De nem, Sophie teljesen más ügy. Muszáj volt lezárnia ezt az ügyet. Így alakult. Egyikünk sem tehet róla. Szerintem inkább a véres pszicho csajjal nem kellett volna kavarnod. Az volt a rossz ötlet!*

– *De nekem meg csak ő tetszik! Én őt akarom!*

– *Mégis a kolléganőddel mész dugni este. Akkor meg miről beszélünk? Elárulnád, hogy mit művelsz, Edward? Na de Edwaaard?!*

– *Ne Edwardozz itt nekem! Most direkt csak hergelsz, hogy még rosszabbul érezzem magam! Ez nem segít!*

– *Jó, bocs! Akkor is szánalmas, nem? Igazán beláthatod. Én azt mondom amúgy, hogy ússz az árral! Ha már felrúgtad a vödröt, repüljön jó magasra! Ez a hosszú élet titka. Csak tedd, ami jólesik. Kapcsolódj ki. Majd holnap ráérsz parázni a következményeken. Végül is megígérted, hogy jól fogja érezni magát, nem? Hát, érezd te is úgy! Mi rossz van abban?*

– *„Mi rossz van abban"?! Ja! Mondja az Ördög a bűnre csábított léleknek. Hogy te mekkora szemét vagy!*

– *Tudom. De most akkor is jó tanácsot adok. Vannak dolgok, amikből már nem mászhatsz ki poénnal. Viseld a következményeit, és annyi. Menet közben pedig ha még kicsit jól is tudod érezni magad, akkor mindenki jobban jár, és te is könnyebben kimászol belőle. Hidd el. Nem mondok hülyeséget.*

– Tudom – láttam be. – *Talán tényleg csak el kéne vinnem randevúzni, kicsit kedveskedni neki, aztán finoman leépíteni, esetleg később szakítani, vagy ilyesmi.*

– *Abból az előbbi rámarkolásból nekem nem úgy tűnt, mintha megelégedne egy „kis kedveskedéssel". Nekem elég vérmesnek tűnik ez a kis bestia, ami azt illeti! Nem irigyellek. Vagy mégis? Most hirtelen nem is tudom...*

Éppen azon gondolkodtam, hogy megkérdezem Vincentet, hogy nem tudna-e a helyembe lépni a Jessicával töltendő randevú idejére. Ha neki ilyen könnyen megy az ilyesmi, akkor most igazán segíthetne. De aztán eszembe jutott, hogy ha képes lenne átvenni a testem fölött az irányítást, már rég megtette volna. Sophie-val biztos. Úgyhogy nem nagyon maradt más, minthogy ezt is egyedül csináljam végig. Vagy úgy, hogy közben ő megint vissza lesz húzódva, és nem szól közbe, vagy úgy, hogy röhögve végigkommentálja az egészet. Ez tényleg maga a pokol! Mikor lesz ennek vége? Meghaltam volna, és ez már a túlvilág? Nem pontosan olyan ez? Akár egy pokoli körforgás: egyik borzalmas szituációból a másikba. Évek óta elváltam, nincsenek semmiféle nőügyeim! Direkt kivontam magam az ilyesmiből, hogy ne bonyolítsam az életem. Erre most egy nap alatt három?! Hogyan juthattam idáig?

– Ismét megtörtént! – szólt Jim, ahogy visszaérkezett az irodába. Pár perce kiment valamit elintézni.

– Mi? – rezzentem össze a töprengésből felriadva. – Egy újabb nő? Többet már ne! Ma ne!

– Miféle nő?

– Ja, semmi. Csak elgondolkodtam valamin. Mindegy... Mi történt? Hogyhogy ismét?

– Megint lecsapott!

– Ki?

– Edward, ébredj már fel! A Szemfüles Gyilkos. Újabb áldozatot szedett.

– Mikor?

– Most találták meg a testet fél órával ezelőtt. Ez most valami nagyon friss nyom. Nemcsak azért, mert egyből megtalálták a hullát, de azért is, mert friss. Ezt most nyírhatta ki!

– Ma?!

– Ja! Talán egy órával ezelőtt. A halottkém még csak saccolni tud. De azt mondja, még ki sem hűlt a fickó. Viszonylag tiszta sor. Nem kell sokat számolgatnia a hullamerevség alapján. Most ölte meg, ma reggel.

– Eva! – kiáltottam fel hangosan.

– Szerinted ő tette? – kérdezett vissza Jessica azonnal.

– Nem! Éppen az, hogy nem. Mondom: messze lakik innen. Tuti, hogy nincs a környéken. Hol történt ez az egész?

– Három utcányira innen – közölte Jim. – Sajnos még ismerjük is az áldozatot. Emlékszel Arthur Morrison tavalyi korrupciós ügyére?

– Megölte? Te jó ég, a fickó itt dolgozott egy szinttel lejjebb. Mindennap köszöntem neki a kávéautomatánál. Sőt, többnyire váltottunk is néhány szót.

– Többé nem fogtok – mondta Jim kissé szarkasztikusan. Részben szomorúan is. – Ott fekszik, innen három utcányira kiszúrt szemekkel. Tuti, hogy ő tette. Ezúttal még üzenetet is hagyott. Azt írta egy cetlire, hogy „Ismét lesz igazság a Földön.". Aláírás: „Sz. Gy.", azaz Szemfüles Gyilkos.

– *Nem lehet Eva* – ismételtem magamban kényszeresen. – *Igazam volt hát. Nem az én megérzéseim a rosszak, hanem a tieid, Vincent!*

– *Miért vagy ebben olyan biztos?*

– *Mert Eva nagyon messze lakik! Hogy a fenébe kerülne most ide?*

– *Miért te talán nem vagy itt? Te is ideértél tőle. Még kitérőt is tettél Sophie felé.*

– *De Eva nem követett. Aludt, amikor eljöttem tőle. Aztán útközben is otthonról hívott fel.*

– *Honnan tudod, hogy otthonról hívott? Mobilon bárhonnan hívhatott.*

– *Nekem úgy tűnt, hogy otthonról. Álmosnak tűnt a hangja. Szerintem ébredéskor egyből rám csörgött.*

– *„Álmosnak tűnt", „Szerintem"... Véleményed szerint ezt elfogadná egy esküdtszék gyilkossági vád esetén? Ne áltasd már magad.*

– *Nem áltatom. Egyszerűen nem lehet ő. Nekem valahogy nem vág össze a dolog. Biztos vagyok benne, hogy nem lett volna ideje rá.*

– *Jó, akkor szerinted ki tette?*

– Duvall! – mondtam ki hangosan.

– Mi van vele? – kérdezte Jim.

– Hol van most?

– Nem tudom, talán szabadnapot vett ki. Miért?

– Csak most, tegnap kezdte a munkát. Nem szokás másnap egyből szabadságra menni. Én vezetem ezt az átkozott nyomozást, nekem dolgozik. Mégis kitől kért szabadságot, ha nekem nem szólt?!

– Jól van már, ne velünk ordíts – szólt rám Jim. – Én csak kimondtam, ami eszembe jutott.

– Megkeresem! – vágtam rá. – *Ugyanis ő tette!* – fűztem hozzá gondolatban. – *Csak ő tehette. Tényleg hasonlít ránk. Szinte majdnem pont olyan. Meg kell találnunk azt a fickót, Vincent! Szerintem ő az! Higgy nekem. Egyszerűen érzem.*

– *Szerintem meg Eva az. De ezen ne vesszünk össze. Bizonyíték kellene, Ed. Akkor nem lennének további kétségek.*

– *Lesz bizonyíték! Ha megtalálom, és elkapom. Most ölte meg a fickót vagy egy órája. Vér lesz rajta! Vagy egy tű lesz a zsebében. Meg kell találnom!*

Kirohantam a rendőrségről, és a parkolóban fel-alá járkálva gondolkodtam.

– *Te is ezt szoktad csinálni?* – kérdezte Vinnie. – *Én is mindig járkálva agyalok dolgokon.*

– *Talán tőlem „örökölted"* – vágtam rá, de most nem nagyon figyeltem arra, amit mond. Inkább azon töprengtem, hogy hogyan találhatnám meg Peter Duvallt. Biztos voltam benne, hogy ő a tettes. Odamentem ugyanahhoz a céges autóhoz, amivel Evát is hazavittem, és beszálltam. A kormányra tettem a kezem, és már nyúltam a slusszkulcshoz, hogy beindítsam a járművet, de mozdulat közben megállt a kezem. – *Hová menjek? Hol kezdjem keresni? Nem járhat messze. Gondolom, errefelé lakik valahol, itt dolgozik, itt is gyilkolt ma reggel. Valahol a környéken ólálkodik, és nekem meg kell találnom.*

Váratlanul megcsörrent a mobilom.

Ismeretlen szám. Utálom az ismeretlen számokat.

– Igeen? – Direkt nem mutatkoztam be, mert bárki lehet az. Nem fogom csak úgy kiadni a személyazonosságomat. Előbb mondja el ő, hogy mit akar.

– Eddie?

– Jessica? Te vagy? Mit akarsz már megint?

– Eva vagyok! – A nőnek olyan kétségbeesett volt a hangja, hogy először fel sem ismertem. Már azt hittem, Jessica akar megint piszkálni az esti randevúval kapcsolatban, hogy nehogy eltűnjek neki, és ha jót akarok magamnak, akkor időben jöjjek érte.

– Te vagy az, Eva? Mi van? Miért ilyen kétségbeesett a hangod? Történt valami?

– Igen, baj van, Eddie! Közeledik! Értem fog jönni!

– Ki? Miről beszélsz? Eva, miért ilyen fura a hangod? Ittál?

– Dehogy! Csak rettegek. Értem fog jönni!

– Ki?

– Apa! A gyökérember! Értem jön, és magával fog vinni a pokolba.

– Ó, te jó ég! Mit tudsz te a gyökéremberről?

– Azt, hogy az apám. Miért? *Te mit* tudsz róla? Te is tudsz róla, Eddie?

– Eva, figyelj rám. Odamegyek. Akárhol is vagy. Meg kell állítanunk azt a lényt. Hol vagy most?

– A lakásodban.

– Mi?! Hogy a fenébe kerülsz oda?

– Meg akartalak lepni! Azt mondtad, hogy jöjjek most én hozzád. Így hát eljöttem. Azt hittem, örülni fogsz. A lábtörlő alatt volt a kulcs. Nem csináltam semmit rosszat. Csak vártalak itthon.

– Jó, mindegy! Máris megyek! Látod már valahol? Látsz odakint sötétséget? Vagy akár gyökereket tekeregni?

– Nem. Csak érzem, hogy eljön. Nagy baj van.

– Akkor maradj ott! Odamegyek. Most! Vagy elhozlak onnan, vagy kicsináljuk azt a valamit! Maradj ott, és máris otthon leszek.

– Rendben. – Csak ennyit mondott, és lerakta.

– *Megmondtam, hogy ő is közülünk való* – korholt Vincent. – *Végig az orrodnál fogva vezetett. Ne menj oda! Tőrbe akar csalni. Feltehetően apa valóban közeledik, és most a karjaiba akar téged lökni. Nemcsak téged, mindkettőnket!*

– *Dehogy akar! Nem hallottad, hogy mennyire retteg?*

– *És te nem hallottál még olyanról, hogy valaki színészkedik? Ne röhögtess már!*

– *Nem színészkedett. Nyomozó vagyok, meg tudom ítélni. És ismerem is már valamennyire Evát.*

– *Annyira azért nem. És egyébként is a tenyeréből eszel. Minden szavát elhiszed, pedig nem kéne.*

– *Eddig nem bizonyult hazugnak vagy rosszindulatúnak.*

– *Nekem éppen elég az a rengeteg vér, ami a ruháján volt. A nő vagy gyilkos, vagy minimum komplett őrült. Hidd el, hogy tőrbe akar csalni. Nem mehetsz most haza! Sőt, talán soha többé. Felejtsd el azt a* házat. Hagyd ott megrohadni, gyökerek által borítva. Emésszék csak fel téglánként. Nem számít. Házból lesz másik. Életből viszont nem. Ha odamész, apa megöl. Ezúttal mindkettőnket, mert most már egy testben vagyunk. Együtt fogunk odaveszni is.

— Akkor is oda kell mennem. Te sem zárhatod azért ki teljesen, hogy Duvall a gyilkos. Ha így van, akkor Eva teljesen ártatlan. Hagyjak odaveszni egy bűntelent?

— Na, attól azért nagyon messze van, nekem elhiheted. Az apjának nevezte. Tudja, hogy kicsoda. Közülünk való. És mi nem a jóságunkról vagyunk ismertek, mint tudjuk.

— Igen, de te sem vagy már olyan elvetemült, mint az első kettő. Ezerszer emberibb vagy! Mi van, ha Eva valahogy utánad jött létre? Lehet, hogy ő már teljesen ember. És még csak nem is gonosz!

— Szerintem az. De ezen nem veszünk össze. Jó, van abban azért valami, amit mondasz. Duvallt én sem zárnám ki. Menjünk. Hajts oda a házhoz. De ne merészkedj túl közel. Ha nagyon nagy a gáz, ha már messziről gyökeret látni, és a fél városrészt behálózta, akkor húzzunk el onnan! Nem vagy köteles feláldozni magad, és engem sem. Legalább ennyit ígérj meg, jó? Ha messziről látszik, hogy az egész házad odalett, akkor legalább ne menjünk közelebb.

— És Eva? Őt meg hagyjuk ott megrohadni a gyökerek között?

— Ilyesmi úgysem történne. Én is abban a pillanatban elporladtam, amikor hozzáértem. Ő is csak úgy járna.

— De akkor gyökeret sem fogunk látni. Apa a kórházból is eltűnt, amikor hozzáértél. Ha Eva találkozik vele, utána már semmit sem fogunk ott találni. Sem őt, sem gyökereket.

— Lehet. Viszont azt se feledd, hogy ez az egész borzalom állandó változásban van. A lények is egyre fejlettebbek, a körülmények is változnak. Amikor megérintettelek, felébredtél a kómából. Amikor azonban Eva érintett meg, semmi sem történt. Amikor én megérintettem apát, az én fizikai valóm megsemmisült, de az övé is. Eva esetében fogalmam sincs, mi történne. Ő valahogy más. Ezt már az első pillanattól kezdve érzem. Elképzelni sem tudom, hogy mi ő és mire képes.

— És Duvall? Vele kapcsolatban mit érzel?

— Nem tudom. Azt, hogy szerintem ő még Evánál is rosszabb. És igen, ő is közülünk való. Ebben szinte teljesen biztos vagyok.

— Ki a fene ez a Peter Duvall egyáltalán? Honnan érkezett? És Eva? Mikor jöttek ezek létre, Vincent? Rád emlékszem, az előtted lévő kettőre *is. Rájuk viszont nem. Mi folyik itt? Biztos vagy benne egyáltalán, hogy ez a kettő is belőlem jött ki?*

    – Én nem tudok elképzelni más magyarázatot, Ed. Mondom én, hogy kezdenek a dolgok totálisan kicsúszni a kezedből. És ezt most már nem vicces értelemben mondom, hanem a lehető legkomolyabban.

    – Honnan jött ez az Eva? – töprengtem most már inkább csak magamban. *– És ki az a Duvall?*

Tizenkettedik fejezet: Ki az az Eva?

Ahogy közeledtünk a házamhoz, sajnos azt vettem észre, hogy egyre sötétebb lett. Pedig a karórám szerint délután 1 óra 27 volt. Nem létezik, hogy máris esteledne! És ennyire nem is borús az idő. Felhőket sem látni sehol.

— *Ennyire közel járna?* — kérdeztem Vincentet.

— *Igen. Már én is érzem. Ed, nem kéne odamennünk. Túl veszélyes ez. Elképzelni sem tudom, hogy mi vár ránk. Miért ilyen fontos neked ez a nő?*

— *Te is az vagy* — bukott ki belőlem váratlanul. — *Neked is segítettem, vagy nem? Elmentem Sophie-hoz és tettem, amit mondtál, még akkor is, ha én nem akartam, és rosszul éreztem magam miatta. Eváért is megteszem. Ha tudok, segítek neki.*

— De lehet, hogy sorozatgyilkos.

— *Ezt nem tudhatod. Mindössze annyit tudunk, hogy véres volt a ruhája. A saját vérétől. Csupán megsérült valahogy. Ez önmagában még nem jelenti, hogy rosszat tett volna.*

— *Az ott nem egy gyökér?!* — kiáltott fel Vincent.

— *Hol?!* — kaptam félre a kormányt. Kis híján árokba hajtottunk. — *Hol?* — kérdeztem újra. Nagy nehezen visszanyertem az irányítást a megborult autó felett. Egy pillanatra még éreztem is, ahogy elemelkedik a két bal oldali kerék a talajtól. Majdnem fejre álltunk!

— *Ne haragudj* — szabadkozott. — *Talán csak egy árnyék volt. Nem direkt csináltam. Még az is lehet, hogy már rémeket látok. De várj csak! Ott! Mi az ott az úton? Lassíts egy pillanatra. Nézz a visszapillantóba!*

Úgy tettem, ahogy mondta.

Az úton egy kígyószerű valami tekergett mögöttünk. Állati undorítóan nézett ki. Úgy vergődött, mint egy haldokló, torzszülött óriáskígyó. Kb. négy méter lehetett a teljes hossza. Nem volt se feje, se farka, nem tűnt élőlénynek, mégis mozgott. Valóban egy élő, fekete gyökér volt az úttest kellős közepén, hogy rohadna meg!

— *Hajts inkább tovább* — figyelmeztetett Vincent. — *Ne tököljünk itt ennél hosszabban. Még a végén elmászik idáig. Vagy itt terem egyszerre több is a kocsi belsejében.*

— *De mi a fenék ezek? Honnan jönnek?*

212

– Szerintem ez ugyanaz, amit Johnny szájából láttál előtekeregni a konyhában. Tudod, amit levágtál. A pokolból jön. Talán nem is többesszámban „jönnek", hanem csak jön. Meg akar születni erre a világra. Talán ez egy vajúdás. Lehet, hogy megindultak a fájásai.

– Na de kié?

– Nem tudom. Az Ördögé. Apáé. Talán a kettő egy és ugyanaz. Legalábbis már egy ideje.

– Nem lehet az apánk az Ördög.

– Miért nem?

Képtelen voltam erre felelni Vincentnek. Hogy miért ne lehetne maga az Ördög? Jó kérdés. Gyerekkoromban eléggé annak tűnt. Lehet, hogy az Ördög nem is a pokolban él, hanem a Földön? Végül is honnan tudnánk mi, emberek? Lehet, hogy apa sosem halt meg? És soha nem is született meg, mert csak „van"? Talán az ősidők óta létezik... Időnként visszatér a Földre, hogy mindent megpróbáljon elpusztítani, amit Isten teremtett, de eddig még sosem sikerült neki?

– Érdekes elmélet, Edward, de akkor e szerint a történet szerint te mégis ki lennél? Az Ördög fia vagy, jobban mondva az Antikrisztus?

– Te jó ég! Nem tudom. Remélem, nem. Én nem érzem magam annak. Miért, te igen?

– Nem igazán. Végül is csak egy nyomozó vagy, aki maszkot visel... khm... és árnyékembereket szül sikátorokban. Bocs, lehet, hogy tévedtem. Mégis az lehetsz!

– Mindegy! – legyintettem rá türelmetlenül. – Tökmindegy, hogy ki vagyok. Akkor is van bennem jóérzés. Nem fogom hagyni, hogy apa tönkretegye ezt a világot. Ha tudom, visszaküldöm azt a rohadékot a pokol legmélyebb bugyraiba. Még ha én is vagyok az Antikrisztus, velem „apuci" akkor is rácseszett. Némileg felbaszott gyerekkoromban, hogy úgy mondjam. Kissé „messzire ment az öreg". Nem tudom, eredetileg mi a fenét tervezett velem, hogy milyen sorsra szánt, de nem igazán szerettem meg őt és a nevelési módszereit, úgyhogy bocs! Ha meglátom, kicsinálom, az biztos!

– Ez a beszéd – röhögött Vincent. – Rúgd szét neki! Ne finomkodj! Ja és, Ed?

– Igen?

– Mondd csak, ha valaha túléljük ezt, és visszamész dolgozni, meghúzod Jessicát is?

– Most szórakozol velem?

– Miért? Ha te vagy az Antikrisztus, már nem tökmindegy? Gondolod, ha kihátrálsz a dologból, akkor majd nem kerülsz úgyis pokolra? Nehogy már ezen múljon! Szerintem adj neki. Láttad, ahogy rámarkolt?

– Ja, éreztem. Majdnem letépte! Te nem vagy normális, öreg! Tudod, mit művelne ez velem, ha úgy isten igazából beindulna?

– Nem tudom, de én már kezdek kíváncsi lenni rá. Előre röhögök rajta! Azaz rajtad, hogy milyen pofákat vágsz majd!

Ekkor értünk oda a házhoz. Útközben szerencsére már nem láttunk több gyökeret. Aszfalton tekergőzőt legalábbis nem. Viszont egyre sötétebb lett. Körülbelül este nyolc órának felelt meg az ég színezete. Felhőket továbbra sem lehetett látni. Egyszerűen alkonyodott. Szó szerint.

– Ez lenne a világvége? – kérdeztem Vinnie-t.

– Ha Evát a karjai közé lököd, akkor nem. Meg kell tenned, Edward, nincs más választásunk. Én már feláldoztam magam. Ennél többet nem tehetek. Most rajtad a sor. Áldozd fel, de ne önmagadat, hanem őt. Magadat nem lenne értelme.

– Nem akarom feláldozni. Ha valahogy elkerülhető, akkor semmiképp.

Kiszálltam a kocsiból, és be sem csaptam az ajtaját magam után. Nyitva hagytam úgy, ahogy volt, és már rohantam is a házba.

– Eva! – kiáltottam a kertből. De nem jött válasz. Senki sem felelt. Talán máris végzett vele. Lehet, hogy már itt járt. – Eva! – Berúgtam magam előtt az ajtót. Ki sem próbáltam, hogy nyitva van-e. Nem érdekelt. Csak át akartam rajta hatolni így vagy úgy, mint egy zavaró akadályon. A rohamosztagos korábban azt mondta, hogy nem olyan könnyű ám berúgni egy ajtót. Még az is lehet, hogy eltörne a lábam, ha nagyon megrohamoznám. Nos, ezúttal nem a lábam tört el. Az ajtó simán kivágódott, mintha papírból lett volna. De az is lehet, hogy az én erőm sokszorozódott meg az elszántságtól. – Eva! Hol vagy?!

– Itt – jött végre a válasz. A nappaliban ült halálra vált arccal. Megvárt, ahogy ígérte. – Láttál odakint valami szokatlant, Eddie?

– Jó, hogy láttam! Hisz fényes nappal alkonyodik! Gyökerek is tekeregtek az úttesten. Akárha kígyók lettek volna!

– Istenem! – rezzent össze ijedten. – Akkor tényleg eljön értem. Az apám az, tudod? Valamit szórakozott a túlvilági erőkkel annak idején. Talán magával a pokollal, nem is tudom.

214

– Hogy érted, hogy az apád? Mármint az *apánk*, ugye?

– Tessék?! Miről beszélsz, Eddie? Szerinted testvérek vagyunk, vagy mi? Honnan veszed ezt az őrültséget?

– Ezek szerint nem tudsz róla, hogy ki vagy? Azaz, hogy *mi* vagy?

– Hogyhogy mi vagyok, Eddie? Csak egy lány, akinek szörnyű gyerekkora volt. És aki emiatt alig emlékszik rá. Csupán bizonyos emlékek ugranak be, de azokat is jobb lenne elfeledni. Borzalmasak! De hogy értetted azt, hogy az „apánk"? Mit tudsz te rólam, amit én nem?

– Sajnos elég sokat, Eva. Gyere velem – nyújtottam neki a kezem. – El kell tűnnünk innen a fenébe.

– De hová menjünk?

– Nem tudom. Csak innen el. El kell hagynunk ezt a házat most azonnal!

Bizonytalanul felém nyújtotta a kezét. Szemmel láthatóan nem értette, hogy mi a helyzet. Teljesen meglepték a szavaim. De azért nem ellenkezett. Húztam is rögtön magam után, és futva hagytuk el a házat. Fogalmam sem volt, hogy mennyi időnk lehet hátra.

Meddig tarthat, amig egy olyan dolog átér a túlvilágról? Mennyi lehet hátra ebből a világból? És mennyi van még az életünkből?

Végül is ez utóbbit senki sem tudja. Nem vagyunk hát egyedül ezzel. A mi életünkből azonban jelenleg kevesebb lehetett hátra, mint bármilyen más korunkbelinek.

– Hová akarsz menni? – kérdezte Eva, ahogy bepattantunk a kocsiba.

– Nem tudom, de innen el, jó messzire. Csak nyomom neki, ahogy belefér, aztán meglátjuk, meddig jutunk. Egyelőre ennyi a terv! Ellenvetés?

Nem válaszolt. Neki sem volt jobb ötlete. Így hát beletapostam.

Egyelőre úgy tűnt, minden rendben lesz. Lehet, hogy már a kórházban is elég lett volna ennyi. Vincentnek el kellett volna hoznia onnan engem, és messzire elmenekülni. Akkor talán még ma is élne. Tehát pillanatnyilag az volt a benyomásunk, hogy nem követ senki, és a sötétség is mintha oszlani kezdett volna, ahogy elhagytuk a térséget. Gyökereket sem láttunk csapkodni, vergődni a környéken.

Ekkor kezdtem el mesélni Evának. Elmondtam neki mindent, amit tudok az árnyékemberekről. Azt is, hogy elvileg belőlem fogannak. Ennek folytán pedig ő is így született. Először majdnem elájult, amikor ezt meghallotta. De nem volt más választása, mint hinni nekem. Ő sem emlékezett sokkal többre a gyerekkorából, mint Vincent.

– Ez akkor most olyan, mintha a lányod lennék? De hisz ez borzalmas!

– Tudom. Szerintem is, de hidd el, nem tudhattam, hogy ilyesmiről van szó, amikor összejöttem veled. Egyébként sem olyan, mintha a lányom lennél. Hiszen egyidősek vagyunk. Inkább olyan, mintha a részem lennél, vagy egy másik énem. Ha már mindenképp össze akarjuk hasonlítani, mondjuk azt, hogy amikor engem ölelsz, valamilyen szinten önmagadat öleled. Tudom, hogy abszurd, de ez van.

– És akkor már nem is szeretsz, Eddie? Ennyi volt?

– Nem tudom, mit válaszolhatnék erre, vagy mit kéne... De. Egyébként igen, szeretlek, csak már nem biztos, hogy ki merném ezt így mondani. Amúgy sem lehetne köztünk szerelem, nincs igazam? Végül is még csak egyetlen napja ismerjük egymást.

– Én mégis ezt érzem. Rögtön ezt éreztem, amikor megláttalak. A maszk ellenére is. Örültem, amikor megnézted a lábaimat a kihallgatóban.

– Csak azt néztem, hogy meg ne fázz a hideg kövön.

– Nem baj. Nekem akkor is jólesett.

– Mit mondtál az előbb arról a harmadik árnyékemberről? Vele mi történt végül?

– Háát...

Ekkor újabb hosszas magyarázkodásba kezdtem. Elmeséltem, hogy mi történt végül Vincenttel. Hogy azóta is velem van, és hallja minden szavunkat. Sőt, reagál is rá. Evát ez kissé rosszul érintette. Bár hogy az hogyan érintette volna, ha elmondom, mi történt köztem és Sophie között, abba bele sem merek gondolni. Még azt sem tudom, miért történt meg egyáltalán az az egész, és hogy valóban szükség volt-e rá. Nos, nem tudom, de tény, hogy borzalmasan éreztem magam miatta.

– És ez a fickó most is hall minket? Ott van a fejedben?

– Ja. Valahogy úgy.

– És honnan tudhatom, hogy most éppen nem ő szól hozzám, hanem te?

– Ő nem képes használni, irányítani a testemet. Nem tud beszélni helyettem, csak én hallom, amit mond.

– És hallgatsz rá? Mármint ha tanácsot ad?

– Nem igazán. Elég sokat veszekszünk, ami azt illeti.

216

– Ez rendkívül nevetségesen hangzik, Eddie. Biztos, hogy nem most találod ki ezt az egészet?

– Hidd el, nagyon nem vagyok viccelődős kedvemben. Már jó ideje. Azóta biztos nem, amióta először megláttam az árnyékomat életre kelni, és elsétálni egy sikátorban. Aztán azóta pedig végképp nem, amióta megláttam apám pokolból szabadult gyökérember énjét abban a szobában gázt szívni egy csőből. Azt sem tudom, mit csinált ott. Sosem viccelődnék ezzel az egésszel. Túlzottan borzasztó és lélekromboló dolgok ezek, Eva.

– Tudom, ne haragudj. Hiszek neked. És mihez akarsz kezdeni Vincenttel? Kiűzöd magadból?

– Kiűzni? Nem tudom. Ez érdekes módon eddig eszembe sem jutott. Egyébként sem hiszem, hogy az lehetséges lenne. Végül is előtte is a részem volt. Az egyesülés által csak újra létrejött valami, ami korábban is már létezett.

– Ez elég szörnyen hangzik – borzadt el Eva.

– Miért?

– Azért, mert ilyen elven, amikor mi az ágyban khm... egyesültünk, akkor mi is csak úgy váltunk eggyé, hogy már korábban is egyek voltunk? Tehát nem volt benne semmi új, semmi szeretet, semmi rajongás? Csak egy kötelék, ami korábban is létezett, egyszer kioldódott, aztán újra összekapcsolódott?

– Én sem így érzek, hidd el. Ugyanakkor fogalmam sincs, hogy miféle kötelék van köztünk.

– Szerintem ne foglalkozzunk vele. Ha úgy érezzük, hogy szeretjük egymást, akkor szeressük. Ki tehet ellene bármit is? Vagy mi köze hozzá? Szerinted apát zavarja esetleg? Ezért jön ilyenkor? Ezért akar engem is elpusztítani? Vincentet már sikerült. Most én következnék? Nem lehet, Eddie, hogy ezek az árnyékemberek valójában nem rossz emberek, és nem az emberiség ellenségei, hanem apáé? Nem lehet, hogy valójában nem káros végtermékei vagyunk mi egy folyamatnak, amit korrigálni kell, hanem inkább önvédelemből hozol létre minket, hogy megvédjünk tőle?

– Érdekes, amit mondasz. Még soha nem jutott eszembe így gondolni rátok.

– Talán nem vagyunk mi olyan rosszak.

– De az első kettő sokakat megölt. És hogy őszinte legyek, a harmadik is. Csak ő már másképp. Vincent nem őrült volt, hanem csak egy bűnöző. De akkor is.

– Én nem vagyok bűnöző, Eddie.

– Tényleg... ha már itt tartunk, elárulnád, hogy valaha is megöltéle valakit? Szerintem biztos, hogy nem te vagy a Szemfüles Gyilkos. De mi a helyzet Luigi Falconéval? Mi történt vele? Azt mondod, nem vagy bűnöző. Ezek szerint őt sem bántottad? Nem is te ölted meg akkor, ugye? Most már elmondhatod, Eva. Gyakorlatilag épp a világvége elől menekülünk egy régi, lehasznált családi Volvóval. Nem sok esélyt látok arra, hogy ezt túléljük. Elárulod nekem, hogy van-e közöd azokhoz a gyilkosságokhoz? Vagy akár Falcone halálához? Ki vagy te, és mit tettél valójában? Ki az az Eva?

Tizenharmadik fejezet:
Ki az az apa?

Sajnos Evának már nem volt ideje válaszolni a kérdéseimre, mert váratlanul beért minket az a folyamat, amely a világunkra az utóbbi órákban végveszélyként csapott le:

Jóval nagyobb iramban kezdett mögöttünk sötétedni az ég, mint amit korábban tapasztaltunk New York egy ehhez képest távoli pontján. Itt már nemcsak sötétedni kezdett, de mintha egy városméretű viharfelhő üldözött volna minket.

– Gyorsabban! – sürgetett Eva. – Nem érhet utol. Nyomd már neki rendesen!

– Nem megy! Ez a tragacs ennyit bír! Be fog érni minket. Most mi a fenét csináljunk?

– Szerintem semmit sem tehetünk – szólalt meg Vincent. *– Akárhová is menekülünk, utol fog érni. Az egész Földet beborítja majd. Még ha sugárhajtású vadászgéppel is repülnénk előle valamilyen irányban, lehet, hogy a gyorsasága miatt nem is mögöttünk bukkanna fel minket követve, hanem egyszerűen szembejönne velünk. Mert már körbeérné az egész Földet. Nem lenne többé hová menekülnünk előle, Ed. És a valóságban is így lesz.*

– Az nem lehet! Egyszer már megállítottuk. Te állítottad meg. Most is kell, hogy legyen megoldás.

– Esetleg, ha Eva kiszállna. Talán ő megállíthatná. És akkor te megúszod.

– Arról szó sem lehet! Ilyet nem játszunk többé.

– Akkor itt halunk meg mindannyian!

– Kell, hogy legyen más megoldás, Vincent. Higgy. Legalább most az egyszer az életben. És ha lehet, akkor most ne az Ördögben.

Tövig nyomtam a gázpedált, és reménykedtem.

A szerencsében.

Egy szebb jövőben. A saját lelkierőmben.

A szeretetben. A váratlanul ébredt szerelemben, amit Eva iránt érezni vélek.

Abban az elavulttá vált eszmében, hogy a jó a végén úgyis győzedelmeskedik, és a gonosz elnyeri méltó büntetését.

Abban, hogy ha a sötétség és a benne karokként csapkodó, féregként tekergő gyökerek egyszer elérnek, akkor valójában semmi sem fog történni. Egyszerűen eltűnnek, és minden újra rendben lesz. Csak egy rémálom az egész, amiből majd úgyis felébredünk. Egy kicsit lihegünk utána, talán még sírunk is, de aztán már csak nevetünk az egészen.

Hát, sajnos nem így történt.

Utolért minket.

Hiába nyomtam a gázpedált olyan erővel, hogy már majdnem átszakadt a lábam alatt a régi járgány rozsdás alváza, akkor sem tudtunk annál gyorsabban haladni. A sötétség viszont egyre nagyobb iramban terjedt. Szinte felzabálta, felemésztette a világot. Mindenhonnan gyökerek nőttek a nyomában. Volt, amelyik az égből csapott le iszonyatos fekete fullánkként. Olyan is akadt, amelyik a földből tört elő, mint valami paranormális, tüskés futónövény. Ám érdekes módon ezek a hajtások nem az úttest aszfaltján át törtek utat maguknak. Egyszerűen ellenállás nélkül áthatoltak rajta, mintha az út fizikailag nem létezett volna. Valószínűleg azért, mert egy másik világból „nőttek" ide. Talán pont az úttest síkjában materializálódtak. Nem áttörtek rajta, hanem csak itt érkeztek meg a mi világunkba.

Magunk mögé nézve már mindent beborítottak: az eget, a levegőt, a föld felszínét. Nem maradt mögöttünk semmi, csak a pusztulás, az eleven pokol. Rothadó, mégis eleven gyökerek sokasága, perverz, istentelen násza, pokolbéli borzalmas tánca.

– Kérlek, sose feledj el – mondta Eva kétségbeesetten, amikor már ő is látta, hogy ebből nincs kiút, mert minket is másodperceken belül utolér a vég.

– Nem foglak – feleltem neki. – Odaát úgyis találkozunk. Akárhol is legyen az.

Ekkor végül megtörtént. Talán kár is volt tőle annyira rettegni. Tulajdonképpen nem is fájt. Annyira.

Beborították az autót a gyökerek, azonnal rátekeredtek a kerekekre, és megállásra késztettek minket. Minden irányból cincálni, szaggatni kezdték a járművet, verni, csapkodni, szorítani. Nem tudom, meddig tartott ki a fémkaszni, de szerintem nem lehetett több néhány másodpercnél. Aztán amikor egy óriási csattanást követően összegyűrődött az autó teteje, és fémes visítással lehajlott, majd leszakadt az egész, akkor láttuk meg magunk előtt a gyökérembert!

Már ott állt. Nem volt hová mennünk többé. Hátulról utolért a végzet, előttünk pedig szintén ott állt talán még valami annál is rosszabb.

Ennyi ideig tartott volna körbeérnie a Földön? Néhány perc?

– Odaát találkozunk, drágám – mondtam Evának.

– Tudom – mondta meglepő módon. – Most már én is érzem.

Apa ekkor érte el az autó elejét a karjaival. Egyik faágszerű végtagjával egyetlen mozdulattal feltépte a motorháztetőt, a másikkal pedig a szemünk láttára tépte ki a több száz kilós motort a járműből. Úgy emelte ki onnan, és hajította félre, mintha egy használt vattagolyót pöckölt volna arrébb.

Hogy utána pontosan mi történt, abban nem vagyok teljesen biztos, de azt hiszem, egyszerre mindkét karjával áttörte a szélvédőt, és megragadott minket.

Valahol itt ért véget a világ.

Számunkra.

***

– Mondd, Edward, ki volt tulajdonképpen a mi apánk? Hogyan tudta annak idején Johnnyból előcsalni azt a gyökeret? Tényleg ő lenne maga az Ördög, mint ahogy Vincent mondta? És mivé vált halála után? Újra azzá vált, ami? Vagy valami annál még rosszabbá? Létezik szerinted olyasmi, ami még az Ördögnél is rosszabb? Talán maga a pokol? Az emberi gonoszság esetleg? Vagy maga a halál?

Nem tudom, kinek a hangja volt ez. Eléggé távolinak tűnt, és megfoghatatlannak. Így folytatta:

– Szerinted én akkor nem is létezem? Létezett egyáltalán bármelyikünk is? Mi van, ha egyszerűen csak őrült vagy, Eddie? Ebbe belegondoltál már? Azért az vicces lenne, nem? Mi van, ha ez egy kórház, és te most ébredezel, mondjuk, egy masszív adag nyugtató után? Lehet, hogy én egy nővér vagyok, aki hozott neked egy pohár vizet? Nem vagy szomjas amúgy? Azt hiszem, én nem. Nem tudom, érzek-e egyáltalán bármit is.

Még mindig nem tudtam eldönteni, hogy ki beszél hozzám. Annyira folytatólagosan összefüggően monologizált, hogy feltételeztem: biztos ismer engem. Nekem ő sajnos nem igazán volt ismerős. Talán egy kicsit.

– Egyáltalán hol vagyunk? – folytatta a hang. – Ez valóban egy kórház lenne? Az a baj, hogy szinte semmit sem látok. És szerintem nem is érzek. Lehet, hogy meghaltunk, Eddie. Ebbe belegondoltál már? Lehet, hogy csak ennyi a halál? Miért fél tőle akkor mindenki annyira? Nekem nem fáj semmim. És neked? Én nem érzem rosszul magam. Csak valahogy máshogyan.

Ekkor már kezdett derengeni valami. Azt hiszem, a volt feleségem beszél hozzám egy ideje. Hogy is hívták? Jó kérdés. Talán Evának. Elváltunk mi egyáltalán valaha is? Igazából nem nagyon emlékszem válásra, csak arra, hogy már nem vagyunk együtt. És vajon arra, amikor a válás előtt még együtt voltunk? Nos, arra sem nagyon. Fura, de valamiért az az egyetlen emlékem a feleségemről, hogy *már nem vagyok* vele. A *hiánya* az egyetlen emlékem a létezéséről. Eva. Így hívták volna? Mi lehetett a vezetékneve? Mrs. Klowinsky? Nem, valahogy ez nagyon idegenül cseng. Miért nem emlékszem Eva vezetéknevére? Sem a leánykorira, sem a férjezettre. Biztos, hogy a feleségem volt? Talán csak együtt jártunk egy darabig, aztán meghalt.

Igen, meghalt. Elvesztettem őt. Mint ahogy én is vele együtt vesztem oda. Ugyanazon a napon. Apa megragadott minket a szélvédőn keresztül, és a testünket ízekre szedve kirángatott onnan. Darabokban.

Akkor most miért vagyok mégis egyben? Kié ez a test? És ki ez a nő itt mellettem?

– Edward, magadnál vagy? Miért nézel így?

– Miért, hogyan nézek? Most *nézek*? Vannak szemeim?

– Szerintem vannak. Úgy látom, engem néz velük.

– Igen? És te ki vagy? Te beszélsz most hozzám?

– Úgy érzem, hogy igen. De én sem vagyok teljesen biztos benne. Elég fura ez a hely. Hallottad amúgy, amiket eddig mondtam?

– Valamit hallottam. Azokat te mondtad? Beszéltél az előbb? Tudsz beszélni?

– Bizony, tudok. Szerintem engem hallottál.

– Ki vagy te? Te vagy az, apa?

– Én nő vagyok. Nem hiszem, hogy az apád lennék.

– Értem. És hogy hívnak?

– Régen Evának hívtak. De most nem tudom, hogyan.

– Én sem. Régen a feleségem voltál?

– Nem emlékszem válásra.

– Én sem. Akkor talán még mindig házasok vagyunk.

– Olyasmire sem emlékszem.

– Akkor csak barátok lennénk?

– Remélem, azért annál több, Eddie. Téged Eddie-nek hívnak. Ebben az egyben biztos vagyok. Néha nekem is nagyon zavarosak itt az emlékeim. Mintha nem is létezne ez a hely. Vagy mintha nem is léteznék, amióta itt vagyok. Te létezel, Eddie?

– Azt hiszem, igen. Szerintem belőlem bújtál ki egykoron. Tudod, mint amikor gyereket szül valaki.

– Akkor hát te lennél az apám, Eddie?

– Nem hiszem. Szerintem a Földön az anyák szoktak szülni. Én pedig férfi vagyok. Tehát valahogy máshogy jöhettél a világra. Talán az énem egy része voltál korábban.

– Tudathasadásod lenne?

– Ezt most miért kérdezed?

– Mert ha nem fizikailag szültél, és az éned része voltam, akkor talán csak a tudatod hasadt meg, és így keletkeztem.

– Akkor viszont kórházban kellene lennünk, nem?

– Miért, ez itt nem az, Eddie?

– Hát, az olyan... fehér szokott lenni, nem? Tudod, mert nagyon erősen ki van világítva, és fehérre is vannak festve a falai.

– Igen, igazad lehet. Itt amúgy milyen? Nem fehér?

– Nem tudom, Eva, én nagyon sötétnek látom. Inkább feketének.

– Tehát akkor nincs is tudathasadásod? Ez így már azt jelenti?

– Azt azért nem mondtam. Lehet, hogy van. De szerintem ez nem kórház.

– Hanem? Mi ez a rengeteg valami?

– Azt hiszem, gyökerek. Érzed, ahogy mozognak alattunk?

– Igen. „Undorító", nem? Ez a megfelelő szó rá?

– Nekem sem tetszik. De mi ez az egész? Mitől élnek? Ez lenne apa?

– Ki az az apa? Nekem is van olyanom, Eddie?

– Nem hiszem. Viszont esetleg emlékezhetsz az enyémre. Szerintem ez ő itt alattunk, ez a rengeteg gyökér, ami fetreng, vonaglik és reszket.

– Nem tudunk valahogy elmenni innen?

– Sajnos kevés esélyt látok rá. Itt minden ilyen. Nincs hová menni előle.

– Te tudsz futni, Eddie?

– Régen tudtam. Amikor még éltem.

– És most?

– Szerintem itt nem lenne hová.

– Akkor másszunk! Mit szólsz hozzá?

– Milyen irányba? Vannak itt irányok?

– Ha elindulunk, akkor talán kiderül, nem?

Azt hiszem, mászni kezdtünk Evával, de hogy pontosan milyen módon, azt nem tudnám megmondani. De talán tényleg haladtunk. Semmi sem volt többé biztos. Azaz biztos, hogy itt nem volt többé semmi. Ezen a helyen valamiért a szavaknak sincs túl sok értelmük. Ezért sem próbáltunk már annyira kommunikálni. Inkább abban bíztunk, hogy sikerül kijutnunk valahogy.

Először egy adott irányban másztunk, de rájöttünk, hogy nincsenek irányok. Így hát egy helyben mozogtunk nagyon sokáig. Még szerencse, hogy a túlvilágon az ember nem érez sem fáradtságot, sem éhséget. Így igazából nem volt sok vesztenivalónk.

Mivel az egy adott irányba történő mászás nem nagyon vezetett sehová, így megpróbáltunk mozdulatlanul várni. Ekkor egy ideig haladtunk valamilyen irányba, de az is lehet, hogy nem. Így hát nem sok esélyt láttunk kijutni innen, mert a próbálkozás – pontosabban a nem próbálkozás – nem eredményezett kimutatható eredményt semmilyen értelemben.

Aztán megint mászással próbáltunk haladni, de akkor már nem egy irányba, hanem mindenfelé. Ekkor azonban mintha kezdtek volna szétesni a dolgok: az emlékeink, a világ, amelyben jelenleg tartózkodtunk, a mi kapcsolatunk, sőt még mi magunk is!

Ekkor döntöttük el, hogy inkább felfelé lenne érdemes próbálkozni. Ha most a pokolban vagyunk, amiről általában úgy nyilatkoznak, mint valami „odalenti" helyről, akkor talán az egyetlen járható irány felfelé van. Nekünk is arra kell hát haladnunk. Először megpróbáltunk egyszerűen csak a magasba emelkedni, de amikor rájöttünk, hogy nem tudunk repülni, inkább mászni kezdtünk felfelé.

Fura volt, mert a gyökereken tulajdonképpen felfelé is lehetett. Ez az egy irány talán mégis stimmelt. Eva ennek meg is örült, legalábbis én úgy láttam rajta.

Én akkor már jó ideje nem tudtam örülni semminek. A pokolban nem is lett volna minek. Oda nem azért száműzik az embert.

– *Ezek szerint mégis létezik?* – kérdezte Vincent. Amióta itt vagyunk, ekkor hallottam felőle először. Ezek szerint még mindig velem van. – *A pokolba is követnélek, barátom* – mondta nekem.

– *Talán már ott vagyunk* – mondtam neki.

– Hallod, Eva? Vincent azt mondta az előbb...

– Tudom, mit mondott. Most már én is hallom. És én is követnélek oda, Eddie.

– Máris azt teszed, drágám. Nagyon jólesik egyébként. Bár nem örülök, hogy itt vagyunk együtt. Jobb lenne valahol máshol.

– *Hogyhogy te is hallod, amit mondok?* – kérdezte Vincent Evától.

– Nem tudom, honnan jön a hangod, de hallom. Végül is mindegy, nem?

– Szerintem örüljünk neki – mondtam kettejüknek. – Hárman talán többre jutunk.

– *A mászásban sajnos nem fogok tudni segíteni* – mondta Vincent szomorúan. – *Nekem már nincs testem.*

– Szerintem nekünk sincs – mondtam neki. – Talán csak a lelkünk mászik, azaz halad valamilyen irányba.

– Ahhoz képest elég nehéznek tűnik ez a mozgás – panaszkodott Eva. – Olyan mintha fárasztana. Ugyanakkor mégsem.

– *Mióta másztok?*

– Nekem hosszú éveknek tűnik, és neked, Eva?

– Olyan, mintha már több életen keresztül, generációk óta csinálnánk.

– *Akkor honnan veszitek, hogy valaha is kijuttok majd innen? Minek másztok egyáltalán?*

– Mert nem tehetünk mást – mondtam neki. – Ez a sorsunk. Tudod, van úgy, amikor az ember azért tesz valamit, mert nem marad más választása. Talán azt hívják sorsnak.

– Nekem mi a sorsom? – kérdezett Eva.

– Az, hogy most itt légy velem. Velünk. Aztán talán az, hogy majd ki is jussunk innen együtt.

– Ha a sors is úgy akarja?

– Igen, valahogy úgy.

Ezután elég sok idő eltelt, azt hiszem. Sok év. Eva időnként megöregedett. Megbetegedett, aztán meghalt. De még mindig másztunk. Mert újra és újra ott volt velem. Hiába sérült meg ezerszer, semmi sem ártott neki. Ezért volt annyira véres akkor is, amikor New Yorkban pizsamában rátaláltak. Mert annyira megbánta a tettét, miszerint végzett Luigi Falconéval, hogy öngyilkos akart lenni elkeseredésében. Sokféleképpen megpróbálta megölni magát, de sehogy sem akart sikerülni neki. Megsérült, vérzett, de szinte azonnal be is gyógyult rajta minden seb. Gyakran volt beteg itt a pokolban is, sokszor meg is halt, többször pedig átalakult valami mássá. Nem tudom, pontosan mivé. Rá valahogy máshogy hatott a pokol, mint rám. Én inkább csak szenvedtem, ő viszont fejlődött. Vincent szerintem némileg félni kezdett tőle. Nem teljesen értettem az okát. Én csak szerettem. Belevetettem minden hitemet és szeretetemet. Eltemettem benne a múltamat és kétségeimet. Mindent elmondtam neki. És ő mindig mindent megértett. Ilyen lenne a szerelem? Valószínűleg igen, hogyha ezen a helyen lenne értelme ennek a fogalomnak.

Eva állandóan fejlődött. Már nemcsak két karja volt, hanem több. Nem tudnám megmondani, mennyi, de én kettőnél többet láttam. A teste sem olyan színű volt már, mint az embereké: Idővel sötétebbé vált.

Egyszer azon nevetett, hogy ne is szólítsam többé Evának. Hívjam inkább Medusának, mint azt a szörnyeteget a görög mitológiában. Én azt feleltem, hogy egyáltalán nem szörnyetegként tekintek rá. Azért, mert szeretem. Teljesen mindegy, hogy hogyan néz ki. Az igazi szeretet nem szab feltételeket, nem vár el semmit, nem kér, nem követel, csak ad. Mindig csak ad. Én elég sokat adtam Evának ott a pokolban. Sokat foglalkoztam, törődtem vele, és ő értékelte, hálás volt érte.

Vincent elég keveset szólt hozzánk akkoriban. Egy ideig háttérben maradt.

Újabb évek teltek el. Vincent néha „előbújt" úgymond, azaz kevésbé volt visszahúzódva a tudatomban, és olyankor beszélt is hozzánk, de többnyire eléggé passzívan viselkedett. Valamiért nem viselte jól, ami Evával történt. Talán attól tartott, hogy rá is ez a sors vár.

Evának már az egész teste koromfekete volt. Szemei vörösen világítottak. Fura módon mintha egyfajta páncél kezdett volna képződni rajta. Úgy csillogott, mintha fémből lenne, de a pokolban nyilván nem létezik olyasmi. Már rengeteg karja volt akkoriban, és az egész testét kezdte beborítani az a páncél. Nem úgy tűnt, mintha fájna neki, úgyhogy nem aggasztott minket a dolog.

Eva nemsokkal ezután kezdett el nőni. Eleinte nem értettem, hogy miért, aztán lassan összeállt a kép: azért, mert a szeretetemtől többé nem tudott más értelemben fejlődni. A színe, azaz a bőre és az a testét borító valami elérte szerintem fejlődőképességének maximumát. Valószínűleg ezért kezdett el gyarapodni a súlya. Mármint nem hízott, egyszerűen csak nagyobb lett. Nagyobb és nagyobb, míg a végén aztán elért egy szintet, amikor már rendkívül nehézzé vált az egymás melletti haladás. Mivel ő jóval nagyobb és erősebb volt, egy bizonyos pont után ő kezdett vinni engem a hátán.

Ekkor még beszélgettünk. Elmondta nekem, hogy nem ő a Szemfüles Gyilkos, ám egyszer bizony valóban megölt valakit: Luigi Falconét. De nem aljas szándékból tette vagy pénzért, hanem felindulásból. Az a szemétláda ugyanis megerőszakolta őt.

Egy klubban találkoztak először. Eva ott lépett fel. Egy egyszerű költeményt adott elő. A címe az volt, hogy „Legbelül". Nem tudta, hogy mi inspirálta annak a műnek a megírására, egyszerűen csak megírta, és szerette volna másoknak is előadni, hátha ők is érdekesnek találják. Később aztán – már itt a pokolban – rájött, hogy a verset rólam írta.

Rólam és Vincentről. Egyfajta jövendölés volt. De akkor ő ezt még nem tudta. Nem ártott ő senkinek, nem bántott senkit.

Ahogy összeegyeztettük a dátumokat és az eseményeket, kiderült, hogy ő már Vincent után született. Ezért volt sok szempontból még fejlettebb. Ezért lakozott benne még több szeretet és jóval kevesebb gonoszság. Benne gyakorlatilag nem is volt. Talán csak annyi, mint bármilyen más emberben.

Akkor este látta először Luigi Falconét. Eva tele volt szeretettel és bizakodással. Megbízott az emberekben. Az öreg Falconénak azonnal, első látásra megtetszett a fiatal nő. Eldöntötte, hogy kell neki, megszerzi magának. Virágot küldött neki, csokoládét, sőt még pénzt is. Evát nem érdekelték különösebben az ajándékok, sem pedig Falcone hatalma. Neki csak a figyelem és a törődés esett jól. Azt hitte, őszinte és szívből jövő, de nem az volt. Falcone csak birtokolni akarta és felvágni vele. Az első adandó alkalommal, amikor kettesben maradtak, rávetette magát. Amikor Eva ellenkezni mert, a férfi brutálisan megerőszakolta.

Mivel Evának nem volt előtte semmilyen kapcsolata, így eleinte azt hitte, ilyen a szerelem. Habár Luigi előtt volt egy költő, aki udvarolt neki, de azzal sosem teljesült be a szerelmük. Az illető leugrott egy magas épületről. Eva olyan szinten nem tudta ezt megérteni és feldolgozni, hogy bemagyarázta magának, hogy a férfit baleset érte. A lány akkor még nem értette, mi a halál, és miért vágyna rá bárki is, aki él. Ő nem élt, de még ő is rettegett a haláltól. Akkoriban még sok mindent nem értett.

Aztán az öreg Falcone mellett elég gyorsan fejlődni kezdett az intelligenciája. Rohamosan, ami azt illeti. Hamar rájött, hogy Falcone miféle ember is valójában. Nemcsak kiábrándult belőle, de mérhetetlenül meggyűlölte. Bosszút akart állni rajta, amiért ezt tette vele. Elküldte neki ugyanazt a „Legbelül" című verset, ami sajnos összehozta őket annak idején. Jellemző módon az öreg még csak nem is emlékezett rá. Ennyire nem jelentett neki semmit az egész.

Egyik nap felmerült benne, hogy leutánozza a Szemfüles Gyilkos módszerét. Úgy talán megússza. Bár ő sem tudta biztosan, hogy meg akarja-e egyáltalán. Talán inkább ösztönös önvédelmi reakció volt ez, hogy alibit gyártson. Azt mondta, valószínűleg amúgy is feladta volna magát a rendőrségen, vagy megölte volna magát bánatában. Nem volt benne aljasság. Sem pedig gyűlölet.

Hogy Falcone megérdemelte-e a halált? Nem tudom. Nem az én dolgom, hogy ítélkezzek. Én csak egy rendőr vagyok.

A pokolban.

Tizennegyedik fejezet:
A Medusa ereje

Egy idő után Evával kissé nehézkessé vált a kommunikáció. Már óriásira nőtt, és nagyon hangosan kellett hozzá kiabálnom ahhoz, hogy megértsen. Ha pedig ő szólalt meg, annyira rázkódni kezdett minden, hogy még az a valami is beleremegett, amin évek óta másztunk. Azt pedig jobb lett volna nem bolygatni, ha valaha az életben ki akartunk még innen jutni.

Így tehát már ritkán kommunikáltunk, és keveset. Főleg csak simogattam a hátát és biztattam, hogy másszon. És vitt rendületlenül, mint egy hűséges harci elefánt. Bár annál jóval nagyobb volt és nyilván jóval intelligensebb. Emberi mivoltát sosem vetkőzte le teljesen. És soha nem is fogja. Ő ugyanis több mint egy ember. Medusa bármelyikünknél hatalmasabb. Nemcsak a mérete, de a lelke miatt is. A szeretet miatt, amit azóta is képvisel és megtestesít.

Vincent érezte meg először, hogy közeledünk. A barátom akkoriban már régóta nem szólt hozzám, de ezúttal egyből előbújt a tudatomból, és élénken tolmácsolta a megérzéseit. Azt mondta, közeledik a kijárat. Ugyanis szerinte létezik olyan. Az, amit évek óta keresünk, az, ami miatt az egykori Eva ilyen hatalmasra nőtt. Vincent azt mondta, szerinte az árnyéknőnek végig ez volt a sorsa, ezért hoztam létre eredetileg: hogy innen kivigyen bennünket.

Azt hittem, nem hiszek a fülemnek. – Nem mintha a pokolban rendelkeztem volna hallószervvel. Végtére is mindannyian csupán lelkek voltunk ott.

Szóval Vinnie szerint ez volt Medusa sorsa. Benne nincs már gonoszság, nem lakik benne valódi sötétség, mint például őbenne. Ezért fog minket ő kivinni innen. A megfeketedett bőre, az izzó szemei, a páncél mind azt a célt szolgálják, hogy ellenálljon a pokol viszontagságainak, hogy képes legyen arra, amire emberként képtelen lett volna. Ezért hoztam létre, és ezért csináltam olyanra, amilyen. Ő egyfajta szivacs, egy energiavámpír. De csak szeretettel táplálkozik, és az élteti és hajtja. Vincent szerint az öreg Falcone nagyon melléfogott,

230

amikor bántani merte. Ez ugyanis egy olyan lény, ami bármit képes legyőzni, bármin átgázol, ami az útjába kerül. Egy olyan hatalom, ami majdhogynem a fénnyel egyenértékű. Itt a pokolban pedig ez számít a legnagyobb fegyvernek mind közül.

Vincent szerint én pontosan tudtam előre, hogy ide fogunk kerülni. Ezért teremtettem őt valamilyen módon. Ekkor már Vinnie sem félt tőle többé, sőt ő is szeretni kezdte. Támogatta, biztatta minden erejével, mert ő is hitt benne. Hitt a szeretetben.

Ezért mondta nekem annak idején még évszázadokkal ezelőtt a Földön, hogy tegyem boldoggá Sophie-t, mert már akkor is tudta, hogy mi az önzetlenség. Képes volt félretenni a saját kínzó féltékenységét annak érdekében, hogy a kedvese még egyszer utoljára boldog legyen, és talán elegendő erőt adjon neki ahhoz, hogy továbblépjen.

Igen, Vincentben is volt szeretet. Jóval több annál, mint eredetileg hitte volna. És most már ő is a Medusának adta mindet. Azért is, mert Sophie azóta nemcsak hogy új életet kezdett odafent a Földön, de sajnos több száz éve meg is halt. És azért is, mert az én szeretetem nem biztos, hogy elegendő lett volna ahhoz, hogy Medusa kivigyen minket a sötét gyökerek égig érő rengetegéből.

Vincent azt mondta, hogy szerinte ezért hoztam létre *őt*. Azért, hogy majd egyszer feláldozza magát értem a kórházban. Utána pedig eggyé váljunk. Ha nem így történt volna, akkor most nem élne két tudat a lelkemben. A kettő együtt ugyanis már elég erős ahhoz, hogy a lényt, aki felvisz minket az odafenti világba, elegendő szeretettel lássuk el.

Egyszer megkérdeztem tőle, hogy:

– Vincent, áruld már el, hogy honnan tudsz te ilyeneket?

Erre ő azt mondta:

– Azért hoztál létre, hogy tudjam. Ezért vagyok. Ez a sorsom. Tudod, van úgy, amikor az ember azért tesz valamit, mert nem marad más választása. Talán azt hívják sorsnak.

– Nekem mi a sorsom? – kérdeztem.

– Az, hogy kijuss innen. És hogy leszámolj vele örökre.

– Kivel? A gyilkossal odafent az élők világában?

– Vele is. De előtte még apával is.

Valóban közeledtünk, mint ahogy korábban megérezte. Az égig érő gyökérrengeteg formája lassan változni kezdett. Addig csak indáknak tűntek, ágaknak, amibe bele lehet kapaszkodni, egyfajta élő lépcsőfokoknak. Ekkor viszont, ilyen magasból, ennyi év mászás távlatából szemlélve már kezdett kivehetőbbé válni a látvány, és valami egészen más összképet mutatni. Amin másztunk, az nemcsak egy nagy halom futónövényként egymásra nőtt gyökér volt, hanem egy gigászi élőlény lába, aztán felsőteste!

Apám volt az.

Rajta másztunk annyi éven át, és még csak nem is tudtunk róla. Ha tudtam volna, talán sosem merek hozzáérni. Vannak dolgok, melyekről jobb nem tudni, jobb nem gondolni rájuk, csak folytatni rendületlenül. Akkor talán jutunk is valamire. Nos, a pokolból való kimászás is ilyen jellegű feladat: Ahhoz, hogy kijussunk a saját személyes poklunkból, miközben a legnagyobb félelmünk elől menekülünk, közben szembe is kell néznünk vele.

Amikor szembesültem azzal, hogy pontosan min is másztunk egészen idáig, elemi rettegés vett rajtam erőt. Azonnal átláttam, hogy egy ilyen felmérhetetlen erővel, egy ekkora titánnal képtelen leszek szembeszállni. Egyedül semmi esélyem nincs ellene. Vincent azonban felhívta rá a figyelmemet, hogy ez nem igaz, mert nem vagyok egyedül. Ezért van velünk Medusa.

Ugyanis ő fog leszámolni vele. Az embertelen rosszal csak az embertelen jó képes felvenni a harcot. Egy olyan lény, ami meghaladja az emberi felfogóképességet. Vinnie azt mondta, hogy a Medusa ereje gyakorlatilag korlátlan. És mindig is az marad, mert amíg élnek emberek a Földön, addig ő is létezni fog valamilyen formában. Nem lehet elpusztítani.

Felérve a csúcsra, megváltozott az a közeg, amiben odáig éveken át kapaszkodtunk. Már nem gyökerek voltak, hanem inkább ágak: egy bokor ágai. Olyan volt, amilyen annak a lénynek a feje, akit a rohamosztag behatolásakor gázzabálás közben „rajtakaptunk". Csak ez a bokorfej itt óriási méretű volt, akkora, hogy mászni lehetett rajta.

Megkérdeztem Vincentet, hogy szerinte mit csinált akkor apám azzal a gázcsővel. Miért táplálkozott belőle, és hogyan?

Azt mondta, szerinte nincs komoly jelentősége a dolognak. Egyszerűen csak azért, mert mérgező. És mert veszélyes, robbanékony. Valószínűleg kénsavval is beérte volna, vagy nukleáris hulladékkal. A lényeg, hogy negatív energia legyen, aminek pusztító hatása van. Abból táplálkozik. Továbbá az emberi gonoszságból, félelemből, erőszakból, gyengeségből, minden olyanból, ami rossz és ártalmas.

Az volt a fura, hogy minél magasabbra értünk, Medusa annál gyorsabban nőtt. A bokor közepe táján már nagyjából város méretű lehetett, a legtetején pedig már akkora, mint az egész lény, amin egészen idáig, éveken keresztül másztunk.

Ő akkor már nem is mászott tovább. Nem volt rá szüksége.

Csak állt.

Apám előtt.

Mert ugyanakkorák voltak mindketten.

És akkor a Medusa minden erejével nekitámadt!

Tizenötödik fejezet: Most

Láttam lelki szemeimmel, ahogy óriási harc következik. Hogy világok fognak felrobbanni, csillagok hullanak majd a pokol fekete egéről. Hogy kettényílik talán az egész túlvilág, és több darabra fog szétesni. Vagy egyszerűen felrobban. Esetleg elporlad. De nem. Semmi ilyesmi nem történt:

Medusa nekilendült, és az összes – talán több száz – karjával átölelte apámat. Óvón ölelte és szerette. De ezáltal le is fogta. Az örökkévalóságig. Megbénította a szeretetével.

Emberi mivoltát sosem vetkőzte le teljesen. És soha nem is fogja. Ő ugyanis több mint egy ember. Medusa bármelyikünknél hatalmasabb. Nemcsak a mérete miatt, de a lelke miatt is. A szeretet miatt, amit képvisel azóta is. Azért hoztam létre, hogy az örökkévalóságig tartsa, fogja le apámat, hogy mozdulni se bírjon, hogy soha többé ne hagyhassa el azt a helyet.

Ez az egyetlen módja, hogy az odafenti világ újra biztonságban legyen tőle. Medusa apámmal olyan, mint Atlasz, aki a hátán tartja a Földgolyót. Nem tesz vele semmit, nem próbál meg bármit is befolyásolni, talán, mert nem is lehet. Nem is lenne mit.

Medusa azóta tartja apámat odalent. Szeretettel öleli. Vigyáz is rá, de ugyanakkor harcképtelenné is teszi. Ezért hoztam létre. Ezért jöttünk le ide. Okkal hagytam hát, hogy apám magával rántson. Nem volt az gyengeség, de rossz döntés sem. Egyszerűen nem maradt más választásom, ez volt a sorsom. Az enyém ez volt, hogy pokolra kerüljek. Vétkeznem kellett hozzá, és ide is kerültem. De most el fogom hagyni ezt a helyet!

Medusa az utolsó szabadon lévő karjával hátra nyúlt értem, és megfogott. Finoman körbeölelte a mellkasomat. Még csak nem is fájt. Pont annyira fogott meg erősen, hogy még ne ejtsen el.

Majd emelni kezdett fölfelé.

Végig apám feje mellett, át a feje felett, és annál még jóval tovább: világokkal, naprendszerekkel, univerzumokkal, valóságokkal feljebb, amíg végül el nem értem az odafenti világot.

Ott végül aztán letett. Csak pár centiméterrel a talaj felett. Nem estem nagyot, amikor végül elengedett. Szinte meg sem éreztem, hogy

234

lehuppantam az aszfaltra, épp csak a gyomrom emelkedett és süllyedt egy pillanatra, mint amikor az ember gyermekkorában hintán ül.

Épp csak elereszett, a talpamra estem az úttesten, és a pokolból kinyúló óriási fekete kar már el is tűnt. Meg akartam neki köszönni, de nem maradt rá lehetőségem. De talán úgysem számít. Nagyon jól tudja ő, hogy mennyire hálás vagyok neki, hogy mennyire szeretem.

Az úttesten ácsorogva egy darabig szótlanul néztem az odafenti világot. Nagyon rég láttam már. Évszázadokkal ezelőtt? De az is lehet, hogy csak egy pillanat volt.

– *Mit szólsz?* – kérdeztem Vincentet. – *Te emlékeztél rá, hogy ilyen?*

– *Ja, nagyjából ilyen kép él az emlékeimben, bár tényleg állati régen jártunk itt. Vajon mi lehet most a dátum? 2600? 2800?*

– *Erős a gyanúm, hogy ugyanaz, mint ami távozásunkkor volt! Nézz csak oda!*

– *Ez ugyanaz az autó lenne?*

– *Nekem eléggé annak tűnik.*

– *De ezt apa nem ketté tépte annak idején?*

– *Talán nem ebben a valóságban, az univerzumnak nem abban a verziójában, amiben most vagyunk. Nem tudom. Talán nem is számít. Szerintem szálljunk be. Remélem, elindul ez a szar. Már akkor is tragacs volt, amikor még több száz évvel ezelőtt éltem itt. Gondolom, azóta sem lett sokkal jobb az indítója. Biztos egyből ledöglik majd, ahogy kap egy kis benzint a karburátor.*

– *Te még emlékszel olyan földi kifejezésekre, hogy karburátor? Most megleptél, Ed. Én már arra a szóra is alig emlékeztem, hogy „autó".*

– *Ugyan már, olyan ez, mint a biciklizés! Ami szar, az az is marad. Az ember nem felejti el egykönnyen. Mert idegesítő, de ugyanakkor szórakoztató is. Akárcsak az élet.*

– *Ja, jó neked. Most megint élhetsz.*

– *Sajnálom, Vinnie. Amúgy ne tudd meg, milyen jó érzés újra levegőt venni itt! Hmm... Isteni ez az illat!*

– *Milyen illat?*

– *Az élet illata. Az oxigéné, ahogy a tüdőmbe áramlik. A valódi, emberi tüdőmbe, ami egy élő test része.*

– Jó neked. Bárcsak én is érezhetném ezt még egyszer az életben. De már sosem fogom.

– Emlékszel? Egyszer azt mondtad nekem, hogy ne becsüljelek alá. Én akkor hallgattam rád, és láthatod, együtt mire vittük. Még a pokolból is kijutottunk. Így hát most én mondom neked ugyanazt: Ne becsüld le önmagad, Vincent. Lesz ez még szarabb is, haha! Vagy talán egy kicsivel jobb.

– Marha vicces. Amúgy mit akarsz most csinálni? Szerinted tényleg ugyanaz a dátum, mint akkor? Lehet, hogy valójában semmi sem változott azóta?

– De igen. Kettő dolog biztosan: Kipucoltuk ezt a fenti világot, megszabadítottuk apámtól. A másik pedig, hogy Eva már sajnos nem része ennek a világnak. Örökké odalent fog élni. De céllal teszi: őmiatta vagyunk idefent biztonságban. Ő vigyáz ránk. A világ végéig tartani fogja apát, és sosem engedi el többé. Mert szereti. Mert mindannyiunkat szeret.

– Mi lesz a gyilkossal?

– Duvall az. Közben már rájöttem. Nyilván ő az. És meg is tudom indokolni, hogy miért.

– Igen, kizárásos alapon tényleg nem lehet más. De miből gondolod, hogy konkrétan ő az?

– Rólad, Vinnie, tudjuk, hogy akkor születtél, amikor súlyos testi sértést követtél el egy éjjel-nappali üzlet tulajdonosán, és emiatt börtönbüntetésre ítéltek. Ám én ekkor már évek óta üldöztem a Szemfüles Gyilkost. Jóval öregebb hát nálad. Eva, mint tudjuk, pedig akkor született, amikor feltűnt abban a belvárosi klubban, amiben Falcone szemet vetett rá. Ez mindössze néhány héttel ezelőtt történt. Ő sem követhette el mindazt, és azóta meg is tudtuk, hogy nem lett volna képes ilyesmit tenni, mert egyáltalán nem ilyen ember volt. Azaz, hogy nem ilyen, mert még mindig él, és örökké fog élni odalent. Azonban rájöttem, hogy ez a Duvall mikor született. Ő volt a harmadik, és nem te. Benned már van jóság, van szeretet. Jóval több szeretet, mint azt eredetileg gondoltad volna. Duvallban viszont nincs. Ő a tökéletes gonosz. Az intelligenciája már egy kifejlett, felnőtt emberé. Ebben veled egyenértékű. A jóságnak viszont még a legapróbb szikrája is hiányzik belőle. Az első árnyékember egy félresikerült gyerek volt. Egyfajta genetikai selejt, még embernek sem igazán mondható. A második egy kamaszfiú, aki már rendelkezett némi intelligenciával, de azt *visszamaradott mivolta és őrülete teljesen elhomályosította. Duvall, a harmadik viszont minden eszét gonoszságra, pusztításra használja. Azért nem hibázik, mert nincs benne jóság, ami miatt meginogna lelkileg, ami meghátrálásra késztetné. Mivel nincs benne jóérzés, így erkölcsei sincsenek, képtelen különbséget tenni jó és rossz között. Sőt, élvezi, ha árthat másoknak. Ez a létező legrosszabb kombináció. Az „igazság", amelyet hangoztat, amiért állítólag gyilkol, csak önigazolás és hazugság. Nem akar ő igazságot tenni, legfeljebb káoszt és zűrzavart kelteni. Nincs abban valódi logika, amit csinál, ezért sem illik rá semmilyen bűnügyi profil, ezért sem kapták el még soha. És mi sem kapnánk el, ha nem ismertük volna fel a külseje alapján. Mivel a rendőrségnél dolgozik, így állandóan takaríthat maga után. Valószínűleg bizonyítékokat semmisít meg, nyomozati helyszíneken ujjlenyomatokat töröl le, árulkodó jeleket tüntet el. Még ha hibázott is valaha, rendőrként viszonylag könnyedén kihúzza magát a bajból. Most viszont nem fogja többé, mert már tudom, hogy ő az. Egyszerűen lelövöm, és mivel nem ember, így halálakor csupán egy fekete ködgomolyag marad majd utána. Ebből azonnal tudni fogom, hogy árnyékember volt.*

– Szerinted nem késő a halála pillanatában tudomást szerezni erről? Mi van, ha nem szertefoszlik, hanem egyszerűen csak összeesik, és ott marad a nyakadon egy hulla? Nem kéne még valahogy máshogy is megbizonyosodni arról, hogy biztosan ő tette-e?

– Persze, igazad van. Nem lőhetem le csak úgy. Bár én most már teljesen biztos vagyok benne, hogy ő az, de ettől függetlenül innentől követni fogom. Állandóan a nyomában leszek, és amint jelét adja annak, hogy folytatni kívánja a kis hobbiját, azonnal kivonom a forgalomból.

– Mondd csak, Ed, miért beszélsz magadról egy ideje egyesszámban? Én mégis hol a fenében leszek mindez idő alatt? Mégiscsak ki akarsz űzni engem magadból, mint ahogy azt Eva vetette fel még korábban?

– Nem, szó sincs róla – mosolyogtam. *– Épp ellenkezőleg. A pokolban rájöttem, hogy hol követtem el veled a hibát, és hogy miért szenvedtünk két elszeparált tudatként ebben a testben. Ez egy természetellenes állapot. Így senki sem bírna ép ésszel létezni. Úgy döntöttem hát, hogy visszaállítom az egészséges állapotot: Egy testben egyetlen személyiségnek kell élnie.*

– Vissza akarod adni a testem? De az lehetetlen! Amikor a kórházban apa hozzámért, a fizikai valóm azonnal megsemmisült.

– Tudom. Nem is így értettem. A testedet már nem tudom visszaadni, de igazából értelme sem lenne. Te valójában sosem léteztél, Vinnie. Az a dolog, amit mások Vincent Falconeként ismertek, valójában csak egy árnyék volt. Az én árnyékom. Nincs önálló létjogosultsága.

– Hát mégis elpusztítasz? Mindezek után? Azok után, hogy ennyit segítettem, hogy végig melletted álltam, hogy te magad is beismerted, hogy van bennem szeretet, még több is, mint bármelyikünk gondolta volna?

– Dehogy. Mondom: pont ellenkezőleg. Nem elpusztítalak, hanem befogadlak. Eva adta az ötletet, a módszerrel, amivel végül legyőzte a gonoszt. Ő tanított meg rá, hogy azt csak szeretettel lehet megfékezni. Te pedig sajnos akárhogy is nézzük, egy kicsit azért akkor is a gonoszabbik énem vagy. Rájöttem, hogy mint ahogy apát sem, így téged sem lehet legyőzni. Én biztos, hogy nem tudnálak, mert a részem vagy. Csak elfogadni tudlak, és szeretni, kordában tartani. Nem akarlak hát megölni. Valószínűleg az első kettőt sem kellett volna. Ha őket magamhoz hívom, és befogadom, talán a harmadik, azaz Duvall már meg sem születik. Lehet, hogy ott követtem el hibát.

– Hogyan akarsz befogadni?

– Úgy, hogy többé nem állok ellen neked. Elfogadlak olyannak, amilyen vagy, és szeretlek. Amikor belém költöztél, a korábbi tetteid miatt ellenérzéseim és előítéleteim voltak veled kapcsolatban. Ezáltal ösztönösen képeztem egy falat kettőnk között, hogy sose juss el a lelkemig, ne tudj eggyé válni velem. Pedig ez hiba volt. Ezért rekedtél meg valahol, tőlem elszeparálva. Egyszerűen csak el kell fogadnom téged, és akkor újra eggyé válunk. Nem kell többé szenvednünk külön-külön, mivel mi valójában egy ember vagyunk, egy lélek.

– De biztos, hogy jó ötlet befogadnod az énemet? Ne viccelj, Edward, bűncselekményeket követtem el. Gyilkos vagyok! Ne vedd magadra ezt a terhet. Ne akarj az én hibáimmal, az én emlékeimmel együtt élni! Nekem börtönben lenne a helyem, nem pedig egy jó ember fejében és lelkében.

– Tudom, hogy miket követtél el. Éppen eleget meséltél róluk a pokolban, ezáltal pedig éppen elégszer gyóntad meg, hogy mennyire megbántad azokat a tetteket. Ezekkel már nem tudunk mit csinálni. Részben az én hibám, hogy idáig fajultak a dolgok. Együtt kell élnem ezzel

238

a tudattal. Egyébként sem vagy teljesen felelős mindazért, amit tettél. Ha egy embernek leválasztják a gonosz, tökéletesen gátlástalan énjét – még akkor is, ha van benne szeretet –, az bizony bűncselekményeket fog elkövetni. Nincs ebben semmi meglepő.

– Akkor is börtönben lenne a helyem.

– Mondjak valamit? *Már letöltötted a börtönbüntetésed. Pontosan tudom, hogy azóta mennyire megbántál mindent. Éppen elégszer meggyóntad. Itt a Földön azokért a bűncselekményekét életfogytiglant kaptál volna. Körülbelül harminc-negyven év letöltendő szabadságvesztést. Viszont ebben az a kissé komikus, hogy te már lehúztál velem annál jóval hosszabb, felmérhetetlenül hosszú, részben örökkévalóságig tartó börtönbüntetést egy, a földi fegyházaknál lényegesen rosszabb helyen: magában a pokolban. Hogy ki ítélt el téged, azt én sem tudom, de tény, hogy valaki hozott egy ítéletet, és te letöltötted a rád kiszabott büntetést. Kiengedtek, és most van rá lehetőséged, hogy bizonyíts azzal kapcsolatban, hogy érdemes vagy-e arra, hogy együtt élj másokkal, és bízzanak benned.*

– Köszönöm. *Nem tudom, hogy igazad van-e, Ed, de mindenesetre hálás vagyok érte, hogy így gondolod. De mégis hogyan tervezed ezt a „befogadást"? Hogyan akarsz eggyé válni velem?*

– Úgy, *hogy egyszerűen nem harcolok ellened többé. Csak elfogadlak, és kinyitok a lelkemen egy kaput, amin besétálsz. Még kopognod sem kell. Nem lesz semmiféle hókuszpókusz. Egyetlen pillanat alatt meg fog történni. A pokolban már évszázadok óta tudtam, hogy működni fog. De ott még nem tehettem meg. Szükségem volt társaságra, valakire, aki segít, aki mindig mellettem áll. Eva a végén már nem tudott kommunikálni velünk. Kellettél nekem ahhoz, hogy tartsd bennem a lelket. Most viszont már nem láncollak többé ehhez az elszeparált létezéshez, hogy szenvedj. Eljött az ideje, hogy te is békére lelhess. Bennem.*

– Hogyan akarod csinálni? És mikor?

– Mondom, egyszerűen elfogadlak. Csak rágondolok, és kész. *Egyetlen másodperc alatt meg fog történni.*

– De mikor?

– Például most.

– VÉGE –

Epilógus 1.

Vajon elég nagyot ütöttem a fejére? Remélem, nem ébred fel nekem. Nem igazán jó érzés, amikor tűt szúrnak az ember szemébe. Olyankor hajlamosak kissé fickándozni a fájdalomtól. Nehéz őket már olyankor újra elaltatni.

Hát... nekem ez igencsak ájultnak tűnik. Még ha így bökdösöm, akkor sem reagál. Akkor talán elég nagyot ütöttem rá. Lehet, hogy már nem is él? Várjunk csak... De. Pulzusa, az van. Akkor jó. Szeretem, ha közben még élnek. Maga a tudat, hogy élő ember szemét szúrom ki és dobhártyáját szakítom át, örömmel tölt el. Felizgat. Imádom ezt az érzést. És ennél már csak az indít be jobban, amikor utána süketen és vakon halálra verem őket. Az mindennél többet ér. Nagyobb kielégülés, mint a szex. Bárkivel.

– Duvall! – szólalt meg ekkor valaki a sikátor árnyékosabbik végéből.

– Mi?! Ki a fene van ott?

– Csak az árnyékod – mondta a hosszú, fekete hajú férfi, kilépve a fénybe –, aki egész idáig követett, és aki most meg fog állítani.

– Ki a franc is vagy te? Ismerős a pofád! Nem te vagy az az eltűnt bérgyilkos a Falcone családból? Az a Vincent!

– Nem. Én Edward Kinsky hadnagy vagyok, a kollégád. Csak már nem viselek többé maszkot. Azóta kicsit nagyobb lett a hatásköröm, hogy úgy mondjam. Vegyük úgy, hogy „odafent" előléptettek. Most már nemcsak zsaru vagyok, de bíró, esküdtszék és hóhér is egyben. A te ügyedben legalábbis. Tájékoztatnálak, hogy máris ítéletet hoztam. Én már csak ilyen gyorsan és alaposan dolgozom. És az ítélet bizony: halál.

És ekkor Ed felemelte, célra tartotta a fegyverét, majd meghúzta a ravaszt.

Epilógus 2.

– Vinnie?! – kérdezte Sophie, amikor kinyitotta az ajtót, és meglátta (általa legalábbis annak hitt) kedvesét. – Hát mégis visszajöttél? – A lány egyből zokogásban tört ki. De ezúttal örömében. Érezte, hogy Vinnie most nem azért jött, hogy ismét elbúcsúzzon. – Mi történt? Újra megszöktél tőlük? Vagy elengedtek?

„Vinnie" belépett, és szorosan átölelte a lányt. Igen, részben valóban Vinnie volt az. Félig legalábbis. Csak most már kiegészülve egy lényegesen jobb énnel, akit egykor, különálló személyként még Ednek hívtak.

– Nos, ez egy elég hosszú sztori – magyarázta a férfi. – Nem is tudom, hol kezdjem.

– Például az elején!

– Haha! Az nem lenne túl egyszerű. Jó sok mindent el kéne ahhoz mesélnem, drágám! Olyan, mintha több száz éve folyna ez az egész cirkusz! Kész agyrém! Megjártam én már a poklot is.

– Tudom.

– De tényleg! Szó szerint.

– Jó, tudom. Biztos szörnyű volt a tanúvédelem.

– Hajjaj! Azt te el sem tudod képzelni. Olyan unalmas volt és kilátástalan, hogy nem igaz! Olyan, mintha évszázadokon át a pokolban másznál egy végtelen hosszú növényen, vagy inkább növénylény testén, aztán a végén pedig egy mitológiai szörny, akibe mellesleg szerelmes vagy, de egyszerre félsz is tőle, felkapna és kirakna onnan, vissza a valóságba, hogy aztán csápját visszahúzva mai napig lefogja, és fogva tartsa vele a pokol urát.

– Érdekes hasonlat, Vinnie. Sokat olvastál a tanúvédelemben? Gondolom, volt rá időd.

– Bizony, de még mennyi! Kiműveltem magam, meg minden. Kívülről tudom az összes híres zeneszerző nevét: Shakespeare-t, Van Gogh-ot meg a többit!

– De bolond vagy! – nevetett a lány. – Légyszi, mondd már el, hogy mi történt? Elengedtek? Akkor szabad vagy? Szabadok vagyunk?

– Hát... Sajnos ennyire nem egyszerű a helyzet. Szabad vagyok, ők nem fognak keresni, de akkor is el kell húznunk innen. Nem kaptam amnesztiát. Nem tudták elintézni. Úgyhogy Vincent Falconét bármikor elkaphatják, ha később rábizonyítanak valamit a tettei közül. Több bűntettet nem követek el, ezt ezennel neked is megígérem. Jó útra térek. Viszont a régi ügyekkel már nem tudok mit kezdeni. Muszáj lesz elmennünk innen.

– Sebaj. Én a pokolba is követnélek, Vinnie!

– Na, oda inkább ne! Tényleg állati szar hely. És kérlek, ezentúl ne szólíts Vinnie-nek. Szólíts inkább Ednek. Képzeld, eltűnt az a rendőr, akinek egy időre elloptam a személyazonosságát. Senki sem tudja, hová lett. Állítólag egy kolléganője, valami Jessica azóta is toporzékol miatta, mert a fickó randevút ígért neki. Na jó, ezt nem a hírekben hallottam, hanem egy ismerősöm mesélte a New York-iaktól. Azóta is röhögnek a pasason, hogy mekkora szemét volt. De a lényeg, hogy amikor elloptam az iratait, elfelejtettem visszaadni. És a maszk is még mindig nálam van. Tehát bármikor használhatom, ha szükséges. Ed sosem követett el bűncselekményt. Menjünk el innen, Sophie. Kezdjünk új életet. Nem tudom, áruljunk, mondjuk, perecet, vagy tudom is én, mit. Ha pedig szorul a hurok, és a Falconéék mégis a nyomomra bukkannának, akkor átvedlek Ed Kinsky-be, és majd ismét elfelejtenek. Akkor legfeljebb beállok megint rendőrnek abban a másik államban. Végül is Kinsky nem követett el semmit, csak eltűnt. És kissé felhúzott egy Jessica nevű csajt. Nincs abban semmi. Előfordul az ilyen.

– És akkor így biztos, hogy nem lesz baj? Tulajdonképpen viszonylag szabadon élhetünk?

– Szerintem igen. Csak Jessicával össze ne fussak soha abban a maszkban, haha!

– Tényleg, Vinnie, a maszk! Mármint, Ed! Kérdezhetek arról a maszkról? Azóta is gondolkodom ezen néha. Ijesztően élethű az az izé. Eredetileg azt mondtad, amikor itt jártál, hogy valami haverod készítette neked. Biztos, hogy igazat mondtál akkor? Nekem az a valami túlzottan élethűnek tűnik. Mondd, mi az egyáltalán? Biztos, hogy gumi? Ki képes ilyet készíteni? Nekem egyáltalán nem tűnt álarcnak. Sokkal inkább valódi, élő, lélegző bőrnek.

– Ne haragudj. A maszkkal kapcsolatban valóban nem mondtam teljesen igazat. A múltkor nagyon siettem, és nem volt időm ebbe részletesen belemenni. Inkább csak rávágtam valami egyszerűt, hogy gyorsan lezárhassuk a témát.

– Mindegy. Megértem. Mi akkor az igazság? Honnan van az az izé?

242

– Nos ez egy régre visszanyúló, szövevényes történet. Egy kicsit félek is elmesélni, mert elég ijesztő.

– Jaj! Azt hittem, az életünk azon részével már leszámoltunk.

– Tudom. Nyugi, nem is lesz többé olyan. Ez már a múlt. Szóval a maszk... sajnos apámé volt.

– Mi?!

– Ezt hordta annak idején. Ez volt az arca. Mi is valódinak hittük. Azt gondoltuk, hogy így néz ki. Pedig nem! Azon a napon, amikor megszöktem tőle, épp nem viselte, és elloptam. Azért, hogy ne tudja többé másnak mutatni magát, mint ami: ő egy valódi szörnyeteg volt, Sophie. Talán ember sem volt.

– Hogy érted ezt? Hogyan nézett ki a maszk alatt?

– Ezt nagyon nehéz lenne körülírnom. De maradjunk annyiban, hogy nem sok emberi volt abban a lényben. Úgy nézett ki a feje a hamis emberi arc alatt, mint egy... egy bokor.

– Egy mi?! Ed, ne viccelj már. Ilyesmi nem létezik. Szerintem te csak álmodtad ezt egyszer. Még mondtad is, hogy manapság már nem nagyon emlékszel apád külsejére, és elkezdtél helyette álmaidban rémeket látni. Azt a fura arcot inkább csak álmodhattad.

– Még az is lehet. De akkor szerinted miért hordta?

– Nem tudom, Ed. Talán mert őrült volt. Te magad mondtad. Nézd, azt értem, hogy miért vetted el tőle, hogy miért tartottad meg: Hogy ne tudja magát másnak mutatni, mint ami, és hogy ne tudjon még több embert bántani. De mondd, te miért vetted magadra? Te is hordtad azt az izét? Nemcsak akkor, amikor hozzám jöttél, hanem máskor is? – Ed zavarba jötten bólintott. – De miért? Miért hordtad?

– Nem tudom, Sophie. Talán én is őrült vagyok.

– Dehogy! Ne mondj ilyet. Nálad normálisabb embert nem ismerek. Annyi mindent túléltél már, és még mindig itt vagy. Más ennek az egytizedébe vagy beleőrül, vagy megöli magát. De mondd csak, hogy a fenében lehet, hogy létezik egy Ed Kinsky nevű nyomozó, aki mostanában eltűnt, apádnak pedig több évtizeddel ezelőtt is volt már egy olyan maszkja, ami pontosan úgy néz ki, mint az a fickó manapság?

– Hát... Látod, pont erről beszélek. Tényleg zavaros ez az ügy, és ijesztő. Még az is lehet, hogy Kinsky soha nem is létezett. Még az is lehet, hogy végig én voltam az, ebben a maszkban. Talán amellett, hogy a maffiának dolgoztam, elkezdtem párhuzamosan egy másik munkát is, ami legális. Azért, hogy később majd maradhassak annál, azaz visszatérhessek hozzá. Ezért gyakorlatilag kreáltam egy teljesen másik, eltérő személyiséget. Látod? Mondom én, hogy őrült vagyok.

– Szerintem nem. Én inkább azt mondanám, hogy rendkívül intelligens vagy és előrelátó. De valamit még mindig nem értek. Oké, hogy apádé volt az az izé, de ő vajon honnan szedte? Az nem egy hagyományos maszk.

– Talán vele együtt született, vagy jött át erre a világra. Szerintem biztos, hogy hazudott vele kapcsolatban. Akkor ugyanis, amikor elvettem tőle, valamit utánam ordított.

– Mit?

– Azt, hogy ne vegyem el, mert nem az övé. Egy rendőré. Annak az arca.

– Tessék?! Ne viccelj, Ed, ez őrület! Már akkor is egy rendőr arca volt? Csak nem Ed Kinsky-é? Te jó ég! Na látod, *ez*... valóban ijesztő! Tudod, hogyan hangzik ez?

– Tisztában vagyok vele. Úgy... mint egy pokoli körforgás.

A szerzőről

Gabriel Wolf író, zeneszerző és grafikai tervező.
2019-ben három művét jelölték Zsoldos Péter-díjra. A GooglePlay-en eddig hét műve volt Top#1/bestseller helyezett*.
1977-ben született. Budapesten él feleségével, Nolával.
Horror, sci-fi, humoros, fantasy, thriller és romantikus műfajokban ír. Jelenleg több mint 60 publikált írása van, ebből nyolc darab regényterjedelmű.
Írásainak egy része összefügg. Ezek egy Tükörvilág nevű helyen játszódnak; párhuzamos, alternatív valóságai a miénknek. A Tükörvilágban játszódó történetek nemcsak egymással, de a valósággal is összefüggnek. Van olyan Wolf-regény, amiben a főszereplő ír egy könyvet, és az a regény a valóságban is létezik; pontosan arról szól, ahogy azt az író a történetben megálmodta. A „könyv a könyvben" összefüggések és a „vajon mennyi lehet igaz ebből?" jellegű rejtélyek szintén gyakran előfordulnak a regényeiben. Wolf időnként beleírja a történeteibe saját magát és feleségét, pozitív és negatív karakterként egyaránt. Saját bevallása szerint ezeknek a szereplőknek a megnyilvánulásait, nézeteit nem kell szó szerint érteni. Csak távoli vonatkozásban hasonlítanak rájuk.

Zenészként általa alapított együttesek: Finnugor (szimfonikus black metal), Ywolf (sötét, gótikus szimfonikus zene), Infra Black (terror EBM) és Aconitum Vulparia (dark ambient).
Több mint 30 stúdióalbumot készített ez idő alatt, és 4 külföldi kiadóval van/volt állandó szerződése. Sok országban kaphatók a lemezei a mai napig is.

*https://gabrielwolfblog.wordpress.com/dijak-es-elismeresek

Kapcsolat

Weboldal
gabrielwolfblog.wordpress.com

Facebook
www.facebook.com/GabrielWolf.iro

Twitter
www.twitter.com/GabrielWolf_iro

Instagram
www.instagram.com/gabrielwolf_iro

Moly
www.moly.hu/alkotok/gabriel-wolf

Email
artetenebrarum.konyvkiado@gmail.com

Egyéb kiadványaink

Antológiák:
„Az erdő mélyén" horrorantológia
„Robot / ember" sci-fi antológia
„Oberon álma" sci-fi antológia

Gabriel Wolf & Marosi Katalin
Bipolar: végletek között (verseskötet)

J. A. A. Donath
Az első szövetség (fantasy regény)

Sacheverell Black
A Hold cirkusza (misztikus regény)

Bálint Endre
Az idő árnyéka (sci-fi regény)
A Programozó Könyve (sci-fi regény)

Szemán Zoltán
A Link (sci-fi regény)
Múlt idő (sci-fi regény)

Anne Grant
Mira vagyok (thrillersorozat)
1. Mira vagyok... és magányos
2. Mira vagyok... és veszélyes [hamarosan]
3. Mira vagyok... és menyasszony [hamarosan]

David Adamovsky
A halhatatlanság hullámhosszán (sci-fi sorozat)
1. Tudatküszöb (írta: David Adamovsky)
2. Túl a valóságon (írta: Gabriel Wolf és David Adamovsky)
3. A hazugok tévedése (írta: Gabriel Wolf)
1-3. A halhatatlanság hullámhosszán (teljes regény)

Valami betegesen más (thrillerparódia sorozat)

1. Az éjféli fojtogató!
2. A kibertéri gyilkos
3. A hegyi stoppos
4. A pap

1-4. Valami betegesen más (regény)

5. A merénylő [hamarosan]

Dimenziók Kulcsa (okkult horrornovella)

Egy élet a tükör mögött (dalszövegek és versek)

Tükörvilágtól független történetek:

Árnykeltő (paranormális thriller/horrorsorozat)

1. A halál nyomában
2. Az ördög jobb keze
3. Két testben ép lélek

1-3. Árnykeltő (teljes regény)

A napisten háborúja (fantasy/sci-fi sorozat)

1. Idegen Mágia
2. A keselyűk hava
3. A jövő vándora
4. Jeges halál
5. Bolygótörés

1-5. A napisten háborúja (teljes regény)

1-5. A napisten háborúja illusztrált változat (a teljes regény újrakiadása magyar és külföldi grafikusok illusztrációival)

Ahová sose menj (horrorparódia sorozat)

1. A borzalmak szigete
2. A borzalmak városa

Odalent (young adult sci-fi sorozat)

1. A bunker
2. A titok

3. A búvóhely
1-3. Odalent (teljes regény)

Humor vagy szerelem (humoros romantikus sorozat)
1. Gyógymód: Szerelem
2. A kezelés [hamarosan]

Álomharcos (fantasy novella)

Gabriel Wolf gyűjtemények:
Sci-fi 2017
Horror 2017
Humor 2017

www.artetenebrarum.hu

Lightning Source UK Ltd.
Milton Keynes UK
UKHW022232240820
368775UK00009B/303/J